虚构的人

王晓燕 著

广西师范大学出版社
·桂林·

虚构的人
XUGOU DE REN

图书在版编目（CIP）数据

虚构的人 / 王晓燕著. -- 桂林：广西师范大学出版社，2023.7
ISBN 978-7-5598-6094-1

Ⅰ. ①虚… Ⅱ. ①王… Ⅲ. ①长篇小说－中国－当代 Ⅳ. ①I247.5

中国国家版本馆 CIP 数据核字（2023）第 100879 号

广西师范大学出版社出版发行
（广西桂林市五里店路9号　邮政编码：541004）
　网址：http://www.bbtpress.com
出版人：黄轩庄
全国新华书店经销
广西广大印务有限责任公司印刷
（桂林市临桂区秧塘工业园西城大道北侧广西师范大学出版社集团有限公司创意产业园内　邮政编码：541199）
开本：880 mm × 1 240 mm　1/32
印张：15.5　　　字数：360 千
2023 年 7 月第 1 版　　2023 年 7 月第 1 次印刷
定价：52.00 元

如发现印装质量问题，影响阅读，请与出版社发行部门联系调换。

逻辑和说教从不叫人信服
夜晚的潮湿更深地渗入我的灵魂
——阿蒂尔·兰波

目录

A

第一章 4
第二章 23
第三章 36
第四章 91
第五章 127

AB 149
BA 172

B

第一章 199
第二章 208
第三章 214

A 229
B 251

A

第一章 259
第二章 284
第三章 298
第四章 305
第五章 323

AB 338
BA 376
AB 382
A 424
AB 430
B 440

A 443
A 471
A 484

我再也不用去表演别人要求的那个我了。

他看见自己的躯体躺在那，从未有过的安详。看似不一般的脑袋，正竭力想发出最后一声深情呼唤的胸膛，微屈的双腿曾经坚强有力。先是一阵阵冷战，然后会慢慢地变凉，肉体终会寂灭。

有某种东西，一股强大的力量，起自他的内部，叫他幸福欢愉，人心是多么奇特的构造，这阵强大的力量，难道就没有一点意义，尤其是在这生命将尽之际，难道不会成为永恒？

床铺有点拥挤，靠墙一侧被衣物占据了，但看上去他是以极其舒适的姿势躺着，一只胳膊伸展着，手指张开，臂弯里，还有她的头发散发出的那种好闻的味道。过去的几个夜晚，他整晚都拥她在怀挤睡在那道衣服之墙下，那可能是他有生之年度过的最恬静美好的几个夜晚。是的，他没必要在这种时候还对自己不诚实。显然，如果他们一路平坦地走到现在，那他此刻的感受可能就没这般强烈了。倒不是要感谢这些年的风雨飘摇，他只是庆幸，兜来绕去，在生命快要完结的时候，他们终于意识到，对方才是最重要的。如果有机会再拥有一次这生命，呃，这番设想令他的肉身猛然感觉到难以忍受的撕扯和疼痛。

无所不在，又像是他已经不存在。他仍是那个沉重的肉身。猛然之间，他又感觉自己很轻，薄薄的一片，一缕，快要消散无形了，连同记忆，他想快速地抓住一些。

他在这人世间度过的四十七年飞掠而过。最美好的，是他儿子的降生，是他在玄池度过的童年，那时候的记忆最深刻，他至今能听到一些声音，看到一些慈悲的面孔。不，他马上否认，不是，这些统统不是。即便是在玄池，他心里也曾经充满了仇恨和惊惧。他憎恨自己的儿子，痛恨自己的父母，是的，你没听错。他有爱过什么吗，或者说，这个世界真有什么值得他去留恋的吗？一阵愤怒引得受伤的躯体再一阵撕裂般的痛楚，他想快点结束这生命。

七月份的天气，大清早就已热得叫人受不了。可是，他感觉到冷。大街上空空荡荡，他得使出全部的力气好笼络住意识飞速的流动。他看见茂林路那条老街上的法桐，层叠的阔叶间落满了密密麻麻的鸟儿，有他一只手掌大，麻灰色，成百上千只。密叶间猛一阵惊乱，几辆警车和救护车呼啸而过，那些鸟儿呼楞楞飞起，在空中扑腾，在那些关着的店铺门外挤挤挨挨着降落。这个城市静止了，而他就要离开这个世界了。

他发出微弱的呼喊。竭力想要触碰她。几番折腾，他够不到她。他看见她还站在队伍里，与前后的人拉开一米远的距离，她戴着口罩，如今人人都戴着口罩，自从戴上口罩，人们发明出千奇百怪的眼睛的饰品，有的直接贴在口罩上，有些则贴在额头。她也在额角贴了只过于逼真的蓝色小狗——这依然是个值得期许的美好世界。

他想跟她道个别，最后一次道别，想提醒她赶快回到房子里去，回到被她打造得像个洞穴似的房子里去，然后她会发现……不要，他一点也不希望她看到他快要死去的样子。他的心痛。

如同听到一种召唤，他们不约而同回到了那所房子里，茂林路13号，那是他们的家。也许，她将来会跟人讲起他们的这半生，他跟她的故事，或许，应该叫作《殊途同归》。她相不相信呢，这或许是命运的神秘安排。

他就要带着对茂林路的记忆永远离去了，是这些记忆，是排在队伍里的那个女人，牵挂住了他。他想要对你讲一讲，那个女人，他的女人。她向来都是一个很特别的人。只有他了解，她养成那样一种孤冷品性，不是因为她的出身，也不是因为后来他给予她的那些外在的东西，更不是因为她具有某种特殊的能力，统统不是。而是源自她的内心，她精神的独立品质，类似于一种野性，这种独特品性成就了她这个人。她始终是那个他最初遇见的人，因为在这些年里所经受的自贬式的磨炼，她如今更具有了令他赞叹的迷人气质。

记忆是如此零乱。他感觉无法集中精力。你们看见了吗，那个将背挺得很直，背影年轻得令人吃惊，但目光衰老破碎的女人，那个内心如海的女人。他的手指多想再感受到那些发丝的缠绕。

他跟她是在苔蓝相遇的。苔蓝是座老城。

A

第一章

1

他们的相遇一点也不奇特。麦伦对异性一直表现得很羞怯，直到看见林希，他感觉自己的天性里突然迸发出一丝果敢来。

那是一个老乡聚会。李延芳在苔蓝建满了房子，圈地造房子曾经成就了很多人。李延芳极力想帮麦伦，想把他打造成一个理想人物。麦伦总是蔫头耷脑的，要不是还没有品尝到活着时的一丁点乐趣，就一准是把这人生过够了的样子。但年轻人，如果让他有个好环境，再遇上一个热心肠之人，就像那春天的根苗，将来会成为什么，谁知道呢？同时，李延芳不放过任何一个时机想让麦伦知道，那些房子和资产，将来全属于李蓓。李蓓是李延芳的女儿，在谈过十一次不成功的恋爱后，就由着李延芳做主了。麦伦嗤道：

"一个人来此世一遭，就活那么短短几十年，用得着那么多东西吗？"可不久之后，他会发现，自己需要的可比这多了去了。

在那个欢腾笑闹的晚上,被一道闪电击中的感觉他头一次经历。她穿着一件蓬松的上衣,一条蓝丝绒长裤,站起来时显得特别修长,她的头发也很长,随意扎在脑后,时而,那束头发会甩到她的胸前来,她微偏一下脖子,头发又甩到后背去了。她身体的发育似乎还停留在那种肉嘟嘟婴儿肥的阶段,手腕子都圆乎乎的。那双眼睛很大,却不是很有神,宽宽的眼皮上涂了蓝色的眼影,她的目光里有种特别的东西,一丝忧郁,一抹警觉,还有些微不屑和怜悯,这些东西混杂成为一种复杂的光芒,不那么咄咄逼人,也不是消沉黯淡,那丝怜悯,也许是一种自怜,也许,是对他们这群止不住大声聒噪的人流露的。透过那双眼睛,他能感觉到,她的内心正如海水的底部。正是这种她独个儿拥有的东西,把她与那一帮人区别开来。她令他想起自己的母亲。他母亲也时常流露出这样的目光。

他暗暗地想,这是怎么了,他感觉自己的内在如一条解冻的小河,他忽然有了对自我的明确意识,之前他好像是个死人或是一架机器。他很想马上对林希说:

"你不知道,这个时刻对我来说意味着什么。"

他甚至感觉自己一下从工作中那种过于漫长的浑浑噩噩的适应期中挺过来了。要知道,他还从没向办公桌前那台电脑之外的事物投过一瞥。人生还未开场,他已觉消沉无望,整天耗在材料堆里的工作再坚持一天都令他痛苦得想死。

他很早就已经预见到:他的人生,不过就是在那个自以为是的圈子里自我陶醉一番的经历罢了。只是身不由己,沉沦或者向上。他一点也不喜欢循规蹈矩,但还是考了公务员,源自潜意识里一种暗示的力量。

小时候,他一直生活在乡下外婆家,上小学后才来到金牛城父母家中。他一直在努力克服一个乡下孩子的诸多不良习惯,这些习惯在他自己觉来是天然,而在城里孩子的眼里却成了粗鄙和笑话。令一颗孩童的心战战兢兢的事不止这些。在那个家里,他老感觉自己做错了事,慢慢变得几近无声。他不得不埋头学习,好为自己赢得一点自尊。他的学习成绩一直很好。没有丝毫波折地考上大学,后来成了苔蓝市的一名公务员。他从不试图去分析或是反抗,逆来顺受的性格养成,对他后来的仕途生涯可谓影响深远,就这一点来讲,倒算不得是缺陷。

多亏了他的母亲。他母亲时常像一阵欢快的微风,吹透叫他窒息的墙壁。他父亲是一家国有企业的负责人。他在外省上大学期间,母亲病退,成了家庭主妇。他跟父亲之间,怎么说呢,他很勉力地想从记忆里搜索出一点温暖的感情来,最先涌出脑海的,却是一些让他惊恐的场面。这跟一个顽皮捣蛋的猴孩子和一个失控的父亲之间那种带着些许炫耀色彩的记忆完全不同,这些记忆,像在雨天时河里发大水,光是意识到父亲那个形象的存在,他就一下跌落那河水之中,混浊的大水一次次将他淹没。

有一年暑假,父亲带他去亲戚家,哪个亲戚、父亲为什么要带他去,这些后来他都记不得了,因为另一些过于深刻的记忆将别的都淹没了。那是一辆挤满了人的大巴车。中途,父亲突然想起有事要去处理,让他一个人坐到终点站,然后有人会来接他。亲戚家在乡下,那时候没有手机。父亲像一位睿智多谋的老朋友那般拍拍他的肩膀说:

"有些事情必须是这样子的，小子，我现在没法给你解释，你试着慢慢弄明白，你自己小心点吧。"

那番话，是不是他自己后来的杜撰，他也弄不清楚，重要的是，他所经受的恐惧。在又脏又小的候车室里，起初看得见太阳的影子，还有很多人。那些面孔他忘记了，他记得太阳慢慢地消失，随着黑夜的到来，那些人也消失不见了，只剩下他跟一个看门人。看门人给他端来一碗吃的，大概是面条，他坐在门口的一张长椅上，一眼不眨地盯着已经落下来的那根挡杆。他出了很多汗，夜色降临，他头一次意识到了死亡。直到一个陌生人大声喊叫着他的名字从浓厚的夜色中跑进来，他才一下松开双手，手背上先是一阵清凉，紧接着，他感觉到钻心的疼，两只手都被他自己掐破了皮。那个被叫唤的名字，听来是那么陌生。那时他只有六岁，那天的惊恐持续了很久，以致成年后他还经常做同样的噩梦。那天发生的事，他也只有这些片段的记忆，所以后来回忆起来时，连他自己也不确定，究竟是梦还是真实发生过的。

他还能举出无数的例子，好证明自己并不是敏感或是想象力太过丰富了。在他上中学以后，他强迫自己学会选择性遗忘。

他从母亲脸上看不出任何征兆，时而，他会对她生出同样的惊惧之心。他从没告诉过母亲那件事。在那么些瞬间，他很吃惊地发现自己怀有某种仇恨，正是这仇恨，令他有了勇气决定一些属于自己的事。他决意走得远远的。上大学以后，他再也没回过家，也从不与母亲联络，他主动把自己从那个家里分离出来了。

"正是动荡之时。"李延芳将他跑远的思绪扯回来，悄声对着他的耳朵说，"怎么样，帮你操作下，加快前进的速度。"

麦伦则已经在想象中向林希讲述那些不被人知晓的记忆。但李延芳将他缠住了，有个项目，李延芳认为麦伦能帮上忙，只要麦伦肯听从他的安排。李延芳后来替麦伦的仕途添力不少。这逐渐成为一种互惠互利的事。渐渐地，麦伦的双脚会感觉到一条正伸展在他脚下的路，战战兢兢，左拐右看一阵后，他的胆就越来越肥了。

那天晚上，没坐多久，林希就站起来说有事要先离开。她红着脸，一再地说着抱歉，好像她的离去会让大家真有什么损失似的。麦伦记得，自己不管不顾追出去，跟进电梯，直截了当地说：

"我知道这听上去一定很烂，可我必须得把它说出来：看见你的时候，我就知道，我们注定会有故事发生。"

他又记起那个冬天，他上大学二年级。袁丽挡住他就说了这番话，不过他学给林希时加了前半句。他算不得跟袁丽交往过，他有点喜欢袁丽，可是，他更怕她。她的眼神像是从《杀死比尔》里走出来的女子的一样凌厉。

2

金牛城地处西北。从金牛城向西行七十里，就到了常年干旱的双子镇。也就隔这点距离，双子镇与金牛城的气候却有着天南海北的差别。金牛城阴湿多雨，多林带和苍翠的植被，双子镇则被一些光秃秃的山包包环围，看得见的尘土整日静悄悄地旋在空气里。那些山包包之上，自有人类以来就坚决保持住了一种土黄色。在这样一个焦烈的地方生活，庄稼和人的运气就全凭天意。麦伦第一次到镇上来，大为惋惜林希是在这样一个地方出生和成长的，就好像把一棵树苗限制在一只瓦罐里生长，不由生出马上要给她广阔天地的雄心。

林希那时候在金牛一个文化单位工作。同事甜甜蜜蜜地呼唤一声林希，林希就站起来将粘贴复制过数万遍的公文拿去那些办公室，要不就往一些表格里填数字，林希根据对方的喜好往后增减一两个零，后面补充一通抄来抄去的废话。领导每天都要开会，这个时间段林希最自由，虽然她得守着一部电话机。她将门关上，任电话铃声响得自己断了气，也没造成过什么损失，林希盯着空空的墙壁傻坐着，直到漫长的会议结束。

单位不提供住宿，林希住在看守所，是唐叔叔一个女同事的办公室。房间很宽敞，一个宽大的衣柜立在窗旁，一半的空间挂着几件警服，另一半用来堆放贴有罪犯照片的档案。林希挂衣服时，忍不住翻看那些照片下面文字描述的罪状，这令她有种在某部电影里存身的错觉。

一个刮大风的天气里，林希站在窗前，阴雨天气加重了她在这房子里的孤独。漫漫风雨里，似乎只有她一个人活在这世上。她的思绪往远处飘，想起与她从无交集的大学同学，想起一些她已经打算遗忘的人和事。最后，她想起苔蓝的表姐。林希跟表姐小时候并无来往，表姐生活在乡下，林希生活在镇上。上中学后表姐住校。

表姐其实是南景行的远方亲戚。南景行有一天给林和蕴打电话，提出让表姐跟林希一起住，林希也有个伴。林和蕴与南景行后来连朋友也算不上，但她在林希的房间里为那个女孩子另支了张小床。饭桌上，林希笑眯眯的。晚上，俩人在灯下写作业，林希一句话也不说。表姐住了一个礼拜就搬走了。那天，就下着这样漫漫的雨，表姐拎着一只装有脸盆和衣物的网兜，一条腿已伸往门外，忽然转过脸来说：

"他们早就离婚了，你一定还不晓得这个吧。"

林希始终记得表姐脸上那一抹怪异的微笑。起初，能听见房檐水落在一只铁皮桶里响亮的敲击声，渐渐就听不到了，雨下得猛了，从门框里斜斜地刺进来。屋子里暗昏昏的，雨雾笼罩着外面的世界，林希站在门里，望见对面山上起了大雾。

她为自己的姓氏困惑过，她本姓南，这再正常不过，她是南景行的女儿。曾有一阵子，她姓林，林希这个名字不错，她特别喜欢树木希林演的电影（实际上，她也只看过林和蕴订的电影画册）。过不久，她又姓南，就像她有一阵子无意占有了别人的名字，后来又把它还回去了。这件事，只要林和蕴走进派出所，唐叔叔就可以帮她搞定，无论多少遍。那之前，她都以为南景行只是调到城里去了。每隔一阵，南景行会开着一辆破破烂烂的救护车来接她，她会在金牛城里住两天。南景行许诺，等她上中学了就给她转校，金牛城的教育质量好。对那个小城，她有很多美好的印象，沿街长满一棵棵开花的树，她跟在南景行后面，恍恍惚惚，街上的行人脸上都有股美韵和神气。她记不得别的了，只有这些记忆在她脑际形成一层奇妙梦幻般的东西。礼拜天黄昏，她又被那辆救护车送到镇上。林和蕴什么也不问，好像母女俩已经好多年没见面了，客气，试探。

那以后，林希拒绝再被南景行接去城里。那辆破救护车也再没有因为私事而在双子镇上出现过。那之后，她就彻底姓林了。

多少年里，两个姑娘从没主动联络过。迎宁表姐发奋改变命运，后来比林希考得好，毕业后如愿留在苔蓝市。

林希稀里糊涂地站在了一台复印机前。下了功夫，她才考了个二流大学，上到第二年便休学了事。这份工作，也是千辛万苦才得来的。

林希的办公室里时常人进人出，很多同事只是为了躲在这里打长途，南景行费了半天工夫才打进来。

"希希，你恋爱了吗？"

这位在人到中年之后才意识到跟女儿交流的重要性的父亲时刻关注着林希。每当南景行出现，林希就又想起表姐在那个雨天转过脸来时的神情。

林和蕴似乎也过得不错，离婚后，突然有了非凡的女性意识，她给自己和女儿买各种品牌的衣服，多数时候是先穿衣后付款，吃得倒很随便，微薄的工资总是慢一步到手——母女俩过着有异于小镇人的生活。

那时候是春天了。林希一下班就像一条鱼钻入泥沙般沉潜起来。她买了两条香烟，放在那个装有罪犯笔录档案的柜子里，有猛烈的想吃东西的欲望时，她就来一支。之后，她就歪在床上睡着了。第二天一早，爬起来洗脸，看见那个院子四四方方的，对面几扇门窗开着，不时有人走出来。林希将门一直关着，连窗子都没有打开过，等着没人注意的时候快速地出门，低头穿过走廊，走出那个铁门时，她感觉自己像个逃跑的犯人。

这天，林希开门走进去时，发现唐叔叔的女同事来过办公室一趟，将林希放在柜子里的两条香烟全拿走了。林希忘了清理烟灰缸，那位女警的眼睛盯着那些烟蒂，啧，足以引起无限遐想。

再不能这样下去了。那种想要逃跑的欲望早就在催促着她了。

这天，快要下班的时候，南景行打来电话，说他朋友出远门了，房子需要有人照管。林希想了想，宁愿住看守所。

对突然有了责任心的南景行，林希至今还有小时候弄坏了一样东西时那种强烈的恐惧，总是林和蕴把她挡在身后，并把错揽在自己身上：

"你看，要是这个小东西会让天塌下来，那就让天塌吧，我顶着。"

林希每个礼拜都回双子镇，闷声不响地坐着吃东西。林和蕴准备好一个大包，里面装着衣服和吃的，再三嘱咐林希要吃好，天气不好时一定要多穿衣服，有事了就打电话，衣服床单可以带回来洗。林希像是被林和蕴拖着往车站走，出了医院那个大铁门，小街上正铺满金色的夕阳，遇见的每个人都是那样可亲。

"我不想去上班了。"林希忽然站住了。

天啊。又来了。这位可怜的母亲暗暗地叫道，慢慢地呼气，吐气。那年的情形也是如此，没有丝毫征兆，就不打算再去上大学了。

"哪里不舒服？要不要回去躺下来？我给你们主任打电话请个假吧。"

"我不想干那份工作了。"

那条公路上，走起来会尘土飞扬。母女俩已经走到站牌底下，林和蕴没有跟后面小卖铺里的熟人打招呼，她看上去有些愁苦，一眼眼偷瞄着身边已经过了二十周岁的女儿，不施粉黛，一头乱发粗野地长得老长了，随意扎在一起，一条棉布裙子外面是一件看不出样式的牛仔外套，笨重的运动鞋。

林希则想起那些大学同学，如今在大大小小的城市里过着完全不一样的生活。而她自己似乎从来就不曾走出过家门，还像个没有脱离母乳的婴孩。她的脑子突然间开了那么小小的一窍。突然地怀念起那些曾经热情奔来她却无意回应和发展的友谊。她想念同学，想念舍友，惊异那时候，她为什么要在自己周围竖起冷硬的墙壁。林大夫那沉甸甸的母爱令她越发觉得自己空洞。

"要不，你去找迎宁玩几天吧。"

过不了几天，迎宁表姐突然打电话来邀请林希，让林希没法拒绝的那种语气。

那天是星期五，下午快下班时分，主任把林希请到办公室去问："听说你在自学英语，要考试了吧？"

林希在主任面前总是很局促，一紧张起来索性没话说。

"好学上进总是好的，好吧，你去吧……希希，请等一下。"

怎么办？怎么办？这回又怎么办？林希调整下表情，转过身来。

"希希。"主任的手搭在她肩膀上，"我的话永远有效，你只要听我的，我会帮你的。"

"我没什么需要帮的。"

"哼。你太年轻了，真是什么都不懂。"主任把头歪向一边，噘嘴瞪她一眼。

一天里，主任会呼唤她七十次。周末会找借口给她打电话。听说林希在小镇，主任说："那算了，我找别人吧，本来想让你赶个材料。"

林希观察着，电话机很远，门很近。如果他再像上次一样要抱她，她就一下拉开门，怯懦心理令她没想到完全可以猛踹他一顿。

"我真的好喜欢你呀。"这个时常面露得意之色的中年男人叹道，"你走吧。"

一座山有高度，一堵墙也以为自己拥有高度。林希只是自己的影子。

苔蓝离金牛说远不远，说近也不近，六个小时长途汽车。几年后才通了高速。一层坚硬的塑料外壳紧裹着，她感觉自己迟钝，呆板，连季节的变化都不太感知得到。车窗外的景物慢慢地变得现代，热闹，有一种欢腾的气势。她要从一种昏睡式的沉闷里醒过来了。

3

表姐来接她，远远地冲她招手，以那种尖溜溜的嗓音喊："嗨，希希。"

林希下车，拎着给表姐的土蜂蜜，过了安检，表姐接住了那只巨重的令林希猛然间脸红的盒子。

"哎呀，希希，你居然长这么高，真是想不到，小时候你是个小不点,都愁你长不高呢。"

表姐笑呵呵地扫掉了前嫌旧恨,她完全是个时髦的城里人了。引林希往左拐,拐进一个通道,坐上一辆出租车。林希有种倾诉的渴望。表姐在长裙外面套了件深蓝的工服,工服上套着袖套,穿着一双平底鞋,显得小巧玲珑。

把林希送到住的地方后,表姐又去工作了。表姐说她回来可能就到下午了。"我不去不行,我们这个科长很难缠的哦,你自己到楼下随便吃点东西,晚上带你去吃好的。"

表姐口音完全变了,她那个人像是放在一个人形的模具里给压挤了下,小鼻子小眼睛一样样分开来没什么看头,凑一处却有种说不出来的妖媚。表姐就像变轻了,变软了。林希意识到自己就像是裹在多层厚重的布里,不晓得真实的自己是什么样子的。

那时候还不到下午两点钟,林希洗了脸,将外套挂在阳台上,屋子有点小,衣服扔得到处都是,林希很想替表姐整理一下。她没吃早饭,包里带着几个水果和一瓶酸奶。她站在阳台上把这些东西吃了。远处,有片亮闪闪的湖水。刚上大学那年她是什么样的,一点也想不起来了。她为什么会是这副样子,而不能像表姐那样自立?楼下的草坪里跑着几只狗,一棵高大的树上开着肥硕的白花。屋子里闷热,她穿着一件薄毛衫,楼下有人已经穿短袖了,到底是在城里,花开起来也是热烈又隆重的。金牛真正热起来要到"五一"以后了。这阵子,只有杏花和梨花开放,也一片片地开,却静悄悄,孤寂寂,把自己忍到不能再忍似的悄无声息地开。

考虑到要走路,她穿着一双运动鞋,为了配这双鞋子,又穿了条长裤，林大夫在电话里让她多穿点，一定记得穿上秋裤，她果真就穿了，这会儿恨得要死。推开卧室的门，走进去把秋裤脱了，卷了放包里。还是热，就势在那张乱糟糟的床上躺下了。想到星期一还得去上班，那无聊的工作，无趣的同事，还有那令她厌恶的企图和叫唤，她一点也不饿，可是，想吃东西的欲望又那么猛烈，她不想让表姐看出来她动过这房间里的东西。汽车的鸣音还在耳中，摇摇晃晃的晕眩感又来了，毛衣在身上像火一样烤着，喘不上来气，将毛衣撩上去，扯过丝巾盖在身上，竟就睡过去了。

温暖的眼神罩着她，头发蹭到她脸上，一股洗发水的气味，但那头发令她受不了。罗校长，不，那是余叔叔，白衬衣一样的余叔叔。是周老师，好多年都没见过了。这是在梦里。不，他就在这里。

在这房子里。

"啊——干什么你，你怎么进来的！你要找谁？"她往门外走。

"嘘，你先听我说，你别怕。别怕，你听我说，我以为，你是迎宁，我本来想吓吓她，我把你当成迎宁了。好了，好了。你能坐下来不，抱歉，你也吓到我了。"

那人举着双手走了几步，慢慢地靠过来。她不敢看他的眼睛，像窗外的那片湖水，那双眼睛，亮闪闪，湿漉漉，又有那么几分贼溜溜。

"嗨，能告诉我，你叫什么名字吗？我先来好了，我是李鸿祺，是迎宁的朋友。"

她听的是"李红旗"。这下，她倒是个外人了。

"原来是表妹呀，迎宁说起过你，没想到，我们竟然会这样相识了。"李鸿祺一下就自如起来了，"你真是美极了。别紧张，你听我说。"

他忽然就吻了她，他的头发再次覆盖在她的眼皮上。一瞬间，她完全不知道这是怎么发生的，肩膀感受到墙壁的坚硬，突然地，她猛烈地挣扎。那阵在汽车上时的晕眩感顿然消失了，她完全清醒过来，一股愤怒的蛮力从她身体里迸发而出。

他一下跌倒了，身体的某个部位给茶几撞到了，丝丝吸气，半天都没有爬起来，瞪视着她的眼睛仍旧是温暖的，湿漉漉贼溜溜的。

她拉开门，本能令她往外跑。她不知道这是在几楼，快速地下楼，从楼洞里跑出去。"该死，穿这么厚。"

四月天，这是别人的城市。要是在做梦就好了，只需马上睁开眼睛醒过来。站在那棵开着肥硕白花的树下缓缓地喘气，她更加地愤怒了。一阵微风吹来，连风都是陌生的。"李红旗"的气息盘旋在她的头发里、周围的空气里，这是这个城市初给她的印象。她不知自己走在哪里，车里的人冲她长按喇叭。

他们商量好的。难道是表姐想试探"李红旗"？当"报复"两个字跳出来的时候，她立住了。一些证件在包里，不然她可以马上去车站。可是，那不是正合表姐的意吗。

"有毛病啊。"

一阵阵喇叭声，车子从她的两侧绕过去。也不知几点钟了。通往大门的那条小径两旁，两排垂柳长长的枝条在风里柔软地摆动着,她往外走,下了一个坡,躲开进进出出的车辆,在槐树荫下来来回回走了一阵。那个湖还离得很远,得走到马路对面去。她不敢走得太远。

4

"让我明天去演讲,好累呀。嗳,你不在柜子里找件衣服换上,你不热吗?"迎宁摘下墨镜。她换下了工服,一件薄纱的长裙外面罩了件小西服。

"热,快要热死了,你们城里咋这么热?"林希不看迎宁,与她并排往回走。

"回去我给你找件衣服,晚上我们出去吃饭。"

表姐开门的时候,林希深呼吸,调整自己的表情。门开了。林希松了口气。

卫生间里只容一个人腾挪,镜子里,是一张红脸膛,林希再洗了一遍脸。

迎宁坐在沙发里打量林希。"到夏天,你会瘦下来,该凸凸,该翘翘,男人就喜欢这样的。"林希去找表姐的眼睛。迎宁低头看林希的脚,拎出一双高跟鞋来,买大了,没穿过。林希穿刚好,衣服又不对,一件件翻出来,在林希身上比画着。俩人不看彼此的眼睛。

最后,林希穿了件米黄色的真丝开衫,蓝丝绒的长裤,细得触目惊心的高跟鞋,表姐给她化了很浓的妆。反正无所谓了。

林希就穿着这身衣服随表姐去了吃饭的地儿。一路林希不言语，而表姐一直在跟出租车司机说话。

从一个灯火哗然的大厅里进去，拐来拐去坐了两回电梯，也不知到了几楼，李白厅，杜甫厅，一路晃过去，走到轩辕厅，推门进去，一眼就看见了李鸿祺。

三十岁上下，中等个子，若是初见，不知道他那副油头粉面、斜瞪着眼的样子，现下看起来就不会那么猥琐。

"表妹林希。"迎宁给一桌人介绍。

为了配得上这副妆容，林希冲那些人微笑，也记不住谁是谁，大约有七个人，一个也不认识，她不得不跟着表姐出现在这里，陪着把戏演完。众人正热烈地说着一个关于投资家乡建设的话题，林希没能听到一丝乡音。一坐下来，迎宁就小声说道：

"嗳。他是有妻子的。"

"那你为什么找他……哦。你说谁？"林希扭头看了眼李鸿祺，忙又收回目光。

"我后来才晓得呀。唯一明确的，他的心在我这。"表姐的侧脸看上去高深莫测。

"那你打算怎么办？"

"怎么办，怎么办。试过很多次了，分不了呢。"

"你真的喜欢他吗？"

"我是要结婚的，不结婚怎么办呢，我是老大，还有四个妹妹，我不想有个坏名声，再影响到我的妹妹们，'喏，就是那个迎宁的姊妹们哪'，能想象不，你知道咱们那地方，都还是些太爷爷们的死脑筋。"

李鸿祺旁边坐着个满脸倦容的年轻人，看上去又高又瘦，像是发冷一样，全身紧缩，皮肤苍白。他一直冲这边望着。林希笑了下，他就走过来了。表姐又介绍一遍："这是麦伦科长，钻石王老五。"

"别乱讲。"麦伦转向林希说，"其实，我们的家长都认识哦，我爸带我在南大夫那看过病。嗨，李总，南景行你晓得的吧，跟你是正儿八经的老乡呢。"

李延芳的脸笼罩在一阵烟雾里，冲这边含含糊糊地挥挥手，让麦伦把林希照顾好。林希注意到，这个皮肤苍白的年轻人，跟她一样不怎么投入这场聚会。

表姐端着酒杯拦住麦伦说话，林希悄悄起身往外走。进了电梯，麦伦却跟过来了。

"我可以送送你吗？"

"我只是下楼去走走。"

"那正好，我陪你。"

"我不需要你陪。"林希侧过身，看见镜子里自己的脸有几分可笑的怒意。

"都不晓得为什么要来凑这个热闹。"

这正是她在想的，镜子里又碰上他的目光，像两只手掌无意识的触碰。

"这听上去一定很烂，我知道，可我必须得把它说出来。"他的目光和嗓音，像一团灯光暖意融融地照过来，但是他没说出来，因为电梯门已经开了。

一阵温润的风从门厅处吹过来，大厅里坐着几个人，一树硕大粉色的樱花开在大厅正中央，林希凑过去看，是一树假花，太逼真了，真好看。

"你想购物吃小吃，还是想看夜景？"从旋转门里走出去，麦伦问道。

"我只是出来透透气。"

"小心谨慎总是好的。"

绕过门前停放的车子，来到一座桥上，桥下是夜晚的湖水，正是她在白天看到的那个湖。湖水上映照着霓彩，还有几只游船在湖面上晃荡。

"你们这的气候可真好。"

"咱们那边还冷呢。"

想起白天那一幕。"我先回去了。"

"给你献殷勤的人很多吧，所以你才会这样敏感。"风把她的头发撩得老高，有只白鸟的影子忽一下掠过。他走到她面前来，看着她的脸说："那会我是想说，我只相信一见钟情的爱情。"

"关我什么事。"

"我可从没对谁这么殷勤过。"他真有扭头走掉的冲动。

"我也没请你来对我献殷勤呀。"

"高高在上也是一种自我保护。"

"我是个乡下人。不懂得高高在上。"

"我知道了，你很难伺候。"

"是迎宁这样告诉你们的吧。"这下，她真的恼了。

"哦，你原来也在乎别人怎么看你。"

"在你们眼里，不就是个笑话。"

"难道你看不出来吗，我正抛开了自尊在求你的嘴巴别那么厉害呢。"

"我觉得我们应该回去了。"

"我觉得你才刚刚自如一点了。跑去受那罪干什么。"

她低头只管走路,被他一把拽回来,差点撞上一辆车子。却发现她满脸泪水。

"我真不该来这里。"知道他听不懂,又说,"谢谢你。"

"你这是在嘲笑我吧。我见到你,真是不由自主了。"他有点沮丧。一点也不明白她为什么就哭了。又凶又爱掉眼泪,好奇怪的人。

5

表姐喝多了。凌晨四点钟,表姐起来喝水,林希被吵醒了,俩人就躺在床上说话。

"第一次,你感觉厌恶自己,唔,然后你会说,下次再也不这样了。可下一次,那是一个得罪不起的混蛋。林希呀,很久以前,有人跟我说:你没有背景,那就得往死里喝。"

林希下床又去倒了杯水,一边说:

"我没你这样的勇气,我什么能力也没有。"

"你一直被护在翅膀底下,不像我,得自己吃苦,碰得头破血流。"

"你看我,现在是个废物。离了我妈,不知道要怎么活。"

"你不废。你得多谈几场恋爱。说说吧,有没有让你喜欢的人?"

林希几乎没有犹豫地说:"有过很多。"

表姐打她一下:"认真点。你跟那个罗校长究竟是怎么回事?"

林希翻个身,揣测表姐的真实心思。"恋父情结。"

"看,我早就料到会是这样。"

如果没有昨天发生的事,林希会全都告诉表姐的。翻个身,她说:"我不想干那破工作,也对男的没兴趣。"

表姐一下开了灯:"真的假的,难道你爱女的呀。不好不好,我一个同事就那样,那不好。"

"别紧张。"林希拉她躺下,"我的性取向属于大多数那类的。但我对那些男的女的都没兴趣。"

"哦。那是你没遇到合适的。"表姐将两只手掌贴着脸,俩人半天没说话。过了会,表姐又说:"早上我没时间,下午我陪你出去转转吧。"

"不用。你忙你的。我打算回去了。"

她果真就回去了。只是,她真的没有想到,麦伦的信,从此就无止无尽地为她写来了。

这一趟的另一个结果,她跟表姐彼此再也没有联络过。

第 二 章

将来回忆起这段感情时,她将会发现,是距离以及某种精神的需要，还有幻想的魔力，一切被理想化了。她厌恶自己不合时宜的清醒和故作深沉的习惯。对她来说，那只是一些支离破碎的午后、苦闷的黄昏中，类似于一种希望似的期待，似乎爱情的成分并不怎么浓厚，她处在孤独当中，渐渐习惯有这样一个出口，而把读信和回信当成了爱情的方式。

在第一封信里，麦伦仍旧坚信一见钟情的神圣和重要性。他一直在渴望这样的一个人出现。这些天里，他感动不已，甚至冲动得把上次那些人又请了一遍，虽然内心里与那些人并无真正的交集，但他万分感激那个夜晚，他写道：

一种冥冥中的力量，把你带到了我面前。

他不问她的感受，只是表达自己。（她一边读信一边让自己相信：之所以他这样感触深，主要是因为她是一个乡下人，大概不由自主会流露出一点崇拜之态，使他的某种虚荣心得到满足）这已经让她反感。无论怎样，他已经胜券在握：她一定会接受他的追求。她把这封信扔到一边。

第二个礼拜，又来一封，以后每个礼拜她都收到一封来自苔蓝的信件。第三个礼拜，收到两封。她担心被人瞧见，主动去楼下收发室里拿。拿着信件上楼，主任正好下楼。

"稀奇呀，写这玩意儿的会是个什么样的人呢？"

"是我表姐。"

他可真能写。文笔不错，有些句子触动她的心灵。但想到是那个脖子细长皮肤苍白的人（她努力在那晚吃饭的场景中拼凑他的形象）所写，心里又有种不屑。

　　一直到第六封，他说到自己的学生时代，他几乎已经把那个地方遗忘了，事实上，他是打算与过去决裂的，而她的出现，唤起了他对金牛城的美好记忆，她才开始回信。她写道：

　　　　我时常想提醒你，你真应该去写写文章，而不是给我写信，这样会浪费你的才华。真诚地以为，你的文笔真的太棒了，当珍视。感谢你来信。

　　她发现，这种方式可以填充空虚，转移她对食物和香烟的注意力。没拿到文凭找工作那阵子，她胖到令高中同学认不出来。到一家单位应聘时，她没有被录用。她曾逼自己减掉了二十一斤，不久，再胖回来，反反复复。这些事像暗潮一般，侵蚀着她的精神和内心，以后跟麦伦碰面的机会大概不会太多，这样讲出来，也就无所谓。就算麦伦告诉表姐，也没什么要紧，麦伦会不会跟表姐变得很熟呢，她是不会知道的了。
　　麦伦对工作和生活的热情让她也思考自己的未来。但那是一片雾气，她看不到更远处。只能小心翼翼遮挡住一股颓废之气。一切从十五岁那年就开始了，她有了另一个自我，与此同时，也开始有了自暴自弃、自我毁灭的习惯。在信里，她用的是第三人称，是对麦伦热情洋溢来信的回应，也是为了掩藏躲避的习惯。

　　麦伦：
　　　　来信均收悉。虽然你已经有了新的生活和工作环境，言语中却仍是对自己家乡的回忆和热爱，想来，你一定有过美好的童年和青春期。这令我联想到了自己。

我从出生起就一直生活在小镇上。我是从大学里逃跑的人。那个阶段的自己实在太过乏味，便避免多去回忆。我跟我的母亲一直寄居在小镇医院的两间宿舍里。越长大，越觉得，我不过也是寄居在自己的生命里。我从没有过热情，无论对什么。有愧于生命的念头，时时让我焦虑。缠来绕去，一种恶性循环。此刻想想，我竟也没有过想要救自己逃出这番境地的欲望和打算，可能是找不到方法和出口的挫败使我学会了保护自己脆弱的神经。

我们是多么不同的人啊。我希望自己对这个世界、对生命能有你一样的热爱和深情。我想剖析这一切，究竟是怎么形成的呢。

我一直希望我的父母是地地道道的农民，那样，我们就会有土地，我就可以和镇上那些小孩成为真正的邻居和好朋友。他们时常孤立我。我胆小好哭，脾气又古怪，大部分时候，都是我一个人度过的。我不知道你有没有发现，很多父母都不怎么重视小孩子的内心世界，只要能让孩子吃饱穿暖就算尽了责任（当然，很多人仅为了这一件事就已经心力交瘁。大概是我母亲令我幸免于这方面的困顿，以及她对我潜移默化的影响，我向来注重人的精神比物质多一些）。我从小很自闭，自闭到病态，在学校更是，大概上初中时曾经有过一段美好日子，我突然得了一股勇气，想要改变自我。可是，一所铁质的房子，一直围困着我。到了高中乃至到那所没有上完的大学，铁房子越发严密了，它不致命，所以，我也只是待在里面，安稳就好。感觉自己实在没有什么可说的。

作为与我自己的对比，我倒是想起我的同桌，在学校里算不得最漂亮的女生，可是，她是一个很特别的人。我曾经跟她主动结交以期改变自己的性格。我也常在暗地里把她当成我幻想当中的伙伴，就像孤独的孩子常干的那种事。你花时间给我写信，我也想跟你尽量讲点有趣的。

我的同桌名叫梦如。

罗秋华到镇上来的那个夏天，天气非常炎热，已有半年没下雨了。这个地方靠天吃饭，自来水都还没有通上，一年四季都干旱。可这一次，庄稼会颗粒无收。

当梦如成年后，有一天浏览到一份联合国的资料，是专门对这个地区做的一份调查报告，报告上称：这片土地，最不适宜人类居住。

梦如放声大笑，也不知道她为什么会那样笑。谁也搞不懂，她这个人有时候很奇怪。

小街上的人，都在想方设法做一点小生意。不时有同学辍学。她没有生存方面的困难，可是，她一样陷入了困境。那时，她就知道，"人活着跟有生命不一样"。

午后，罗秋华站在花园墙边，学生走进去，他会拦住他们问一些问题，也开些玩笑，最后会说，有问题记得来找我哦，我不仅是你们的校长，还是你们的朋友哦。

从来没有哪个老师可以这样做。对梦如来讲，罗校长已是个中年人。他到来的那一天，她感觉整个小镇被某种绮丽色彩笼罩着震颤了一下。她有意去得晚一点，这样，罗秋华会跟她一个人说几句话。他叫她的乳名，问她吃的什么饭，爸爸有没有回来过。这没什么，大家都那么叫她，但罗秋华叫她的乳名，在她身心里荡起一阵涟漪。尽管他有可能跟她的父母相熟，但她把他当成一个很私密的人，从不在别人那里谈起他。十五岁的梦如渴望能有一个精神向导。

她从小就是个孤独的人。她有过一个兄长，但长大后，他就像她的父亲一样消失了。这些失去，在她内心里留下一个又一个大洞，这些洞，任什么都不可能填充。

她妈妈那时候年轻得令人心碎，没人会理解，男人为什么会把这样一个女人抛弃在那里。

也是在那个夏天，她发现妈妈处在一场神秘的恋爱中有点神志不清。那个人从来没出现过，她不相信妈妈曾经偷偷跟他约会。梦如对爱情的理解，跟一种神秘的疾病差不多，有时候是精神，有时候是身体，不知什么时候，会被暗中传染，然后，是被染上的那个人开始独自漫长的忍受和疗愈。

小镇很小，她观察过，没有哪个真实的人配得上她妈妈的亮光闪闪又似幻想的爱情。她心里惧怕极了，担心妈妈得了病，而她不知道要怎么帮她。

余叔叔是个优雅洁净的单身汉，梦如一度以为他就是自己的亲生父亲。小时候，他会把在小卖铺的台阶上睡着了的梦如抱到她妈妈那里去。这样的场景，在她上小学后还有过。她总是一个人玩耍，在一个神秘的世界里。后来有一次，她穿着凉鞋，被玻璃弄伤了脚，余叔叔把她抱到他的办公室里，让她坐到桌子上，他担心的样子像个慈祥的祖父。而她撒娇的样子，如今回想，她的样子分明是一个小情人的娇嗔模样。头一次，情人这个词从她脑海里涌出来，像被传染了，她暗中又惊又喜。

她渴望余叔叔的手在她头上多按一会儿，他的头发清爽顺滑，他的眼神跟他白衬衣的领子一样洁净，他是那样洁净清爽之人。那真是个奇特的夏天，余叔叔一直在镇上，可在那个夏天，她好像才认识了他。她身上所有的特点，他再熟悉不过。每个六一儿童节，她过的每一个生日，他都像一位父亲那样参与。她参加合唱比赛，戏台的角落里猛然看到他的脸，因为吃惊，她唱跑了调。为了给她拍照，他跑到戏台上面来了。她永远记着那些骄傲时刻。那些照片，后来被放大，悬挂在赵不凡摄影工作室的宣传相册里，赵不凡说这不是他拍的，赵不凡还说他永远都拍不出这么抓人灵魂的相片来，但这一点也不影响他是小镇上唯一的摄影师这件事。余叔叔有一台照相机，只拍过梦如和她妈妈。

有一年暑假，梦如去省城医院住过一次院，呐，根本不是什么大病，她得割掉扁桃体，她妈妈非要跑到大医院去。令人难以置信的是，余叔叔居然也在那家医院住院。

也就是在那几天里，她发现了妈妈的秘密。喏，你当然会跟梦如一样，想到会是余叔叔吧。不，不是的。是一个比她妈妈小很多的年轻人，他是个诗人，也做田野调查之类的工作,她妈妈称他小邵老师。妈妈叹气的方式让梦如知道他们之间发生了什么事。小邵到病房里来过几次,长得很结实,头发很长,留胡子,穿牛仔裤和靴子,梦如想,他可能把一顶牛仔帽有意落在哪里了。小邵老师看妈妈的眼神,像两只蝴蝶在扑腾。妈妈站在他旁边,看上去倒要年轻得多。正是他们看彼此的眼神,让梦如明白了一切。那几个下午,只有余叔叔坐在梦如的病房里。她想对他说点什么,最后,因为害怕,在他的注视下,在假装的睡眠中,梦如涌出一股又一股眼泪。如此一来,她才像是真的生病了。

余叔叔几次换掉敷在她头上的毛巾,喂她喝果汁,梦如出了一身汗,他将干净的内衣放在枕头上,然后走出去关上房门。

他把手掌按在她的额头上,他那祖父般的样子有点做作。她想,他也想说点什么的吧。她期待着,她会永远期待着。他说:

"我们祝妈妈顺利吧。"

"不是该说幸福吗?"

他笑得有点伤感:"幸福是个吓人的玩意儿。"

"你有过幸福那个玩意儿吗?"

"现在就是啊。小姑娘,你知道你为什么会生病吗?你对这个世界感受太深了。"

"你不想多要一点吗,你真的不想一直留住那个玩意儿吗,哪怕一小会儿?"

"呃,怎么说呢,它很有欺骗性,我说了,那是个吓人的玩意儿，你只有不要求的时候，它才会降临。你仔细想想，是不是这样。"

她平时极为沉默。那个午后，她却说了很多。她发现，说出来以后，有些事其实就不那么可怕和沉重了。

其实有太多的机会，如果他想要得到什么，或是他想教会她做什么，他轻易就能获得。

很多年后，梦如将会感激他，既没有利用或欺骗她，也没有给她带来伤害。这样，他那个人，像一束光，将会永远留在她的生命里。在她的记忆里，他永远像一件挂在夏日太阳底下的白衬衫一样。

她希望妈妈幸福，但这个概念很模糊，她知道，很多时候，必须得靠某个别的人来成全，可一旦具体到哪个人，她又感觉自己其实不能接受。经过那个下午，她觉得该祝福妈妈。

快要出院的前一天晚上，余叔叔的侄子小余开车来接他们。他在市区有一套房子，还没住过人。她听见小余跟妈妈说，其实是留给余叔叔养老的，"可他不肯来，您得劝劝他，年纪慢慢大了，得有个人照顾。"

她跟妈妈在那所房子里住了几天，直到她完全康复了。小余带他们去过好些地方。

"我叔一直等着这一天，我想，他是想跟你妈妈一起生活在这里。"在景区休息时，小余跟梦如说，"他时常谈起你们母女。"

梦如什么也没问，也没作出吃惊的样子。

"可是，"小余叹口气说，"见到你妈妈本人时，我就知道，那是不可能的事。"

梦如去看远处的两位长辈，余叔叔正指着对面山上的一座建筑，她妈妈傻乎乎的脸贴住余叔叔的袖子，谁能说，那不正是一对夫妻的样子：有学问的丈夫带着愚笨又可爱的妻子在见世面呵。

梦如有种罪恶感，强迫自己去那样认为：余叔叔有可能是自己的亲生父亲。她应该尊敬他。

当那种传染病一般的症状再次出现在梦如身上时，梦如这回伸手抓住了。

罗校长后来在一个阴沉的午后把梦如带到办公室去，那是在很多次彼此眉来眼去的对望和确认之后，梦如已有些不能自拔，在密密麻麻的学生当中，罗秋华的眼睛后来就只看得见梦如的身影，他站在台阶上，一眼不眨地盯着梦如。梦如从校门里走进来，远远望见罗秋华英姿飒爽地立于天地之间，有别于镇上那些衣着灰暗、表情木讷的男人。她的脚步慢下来。他以他那独特的嗓音唤道：

梦如。

她是在突然间长大的。她的个头跟罗秋华一样高，以至罗秋华老有种错觉：梦如已是个成年女子。

就在那个阴沉的午后，梦如有点不舒服，请了假往校门外走。

"梦如。现在是上课时间。"他一如既往地从门里窥探到了她。

"我头晕。"

他站在台阶上。她的腿朝着校门。

"那我送你上医院,还是进来休息一会儿吧。"

梦如不知怎么走进去的,就在那把椅子上坐下了。她的确头晕恶心,浑身绵软无力,他转身去倒水时,她趴在桌子上睡着了。

随后,她感觉被抱起来了,离开了那张椅子,一阵好闻的味道,但引起一阵更加剧烈的恶心感。她似乎变轻了,意识和感觉离她远了。她想拉回自己,一只手抓住了她的胳膊,她落下来,落在一只枕头上。他脱掉她的鞋。她听见他在翻抽屉,一阵窸窸窣窣,他在看说明书。

"梦如,这是退烧药。"

她听凭他喂药片,他让她多喝了几口水,她怕自己吐出来。她又落在枕头上了。听见他出去了。门被拉上了。隐隐约约,她以为自己被锁起来了,终于踏实睡了过去。

醒来时,房间里已暗下来了。她没有马上爬起来离开,昏昏沉沉中一股舒适感,她不想动一下,也不想思考什么。但想到也许有人会推门进来找校长,才一下变得紧张起来。随后,门外一阵喧嚷,放学了。一会儿,又安静下来了。台阶上一阵脚步声,她赶紧穿好鞋子,将头发理了理,衣服拉拉整齐,一边紧张地盯着那扇门。

床铺整洁。刚才被她弄乱了。她走过去叠了被子,拉平床单。床头柜上立着几本书,他替她脱了鞋,那是一些关于教育的书籍,他抱她喝水,他给她喂药,他是从城里的一所大学调过来的,这是他的房间,他的气味,他的习惯,他的书,他的床。她站在那里,纷乱的思绪连同黑暗一齐罩着她,一阵比感冒更加眩晕的情感开始泉水一样渗流,当她的目光落在门后那件暗昏昏的外套上时,这股泉,一下清亮亮地从她心里流出了响声。门就在这时候开了,先是一阵微光照亮了发呆的房中人,然后,他进来了。

"你醒了。"墙上的开关响了几次,不知怎么的,那盏慌乱的灯最终却没有亮起来。

"你得吃点东西。"他的声音低下去,人靠近来。玻璃窗上一团摇乱的树影。"好点了没,要我送你回家吗?"

她想到,得回家了。门开了,她一下就跑进浓雾一般的黑暗里去了。黑暗里,全是她的心跳声。

就这样开始了。围困着她的那个铁房子裂开了,她从里面大大方方地走出来了。世界曾经是黑白色的,如今,变成了彩色的。她每天都要写几封信。

罗秋华决定彻头彻尾地改造她。因为她写给他的那些信里爆发的天然的创造力令他认为她是一个天才。他哪里晓得,为了给他写一封像样的信,她每天都去读诗集和文学名著。

罗秋华代我们这个班的语文课兼班主任。梦如像获得神力,连数学成绩都提高了,她的确变得非常刻苦,我们在家睡午觉时她都在教室里读书。那一年,她在一本中学生刊物上发表了第一篇文章。

罗秋华对梦如的偏爱,就连街上跑的小孩都在传了:"罗校长是梦如的情人。"梦如和罗秋华的身影处处可见,也许，罗秋华以为他是在为梦如辅导功课，但在我们看来不是。教室、他的办公室里，他们时常脑袋对脑袋地思考。

我知道，梦如是多么想在他面前表现得优秀啊，她也想快速地变得成熟起来。

那是在深秋了。清早，天还蒙蒙亮，校园里一团诡异的亮光引我们匆匆挤进校门，有人举着手电筒在罗秋华的宿舍门口晃，所有人都围在那。

也不知是谁从外面把门锁上了，还往上面泼了红油漆，旁边贴着一张大红纸，纸上用毛笔写着不堪入目的话。

我们被赶进教室里去了，后来是我们的数学老师把那个门打开了，据说，罗秋华出来时笑嘻嘻的，门外期待着的人仍朝着门里望，但再没有人走出来。

这件事已造成恶劣的影响，不久，罗秋华就调走了。

梦如在那阵子胖了十五斤。

直到上大学，我才听说了抑郁症这种病。我们班里一个学生的哥哥是个疯子，被一条铁链子拴在一间小房子里几十年。小时候我们都跑进去看，他长长的头发，光着身子，像动物一样又吼又跳。疯子和正常人，关于人的精神的疾病，在我们的概念里只有这两种区别，我们从来不会联想到其他可能。梦如只是让人难以置信地还在胖下去。

很快，高考来临，最有希望考重点大学的梦如没有考上。复读一年后，勉强上了个很一般的学校。

她跟谁都不来往。上大学后我们再没有联络过。她后来去了哪，我们也都不晓得。

听说她不久就辍学了,是这个消息令我们重新想起了她这个人,只不过,过于激动地议论一番之后,我们便又忘了她的存在。

林希

第 三 章

1

两个月后,林希成了海源公司的一名正式员工。南景行把活着时认识的人都托了一遍,送出去很多林希母女没法了解的大礼。

海源公司以加工当地土特产为主,是一家国有企业,前身是一家酿酒厂。那几年,大量的金牛土特产在海内外市场供不应求,公司效益惊人的好。林希进去后才晓得,在这里工作的都各有各的背景。

一个阳光明媚的下午,南景行开着那辆破救护车将林希和她的行李送到海源公司。南景行急着去救治病人,掉过头时,从窗户里甩出一句话,让林希随时去他家里吃饭。

南景行另娶了个女人,这件事在林希的成长过程中似乎并没造成什么影响。林希从没见过那个女人,她从林和蕴那里仅得到一种暗示,尽量不要去找爸爸。除了找工作这件事,它超出了林和蕴的能力范畴。

一个穿一身黑西服的瘦高个儿指挥一个年轻人扛着行李,将林希领进一栋楼里,那栋楼有三层,那人打开一楼左手边的一扇房门。宿舍是新建的,墙壁很白,三个人一间。吃饭去对面食堂,水房洗澡间在东头。

林希收拾东西的时候,有人探头进来看了眼窗下的床铺说:"袁蓉还没回来。"看了眼林希又说:"人家不用上班。这等于是你的单人宿舍。你是林希吧。我是张锦。"

张锦皮肤白白的,背很宽,说话老是在笑,时而笑出两个酒窝。他要带林希去参观,林希说不用了,以后天天会参观的。

"你怎么跑这来了?"张锦说林希踢掉的那个单位很难进人的,丢了很可惜。

"我也不知道。这里更不好进。"林希想到,南景行还要养新家。她已经令他破费两回了。

张锦看了眼床铺上堆的书,说他那边也有一些,想看了可以过去拿,他每个月都买书的。又说:"你得去买个草帽和手套,这几天常总犯病,让咱们去河里捡石头呢。"

"捡石头做什么?"

"我们得自己建一个厂房。对了,你还有任务呢,看见院子里那山一样的煤堆了吗,得我们自己把它卖光。你看,这都什么事啊。后悔到这来了吧?"

"另谋福利吗?"

"天真的人哪。"

接下来的一个月,果真是早上进车间干活,下午搞基建,下班了电话推销煤块。

去食堂吃饭的人不多，中午拥挤一点，到了晚上，只有七八个人。除了张锦和林希，还有五六个也是常客。她也不晓得怎么就跟张锦变得熟了，影子一样跟着他。

公司规模不算大，可门类繁多，有中药材加工车间、野山菌野菜加工车间，还有这两个门类衍生的合成品加工制作车间。据说酿酒厂最初酿过醋，醋还在售卖，林希不晓得它在哪生产的。厂里的人都不喝自家酿的酒，撑不下去了，更张易主成了土特产加工公司。一批原酿酒厂的元老被安排在后勤部颐养天年。要进这家公司得有一定的门路，公司总共有一百多人，近年招了大批大学毕业生，有医学专业的，有法律系的，有从部队转业过来的，有从省外聘请来的专家，还有几位名校毕业的技术人员，其中一个便是张锦。略略一比，林希是最没有资历和背景的，也不知南景行花了多少钱为她买的门票，于是林希极力把自己藏匿起来。

处在人生的好年华，全都活跃得很，处处闻听笑闹声和歌声，老远听得的人，忍不住心里也开朗起来。一会儿在这头，闻声已在楼顶，那里有一台调车机，不知做什么用的，还没有开动过，几个小伙姑娘每天都上去三五回，他们一上去，底下就有人吼吼乱叫，回声与机器的轰鸣声混杂一处，底下的人听来，有从外星传声的错觉。竟没有人来呵斥。林希暂时在包装组，顶某个一直没来上班的人的缺，给传送带上花花绿绿的成品再来最后一道艳丽的包装，然后由着它们自己传送到下一个车间封口。相比原来干的复制粘贴的工作，在这里只是与机器打交道，她放松多了。另两个舍友一直没有出现。跟别的人,她也只是遇见一笑,彼此知道个名字罢了。

林希取了钱包,出来时张锦推着一辆自行车在台阶下等着:"赶快,上班前还得赶回来呢。"就坐上去了。张锦一眼眼瞄她,不知在笑什么。林希便也开心起来了。

那是一条还没有铺沥青的沙土路,两边的白杨树才长起来,茂密的枝叶在上方笼在一起,车子在树影间穿越,林希就恍惚得很。张锦起劲地蹬那车子,猛颠一下,她在后座上要跳起来。

"我的衣服都要给你扯烂了。"他朝后笑着喊,她才放开了,手不知道要放哪。树后面是一片菜地,白菜像盛开的绿牡丹一样,密密麻麻开了一大片。一阵阵夏日的熏风,从她面颊上拂过,从高处的树梢上拂过,耳朵里一阵空洞的回响。心里突然涌起一股酸楚的东西,她不知被什么感动了,喃喃地向着那个背说道:

"谢谢你。"

他大概是听到了她的话。车子慢了下来。绿树后面掩映着一排房子,四周是庄稼,再后一点,是苍翠的南山。那山里的植物,那成片成片的庄稼,像泡在某种绿色的溶液里。

"嗨,你一直这么不爱说话吗?静悄悄的。你是不是已经跳下车去了,你还在吗?"

车子忽然摆动起来。

"嗳,别乱动。"张锦稳住了车子。

那条路上来来回回都是自行车,时而有一两辆停下来跟他们打招呼。

"你怎么不回家？"

"我受不了我爸那个啰唆，你不晓得，那些话张口就来，每天重复几十遍。"

"催你结婚吧。"

"不是啊，老人家都忘了还有这么重要的一环了，直接要抱孙子。"

她笑起来。"你们父子真有趣。"

张锦将自行车推着上了一个坡，穿过一座年代久远的石桥，就到了正街上。远望去，高楼耸立，向前是个十字路口，人来车往，很是繁华。这是南景行的城，她是个外来者。

"不要老是不瞅不睬的呀，赶快来选。"

她也不知看什么了，转身随便拿了一顶遮阳帽。张锦挑了一顶草帽，说这个遮阳好。她又拿了两双手套，从包里取出钱付了。张锦什么也没买，指着十字路口东侧的一栋楼问她：

"你不去看看你爸？"

"不去。"

"你在想什么，老是心不在焉的？"

她笑。想起要买些信封和邮票，又没说。时间还早，俩人推着自行车往回走。

"谢谢陪我来。"

他认真地呵呵一笑："我可不是对谁都心眼好。"

她没有接话，低头看自己脚上的平底黑皮鞋，白丝袜看上去有点怪，有意慢了几步，跟他并排往前走。

"你的煤推销得怎样了？到月底会扣分的。"

她倒给忘了。"要怎么推啊？"

"让你爸去问问他们单位吧。"

她不想为这件事去找南景行。门房的窗玻璃上放着她的信。她取了信，看那信封上的钢笔字刚正隽美，太阳光很明亮，那栋侧身朝着河的方向矗立的楼房也被照亮了，它的后面极其空阔，路一直向前伸，伸到南山里去了。高屋顶的厂房东一座西一座，再远一点的地方是个篮球场，时时有人在那里打球。这些，都被困在围墙里了。

2

接下来的一个月过得既惊险又快乐。他们铲杂草，平地面，在河水中捡石头。把过剩的青春用于尖叫笑闹。夏日的风吹着他们年轻的脸庞，河堤两边，是绿油油的庄稼。草帽落到河里去了，长发迎风飞舞，四轮车忽然开走了，而她们还在扑腾戏水，哇啊尖叫着去追，车上的人冲她们丢石头，砸出水花，衣服全湿透了。扔石头的小伙被拖下来摁进河里，水里一淹，那张脸像只狗脸，哗啦啦一片不能抑制的笑声，像飞溅的河水。清亮亮的河被他们搅浑了。对每个姑娘说一遍"姑奶奶，我错了"，才给从水里捞上来，还不罢休，跑过哪个身边时，不知他干了什么，只看见猛一阵追打。湿衬衫下面显露的胸部，高翘的屁股，被水打湿的眼神，阳光洒在河面上，风来了，风去了，那些混乱的湿淋淋的下午，叫他们暂时忘了，要在哪里安放沉重的青春。北京人周骏纠正大家"骏"字的发音，没一个发得准，那个夏天过去，大家还一律把"骏"字读作"垌"。

她在这样的热闹里想着要写一封信：

我从来没这么快乐过，像是从某个密闭的罐子里突然被释放出来般。

中午又读到麦伦的信，对她换了工作的事避而不谈。

总算期盼到了你的信，我以为你永远都不可能给我回信呢。

梦如是你很亲近的人吧。当然，这不重要。重要的是，我深情又孤苦的呼唤总算得到了应答。你是不晓得，我是个多么孤独的人。真开心，你现在就生活在我曾经生活的地方。你知道吗，林希，我有一种感觉，就像是你替我生活在那里。极有可能，我还认识一些你的同事，关于这个，以后再细说吧。

我家离你们公司很近的，你去街上时，一定会路过，过了那座石桥，再往西走，那边有个窄窄的老巷子。前面那一片，过去是金牛饭店，我至今记得从那里飘出的饭菜的味道，不，不是因为饥饿闻到的那种，而是与某种特殊的记忆相关的味道。人的感情真是复杂得难以言说，我们突然间就会被某个不可思议的东西深深触动。为了令它留存得久一些，我从不轻易去回忆。你是不是觉得我像个七老八十的老头子，呃，我的确是深爱着那些离现在最远的岁月。巷子里一直进去，有一棵老榆树，它有几百岁了。那里，就是我家。我这样说不太直观，等我下次回家，一定带你去看看。我有很多年没回过家了。我一直在努力淡忘对家的感情（说来，不过是对一座老房子的感情）。可是，遇见你之后，我又对它有了一点怀念。我家的房子，怎么说呢，还真值得一看呢。它比我爷爷的年纪都大，主要是，它全是用木头建造的，在县城，木头造的房子，可只有这一幢呢。

有些事，我还没想好要怎么告诉你，其实，也不是什么紧要的事，说不说都无所谓。你离开后的这些天，我一直在想你。

"情不知所起，一往而深。"

我不知道这是不是缘分，你突然出现在苔蓝，而我们就遇见了，不管你对我是怎样的，我对你，真的是一见倾心。

不管怎样，我们得试着放下过去。我想告诉你的是，那些经历，只会使她成为一个特别的人，它会让人变得成熟。就算那一切是发生在你身上的，说真的，我也只会更加欣赏你。

你的来信令我的生活一下变得绚丽多彩，我都能忍受自己的工作了，你不晓得，你的出现带给了我什么，就像是，我明确地看到了希望这东西。我现在知道，人与人之间的关系，不过是在各自空虚时候的需要和填充，或只是一种相互间的利用，而那些对生命本身有过一种激发的遇见，才值得我们用生命去珍惜。

她感觉自己就像一只孤苦无告伸着湿咻咻鼻子的狗。她不想回应麦伦的真诚情谊。但她愿意以貌似在幻想中的那部分灵魂与他交流,而真实的她,一如既往地被围困,无以解救,她怕探出头去看一眼,更怕铁墙壁倒塌一面,她会不适应。

周末放假一天,用来推销煤块。这天中午,有人在过道里喊:"林希,你的电话。"林希跑去门房,却是唐叔叔打来的。他想让林希给玄麻村里的老人送一车煤。

唐叔叔一直在替南景行尽着父亲的责任。开车的张师傅让林希去开票,他和几个工人去装车。出发时已经下午三点了。林希看了眼车厢,爷爷奶奶两个人怕得烧几年,这事要是给唐沃然知道了,指不定又得怎样挖苦她。脑海里他的脸晃了下。

路上,卡车出了点状况,耽搁了两个小时。那会儿已是下午六点钟了,天色正在变暗,张师傅一路骂骂咧咧,怪山路难走。林希忽然想到,是不是只有她一个人在认认真真地完成这个艰巨的任务。张师傅一张松鼠脸歪着,一路都在生路不好走的气。

下山过沟,终于到了玄麻村。爷爷和几个年轻后生早等着要卸煤。

一个不算大的庭院,厅房还没有建,北边一溜平房,还有一间放杂物的厢房和一间厨房,花园子里一团团暗影,几只鸡已在架上安眠。

林希走进唐沃然的房间,在黑暗里站了一会儿才开了灯。或许,她只是想到他的地盘来一趟。

对于一个小伙子来说,这点天地实在太窄小了。想要逃避什么麻烦事的时候,他就会逃到这里来。没有桌子,一张小床上放着几只纸箱子。墙上贴的画报已微微变黄,画报中间,她看到了自己的相片,她贴在一个男人的胸口,那个男人抱着膀子,那正是随时都准备着讥讽她的唐沃然本人。他可从没对她讲过这件事。喊,那股熟悉的愤怒不知从哪就一下冒出来了。却也没有摘下那张相片,她的胸前垂着一条辫子,笑得健康(她自我诊断:精神后来有了毛病)又羞涩。这没什么稀奇的,人人都晓得,他们从小情同兄妹。却没人晓得,他们早就决裂,再也不可能和好了。她永远都不会原谅他的。大人们似乎都没觉察到他们之间发生了什么。这样最好。

他把哪里当家呢,是玄麻村,还是双子镇上父母单位的宿舍?他跟她一样,从小就生活在镇上。对林希来讲,镇上医院的那两间宿舍,至今还是她真正意义上的家。她在那里整整度过了十七年。

再过一阵,林希才会晓得,这个晚上她跟张师傅专门给两位老人运来的是一整车的石头,全是石头。

这下好,连那个仇人都得鄙视她了。林希首先想到的是要给他打一个电话。或是写一封信,只写一句话:

我是傻子,走到哪里都会被人轻易辨别出来。

后来南景行给医院里拉了两车,也大半是石头,南景行自己付了这笔钱。

她仍混在快乐的人中间,勤勤恳恳做着一个包装工的工作,慢慢地跟工友变熟。她是最沉默寡言的人,不过,销煤事件却让众人见识了她的暴脾气,她跑去常总的办公室里大声质问了一些问题。常总也才记住了这个过于无知的女子。

宿舍门开着，一个个子矮小的女子正在收拾窗下的床铺。林希吃了一惊，也不知道为什么要吃惊。袁蓉看上去有三十岁了，抬起细细的眼睛看林希一眼又去收拾东西了。

林希在那工作的三个月里，跟袁蓉自始至终都没能成为朋友。袁蓉倒是始终对林希和那个与她信件往来的人充满好奇。

"真不是男朋友。是我表姐。"

"小姑娘，你真有意思。"

"他不是我表姐，却也不是男朋友。我们只是在玩一个写故事的游戏。"

"嗳，你在恋爱，你自己真的不晓得吗？"

怎么会。我只是爱上了写信这件事。林希跟自己说。

周骏常来找袁蓉，双手叉腰径直走到窗户那，袁蓉躺床上，像在欣赏一个雕塑那样侧身看着周骏。有时候，她们睡下了，会有敲门声。林希听见袁蓉走到桌子那，一阵窸窸窣窣，门开了，门关上了，屋里静了下来。直到后半夜，林希爬起来看了眼那边的床铺，再睡不着，又过了很久，门锁终于响了。有人进来了，低声地叹气，慢慢吞吞地脱衣服，像一片棉絮那样落了下去，再无声息。窗外，隐约的灯光探进来，映照着那个瘦小的身影。林希只觉得一股浓稠的东西令袁蓉难以脱身，才不断地发出那种轻微的叹气声。随后，林希就睡着了。

平时周骏一进来，林希就起身走到对面宿舍里去。

张锦总在鼓捣一个有复杂线路的玩意儿，扭头冲林希露出他那婴儿般纯洁的笑。屋里飘着周华健的《其实不想走》，一个小小的录音机里，磁带转动着，窗子开着，风不断地吹进来，夹带着夏日夜晚的气息。

"又没处可去了吧。"他眼里闪着一丝奇怪的蛮天真的亮光,"好哇,若没人逼你,你还摸不见这面墙上的门。"

张锦出身名校,应该有很好的前途。他忽然摔下那玩意儿,将身上的一件衬衣脱掉,林希扭过头,转回来时,他已换了件白T恤,脸盆里扔着刚换下的衣服。

"走吧,我陪你去洗。"

"明天洗。你坐着。"

"明天都放臭了,走吧。"

"反正又臭不到你。我本来是不想臭着你才换的嘛。"他的眼神轻飘飘飞过来,落在她身上,又沉重地移走了。

林希更要走出这屋子去,拉开门,张锦便也站起来:"原来是个贤惠的人哪。"

"胡说什么,我只是不忍心看那件衬衫变臭。"

"你才胡说,我早上才穿在身上的。"

她手搭在门上,脸上是那种惯常的带着一点冷意的木然。门后的床铺上扔着香烟、剃须刀,一双小船一样的鞋子放在床下。她的目光又移到高处,一股洗发水的气息,那阵音乐还飘浮在空气里,他站在她身后,眼神一直是飘移的,落在她身上却很重,她想抖落,抖不掉,就走出去了。张锦端了水盆,让房门敞开着,大声地说:"我怎么变这么勤快了。"不忘在对面门上猛敲一通,"嗨,开会喽。开会喽。"也不知从哪个房间里传出说话声,大笑声。

路灯似有若无,照见远处围墙的轮廓,墙头上竖立着碎玻璃，是那碎玻璃散发出的贼溜溜的冷光，令人心里起一阵荒凉。巨大的厂房像一头熟睡了的兽。他们白天新修整的路面踩上去软软的，没被铲掉的草茎探头探脑。张锦把盆抱在怀里，一颠一颠地走路，胳膊肘一下下撞着她。

"你为什么总是不快乐，你为什么不像我们一样快乐？"这回他没笑。

"我有什么值得快乐的。我又不是技术人员。"她看着深蓝的夜空里闪烁的星子做作地笑了下。这样的夜晚，激起人心里仿佛来自远古的空旷和寂寥，而人世间，只有张锦这个人，她要依了去。

"难道，给你写信的那个人都难以让你快乐吗？"

"只不过是个普通朋友。"

"我又没问你他是谁。"

林希没说话。

谁都没再说话，慢慢地走路，在围墙里走路。风忽然近在耳边，有点凉意，几万只虫子在墙外叫嚣不休，要把浓稠的黑暗叫开了。又听得河水声，她很想越过围墙，光脚跳到水里去奔跑，她一个人是不敢去的。此时，跟张锦这样一起去水房，怕也不是妥当的吧，但又有什么要紧呢。

黄昏，他们走出厂区，沿着那条布满阴凉的小路一直往前走。他有单纯的个性，喜怒哀乐挂在那张脸上。跟他一起走路的时候，她非常担心，他会说出来，或是问出一个让她难以回答的问题来。他们的交谈始终停留在一些别的事情上，多是一些读书的事情。至少，这是他们经常在一起的一个理由。

走到那条沙土路的尽头，一座石桥通往繁华之地。金牛城不大，几条街道却错综复杂，他们走得茫然。脚步带着不知所向的人，一抬头，已经走到电影院附近。他们始终没有走进去过。一走到这，她先扭身急忙往别处走。大概他也仔细斟酌过，不会做不上算的事。

在繁华街市上她买一些生活必需品，一块香皂，一瓶价钱合理的润肤露，林和蕴给了她足够的钱，她大可以每个月换上两套衣裳，但她把那些钱都存了起来。

上个月，在南景行再三邀请下她去了一趟他的新家。是一栋旧楼，房子很旧，窄小，女人很热情，房子里面很干净。看得出来，是一个会生活的女人在掌管着这房子里的人的喜好和品位。墙壁上有风景画，挂得有点多了。阳台上的花花草草尤其有生机，是经过小心侍候的长势。

林希买了很多水果，给南景行买了一瓶酒，花了她一个月工资。

"你花这个钱干什么。"

到这会儿，林希略有后悔，料定南景行是不会打开它自己喝掉的，不如给买个鞋子衣服什么的。到底，她没有什么生活经验，难得对爸爸有的一股浓烈的亲情霎时又变稀薄了。

女人中等个头，一直在说话，林希起初以为她对自己很热情，坐了会，发现她只是有说话的热情。女人看上去比南景行要老一点，不明白，南景行怎么会看上她，跟林和蕴完全是两类人。

女人自己也有一个女儿，才上高二。

"我和你爸爸得存钱供她上大学呀。"

女人说话的时候南景行不说话。送她出来的时候,他让林希常来。林希瞄了眼,谁都能看出来,那是她的父亲,宽眉大眼,陡直的鼻梁,一样的厚厚的下嘴唇,连直着脖子走路的姿势都是。

后来,她约张锦为南景行买了个剃须刀,至今还没有送给他。她也再没到他家里去过。

那些年轻的同事,下班了都坐在会议室里猜拳玩耍,第二天,打扫卫生的老郭会拖走一袋子啤酒瓶和冰红茶罐。

像是一脚踏在虚空里。她要什么呢?她不知道。

"你想要什么,现在想想。"

她不会一直住在宿舍里,不会一直待在公司里,这当儿,她方明白,她又在忍受着这一切,并没有全心全意投入其中,潜意识里,她还会伺机出逃。可是,那个出口会在哪里,将来会去哪儿,她根本看不清方向。

张锦是看得到的,作为一名技术人员,职位会越来越高。总之,他是有前途的人。她也这样对他说了。

他的眼神如黏稠的蛛网,她看得懂也感受得到的湿气不由自主地向她贴近、坠落,她明明白白地散发出一阵冷气,这黏稠的湿气便飘走了。

林和蕴来过一趟。看了看公司周围的环境,警告林希不要随便去河边。

"这样的宿舍最好了,不至于太孤单,你很快会交到好朋友。"她坐在林希的床边上,看着对面那位部长千金的床铺上高高垒起的衣服。临走时留下一沓钱。

"你现在可以为自己随意选衣服了，工作服只是你的一层皮，一个女孩子得有很多层皮。说白了，你的运气很多时候就藏在这一层又一层皮里哦。"

这可不像是林和蕴能讲出来的话。多看了两眼妈妈，惊喜地发现，她妈妈越来越年轻了，像是从一种中性的性别里把自己释放出来了。

空余时间，她把张锦桌上的工具书都读了，虽然看不太懂。除此之外，她写信，麦伦写了什么不重要，重要的是他在等待她的回信。而她写的信又不像是信，是什么，她自己也不清楚，可能更像一篇又一篇文学作品。

麦伦总会在那些纸张上面搜寻到那么一两行深情款款的话语，有这些，已足够他就着再写一封信来。在一些瞬间，他想象如果她热情过度，他反而会没了兴致吧。可是，她永远不可能成为那样的人，这才是真正吸引他的地方。

3

很多年以后，林希给小说家陈焰讲起这段经历，她将会这样说：

"多亏了有这样一个出口，不然，我的精神又会生病。"

可是，在还很年轻的现在，她意识不到。她不主动跟人往来（接触最多的就是张锦），脾气怪，有点坏。工余她把自己关在房子里，克制着猛烈的食欲对她精神的折磨。这种时候，她也去找张锦，跟他说话可以避免食物和香烟对她的诱惑。她像一个已经在等死的人，会有一刹那回顾式的温情和期许，就算这已是最后的日子，她也想变得健康，想让阳光渗透她的生命。她再不能逃跑了，哪怕这里是地狱，她也会坚持待下去。本能令她靠近张锦，还有跟麦伦通信，很难说这两者孰轻孰重。有些话她只能写在纸上。而有时候，她精神的黑暗迫使有张锦这个现实的存在。

经过一个月烈日和河风的洗礼，脸颊掉了一层皮，额头上被草帽遮挡的部分是白的，其余部分变黑了，手臂和双脚更黑，不要紧，因为公司里的男女都一个样。倒是多了一股新鲜的朝气，虽然朝气仍旧用来搬石头，和水泥，年轻的人啊，把这股朝气挥洒得淋漓尽致。两个月后，一座小型厂房靠他们自己建起来了。

炎炎夏日，四周的庄稼熟透了，栽种的树苗成活了一部分。这天上午，在二楼会议室里举行庆典，常总表彰了有突出表现的人：过去娇滴滴如今变泼蛮了的女职工，曾经萎靡不振如今血气阳刚的男职工。黄副总总结说：

"这样的磨炼是必要的，接下来，我们还会抽出一些时间来，多干一些体力活。"

中午会餐，有酒，气氛越来越热烈。菜是副总黄小娟和食堂的田师傅一起做的。

副总有好多个，林希区分得不是很开。独这个黄小娟负责管理公司财物，哪个部门缺个零件，宿舍里需要一把椅子，都得去找她，所以林希分得清。鼓动性的话听太多了，年轻人酒也喝得多，个个已有了醉态。黄副总面颊上两坨红颜，手指点着说：

"看看你们多好啊，啥都还来得及，好好享受你们的生活吧，公司会为你们提供一片广阔的天地。袁蓉和周骏，你们两个的婚期到底定下没有？到公司里举办吧。"

忽然就静了下来。就在这当儿，常总问："小娟，你们的菜上完没有？"

"听你问的，我还会藏着一盘不成。"

张锦通红着脸，沉重的眼神一直望过来，望过来。

那天，常总坐在一张过于宽大的桌子后面。那个房间也很大，两组黑色的沙发彼此对望着，林希站在它们中间，她看见阳光从外面照进来，照亮了那些高大的发财树。那很像电影里的一个场景，一个胆小卑微的小卒，来见一个能力广大给了她机会的人，她应该面露感激。可是，她大声地发出一连串无知愤怒的质问。常总戴着副墨镜，只从他的语态分辨出，他根本心不在焉，甚至没在听她在说什么。她要出来的时候，他把她喊住了：

"你去把黄小娟喊过来。"

那是一种黏稠的拉扯不断的东西，它一直暗中存在，那不仅仅是一句问话，他们通过这一番问答传递给彼此一些别的信息。常总的头发全白了，显得精神矍铄。林希顺着这个声嗓第一次仔细看那个女人。黄小娟的年岁处在比常总小很多又比林希她们大很多的阶段，她个头很高，身材也还没有走样，眼睛的位置是黑乎乎的两条细线，平时看不到她的眼珠。当她向你热烈地问什么问题的时候，你才看得到那一双过细过黑也过长的眼睛，眼珠小小的。她的头发黄黄的，烫成了大波浪。林希时常分不出她是不是在笑，她到底是胖还是瘦，她老是把自己包裹在一套套太能掩饰身体瑕疵的时装里，众人的眼睛必都先落在那些衣裙上。那些衣物，不可能出自金牛城的某个商厦，仿佛离了那些衣裙，黄小娟就会失去自己的身体，她没有一天不盛装，你下一个小时见到她，必与上一个小时所见不同。就算不往里套进一个人形，单单那么悬挂起来，那些衣裙也是摇曳有姿的。这个女人，不笑时有点像舒淇，笑起来时是一个已苍老却还涉世未深的妇人。

没有人跟她开玩笑，可她冲着每个人都要说上点什么。这当儿她面向林希：

"你得开朗一点，你本来挺漂亮的，这衣服把你穿老了。你这么拘谨干吗，我们不会吃掉你的，哈哈哈。"

只有袁蓉接着这话说了句："小娟，你胃口可真好。"袁蓉老是病弱弱的，一个细若蚊蝇之声。

周骏在桌子底下踢了袁蓉一脚。随后，有人放了音乐，一下就拐走了年轻人的双腿。黄小娟邀请常总跳一曲。

这一晚，张锦没有搭理林希。她坐在门口的椅子上，第一天来时安排他住宿的宋朗过来邀请她，她说她不会跳。宋朗说："没关系，你只要有腿脚就够了。"她又说："我真的不会。"宋朗说："那么，我可以请你站起来吗？"

随后，他们卷入跳舞的人中间去了。

"我才出差回来，怎么样，都适应了吧？"

"还好。"她脚下乱踩着。他的手臂几乎要把她抱起来。"不好意思。"她停下来，直接往外走。

"嗨，等一下。我看到门房有你的信，你的朋友是在苔蓝？那个笔迹有点眼熟哦。"

"哦。"

"我想知道,给你写信的人会不会碰巧是某个熟人。"

"恐怕不是的。那是我表姐。"

"哦。好吧。我知道了。"

4

宋朗是原酒厂的销售部经理,现在仍是。林希回宿舍后拿出那些信封,麦伦的字迹是有点独特,刚劲有力,就像他那个人,你在人群里一眼会识别出他来。林希第一次意识到麦伦长相英俊,为这番发现她吃了一惊。

那些信件装在一只鞋盒里,竟写了这么多。可她对麦伦并不了解。自林希调到海源公司以后,麦伦的来信地址只写俩字:苔蓝。

在下一封信里,林希问麦伦:你认识宋朗吗?

麦伦在回信里说:这世上我们碰巧认识的人有很多。我只想知道,你在那里还开心吧?

怎样算开心呢?这些日子,算是吧。过集体的生活,好像暂时没有头脑和心的人,不用思考太多,大伙笑,你跟着笑,大伙吃饭,你跟着吃饭。一起吃饭更是不需要端着一颗心在的,欣赏别人的笑话,看他们自己上演故事,明着的,暗着的。嗯,是真的快乐的。

她把观察到的化为朋友的故事写下来,有一封没一封的。奇怪的是,麦伦也不在意。偶尔,林希会想,莫不是,麦伦跟她是一样的,只不过是靠着写信这种方式来治愈自己的某种隐疾?当然，这不太可能。因为，每封信都是热烈感情的流露。接下来的一个月，麦伦却用六封信来写夏山的故事：

我时常会突发奇想，若是我们经历的人生不是现在这样的，而是另一番令我们无从想象的样子，那如今我们会是在哪里，还能不能相遇，能不能这样甜蜜地给对方写信呢？（林希不悦，她可从来没觉着甜蜜。但她不打算一再地提醒他：他们的关系算什么？要说，只能算笔友）也许，人从出生那天起，一切就已经注定了吧。

这些天，我一个同事因为一些困扰了他很多年的事而犹豫不决，他本来打算在这个月底回家跟女朋友订婚的。说来，那些事也没什么大不了的，可是，他担心她知道了会改变对他的看法。若不告诉她，又令他内心不安。他成天为这事纠结。怎么讲呢，我怕我转述不好，我还是照着他讲的写下来，我们就叫他"夏山"吧。

夏山的妈妈出生在一个叫川亭的地方，夏山的外公外婆至今还生活在离川亭不远的一个叫玄池的村子里。小时候，夏山大部分时间都是在外婆家度过的。

川亭师范，在那时候是周边地区的最高学府。在过去那个年代，女子识字的都不多，可夏山的妈妈一路上学上到了川亭师范，并在那里结识了夏山的父亲。

毕业后，俩人回到了夏山父亲的家乡金牛工作。第二年他们就结婚了。

夏山有一个哥哥和两个姐姐。起初家里有一个保姆。夏山长到三岁,这个保姆离开了。夏山被送去外婆家。对于夏山上不上幼儿园这件事,爸爸妈妈意见不统一,夏山的记忆大概始于此时。

他能记起那天的场景,他跟妈妈坐在一辆车里,妈妈给他讲一路的景物,但她时而陷入自己的沉思中。他发现,走得越远,山就越绿,有很宽的河。他问:我们去这么远的地方做什么?妈妈把他抱在怀里。

你本来就应该出生在这里。

他听不懂妈妈在说什么,他感觉她心里很苦。夏山其实也记不清了,毕竟他还太小,那也许是后来臆测中的事了。

随后,是思念妈妈的漫长的四年。玄池气候湿润,植被茂盛,青山秀水,自然与地域狭小的金牛城不同。多亏了外婆,她最知道怎么治愈夏山那颗小小的受伤的心灵。

妈妈很少来看他,从大人的谈话里,他知道她工作起来很拼命,那些人说她才当了女县长。

县长是个什么东西?

那个呀,我猜那是一条很长很长的毛线,你妈妈负责把它绕成一个复杂的线团。

外婆当时正在绕线团,外婆打算给他织一件毛衣,几年过去,那件毛衣都还没有织好。外婆抽旱烟锅的时候比绕毛线的时候多。外公不抽烟,也不会犁地。夏山老是穿着一件肚子露出来的旧毛衣,夏天就光屁股穿外公的一件长背心。他喜欢夏天。夏天可以去山里探险,而冬天会一直被关在门里边。

上小学之前,他甚至记不起来爸爸长什么样子,去玄池后从来都没有见过他。外婆把他的照片都收起来了,并告诉他:

那是个贼,那就是个二杆子,把你妈妈哄骗到那么远的地方,当什么县长。哼。我让你妈妈上学,可不是为了有一天让她跑去别人的地盘绕线团。

夏山心里一下有了仇恨的目标:把妈妈从他身边偷走的那个二杆子。夏山感觉是那么恨他,也许等到哪一天,他会揍他一顿。

但外婆后来不这么说了。她说那是因为她给烟叶抽醉了,说的是醉话。外公问夏山:外婆一天尽说醉话,是不是该戒烟了?

外婆说:那你去种地,我好专心戒烟。

外公说:那你还是别戒了,反正地里的烟叶又长出来了。

夏山有时候会问:

我爸爸为什么不来看我?

你爸爸啊,你爸爸自己绕的线团比你妈妈绕的线团还复杂,等他把那个弄清楚了,就来看你了。

他们是不是不要我了?夏山趴在窗户跟前,努力往山那边望着。

我的瓜儿,过来,让外婆抱着你。因为外婆太喜欢你了,才把你留在这儿,我不舍得放你走。看见了吗,那堵城墙外面有野兔，我去打一只来给你养。

外婆跳下炕，将旱烟锅子插在上衣领子里，出门去了。夏山继续趴在窗前怏怏不乐。猛听得一声响，像是放了个很大的鞭炮，夏山吃了一惊，又连着几声响，院子里的鸡也像他一样直起脖子，一只爪子支地，另一只悬空提着，半天不放下来。

过了不久，外婆进来了，胳膊底下夹着一杆枪，一手提着几只兔子。夏山看半天，确认那是跟图画册上一模一样的猎枪。外婆先对着山的方向闭眼念叨半天。

一只兔子死了，另两只小兔是活的。夏山把它们养在一只木头箱子里。那杆枪，夏山就看见过那一次，外婆把它藏在他和外公都找不到的地方。那天，外公没有回家吃晚饭。

夏山睡起来后，揉着眼睛站在大门外，远处的千佛山挡住他的视线。那座山离村子有七八里地，那座山当地人叫它川亭山，可外公叫它千佛山。外公在那座山里修补佛像。外公还给村里人看病，剪纸画画，经常有人来找他写黑黑的弯弯扭扭的大字，他还会算命。外公会的实在太多了，唯独一样，外公不会犁地。夏山感觉外公最爱的是修补佛像，因为外公去一趟山里回来时神情会大为不同，就像被哄高兴了的孩子。外公不抽烟，也不会种庄稼，这些事由外婆干，外婆用一支老长的烟锅子抽她自己种的烟叶。

今天菩萨又帮我了，刚才，我赶着牛过去，发现那块地已经耕过了，我记得昨天明明才耕了半块嘛，夏山你说奇不奇怪，那块地，是谁帮咱们耕的？

外婆让夏山去草窝里捡鸡蛋。夏山捡到整整一篮子。外婆哇了一声，又叫菩萨，我总共才三只母鸡，一天哪能下这么多蛋，除非是那群公鸡也开始下蛋了，不然，就是菩萨专意送给我的。

夏山站在门外的石头上，隐隐约约，就看见飘飘带带的菩萨降落在那座陡立的千佛山上朝着这边望。

有一天晚上，他们坐在院子里吃晚饭。屋外林子里的鸟鸣音听得分外清楚，泉水从门外的河沟里淙淙淌过。空气里有一种引人愉悦的气味，那不是饭菜的味道。夏山端着饭碗发怔：

仿佛真有人伸出长长的袖子制造了这一切。接连几天，他想把这种幻象讲出来，可是他无法描述，索性，他给急哑巴了，一张一张地画，也不知要画什么。

外公打算叫夏山的妈妈接他去城里，外婆则让外公把他背到山上去，见见菩萨就好了。

那座千佛山上，有一千尊佛像，外公说，佛像们已经在那山上站了一千多年了。有一天，外公真的背着他上了山。外公每天走路来回，背着夏山也健步如飞。沿途，苍山连绵，林木繁盛，雾气腾腾，外公边走边停下来采草药。夏山站在一边，高高的草丛间跳出一个小小的人来冲夏山招手，夏山揪住外公的衣裳，只是说不出话来。外公把一些夏山叫不出名堂的草啊花啊装进一只布袋里，背了夏山继续赶路。夏山忍不住回头，那个小人儿冲他笑眯眯地摆手。玄池看不见了。

那座千佛山高达两百米，本身就像一尊巨大的佛身，从地面上直立而起，而他的身体里又藏着诸多尊佛身。从佛像脚下往上行，爬上悬空架立的空中栈道，外公背着夏山犹如在平地行走。外公从山崖左翼攀上去，在山顶休息一会儿，夏山喝了些水，他说不出，这个地方他曾经在梦里来过。

外公说，我们攀到这边来，为的是请求老人家，我们这就要去他家里打扰了，把你的名字说出来吧。夏山什么也不说。却有人替他说了出来：夏山来了。

夏山手指着外公的肩膀，眼睛瞪得老大：他……他……外公不解，朝后看去，只看到一片松林随风涌动。

从山崖左翼缓缓下行，站到了佛像的肩膀上，顺着石阶下到一层一层的崖阁间。盘旋而下，到了一个又深又长的洞窟前，外公把夏山放下来，跪在佛像前说：

请求您，让这孩子开口说话吧。

他们果然如外婆嘴里的菩萨，个个笑微微的很面善。夏山一直以为菩萨是女的，且只有一个，可这么多的佛像，大多是男人的相貌。他感觉那是些再熟悉不过的人，又想不起来在哪里见过。

我做错事了吗？爸爸妈妈不要我了吗？我想去城里上学，我想妈妈。

夏山学着外婆的样子，闭眼专注地跟菩萨们说话。

夏山又看到那个小人儿，那其实是个少年，立于宽袍大袖之间，朝夏山慈眉善目地望过来。夏山。他的眼睛调皮地眨动两下，暗暗地冲他发笑，他的笑很温柔，像是他对夏山的苦恼很理解。夏山吃惊不已,他在纸上试图描画的正是面前这个少年的相貌。

从山上回来后,夏山老是一个人坐在门口的石头上出神地想事情。树林里不时会跑出来一只野兔,或是一头鹿,他不怕它们,它们也不怕他,陪伴他沉思或玩耍。

假期,哥哥姐姐们会回来住一阵。他想接近他们,又很怕他们。他们一回来,他安稳自信的小世界就会坍塌,那些在暗中陪伴他的人和动物就逃散不见。

哥哥姐姐们的出现令他再次确信:他确确实实被自己的父母给抛弃了。一个故作坚强的孩子,他的眼神越来越像那山上站立的佛像,他尽量像他们那样从心底里露出微笑,以致把眼睛都笑没了,眼泪流下来。

哥哥和两个姐姐一点也不像他,他有多沉默,他们就有多闹腾,经常揪住对方打得头破血流。外婆抡着她那杆长长的烟锅子把他们强行分开,让他们赶紧滚回城里去,她指着那些突然发呆的鸡说:

不要跑来污染我这里的空气了,你看看,我的鸡都没你们这些城里人粗野。

这时候,夏山相信,外婆真是喜欢他的。城市是个可怕的地方。

夏山记得那是一个夏日的黄昏。外婆从外面走进来,挡住了他面前的光线。

小伙子,出来,你画了一整天了。去给你外公生炉子煮茶。

外婆翻看他画的画，得找个专门的老师来教你了，你得画外面的世界，佛像们也不会乐意成天被你描来画去的，你得寻找自己将来要走的路。就像你妈妈，唉，至少，她的腿脚知道往山外走。

他跑出院门去拿劈柴，看见一辆车从坡底下的公路上开上来，停在大门外的树荫下。

夏山说，他一直记得他到达玄池和离开玄池的情景，那仿佛是，给他的生命一次又一次的特权。

5

那是八月将尽的一个下午，丽日晴空，空气里弥漫着草木庄稼迅猛的气息，林希站在窗口读完了夏山的故事。从窗口可以望见高高的白杨树上，深绿色的树叶在风里翻飞，不时翻出小小鱼儿一般的白肚皮，远处，山的背阴处一片墨绿色，向阳的地方反而是一片淡黄淡绿，天空高远，透亮的蓝，大团的云朵低垂在山梁上。高墙外的市声正浓，卡车的喇叭声突然尖利地削过墙头的玻璃。夏山的身影不断地从那些字里行间浮上来，还有那个叫玄池的村子，千佛山上的佛像，甚至外公外婆的形象都那么明晰。她渴望与夏山相识。

跑到门房去给麦伦打电话。这可能是她第一次主动给他打。戴着厚厚眼镜片的小张在扫大门外的落叶，门房里没有人。

"我想我懂他，夏山，可爱的夏山。"林希听见自己的笑声，在那个狭小的房间里不怎么真实地回荡。房子的深处摆着几格货架,架子上摆着饼干方便面啤酒洗衣粉卫生巾鞋油。

"我可得感谢夏山。"麦伦也笑,"我应该慢慢告诉你,关于他的全部。不然,我一讲完,你就会不见了。"

"我想我已经知道了。"林希发现自己嗓音里竟有几丝柔情。她一度认为,麦伦的嗓音没有男人该有的那种磁性魔力,突然间,他那清脆的笑声有了些不同的味道。

"我迫不及待想要见到你。思念快让我疯了。"

林希没有说话,目光探出窗外去,小张在那里一下一下扫落叶,黄叶还只是一片一片地飘落,可那人扫着扫着就变得苍老了。林希怔了会,挂了电话,看了眼计数器上的数字,将钱放在桌子上。长途话费还是蛮贵的。

林希始终没想明白自己,如今跟麦伦会到这一步。她讨厌麦伦吗?倒不。那她喜欢上他了吗?她心里的确一直盼望着来自他的信。这种期盼的性质慢慢地变了味道,像酒,越来越醇厚,由最初的不适,渐渐地让人沉迷。想想麦伦的样子,竟就像变了个人,他很瘦,但他身上有一股特别的东西,是一种成年的夏山身上脱俗的气质,也是某种他那个年龄的人不再会有的单纯。

尽管林希一直不承认他们之间那层关系,但当麦伦说到见面时她没有拒绝。

秋天到了,早晚的天气马上变凉。这天下午,张锦约她去逛街。她仍坐在自行车的后座上。林荫道上,杨树和榆树叶子一片一片往下掉落,在地面上积了一层。这片地方与城区就隔着那么点距离,城区的树还披着一身浓郁的树叶,这个角落的秋天却像是提前到来,她想起一句诗:

"秋天是从某些人的内心里开始的。"

有些经不住寒冷的树,小而尖的叶子全黄了,林希仰头望着,永远都不会乐观的。

"你知道我喜欢你什么吗?"张锦忽然地说道。

她吃了一惊,这个问题终于来了。她想着怎么回答,才不至于一下把俩人的关系逼向绝路。

"我觉得你是个诗情画意的人。"

她大声笑了起来。人与人之间的关系真是奇怪,有些人以为能窥视出你身上并不存在的东西,因此觉得爱上了你。有些人,你再怎么努力展现,对方也只是看出你的表面,如此,两个人永远在背道而驰。你是什么样的人,就会寻找什么样的人吧。她可一点也不喜欢诗情画意,稍微经过一点人生的人,是诗情画意不起来的。

"你看上去冷漠,有时候还有点傻。"他跳下车子,她赶紧也下来了,俩人推着自行车走。他很少有不笑的时候,这会儿,他就没笑,而是带着一种赌气似的神情继续说。"其实,你骨子里对自己有很高的要求。只是,你还没有找到一个途径,如果你继续待在这里,你会毁了自己。你是这么想的吧。"

"说得好像是真的一样。"她继续大笑,掩盖一缕无可名状的虚无绝望,"我什么追求都没。你看我,可不就一个傻子。"

她有点过意不去,想告诉他一些别的事,可她早已打算遗忘,做个无心之人,尤其到这里来以后,她的确已经做到了遗忘。她从不说自己,也从不问他的真实。她知道,这对他不公平,他起码是一个真诚的人。

他忽然停下来，向上空缠结的树枝望去。

"你知道，我们一起走过的这条路，这些与你在一起的瞬间，我会一直记着的。"他走快了几步，低头很吃力似的推车子。

她慢了下来。想说点什么。说什么呢？一时感觉自己蠢极了。仰头看那树，微凉的风起，将她的头发吹得飘起来，她穿着一件没什么式样的白色上衣，黑色长裤，这身打扮也太过随意，令她看上去的确有些蠢。

我何必要糟蹋自己。

这是对你曾经愚蠢的惩罚。

她在暗中跟自己对话，努力与另一个自我达成和解。来到街上，张锦又端着那张傻呵呵的笑脸。他似乎对街上的事物更感兴趣，或者说，他喜欢上的，是她诗情画意的一面。

转完俩人常去的旧书市场后，她去给自己买了件裙子。张锦坐在店里耐心地等待她试穿。店员笑说，让你男朋友帮你参谋吧。

张锦站起来，命令她转了个圈，站远一点看了眼，说："不好。"又坐回椅子里等。

到第四件的时候，张锦说："就这件了。"

付钱时，张锦认真地说："要给我个机会吗？"

她飞快地掏出钱给了那个头发黄得有不洁感的店员。

那件裙子，她后来没有穿过一次，她很怕张锦会多想。他们仍旧一起聊天，也去公司外面的树荫下散步，有时会碰到别的同事，众人已习惯了到处看得见这对组合，不像那些动辄消隐的情侣，他们总是在人多处露面，不咸不淡地走路，也不知在说什么,就见他们一直在说。

"张锦,你得加快速度。"周骏往张锦的后背狠拍几下。

直到天黑下来,他们才回各自的宿舍去。在过道里道再见。张锦笑歪了眼睛:

"你趁早别进去。我打赌你还得再出来。"

他开了对面的门走进去了,像是负气,还把门锁上了。

她掏出钥匙,故意弄出很大的声响开门。灯亮的瞬间,床铺上的两个人迅速地分开来,上面的一个跳离得太迅速了,令下面的一个暴露无遗。她赶紧退出来。果真又去敲对面的门。

门开了。他眼里露出一抹讥讽,将右胳膊撑住了墙,将她挡在门后,慢慢俯下身。她躲避去看他的眼睛,闻到他衣服里一股香皂的气味,伸手推了一把,触到他的肋骨。他感觉她很慌乱,但不确定是因为对面房子里的事还是因为他这个人,犹豫间,她已从胳膊底下逃走了,去她常坐的地方坐下来。她始终没有与他的目光对视。

房间里的,房间外的,各种声音响起来,又很静。说点什么好呢,她使劲地在脑子里抠索。

张锦干他的,不知在纸上抄写什么。她坐她的。谁也没有说话。那会儿在路上说了很多了,又像什么都没说。

"你有什么打算不?"张锦歪倒在床上。

"他们上哪去了?"她看了眼另外两张床铺。

"他们大概也不愿打扰咱俩吧。"张锦认真地说。

"打扰?你在说什么呀?"

"你觉得我在说什么?"

"你明明知道我是个傻子。"她胸中起了一缕雾气一样的东西。

"你是我见过的最聪明的傻子。"张锦把桌上的一张纸捏成团朝她扔过来,再捏了个团,又扔过来。

"别闹了。我回去休息了。"她站起来。

"我赌你不敢进去。"

她拉开门,又关上了。

张锦直视着,要把这矜持的装疯卖傻的一切捅破。"我在问你呢。"

"什么?"

"你有什么打算吗?你看那么多自学教材做什么,还要去上学吗?带上我,我们一起好不好?"

"我闲,太闲了我会发疯。过于枯燥的习惯最容易安抚一个病人的情绪。这个答案你满意不?"

"真是好极了。我很满意,那就这样吧。"突然的沉默。她意识到自己不该一直这样跟他说话。而他低头思索了片刻,然后抬起头来看着墙壁说:"你不用天天跑来假装了,我也没义务要陪着你消磨时间。你这个自以为是的娘儿们。"

她就拉开门出去了。

6

一周后的一个下午,机器出了故障,她所在车间的人都休息。突然的清闲令她不知所措。一个人坐在宿舍里看自学教材,有人喊她接电话。

麦伦说，二十分钟之后来接她。他前天晚上已回到金牛城。

等到站在门后的那面镜子跟前，她才发现自己的心脏在狂喜地跳动。换上那件还未穿过的裙子，有点薄了，不过太阳很好。她化了妆，薄施一层粉底，涂了口红，她做着女孩子该做的事时，已经快乐起来了。

在门房碰到宋朗。宋朗嘴角叼着烟，眯着眼睛一眼一眼看她，那是一种赤裸热烈的勾引，只不过这个男人是用眼神。她木然地走，避开宋朗的眼睛。也许他觉得女孩们都会恭维他，因为他可以找出一个堂皇的借口来，带她们去沿海城市出差。

走了有一阵，看见麦伦双腿叉在一辆自行车上，隐在一棵树背后。她又有点不悦，情绪像一只跳来跳去的猴子。

"希希。"他从树后面出来了。面前这个人，令她略略吃惊，他有那种明显的让你从一堆人中一秒就识别出来的特征，某种她上次带着偏见而没有发现的形象气质。"我终于见到你了。"

她往后看了眼，她刚出来的那个大门，那些建筑，隐没在树林后面看不见了。

"走吧，我带你转转。"他把自行车掉好头，等着她坐上去。她要坐上去，他说："等一下，你来试试看。"

她踩上去，自行车左右猛摆了几下，她使出全力，慢慢才骑稳了。他在后面跑，用力地拽住车子，不让车子跌倒。

她出了一身汗，把车子交给他。他说："再让你骑，我就断气了。"

她从未这么笑过，笑得浑身抽搐，她用手掩了嘴，因为她的牙齿不好看。

"我还是喜欢咱们老家。"她顺着他的目光去看四周的田野，没觉着那些矮塌塌的房子、灰不溜秋的老楼有什么好。但即便是这些，也不属于她，她是个寄居者，一个看不到未来的人。

她想了想说："当你有了距离地感受，自然会带有一缕乡愁，一种迷恋。如果你一直生活在这里，情形又会不一样了。"

"因乡愁而理想化，你说的有道理。长久地在故乡生活，大概只需把原来那个已经养成的性格不断地修缮增强即可。是幸运也是不幸，因人而异吧。我现在所指的喜欢，不仅仅是因为故乡宜居，而是因为这里现在有你。"

他转头热烈地看着她，闪光的眼睛仿佛在说：我把一切都已经告诉你了呀。

"很多时候，我们每个人活的其实是一个别人所要求的综合体。荒诞的是，有过童年、少年的真正的你，注定会是被毁灭的命运。运气好的人多的是，但不是我。"

"其实你一直热爱这里，只是你需要一个渠道来获取有关这类信息的密码。"她笑道。

他哼了声，表示赞同。

站在石桥上，可以望见街心公园里的亭台楼阁，脏兮兮的没什么特点，但吹着的风是别样的。她去看桥下不怎么壮观的河水，就算是发大水，浊黄的水面也从来没有涨过多高。向西，是一条宽阔的公路，那里有一个邮政储蓄所，四四方方的一个院子外面，种着几棵白杨和丁香树。

"希希，你是真实的吗？"他的声音温柔极了。这温柔却像是从她体内渗出来的,她变轻了,笑也是轻的,跟着他往那宽阔的公路上轻飘飘地走。

"明天下午,我带你去看我家的房子好不好?"

"不知道。"她不习惯这轻,她想变重,好确知还在这尘世上。"给我讲讲夏山吧。"

"今天不讲他,讲我自己,我想让你了解我,那个真正的我,那个爱上了你的我。"

"那好啊,开讲吧,究竟有多少个你,全让我知道吧。"

"那得找一个没人的地儿,那些我,都非常害羞,从来没见过人。上来吧,我迫切地想带你走。让他们慢慢地考虑下,怎么露面来见你,才不会把你给吓跑。"

后来她知道这辆自行车的来历,一个同事要卖给他,他觉得不好意思拒绝就买下了,并且把它用长途汽车运了来,价钱比新的还贵两倍。以后,她会不断听到这类匪夷所思的事,真好像有数个与他不同的人藏在他身体里,随时出来做一些叫人震惊的事。

现在,他们骑着这辆昂贵的二手车,在宽阔的大道上向前,经过学校、医院,渐渐地离城区远了,来到乡野之地,漫山遍野是成熟的庄稼,小溪在坡下面的草丛间潺潺而流,驶到一片柳林边,他停下来,又吼又叫。她第一次发现金牛的土地这么广阔,地势平坦,远处有青山,只是没秀水。麦伦喜欢乡村,他原本有颗属于乡野的灵魂。

"好啦。"她惦记着他要讲的故事,催他道,"你看,这些树,小河,庄稼,都想听你讲啊。"

他笑说:"夏山的魅力怎么就这么大?"俩人坐下来。对面是一片片庄稼地,麦子已经收割过了,地面上探出麦茬。密叶间还有些淡紫的洋芋花在开,洋芋已经暗暗地长胖了。习习的风吹过,真让人心旷神怡呵,他将领口张开,让风灌进去。

这个下午,在秋天的田野,他极为自然地吻了她,完全是一个初学者差劲的表现。他的手指很长,很白,而她经过烈日暴晒后的那层皮始终没有褪去,双手更是粗糙难看。他抓着她那几根可怜巴巴的手指说:

"如果你需要换工作,可以跟我说。"

"哟,你还有这能耐。"

"我是认真的,为你我什么都愿意做。不过我是这样想的,如果我们结婚了,我就会让你辞职,我养着你。"他的手指在她眼睛中间抹来抹去,因为她常皱眉,那里有几道皱纹。

"你说什么?"她从来没想过结婚这件事,更没想过要和麦伦结婚的事。"你还生活在古代,不让女人工作。谁要跟你结婚?"

"我以为你乐意呢。"

她推开他,站起来走到那棵大柳树下面去,又走回来:

"你爱着爱情这件事,并不需要爱上一个人。"

"这有区别吗?难道我会跟空气、跟一页纸谈情说爱吗?我们相遇了,我爱上你了,我告诉过你,我只信任一见钟情的感情。既然爱对方,自然是要结婚的呀。"

她倒再想不出个理由来反驳他了。

她母亲自然是非常乐意的,麦伦是个公务员而且在城里工作,还一表人才,林希以林和蕴的眼睛瞄了两眼麦伦。

"我家里可能会有一些不同的意见，不过，这事与他们没关系，你只管听我的就好。"

她躲开他："这本来就是不太可能的事。"

他捉住她，猛猛地吻她，以此来回答她。

"你看，"他指着遥远的一个高高的柱子，"我的第一份工作就在那里。刚毕业那阵子，我一个叔叔让我去电力局上班，当时，那可是多少人求之不得的事。可老太爷不同意，没人理解他心里在想什么，非要逼我离开这里。以后你就明白了，我是他的眼中钉，肉中刺。不说啦。"

他把她抱离地面转了一圈。她能感觉到，他在把身体里一股非常生硬的东西压下去了，而她就像他珍爱的一个玩偶，他把一些东西寄托在她这里，分分钟他想拿起来，只是为了这份寄托。

"你啥时候带我去见你母亲？"

"不知道。"最安全的答案。

"那明天去看我家的房子吧。"

为什么他一再地说去看他家的房子，而不是说去见他的家人？天色暗下来了，风里有了凉意。回去的时候，他骑得很快。到了城区，他朝街道两边看，问她想吃什么。她让他回家吃吧，家人肯定在等他。

"我没人管，没人管我，连我妈都不管我。"他说。

选了家小店进去，点了两碗面。她吃得很慢。出来后，走了一阵，他突然停住说："要不，这会儿进去看看吧。"

7

许久以后,她才理解当时他的犹豫不决。

巷子里头的路面是砖砌的,尽头亮着一盏古色古香的玻璃灯,一棵极为粗壮的榆树立在门口,上面挂着个牌子,他拍了下榆树说:

"这棵树本来是私人财产,有三百岁了。"俩人将手按在树身上,树干笔直,挺向幽蓝的夜空。

推开一扇高大厚重的木门,门廊里,一盏灯亮着,借着这点灯光,她看见里面竟是一个大宅院,围起来的房子黑森森的,透着庄严肃穆,诧异间,听见麦伦生气般地喊了声:"妈。"

一片灯光仿佛是在半空里随即亮起来,东边楼上一道门开了,走出来一个女人,只略看得清中等个头,朝下看着门廊里问:"你们吃过饭了吗?"

麦伦说:"吃过了,就给你说一声,我回来了,你不用下来了。"

说着,领林希进了亮灯的厢房。房子有点小,有一股淡淡的香气,没什么摆设,一床一桌一凳,门背后,一个乌木柜子上搁着一只敞口白瓷盆,叠得四四方方的两块毛巾摆在盆子旁边,架子也是木头的,黑金色,上面雕着长茎的花。她的心也正如那长的茎,颤微微地讶异着。床脚立一把吉他,靠床那面墙上贴着好些画儿,桌上还有一沓用一只大夹子夹起来了,最上面一张是工整淡墨的荷,林希翻开来,底下是一个宽袍大袖笑眯眯的光头少年的画像,一厚沓全是,像是临摹的练习品,有几张笔墨已经淡了，作者似乎并不是为了让他们形态各异，恰是让他们越来越像一个人。

林希回过头去找他的眼睛，麦伦却出出进进不知在找什么。走动时，木地板下面咚咚直响。

"改天带你参观，这房子的特别之处，就是它全是木头造的。"

"原来出自名门望族哦。"她在那张小得过分的床上坐下来。他则坐在桌子上。

"你在别处看不到这样的，我喜欢木头。也许，以后就没机会再看了。"他说得认真。

林希等着他说明白，他却不说了。她感觉他忽然没了兴致，她也累了，就起身离开了。他骑车送她。分别时，他说："明天你等我电话。"

袁蓉不在，门口的床铺上多了个人。林希进去后，她从床上坐起来说："我是仇芬芳，我知道你是林希。赶紧睡吧。"就蒙头睡了。

林希也没敢梳洗，直接脱衣服睡了。一股淡淡的香气，萦绕着，她的心仍旧在虚空里颤微微，他的脸一刹儿热烈，猛又冷漠起来。而那空阔的庭院里，像是隐藏着一个巨大的秘密。

突然，又是那些笑眯眯的光头少年，一帧一帧，重重叠叠，猛一张跳出来，扭过脸来，却是麦伦狡黠地眨着眼睛。

第二天早上，麦伦早早打电话找她。门房的小张受了大家的委托，硬要打电话的人讲出自己是谁，不然不给他去喊林希。

"那你怎么说?"俩人见面时,林希问。

"我编了个名字。"

"为什么不说你的真实姓名?"

"我不想说,以后你就知道了。"

"这有什么不好说的,难不成他们都认识你?咦,我知道了。"

"知道什么?"

她不说。他把她拉近前,毛躁躁的头发直冲着她的脸颊罩过来,空气在他们之间消失。她挣开来,小声说:"像什么话。"

"让前女友好好知道哦。是这个意思吧。"他站定了说,"哦。傻瓜,我的生命和爱情只准备给你一个人。你敢这样说吗?"

她没说话,低头往前走,胸前峡谷里的那个器官一阵猛烈跃动。他紧走几步,捉起她的手。

再次走进那条巷子,林希看见常总的车子停在那,那时候私家车还很少,一辆黑色的小车停在那总还是显眼的。麦伦径直往里走。

再次迈进高高的门槛,林希正往电影中的旧时光里跌进去。与金牛城里那些粗糙随意的现代建筑不同,这完全是一座精雕细琢的明清时代风格的建筑,规整的四合院,房子一色纯木质结构,有着南方建筑的明艳秀丽,雕梁画栋,动物和花纹图案或平面或立体,栩栩如生。门廊很深,角落里立着挑金描花的瓷瓶,有一人那么高。正中是花园,过了花期的芍药牡丹的枝儿还深绿着。黑白两色的石子小径向两边延伸而去。与普通的四合院略有不同，南北两向的房子均为上下两层设计，似乎是把两进的庭院折叠起来，节省了空间，建得巧妙，却与四合院整体的风格一点没有违和感。密密麻麻的常春藤绿叶间，攀攀附附地开着繁密的凌霄花，艳美的朵儿煞是夺目，南北角各植一株，对称地开，楼梯就隐藏在花叶间。太阳底下，高高的屋梁上，褐色的底子上泛着些烟雾般的蓝。木格门窗上的牡丹和飞鹤，仍在过去的时光里盛开和飞翔。

南向二楼的栏杆上，晒着两床大红大紫的毛毯和一些小衣服小袜子之类的，让人虚荡而走的心一下沉落下来。

麦伦的妈妈出来了。她的头发剪得短短的，戴着副眼镜，说话有气无力的，看上去很虚弱，她穿着一套棉质的家居服，一双黑布鞋，眼露笑意，没说话，先伸手摸了下林希的头发，脸冲着儿子说：

"这头发真好，脾性跟你准有一比。"

林希看了眼麦伦，笑起来，叫了声"阿姨"。

阿姨悄声说："有点脾气好。"指着麦伦，"比如我儿子，倔得像头驴，呐，这头驴，有很久都没来看我了。原来并不是来看我。我喜欢有个性的人。"

"你可别被她这副傻样给蒙骗了。她私心重呢。"麦伦说着像抱小孩那样把他妈妈抱起来。

"哎哟，坏小子，快放下我，头晕。"

闹着时，那边楼上探出一个年轻女人的脸来说："哟，来客人啦。"

阿姨就冲着那个声音喊："你爸说要喝汤，小玉你下来给烧吧,我不想主动遭人嫌弃。"

"哎哟,您可真是懒得好有借口。"楼上的人喊。

阿姨挤眉弄眼地笑,拉住儿子说:"去理理头发,跟我的一样长了。"

麦伦让他妈妈坐下歇会嘴,带林希步上那新漆过的楼梯。凌霄橘红长茎的喇叭从栏杆上悠悠虚虚伸出来,上楼的与正要下楼的在这艳红的花间相遇了。小玉穿着双拖鞋,长长的裙子把她给拖住了,先嘲讽地瞪麦伦一眼:"得感谢你的女朋友,不然你都忘了这个家了。"才冲林希灿烂一笑下楼去了。

来到高处,瞥见周围那些粗笨的老楼和民居,越发觉得这房子里的一切不像是真实的,林希掐麦伦的手。他吸口气,嘴伸到她耳边不知说了什么,林希直把一张脸烧红了,装作钟情于那红艳的花把脸藏起来,这花只在上大学的那个城市见过,从此,她只爱牡丹和凌霄这两种花。牡丹易败,凌霄花期长,既怕猛烈的阳光,又不能在纯粹背阴的地方生长。麦伦扯她一把,她又想远了。

房子里面是些现代家具,客厅很宽敞,卧室里有点拥挤,一个小婴儿睡在一张小床上,麦伦俯下身叫着"小东西",问林希要不要抱一下。旁边的大床上有点乱。林希觉得这样参观可不好,拉麦伦退出来,又下楼。

他拽着她进了昨晚到过的厢房,她的后背径直朝着墙壁上的画儿贴过去,只觉得他的脸昏天暗地罩下来了。暗昏昏地朝着木头的香气里沉陷进去,凌霄的密叶在脑子里蓬勃。他把她挤在那张小得过分的床上,直向着她的衣服底下摸索。她反抗着,伸手触到那些画像，一圈一圈螺纹的宽袖子堆在手肘处，一圈一圈螺纹的下摆垂下去，又是他黑而浓密的发，密不透风的亲吻也似螺纹般，细眉细眼的少年笑得温柔极了，这是他的领地，却又像是闯入别人的陌生之地。

站在一面镜子前，他给她梳头。她整理衣服，抬头，镜子里的眼睛正痴傻般地望着她，她朝那双眼睛里望进去，一缕光线反射到镜子里，看不清了。正要拿话问他，门外一阵响，跟这房子里一样是空洞的声音，顿顿顿，一阵脚步声向着庭院里去了，又起了一阵，有人出去了，俩人便也出去，往院子后面走。

踩着黑白的石子，绕过花园，林希的目光从凌霄树后面滑过去，受惊似的立住了，有人正俯身在一只石青色粗瓷的水盆里洗手，转头看过来的当儿也愣住了。

一时嘴里发不出一个音来，而麦伦就像没觉察到她的窘境，也像是没看见洗脸的人，索性放开她，拐个弯，顾自走进北边的房子里去了。

"常总。"她听见自己的嗓音打着莫名的颤儿。

常总穿着件灰衬衫，外面罩了件背心，戴着墨镜。她想说，这房子真漂亮，也说不出口，她一直在微微地莫名其妙地颤抖，平面的院子里，景的碎影搅乱了她的思绪。

"哦，林希呀。"常总笑了下，专注地将毛巾搭在脸盆架子上，再不打算理会她的意思。正是他对她的这番态度，才令她辨识出，他是这房子的主人。

她想转身走掉，却仍站着。麦伦在厨房里跟他嫂子大声地说笑，正在那当儿，楼上的那个婴儿醒来了，尖声地哭叫，屋里的人听不见这哭声，常总还在整理毛巾。她便跑上楼去看那个小娃娃去了。

抱着那个哭叫的婴儿时，她脑子里闪着方才的一幕：麦伦怯懦地瞥了眼，而常总根本就没看他，她看不出他们什么关系，俩人有着不一样的姓氏，这些都不能构成常总对她的冷淡。又去想，他可能还在记恨她鲁莽的质问。她抱着的那个娃娃一直在哭，小胖脸儿皱成一团，小手乱伸，她把他抱到外面去，又与常总的目光相遇，她连个娃娃都哄不乖。幸好，年轻的妈妈来解救她了。

小玉背过林希给娃娃喂奶时折腾了半天衣裳。

"常默也不告诉我们，原来你就在爸爸的公司里上班，真是好巧呀。"

"哦……我去那里工作有几个月了。"林希仍在慌乱中，越发地惊奇了，常默？爸爸？

"真好。这就是缘分啊。我是给这娃子缠住了，现在就是带孩子，做老妈子，你看你们多好啊。"

林希这会儿既不想听小玉多说什么，也不想马上下楼去。只等着麦伦一出现就告辞回去。小玉瞥了她一眼，朝楼下高声喊："常默。"扭过身子来，对着林希压低了声音说："父子俩从来都簪不到一块儿。常默从小是过继给叔叔的，后来没过继成。将来你来了就全知道了。"

正说着，麦伦上来了。一进来就揪住林希，在她身上捏捏掐掐的。"看嫂子这屋里，金碧辉煌的，可怎么办呢，我给不了你什么，除了我的小命。"

小玉马上叫起来:"得了吧。也不早点带来给嫂子看看,跟我都瞒着,前天二姨还带那宋姑娘来给我们看呢。"

麦伦说:"怪你跟妈也是傻子嘛,宋姑娘宋姑娘,我看你们是看上人家老子有钱吧,不要太贪婪,足够啦,死时带不走的。要我说什么,我一说,你还以为我跟你分家产呢。看看嘛,人带来了还不都是那脸色。"

小玉扔过来一只婴儿枕头:"你越来越可怕了,还记得你曾经是什么样子吗?如今啥都能从你嘴里出来。我分什么分,大家一起住着,多热闹,分开了像什么话,你赶紧把林希妹妹娶过来给我做伴,不许你带她也逃得远远的。"

"我把她留下,嗯哼,还不把老人家给活活气死,我是有自知之明的,再说了,我可舍不得让你们给她委屈受。"林希作不得声,麦伦这会儿只叫她吃惊又陌生。

麦伦走过去,正对着他嫂子的脸说:"你们放一万个心好了,当初,我能从这门里走出去,就没想着要回来讨人嫌。我不会给你们任何人添麻烦的。"

小玉变了脸色:"你给我说这些有什么用。"顿了顿又说:"看在过去的分上,我只当没听见你放这半天屁。"

"常老大呢?"

"谁知道去哪了,说是去出差。这半年就没在单位好好待过。咱爸也是,到现在也不打算给调整一下。"

"老人家有他的打算,慢慢培养接班人呢。不过呢,你也得管管大哥啦。"

"这屋里的人,哪个是服管的。看林希将来管得住你咯。"

林希在想，那阵脚步声是大哥了，那么，他刚才是在哪屋呢？为什么都没有出来跟自己的弟弟打个招呼呢？

常妈妈在底下喊："孩儿们，赶快下来，吃饭了。"

小玉把小婴儿交给麦伦，抓着林希的手："别管他们，我长年看他们脸色看惯了，你就学我的样。"

"我突然想起有点事，我想回去了。"林希看着麦伦说。

"胡说什么，吃了饭再走。"小玉扯住她不放手。林希就紧跟着小玉。走进饭厅，里面暗昏昏的，小玉开了灯，又金碧辉煌的，桌子是乌木色的，绕桌沿镀着一层金，大家就围着那圈亮色坐下来。也没人说什么。常妈妈不知怎么的也安静着。刚生完孩子的小玉有些虚胖，也有家居妇人的那种唠叨，多亏了她一直在说说叨叨。吱吱哇哇一直在闹的小婴儿，一时传到这个手里，一时又传到那个手里，其他的人就过于专心地吃着饭。家常的饭菜，几样素菜，一大盆浆水拌汤，常总闷头连喝了三碗，才去注意小玉怀里的婴儿，他跟谁都没说话，吃饭也戴着墨镜，众人便也不说话。林希暗暗地想起黄小娟，常总似乎晓得她在想什么，突然看了她一眼，并指了指她面前的盘子：

"南山里采的野菜，平时吃不到的。多吃点。"

林希说了谢谢，再没话可说，她平日最吃不得那个浆水，胃里直冒酸水，努力地喝掉了一小碗。麦伦只顾吃自己的，喝汤时故意发出极响亮的吸溜声，也不看林希一眼。中间隔着他妈妈，她一眼眼看过去，他似乎变麻木了，却突然冲他妈妈说道：

"天天把这喝什么劲，也不给人吃点好的。"

当父亲的看着那个婴儿哼了声。常妈妈终于说道："你们都几年没见了,就不能有点声气儿,三年没吃五谷一样,就知道吃。明天把那只鸡炖了,那几个娃娃拿来的鱼虾也都还冻着。希希你明天一定要来,今天太匆忙了,也没好好招待你。"常妈妈是那种孩童般的神气,有口无心似的微笑着。

"哟,那些动物的尸体,最好别再吃了。"

"你去给我拿只小碗来。"小玉隔得老远地用筷子打了麦伦一下。麦伦站起来说:"吃饱了,你们慢慢享用吧。"转向林希说:"我们走。"

常总忽然拍了桌子叫道:"像什么话。你看看你在外面才几天,现在成什么样了,不像话。"

常妈妈不慌不忙地笑说:"几碗拌汤的力气,省着点,还有大事要您操心呢。"

小玉附和婆婆笑出声来了。麦伦只顾扯了林希往外走。

出了院门,林希舒口气。那辆车仍旧停在那。从巷子里走出来,来到街上,俩人同时长长出了口气,转身再看,一片破破烂烂的旧楼房挡在眼前,那宅子看不见了,像是俩人共同做过的一个叫人不怎么愉快的梦。

"总要来汇报一声的,是不。"

她决定什么也不问,跟着他走,那是自己心底的一个声音。

"抱歉。有些事,你现在也不需要明白。你只要知道,我对你是全心全意的就好,还有,事先要说明了的,我什么也没有,你若跟了我,我可能连房子都买不起。"他将两手插在裤兜里,踢着双腿往前走。

真傻。她忽然笑了,一阵奇异的柔情涌动。她能设想到的事，似乎还牵扯不到这么现实的问题，而他已经是过起了日子的俗众。不知几点钟了，街上没几个行人。她唯一想到的是，今后在公司里会很尴尬了。身旁走着的人，她感觉懂他，又像是完全不懂。那他又了解她什么呢？麦伦好像猜到她在琢磨什么，立住了看着她说：

"你在想，我带你来，刚刚完成一个任务对不对？放心，我没那么傻，我怎么可能会对一个不怎么了解的人这么用心呢？那是你的想法。我像了解另一个自己一样了解你这个人。"

"我可不了解你。"

他又站住了，贴上去，要她看着他的眼睛再说一遍。"有本事你再说一遍。"她笑着逃开了。

街两边立起几幢灰扑扑的高楼，如果不是才从那古色古香的宅子里出来，她会羡慕买得起这种房子的人，而此刻，只觉得那些水泥格子的空间冰冷极了。

到处都在急着翻新式样。而常家人却不急不缓地保住了自己的时代。她靠近一点说：

"那房子可真是独一无二，怪不得你向我炫耀呢。"

"可惜，那里没我什么事。我只是想让你看看，它在我们北方确是少有的。要说我曾经爱过什么，应该说：我是非凡地热爱着那座建筑啊。"

他的样子既孤独又忧伤。之前，她一味在黑暗里沉沦，根本没打算把自己从那消沉里面打捞起来，蓦然，她似乎有了个明确目标。到了公司门口，麦伦说："自行车先放你那好不？"

"我根本用不着，也没地方放啊。"

"存你们车棚里,你随时去街上方便。"

他诚恳地看着她。她方明白,原来是他专门买给她的。

8

她时常想起墙壁上那些画中的螺纹,手指一圈圈画着,想象那正是他心脏的纹路,与别人的太不一样呢。我的,又是怎样的呢?"构成童年的材质,一种紧粘在灵魂上的黏胶",童年会影响一个人的一生。她试图在那些信件里拼贴出他的童年。他也正是以这样的方式了解她这个人。想起被他略为狡猾地追求着,虽有一丝愠怒,多则是甜蜜。也许,爱情本就始于对另一个人的好奇,也可能是自己感动了自己,像是在回忆里越来越情深意长。

休息时,就骑着那辆自行车去城区,她骑着随意地走,她喜欢迎面吹来的风,金牛城里有很多弯弯绕绕古旧的巷道,她喜欢带着他的眼睛去那些地方流连,因为他的存在,她对那些物事上了心,在信里详细说给他。曾经碰见几位高中同学,因父辈的关系,他们都在好单位就业,在她面前自然是高上一等,向来,她是个冷漠之人,他们待她,更是冷漠的吧。从此便不去这些地方。偶尔,也会经过那条巷子,匆匆往里瞥一眼,老榆树的影一闪而过。从没碰上小玉或是常妈妈正巧走出来过。

很久以后,小玉在一天上午打电话过来,说让爸爸捎过很多口信,让她来家里玩,怎么就不来呢。

林希从未收到过这样的口信。

她非常怀念那个庭院,古老的时间沉潜在里头,像一个极老极老的人一样,她想跟这位老人多相处一会儿。也想念小玉和常妈妈,她们像一股清新的气流,一下就把坚固沉闷的东西穿透了,让人变得轻松快乐起来,甚至想念那个婴儿,她没有意识到,自己想念他们,甚于对麦伦的思念。也许她单单迷恋着常妈妈,她天性里的一种气质暗中影响着周围的一切。也许,她向往那对婆媳之间轻松愉快的关系,更或许,是老房子自身所散发的岁月和风尘的气息,是那些老木头的皱褶里所隐藏的神秘吸引了她。但她从没打算真的再去做客,即使受到了邀请。

9

这天晚上,三个姑娘都在。袁蓉回家去吃饭,十几分钟就回来了。一进来就窝在床上,只有发呆叹气这件事可干。林希才洗了头发,屋子里一股猛烈的洗发水气味,还有一股特别的香水的味道,像一缕锐利的细线,一下从诸多气味里削切出来,又一下消隐。仇芬芳道:

"你跟你那个经常写信的男朋友,将来怎么办啊,最让人头疼的就是这种异地恋哦。"

林希说:"我们还算不上那种关系。"

袁蓉说:"你当初怎么就没考虑到这个呢?你们是怎么认识的?他长什么样,有照片吗?给我们看看嘛。"

林希看了眼窗外说:"没有,我没有他的照片。也不知道怎么认识的,就像是,一切都由不了你。"跑那么远,真是为了遇见他?

"给我们讲讲嘛，你们怎么认识的，你们都在信上写些什么嘛。"仇芬芳把那张脸搁在椅背上，无限憧憬地出了半天神。她浑身上下圆圆的，脸很圆，腮帮子像特意涂了层红色，眼睛下面一抹红，身体也圆圆的，手脚更是胖圆胖圆的，她小时候一定很可爱。这会她又说道："都是我让别人被动，就没人让我被动过。"说得三个人都笑起来。

"他从来不来看你吗？你也不打算去看他呀，小心，城里的女人个个如狼似虎。"

"我们只是写信。"林希笑说。

"纸上谈兵，听着可不怎么可靠。"

突然，她感觉对麦伦是越发地不了解了。就算现在彼此放手，他们谁也不会痛苦的吧。可是，为什么要放手呢，他是真的喜欢她。林希静悄悄地一边梳头，一边想得远了。

袁蓉忽然问道："你们说，爱情是个啥？"

"爱情就是让你快乐地过电。"仇芬芳说。

"爱情是种病，一种精神病。"林希说，脑子里有一个开关，她小心避开，尽量不碰着它。

袁蓉叹口气说："也许爱情是，习惯了就好了。"

林希怔了怔。她的确不像麦伦所说的那种一见钟情，而是慢慢地习惯了他，习惯了他的方式。

"难道你不满意周骏？你们蛮亲密的嘛。"仇芬芳走到袁蓉床边，傻乎乎地问道。

"亲密。是呵，亲密。"袁蓉又叹气，她那一叹，不由得叫人心里一沉，再一沉。再问她，什么也不说了。

袁蓉问仇芬芳，在乡下医院不好好当护士，跑这来干吗。

仇芬芳说："是啊，这些天，我也在思考这个事。在乡下我做我的护士，救治病人，还是有点成就感的嘛。"

"要是我，我决不会跑这里来。"袁蓉说。问林希："你呢，你会怎么选？"

林希想了想说："我在医院里出生，在医院里长大，我妈至今还在那工作，可是，要我当护士，我干不了。谁能想得到呢，若是当初去上个护士学校，也许比现在好呢。"

正说着，有人敲门。白炽灯把墙壁照得雪白。仇芬芳起身去开门，却是张锦，站在门口说："常总找你。"

袁蓉问林希："你跟张锦怎么了？"

"不知道，他突然不理我了。"

"他喜欢你。"

"怎么会。"

"我早知道，你跟他没什么事的。我们几个还打过赌。"

林希叫起来："你们坏死了，拿我打赌。"

袁蓉说："说正经的，你那个男朋友是做什么工作的？你干吗弄得那么神秘？张锦倒是个好人。"

"他在外地工作。"看袁蓉认真，就正了神色。"起初，我们真的只是写写信。"

"你个傻瓜，哪会有人闲得跟你写这么远的信，那不是爱情，是什么？你自己说说。"

现在，她更要瞒得紧紧的了，免得让常总认为，她是有意在蓬蒿倚玉树。

就在这天晚上,袁蓉告诉林希,周骏马上要走了,要去外面闯荡,袁蓉早知道他不会安稳地待在金牛的,可她不由自主爱上他了。周骏比她小,他让她选择,跟他走,还是留在这里半死不活地混。

袁蓉对自己的将来可以一眼看穿的,她有一份不可靠的文凭,没什么特长没学过什么专业,跟周骏出去,什么也做不了,可袁蓉怕的不是这个,为了周骏,她什么苦都能吃。再不济,她的娘家可以出资容她长期赋闲,可是周骏太年轻了,心太野了,她看到的是一片混乱。她已经是个老姑娘了,她赔不起。况且,她已经谈过很多个了,其中有一个跟袁蓉到了谈婚论嫁的地步,骗她老爹解决了一份工作就把她给甩了。

"要是能料到现在,我也会拼命念个好大学的吧。"

"缘分吧,没那个缘,迟早会散。"这句话,怎样说都觉得妥当,林希还体会不到袁蓉那长长一声叹息背后的味道。

俩人沉默间,仇芬芳回来了。她去给黄小娟输液去了。不知道黄小娟得了什么病,仇芬芳说她看上去有气无力,脸白得吓人。

"常总打算让你去照顾黄小娟啊。"

"对啊。义不容辞。"仇芬芳从柜子里拿出一只白色的药箱。

袁蓉笑道:"哈哈,我们的仇大夫总算有用武之地了呀。"

仇芬芳欢笑着出去了。待房子里重新安静下来,袁蓉说:"人家有人疼呢。"林希以为她指的是仇芬芳,就说:"有一样手艺多好。"

袁蓉诡秘一笑:"老头儿好心肠哦,把她从一堆破铜烂铁里捞了出来,当成了宝贝,你看看,威风得很,现在成了贵妇人的身子。"

林希哦了声。袁蓉又小声说道:

"黄小娟跟她耳聋的丈夫一起经营着一个小面馆,不知是不是耳聋的缘故,生意就没好起来过,一大家子人要生活,黄小娟可是啥活都干过。自从常总出现后,那个女人才时来运转了。"袁蓉将腕上的镯子褪下来,胡乱往床上一扔,将卷发用一根发圈束起来,看了眼林希继续说:"常家复杂着呢。有人曾经把常默介绍给我一个同学,他是常家老小,那家伙是个异类,改名换姓这样的事都干得出来,可没把常总给气死。你没见过他们家那院子,那其实是座文物,值钱着呢。常总祖上显赫,到了常总爷爷手上就衰落了。真是一代不如一代。不过呢,瘦死的骆驼总归是比马大哦。"

既想全部知道,又不想多打探,林希想象着常默家的列祖列宗,他们会是常总的模样,还是常默的模样,显赫的时候,是什么样的光景,又觉得与她没多大关系。那个虚弱苍白的人,有着另一面,如若不是与他通信,他们就会与对方身上隐藏很深的那个自我错过了。面对面,不一定讲得出那些话吧。每个人都有一个他人无法接近和了解的自我。只听袁蓉还在那里说:"明着的,暗着的,这栋楼里,怕就有一个还在暗暗地努力着呢。"

"啊,你说什么?哦。"

第 四 章

1

你一定好奇我名字的事吧。我上大学后就改名换姓了。那次跟一个同学彻底喝大了,是那家伙央他哥帮我去改的。麦伦,都是他帮我起的。也因此,我彻底激怒了我的父亲。我并不是要标新立异。我现在不想说这个,以后再告诉你吧。你在家里还听到的那个名字,早与我这个人没关系了。

秋天,天气转凉,中午那阵儿还是很热。一个天气晴朗的日子里,小张跟郑丽莎结婚了。婚礼在公司会议室里举行,这可真是个功能多多的地方,以后还会举行各种聚会和典礼,只不过,到那时,林希已经离开了。

在那个好天气里,大家轮流到会议室里来吃酒席。郑丽莎住在林希隔壁房间,因为倒班,林希很少看见郑丽莎,也从没发现她和小张处对象。郑丽莎是唯一还梳辫子的人,走路老是慢吞吞的,像是给沉重的东西拖住了,她跟林希不同,她是极安静的,虽然林希也很沉默,可在她自己的感觉里,她不断地冲这个世界发出一些无声又无用的噪音。她讨厌自己这样。

婚礼筹办得算是轰轰烈烈,黄小娟代表公司大声地宣布:"这是海源公司成就的第一对姻缘,希望以后会出现更多,小伙子们,抓紧时间找姑娘恋爱吧。"

不知谁在喊:"黄总,那给我放个长假吧。"

"哈哈。给我放三天就成,我得去相三次亲。"

"我劝你在咱们公司里相一个吧,你都相八回了,没人看得上你。"

"我就看上你妹妹了,你帮我劝劝她啊。"

"别跟我提妹妹,再提跟你急,就你那德行。"

那是一个多数人都了解的梗,一阵悄笑声。

"黄总的经验教给大家吧。"

常总露出惯常看黄小娟时那种祖父怜惜原有孙女的慈爱眼神,甚至冲着林希笑了笑。那段时间,他看林希的眼神发生了变化,有时候,林希甚至感觉到某种期待,但绝不是和解。就在那天,众人都涌上去向常总敬酒的时候,林希悄悄退出去。她站在过道里,里面那只重低音音响的震动比在房间里时更重更响。就在她打算下楼去的时候,常总也出来了。

"怎么,你不打算使出你的耐心祝福他们?"

她顿了下才说:"我当然祝福他们。"

"哦,这里是个小庙,恐怕容不下大佛。"

林希先是吃惊,似乎没太懂这话里的意思,也不确定常总是在针对哪一个。想了半天,她还没有足够的经验说出一句既能给自己解围又不会显得不那么礼貌的话来,她感觉委屈,又很愤怒。

"我不允许我的队伍里有一个总是心不在焉的人。如果想去哪里高就,可以随时告诉我,请便。"

这下,她听明白了。搜索这些日子里自己的言行举止,她足够谨小慎微,这是从何说起?没想到,作为一个上级,这个头发花白的男人一点都不善解人意,他甚至都不宽容,不见得他还在为那次煤石头事件而耿耿于怀吧。他那居高临下的架势顿时引起她内心强烈的反感和近乎无知的自尊。她跑下楼梯,冲进宿舍,在低处,那只音响的震动简直像地震,整个楼板都在发颤,她背靠着门,呜呜咽咽地哭起来,身体里有一个缺口,连日堆积的东西一泄而出。思前想后,似乎她一进公司就什么都不对。慢慢地反应过来:

是那些信,常总早在门房处的玻璃上辨认出了那些极为特别的字迹。

每个人都认为麦伦应该与一个门当户对的人走在一起吧,何况是他父亲。那这一切似乎又都无可厚非了。

天彻底冷了,还没有通暖气,不过厂房里很热。院子里的树早掉光了叶子,站在大玻璃窗前,可以望见墙外的树变了颜色,变得五彩斑斓,林子里积了厚厚一层落叶。空气里有什么在下沉,沉到底部。远处的深山渐渐露出荒凉的底子。林希对着玻璃吹口气,五彩斑斓在远山,而那土黄色的底子直从心底一路荒下去。

麦伦每周都会给她打电话。她每天都去门房张望,免得麦伦的信再被那位父亲发现。时而,她感觉麦伦也像一个向火取暖的人(他把大部分时间都用来给她写信,她能感觉到他如她一样孤独),而她越来越成了一只冷冷的炉灶,既无温暖,也无可供他填饱情感那只胃的食物,有的只是这样一种方式,或者说各自怀有某种幻想,让他们以为处在一种恋爱状态当中。麦伦真的是在恋爱，不求任何回报，猛烈地在施予，不管有没有回报，心肠柔软，意志坚定。她则阴晴不定，时而，还会犯只有她自己知道的精神病。她在书里读到一段话，把它抄写给麦伦，以示她的歉意：

"我就像是一个椰子，将乳汁锁藏在好几层木头里面。你需要一把斧子才能打开它，然后你通常会发现什么呢？一种酸乎乎的乳脂。"

而你需要的，你得到的回报应该是蜜糖，你自己不知道吗？

麦伦回：

我万分迫切地想要品尝你那独特味道的"乳脂"，而你也会不知不觉地变甜。傻瓜，我怎么会用斧子呢，我只用我的柔情、嘴唇和舌头。

随后，这种语言就铺天盖地地来了。讲那番话的福楼拜不会给笑死也会给气死的吧。她读得面红耳赤，心惊肉跳。

她感觉自己是爱麦伦的，一旦她的内在失调，她又难以判断自己的内心，究竟是为了求得精神安定，还是因为爱。麦伦在热烈地燃烧，而她像一盏寒夜里与冷风搏斗的孤灯，没有能量帮他燃烧，或者配合他同放光彩，彼此辉映。

青春期开始，她就把自己封闭起来了，如今越发掘深了自我的地洞。常总赐予的压力时而具体，时而无形。张锦远远地避开她，袁蓉则和仇芬芳打得火热，她感觉自己被孤立起来了，儿时的感觉和记忆重新袭来，她处在隐秘、苦涩又持久的窒息感中，她实在难以了解自己，什么时候精神是平稳健康的，什么时候又会坠入阴沉的深渊。

麦伦已然获得一股神力，不管她写什么，他都回复以激情亢奋的语言。她时常感觉，他们依然是陌路人，他热烈的火难以让身处极寒地带的她获得温暖。

还没到冬天，人们早早就穿上了棉袄。同事三点来接她的班。仇芬芳和袁蓉上街了，房子里阴冷极了。她从抽屉里搬出一堆零食，像一只老鼠一般急迫地去食物里寻找一丝安全感。

"林希，电话。"

过道里传来一声喊，把这个在黑暗的地洞里越掘越深的女子一下解救出来，她在睡衣外面裹了件大衣跑出去接电话。

红色的听筒扣在桌子上，玻璃板下面压着小张和郑丽莎的新婚照片，两张满足的大脸，郑丽莎的脸颊白白的，长辫子令她有那么几分古典的气息。小张的眼睛亮亮的，仿佛他们彼此间已确认过，对方便是自己的事业，也是余生的道路。

啊。她惊叫了声，意识到自己的表情是欢快的，朝总是露出小老头那般笑容的小张瞄了眼。麦伦说，他回来了，此刻就在公司外面。"可以出来吗，我这会儿就想看你一眼，好不好？"

她没有邀请他来宿舍，尽管听上去他很想。洗脸换衣服花了点时间。直接告诉他，我们之间应该停止了。不，那样会伤害他。找一个什么样的借口，就说，她要辞职去外地。那么，她真的会那样做吗？一边在脑子里进行着复杂的斗争，一边走出去。

老远看见麦伦在那条沙路上走来走去的，他穿了件小城的男人们不怎么穿的大衣，高大挺拔，清俊爽朗，他变了，苍白的皮肤变黑了，看去倒健康有神。头发清爽，脚上的皮鞋很长，很亮。她爱一个人身上清洁的味道。

他头发里传出一股金属一般冷冽的气味。怀抱很宽，足以让她将整个的自己投进去。

"亲爱的，我们结婚吧。不许犹豫，也不许说不。我受不了人的冷漠，如果你拒绝我，我会因自责而死。"

她推开他，认真看了他一眼。他又把她拉向怀抱，看着她的眼睛说："我认真想过了，我不能没有你。你那些信让我不安，我搞不懂你究竟在思考些什么。我每天都在担心你会逃跑，我感觉有人藏在你身后，你一直在进行艰难的选择。就在刚才，我打算大大方方地走进去找你，可是我怕你会生气。"

"你以常总少爷的身份出现，他们更能记住你。"听上去她有点怨恨。在那个瞬间，在各自的心目当中，对方都高不可攀。

"这阵子，你是怎么了？"

"我也不知道是怎么了。"

"我妈说她请不动你，为什么？"

"不为什么。你不在那里。"她的声音变柔和了。她意识到自己最近又胖了起来，好在穿着厚大衣，可以遮挡她自以为的丑陋。

"吃什么好东西了哦。"

再次推开他，她的脸颊慢慢变红了，扭过脖子去望空落落的树林。她感觉分辨不清自己的内心。想问他很多问题，可那些问题又都毫无意义。

冷天，还不到五点，四周空荡荡的，太阳的影子已见不到了，只是一波一波地冷下去、暗下去。而他是一团热烈的火，极力要把她内心的一点火星子焐热，直到她自身的能量涌起，也有那点燃烧的意思了。然而，也不知什么缘故，在欲燃未燃的时候，她先给自己浇了盆冷水，把那点火星子扑灭了。

她站住了，隔开一点距离，看着他说："你什么都没考虑好，也许连自己的内心都不知道。你有没有想过，你家没人会同意我们的事。你也不过是一时的糊涂，就算你只是想找到一个结婚的对象，你也得找一个门当户对的人，你并不晓得，爱情和婚姻是怎么回事。"她自己意识到，这像是周骏在说袁蓉，一迭声地说下去："所以，我觉得我们还是像以前一样，做写信的朋友，不要再往前走了。并且，你有你的工作和生活圈子，看清现实：我们离得多么遥远。我都不知道，明天自己会在哪里。"她别过脸，后面的话是说给自己的，"我狗屁也不是。"

愣了片刻，他忽然笑了。之后，他变严肃了，一本正经地说：

"这下我知道了，至少知道你的顾虑是什么，如果这就是你的问题，那可就好办多了。我自己也分析过，为什么会对你一见钟情，这可能与我骨子里的多个自我有关，我给你讲过，外在的这个我，并不是真正的我。而我自己能接受的我，令我自己满意并且还算完整的我，是生活在我最初有过热爱的那片土地上的，是从小被那里的一切培养起来的没有被伤害过的个性的我，所以，在感情上，我只接受与我有共同之处的人。我早就分裂了，为了能较为顺当地活在这世上，为了让大家都能好过一点，我早已不是我了。而我从你身上，看到了那个被迫隐藏的我，这样说，我好像是爱上了我自己，不是的，这是我爱上你之后才发现的，我认为爱情就是一种直觉，最可靠的那个自我先认出你，爱上你，我才发现了你身上令我向往的东西，这可真是惊喜，得感谢我们彼此在纸上袒露的真诚。若我只是喜欢外在的那个虽说好看却木愣愣的你，那只能是肤浅的喜欢，还构不成我对你越来越浓烈的感情。你比我更善于隐藏自己，这点你承认的吧。你这个人的优点是，你的内在一点也不贫乏，对于一个人来讲，这是最为可贵的。我还发现，你这个人，若离开了语言文字的表达，你是有点——我说得很直接哦，你不许生气，你是有点无趣，也许，我自己也正是这样的。表面上，你木讷腼腆，一股冷漠之气，真实的你，就像深海，像一种需要慢品的美味的食物，我一直在说的是你的精神气质，你需要被人启发、开掘，当然，得有人懂和欣赏。我说的——"他靠近来，挨着她生气的脸颊，"对不对？"

她笑了笑，倒也没想好要怎么反驳。他可从没这么好口才过，她怀疑他可能事先做过功课，准备好了这一通废话来打消她的疑虑，来感动她。

"你笑起来很迷人，你自己知道不，为什么那么不爱笑呢？还打算怎么考验我？我向来相信自己的直觉。"

她避开他，低头往前走。她的感情骗不了她：他向来的调情她并不反感，就像此刻，他那能说会道坏笑的姿态激起她从未有过的身体反应。她能感觉到他目光热烈的注视。成为一个美好的人，她从来没有这样的想法。

说着漫无边际的话，俩人往前走，他不时捉住她，看着她的眼睛要说什么，她期待着，他又放开了。

"我曾经坚信，我是个被上天遗弃了的人，现在我不那么认为了。"

他有着探险般的热情和勇气，也带着实习生般的笨拙。她貌似恋爱过，但那不算。这才是她真正意义上明确又不带有罪恶感的恋情。曾经的经历，她所承受的只不过是挫折和伤害。而正是因为拥有那些挫折，她如今才变得冷静、稳重和成熟。在一阵阵扑怀的冷风里，他们只感觉到彼此最真实自我的存在和靠近。

她感觉自己的精神再健康不过。他们紧贴着对方走在寒风里，也不知要去向何方，他们走得万水千山般。不知不觉，等他们走到那所老房子跟前时，已是夜里八点钟，她又看到了那棵老榆树。他们还没有吃晚饭。

她站住了，不打算跟他走进去。那盏高悬的宫灯下，他拉近她，以温柔的语气说道：

"我对你，是不是真心，你以后自然就知道了。我自己的事，与这所房子里的人无关。但我必须带你来，也许你得忍受一些事。"黑暗里看不到他的眼睛，一阵阵冷风不时吹过，清冷的星子亮极了。她闭上眼，不要看这现实的景，处在与他合抱的黑暗里，她终于感觉到了一缕稀有的幸福的感觉。直到院子里的灯忽然亮起来，她才一下推开他。

等进到房子里，被屋里的热气一熏，俩人才发现浑身早冻僵了。没人发现他们进来了,麦伦直接锁上门说:"他们以为我去同学家了。"

"你去说一声,至少,我去问候一下她们吧。"她站在门边。

"这会儿都看电视呢,谁管你来了。若是给她们知道了,得好一阵啰唆。"他说着,将她拉向桌子,他坐在上面,把她抱了起来。

"那样你就成她们的了。我只想独自拥有你。"

房门在他们身后关上,她的手臂抵抗的力,她的嘴唇最终与他的纠缠,当他回到苔蓝,他会保存这些记忆,她的触感,她头发的味道,她的抵抗和躲避,她要生气了。而他极有耐心,手指在穷尽办法解开那些复杂的扣子。他比过去更怕孤独,所幸,如今他拥有关于她的记忆。

"你知道不,我那些自以为很聪明的同事,如今都乐意跟我说话,你知道,是为什么吗?"

"为什么?"

"因为你。"

"我从来不晓得,你还会胡扯。"

他在她身上探索。她分不清是他的目光、手还是他的嘴,乱哄哄,他似乎不是他,她也不是自己。房子在颠倒着转,慢悠悠的,失重感袭来,又似晕眩般的软弱。

"你让我,彻底变了。我跟那些聪明人喝过好几场酒,他们都喜欢跟我一起聊天……你记得不,我们第一次遇见,我的病态,我处在昏昏欲睡中……"

他们都有点病态,尤其是她自己。这房间,似乎比她上次来时变大了，她被他抱在腿上，像在海上，温暖的荡漾的海，她闭着眼睛，任由那海水荡得高一下，低一下，明一下，暗一下。她不是很确定，她还没准备好，她要跟他好好谈谈。他莽撞的唇印在她的脖子上，她想把自己收在衣服里，可他才是自己的主人。他按住她的手，把她放在桌子上，她的背硌在木头上，她感觉自己是旧时光里的人。

她的心还想着逃跑。她一定会后悔此刻，她感觉完全不了解自己。海水猛烈地荡漾。那个字，在她唇边徘徊，始终说不出口，它灼伤过她，或者那是另一个字，与这一个想要道给他的不同，她不想辨识，也不想再被它欺骗和捉弄，她再也承受不起，又懒得去分辨。

"夏山，不要这样。"

"你说什么？"他突然变得很激动，"再说一遍。"

她的身心开始向着那个灼热的地方滑摆，她感觉要跟着他爬到一个有雾的地方了，他们都不知道那后面有什么，也许正是这种不知道的诱惑，令他们不计后果往那里靠近。

他突然停住了。"对不起。我是不是要死了。我感觉自己要死了。我做不到。"

小船忽然稳住了，风浪止息了，大海平静了。他感觉她松了口气。

"你想知道更多关于夏山的事不？"

"夏山其实是一个很特别的人，你说是不？我很乐意跟这样的人交朋友。一切顺其自然。他没必要烦恼，我突然意识到，上天赐给我们的，不管幸与不幸，在将来某一天，都会成为独属于我们的一笔极为特殊的财富。我喜欢有故事的人。"

"哦。我知道我为什么这么迷恋你了。"

"你会带我去那座千佛山的,对不?"

"你怎么就相信,它真的存在?"

"我相信。我还相信,那些来过我们心里的事,都比这现实还真实。"

"哦。林希。不瞒你说,我想过那个问题:一个人不应该去找跟自己极为相像的同类。"

"哦,那我懂了,你说过,我是你的另一个自我。我可从没觉得,我们是同类。"他一定不明白,那种无以排解的一个个瞬间是怎么回事。

"我现在才明白,人生的目的究竟是什么。"

"不瞒你说,我梦见过夏山的那个村子。"

"这永远是你的独特之处。我是说,你一点也不虚伪,你就像是一股能量,好吧,我再不说这些没用的了,你跟我身边那些没头脑的家伙太不一样了,亲爱的……那个村子,在夏天可真是美极了。"

"我知道。仿佛我已经到过那里了。"

山上的雾霭。宽袍大袖沉默的少年。此时,也成了她的记忆。而现实中的小城,在这个季节里一片萧索,她从来都没有喜欢上这里。而她对面前的这个人,有着说不清道不明的惆怅和依恋之情。

送她回去的一路,他一句话也不说,身体绷得很僵硬。她从铁门里进去了,他扯住她的衣服,隔着铁门拥吻她。

2

第二天一早,林希才洗脸,过道里有人在喊:

"林希,你男朋友电话。"

不知何时,这个呼唤声先替她认可了这重关系。她一直在出尔反尔。这天是郑丽莎接的电话,乍看去,郑丽莎一下胖了十几斤,林希接电话时,郑丽莎沉默地坐在一边编织着个粉色的玩意儿,那安详的神态几令林希羡慕。

"中午到桥头等我,一起去来顺酒店吃饭。"麦伦似乎在说着一个与己无关的消息。

"我三点钟才下班。"

"晚上你们的常总有应酬,只能是中午,跟同事调下班吧。"

"我不去。"她讨厌他命令的口吻。

"那就请假,你必须来,这个很重要。要我帮你请假吗?"

"那还是算了吧。"

郑丽莎说:"我们调一下吧,正好晚上我想早点下班,早点休息对宝宝好。"说着满脸幸福地摸了下肚子。

我绝不要变成这个样子,不是怀孕变丑的模样,而是郑丽莎身上某种东西让林希本能地抗拒。

中午,林希出来时正碰上宋朗和黄小娟,常总的车子停在公司门口,俩人正往跟前走,林希又返回去,估摸着车子开走了才走出来。

那时候大家都骑自行车或摩托车,一到上下班的点,马路上车子的阵容蛮壮观的。一个同事将林希捎到那个坡上。

远远地看见麦伦已等在那里,他倚靠在一辆摩托车上,看样子已等半天了。等她坐好,他骑了往前走。

她从不晓得,金牛城的街巷蛮复杂的,她从没到这里来过,曲曲弯弯到了来顺酒店,麦伦说这是一个同学开的,也不看她,顾自往楼上走,长裙曳地的服务员推开一道门,林希看见金光灿灿的包厢里已坐着好些人。一走进去,麦伦指着坐在上位的一位中年人说:

"这是舅舅,今天专门从玄池赶来的。"疑惑间,林希叫了声伯伯。舅舅说:"好,真好。怪不得我这外甥着急,是怕被人抢走了啊。"

舅舅旁边的一个年轻女子叫起来:"常默,你眼中老没两个姐姐。"

那是一个三十来岁的女子,圆脸,一只手臂上戴了四个不知什么骨头做的镯子,脖子里挂着一串沉重的珍珠项链。另一位年纪小一点,稍显秀气,妆容精致,但眼神比大姐刻薄,分明是常总的眼神,一眼眼挖在林希身上。林希只觉自己里外寒碜,她穿了件橘色大衣,里面的毛衫有点旧了。好在有小玉,总有非凡的热情,大声嚷嚷着让林希坐到她跟前去。

就在小玉旁边坐了。小玉今天也化了妆,穿着时髦的羊毛裙,林希再次觉出自己的寒碜。小玉捉住林希的手,怪她也不来看看嫂嫂。

常妈妈板着脸大声说:"我儿子不在,她跑来看我们的老脸,有什么好看的。"

小玉将红唇一撇叫道:"妈,你不要老是把自己往我们的队伍里混，哪有这样的人。姐姐，你们说是不是，我怎么就成老脸了，明明我还灿烂呢，只不过灿不过希希罢了。"

常妈妈扭过脸去跟舅舅说："看看这小玉，要骑到我头上了。还是希希这种年岁的女孩子好啊，你看，给人追求，给人稀罕，多好。"

舅舅骂道："老没个正经。"

"你正经一辈子，还不明白，究竟谁吃亏。"常妈妈说这个时，露出顽皮孩子气的神色。

林希看过去，小玉旁边的可能是大哥了，没麦伦个头高，胖实，皮肤黑。等那婆媳两个互损罢了，大哥才跟林希互相致意。

大家乱纷纷各执一词，两个姐姐说各自的见闻，嗓门又尖又亮，尤其二姐一开口，没人能插得上嘴。麦伦忽然像暗下去了，沉默地坐在窗口抽烟。

"常默，你就等着吧，待会爸进来了，你又要遭殃了。"

"你说说看，有我不遭殃的时候吗？"麦伦转身看了眼大姐。大姐站起来把窗户开得更大些，林希这才看清，她个头出奇的高，是那种恰到好处的模特身材的比例。

兄弟姊妹几个长得一点也不像。小玉说："你看吧，姐姐们都如花似玉，咱妈就把我们的男人生得丑，如果姐姐是那园子里的牡丹花，他俩呀，就是两只矮冬瓜。"一桌人全大笑起来。笑罢，瞄一眼婆婆，又道："咱妈也是牡丹花。"扭头捂住嘴悄悄跟林希说："你才是咱们家里最好看的，她们就是爱打扮。"

"我觉得嫂子才好看呢。"林希也悄声说。

常妈妈插嘴说："你别信她的，你们若要信了这个舌灿莲花的婆娘，可就吃亏上当了。"

小玉反驳说："希希，你自然是不晓得啦，老人家当年可是出够了风头的人。现在嘛，偏就受不得咱们比她美。"

林希吃惊，这样的话小玉也敢说。两个姐姐还在争讲哪国的物价高，她们才分别从冰岛和英国旅行回来。二姐专门去冰岛种植西红柿、香蕉和玫瑰的温室里看过，美若仙境。

麦伦讽刺她们："就懂几个关于天气的单词，游个屁。"

姐姐们自然要跟他争辩一番。林希发现那个婴儿没有被带来，小玉说："交给保姆带两个小时，也让我放松下，累死我了。"

正说着，常总进来了，屋子里瞬间安静下来。常总跟舅舅热情地握手，哎呀叫着，"很久没去拜望过了，实在是太忙了。"扭头说："咦，林希还比我来得早。好。赶快坐吧。"

菜就开始上了。常总跟浓眉大眼的服务员打趣："来来来，小季，给你们经理说，这盘子越来越大了，得搞好菜品的工作啊。"转头看了看酒，问大哥："是从厨房的橱柜里取的吧？"舅舅笑说，不管哪个柜子里的，他晓得那都是好酒。常总先给舅舅敬了一杯，又说平时太忙，也没去看他，赔不是。舅舅鹤发童颜，一比，常总老相多了。舅舅端起酒杯，站起来朝着窗户的方向倒了下去，然后郑重说道：

"你们的外公外婆晓得了不知道该有多开心。我们今天，是为了常默和林希，"舅舅忽然打住了，盯着那位一家之主，"怎么，你好像完全不晓得这回事。"

常总推推鼻梁上的眼镜，咳嗽了一声才说："人家自己做主，由来已久。好啊。"

舅舅还站着，稍微斟酌，继续说：

"既然受到常默专门的邀请，首先这是喜事，我觉得，既然两个娃娃情投意合，啥都好说。你们商量下看，我们应该先去双子镇拜访下林希的母亲，这是老祖宗的规矩，是吧。今天也算是林希正式来认这个门，你们也得有所表示。"

大哥这时斜了眼麦伦："你做事老不经大脑，怎么事先不跟我们商量一下。"

麦伦一脸小孩子的不满："你们忙的都是大事。这事太小。"

舅舅抢过话头道："常喻你是怪舅舅跑来多事了。"

常喻忙说："哪里话。这个常默，怎么说你好呢。"

听来听去，林希也才明白是怎么回事，又急又羞。麦伦老是先发制人，居然也没告诉她。想为自己争辩点什么，看看这一家子各自的神色，不忍对麦伦再发难，忍耐地坐着。

常总看了眼手表，站起来说："舅舅代劳好了，我事儿太多了，实在抽不开身。这不，待会又要去开会了。"舅舅站起来跟他走到门口，也不知俩人说了些什么。

常总一走，麦伦的脖子才从衣领里伸了出来，又开始讥讽人，除了舅舅，在座的每位都被他挖苦一遍。他说他的姐姐们金玉其外败絮其中，有闲工夫了把各自的丈夫调教下，不要让他们老觉得自己高人一等，还不是靠着老子噚瑟。

常喻问道："你说谁呢？"

麦伦说："我想说谁就说谁，我说有能耐，自己走几步看看。"

这样的麦伦简直让人难以忍受。林希站起来说要去上班了。常妈妈挽留打趣的话令她越加地难堪。

麦伦送她回去。她一句话也不说。他说这是出于对她母亲的礼貌。要不，他会直接把她掳走了事。

仿佛是，饭桌上那些人的怒火此刻全集中到了她身上，她不知以谁人的口吻数落道："你从来没问过我的意见，从没跟我商量过，你把我当什么？"

他用一根手指挑正了她的下巴，看着她的眼睛说："你的意见，你已经用别的方式告诉我了。"

那个瞬间，她竟感觉到一缕怪异的爱意。

3

林希请了几天假，很久没有回去了。从车窗里扫见，深林间的树叶一枚枚转为彩色，山间有雾，也笼罩在她心里。公路盘山而上，一绕一绕几十个弯，看不到前路。再一绕一绕盘下去，看见了狭长的双子镇。

深秋的小镇，天气非常冷了，屋子里生着火炉子。林大夫变懒了，不再像过去那样事事苛求完美，房间里东西摆得到处都是，林希一下子就让它变整洁了，窗明几净，温馨一如过去。

十一点钟，林和蕴回来时林希已做好了午饭，鸡汤一早就炖好的，林希只炒了两个青菜。林大夫满脸不自在地说："小邵调到镇上来了。"

林希看了眼她妈妈。浑身上下修饰得过分精致，乱糟糟的房间里的物品随时要丢开了,很多年来,女人只是暂时寄居,说不准明天就会离开这里。至今仍是这番表象,就像时间从来都没有逝去。

"这不挺好嘛。"

"你知道什么,就说挺好的。"

"难道这不是你自己愿意的吗?"

"也许是的,吃饭吧。"

林希身体里响着麦伦的声音:"管他们怎么说,跟你一起生活的又不是他们,关键在你自己。"

"如果喜欢,做你自己就好吧。"

"我们可没打算要在一起生活。"

林希倒不懂了。

"想想鸡零狗碎地过日子,就害怕,再好的人,都会过成仇人。"猛看了眼林希,"要看各人情况啦,也分什么年龄喽。像我跟小邵这种,那是不现实的,若是把他牵绊在那样的生活里,会毁了他的。我们各过各的,难得有一个人跟我是一样的想法。"

林希愣住了,感觉自己从没了解过这个女人。倒是她自己,在麦伦的影响下索性越来越传统了。麦伦看重的究竟是她这个人,还是别的,林希再一次想到这个。想问问林大夫,她这是在被动地接受吗?她这样稀里糊涂的正常吗?林希悄悄观察林大夫。

她这样的生活方式不好吗?林希也不知道,是不是因为那是她妈妈,她才不打算作任何评价。第一次看见时,她处在稀里糊涂的对余叔叔的恋慕当中,并没对小邵留下什么印象。林大夫也始终没有发现女儿真实的心思。奇怪,那就像她得的一种奇怪的疾病,伴随着在医院里诊断出来的显性疾病的退去,那个隐形的病症竟然也悄无声息地消失了。正是那些事,真正促成了她的成长。

林大夫烫了头发,小朵的金色的玫瑰堆堆叠叠,在她的大耳朵旁边垂下来,衬托出姣好的脸型,那对耳垂肥厚,慈眉善目,猛然,林希想到在那些画上的耳朵。林大夫永远不可能成为那种邋遢灰败的女人,有一股强大的内在的力量支撑着她,也许她自己都不晓得。林希不知心怀对谁的感激,差点落下泪来。

母女俩向来对吃的不怎么讲究,也没有条件讲究,简单的饭食,填饱了肚子,精神则需要别的填充,妈妈的精神习惯遗传给了女儿。林希忽然意识到,最难填充治愈的,是精神的胃,像爸爸那样双脚踩牢现实生活的人,自然与妈妈这样的人是过不到一起的。

"说来听听,他是个什么样的人,他叫什么名字?"

"他的真实姓名是常默。不过,他为自己改名字了,现在他叫麦伦。他家里不太同意我们交往。主要是因为,我们不在同一个城市。"林希想起常家人的自得自大,想象着一个听上去比较可信的理由。

"对了,我在宋江湖那订了饭。你从来没说起过他,你真的,快乐吗?"

"你还记得我去找过表姐吗,就那次认识的。我们一直通信。我也是这几天才知道,他原来是常总的儿子。"

林大夫看了眼林希,把长脖子伸得更长。"听上去不像是个骗子哈，相信我，这个年轻人很可靠。"

林希向来吃惊于林大夫的直觉，她简直有点玄。林大夫有一阵子没有施展她那让人承受不起的母爱了。各自相安，最好。

麦伦和舅舅到来时已经下午一点钟了。林和蕴事先给南景行打了电话，南景行说安排了好几台手术，没法离开。突然就叫起来了：

"屁都不愿意跟我讲，躲着我三丈远。你们给我点权利好不好，有那么难吗？"

"哦，那个好时机你已经错过了。"

"都是你纵容的。"

"你从来不会用你的脑子想事情。"

林希太吃惊了，分开这么多年，居然还能吵起来。不过林大夫也不会真的生气，就为了让前夫不开心。

接下来的事没什么好说的，麦伦到小镇拜见过林大夫，在林希生活的地方走了走。他还见到了余叔叔，信件里的余叔叔。当他提出打算跟林希下个月就结婚时，林希终于发作起来："你在胡说什么，谁要跟你结婚了。你太喜欢自作主张了。"

几乎每封信里，他都在试探那个问题：几时携手入苕蓝。

麦伦转向林大夫："阿姨，您听我说，今后我会有很多工作安排，有可能会去北京培训学习一年，而且我来去也会有诸多不便。这几个月可能是我这辈子最闲的时候，想把人生这件最重要的大事解决了。请相信我，我非常爱林希，也希望能尽快与她在一起生活。"

事情后来遂了麦伦的愿。这一天里，最开心的人是林大夫，又哭又笑，已为林希打算着要怎么办婚礼，要邀请什么人，当然还有林希的嫁妆。

林希忽然意识到，妈妈一个人把她带大，经历的困窘只有她自己知道，现在，妈妈要把这责任交出去了。也应该让妈妈隆重一次。

这一切都不出自她的意愿。

4

送走了麦伦，背景方突显出来，阴惨惨的天空底下，小小的破旧的车站，裹着棉袄大声叫嚷的贩夫走卒。林希慢吞吞地往回走，这条街上的人都以为自己是城里人，而林希要到很远的乡下去，心头竖起围墙上闪亮的碎玻璃，又要被禁锢起来了，一直掉进虚无里去。那墙里，一张张年轻自在的面影，独她早已苍老，内心经常分泌流沙。风冷飕飕地吹过，嘴里呼出烟一样抖缩的白气，她不真实地行走着。

过了一个礼拜，林希患了重感冒，不得不再次请假。林大夫一定要她回镇上去，方便照料。仿佛林大夫早有预料，一到家，林希的感冒就转为肺炎，终于得了一个理由般，人倒放松下来，踏踏实实躺着养病。就在这几天，公司里出了事故。

林希打电话过去，仇芬芳那会儿正好在门房。是她告诉林希，在原料加工车间值班的张存礼因操作不当，被卷进一台正在作业的机器当中，弄伤了一条胳膊。林希后来也记不得自己在电话里给仇芬芳说什么了。这通电话，直接断送了她的职业之路。

这天午后,太阳出来了。林希出去透口气。小时候攀爬过的扶梯,杏树,跟着那位好"兄长"砸过的玻璃,被他哄骗进透视室的恐惧,林希的思绪在这里停住。她提醒自己不要陷进狡猾的记忆中。来到小街上,还是那条烂路,越来越烂了,它一直在做着成为一条水泥路的美梦,好多年没人成全它这点可怜的梦想。医院的大门依然正对着派出所。林大夫说:"事情要发生的时候,没人能控制。"那几天,接连发生的事的确没人控制得了。

回到房间里,林大夫说有人打电话找,留了个号码。林大夫已给林希煮了好些中药,装在一些小玻璃瓶里,准备让她回去工作时带上,用法用量,琐里琐碎,写了一整页。

那是宋朗的手机号,那时候公司里只有三个人用手机。回过去,宋朗先问:

"你跟常默还挺熟的啊。"

"常默是谁?"林希试探地说。

"原来他是你表姐的男朋友啊,真是有点巧。赶紧的,你表姐生病了,动了手术,常默说他要出差,你表姐没人照顾,我已经帮你请了假。"

问表姐啥病。宋朗说:"说得差点命都没了的样子,总之挺严重的,赶快去吧,记得回来感谢我啊。"

第二天,林希就去了苔蓝。不是表姐,是麦伦病了。胆管结石,确实痛得休克过几回,麦伦以为自己会没命了,绕着弯子把林希骗来。在医院里住了两天,痛止住了,手术排在第二天上午。

"你不晓得啊,几次意识消失又醒转的刹那,唯一的愿望就是见你最后一面。"

"胡说什么,就几粒小石子,能要了你的命。你七转八绕的,表姐又得给我记一次仇。"

"过来。"他可怜巴巴地伸出一只手,"你来了就好,别的我才不要管呢。"

林希就说了公司里发生的事,如果麦伦有人照顾,她就要回去了。

"你的同事倒有那么多人可怜。我就不同了。若此刻我告诉我的父亲大人,我快要死了,大概他只会庆幸,恨不得我早死的吧。"

似乎是因为这个,她才决定留下来照顾他。借医院的电话给黄小娟打电话,一听说她又请假了,黄小娟大发脾气:

"常总对你很有看法。希望你尽早赶回来。"

麦伦说不用管,宋朗会把一切办妥的。林希也只能既来之则安之了,就去要做手术的队伍里替麦伦排队。想起行李箱里的中药忘了喝,接连的惊吓,也把她的病给吓好了吧。人可真是多,坐在长椅上等待的人,并无苦色地交谈着。

"你的割了吗?"

"割了,取出一窝石头。"

"我的还没呢,排不上,排到后天了,只能等着了。"

手术很顺利。身上缺了什么的麦伦有点忧郁。林希也有点愁苦,她一点也不擅长侍候病人。好在只需住上三五天,就可以出院了。

这天,林希去了趟水房,回来时麦伦看定了她说:

"抱歉。我害了你。老头子把你给开除了。"

麦伦的神色令林希怀疑,这又是个阴谋诡计,他几乎是喜笑颜开的。

林希把一只纸杯子扔进垃圾箱。楼下一棵槐树上落了几只麻雀,数了数,有七只,跳来挤去,都在争抢一个舒适的位置安顿那个忍受寒风的小身躯。

"我这会儿给他打电话?"

"不要。"

"如果你真要回去,办法还是有的。"

也不知林希给仇芬芳说了什么,宋朗说,似乎就是因为这个,常总和黄小娟借这个电话发挥,说在同事出事的时候,林希却去城里游玩,多次无故旷工,威胁领导,口出狂言,呐,诸多罪状。

林希望着那些麻雀跳来跳去,忽一下惊起又飞走了。麦伦想着要写一封信:

"感谢您哪。这是您做过的最正确的一件事。"

麦伦试图装出一点愁色来,最终,乐而忘疾,一下跃下地去。

医院多住了两日。

阴差阳错,林希就留在苔蓝了。

5

麦伦跟两个同事合住在一个公寓里。同事的家都在市区,基本不来公寓。麦伦还没有完全康复,躺着静养。林希每天出去找房子和工作。那些房子又破又旧,租金却惊人的高。这时候,林希方晓得,麦伦确是穷人一个,这场突如其来的手术所花的费用都是借来的。

苔蓝的冬天蛮冷的,林希来时仓促,没有多带衣服。而麦伦连件换洗的毛衫也没有。她一个人在商场里走来走去,最便宜的她也买不起。就算什么都有,这也不是她打算好要过的人生。

很诧异自己,那个已丢掉了的工作,她居然一点也不遗憾,不过,替南景行心疼花掉的那笔钱。

这天,她去取钱时发现卡上的余额反而多了。站在小小的房子里流下泪来。这时候,最不想打电话给林大夫。

半个月过去,没找到工作,钱也花完了。麦伦下班后,俩人一起在那个从不曾使用的厨房里煮面条吃。麦伦从来没这么快乐过,除了他睡在同事的房间里这件事。

墙上挂着麦伦的一件外套,昏黄不明的一线光从窗玻璃照进来,外面是别人的世界。她的脑子里乱糟糟的。若没有与麦伦的这层关系,她会想办法去挽回工作吗?

这半个月里,她极为清醒地与麦伦保持着可笑的距离。她要把这一切理一理。这些日子,俩人又变得清白起来了,麦伦的拥抱她都躲避,倒像是嫌弃他身体的疾病似的。

时有同事来探望,要请他们出去吃饭,麦伦还没有完全好起来,就没出去过。也没有去哪逛过。宿舍里,俩人并无和谐的相处,亦无有趣美好可言。她打算给常总写封信,不为什么,她只是想要说明一些巧合之事。不能说是麦伦生病了来照顾,那样有自抬身份之嫌。折腾几个小时，只写了一堆表示歉意的话，真是多此一举，似有挽回之意，虽然她本意并不是，但信还是发出去了。这封信，据说又成了某种证据，只要开大会，常总都要拿出来嘲笑挖苦一番。

这是一个多雾的早晨，从窗户里可以望见远处隐隐约约的果园。林希收拾好行李，把前一天晚上写的纸条放在水杯旁。然后坐公车去了车站。

这天是麦伦的发薪之日，中午下班后，他买了束鲜花，正走在回公寓的路上。

6

乡下的冬天很无聊。林希趴在书桌前攻读一堆自学教材，她的思绪时常跑去那个小村庄，不知怎么的，脑海里勾勒出的，是一幅无比凄惨的景象。

下午出门去，冷冽之气猛侵入骨头。目光所到处，皆灰麻荒凉之色，一如黑白电视机里的镜头。僵硬的菜地里，几茎荒草可怜兮兮地抖缩着，矮矮的围墙内外，榆树杨树的枯枝乱伸着，树身都是苍灰色。每个房门外，都冒着一股淡墨色的煤烟。

望那山间，一片死寂，一只鸟的影子都看不见。这时候去山上，人会很压抑，也有点恐怖，树都死了，再无活物，路面冻得发白。也无处可去，街道就那么长，走不多久就走到头了，不逢集时，没什么可看，一个人走来走去会很怪，也没谁会那么走来走去的。就各家各户地去串门子。女人拿着针线活，在这个家里坐一会儿,约了那家女人又去另一家,三个女人一台戏,开唱吧。男人则固定蹲坐在一个台阶上打牌下棋。小孩子玩着拇指大的纸片游戏。要没这些声响,小街上也会荒凉得很。机关单位的人不逢集时都四散而去了,那些院子里更是空旷得很,索性大门也关了,门上挂一把大锁。有人找来办事,靠墙晒太阳的人会说,你逢集了再来。

店铺多,超出了小镇人口的比例,谁也不晓得到底赚钱了没有,总归是开了,就开下去吧,因为已经把所有的钱都投进去了,一家人就指望着这个呢。茶叶店,服装店,粮油店,裁缝铺。多杂货铺,小的叫杂货店,大点的叫大铺子,开大铺子的就那两个人,在这条街上,卖一样稀奇货色的人就威风得很:

"我这货,你睁大眼睛看看,谁的大铺子里都没卖的。"

上街里,是百货公司与邮电所,机关单位与庄稼人的房子挤在一起。中街,坐落着学校医院派出所,几条巷子延伸进去,又是农家院落。下街里,是旅馆工商所还有粮管所。再往下,街道拐个弯到了一片开阔之地,这里是电厂。

这条街上,最可说的是周乐的诊所。周乐是个看牙的,可他的诊所里,日用品,小家电,啥都有卖。药价比医院的便宜,头疼脑热的都先来寻周乐。重点是周乐啥都会看,去看牙的对他也只一个要求:周乐啊,你给我把这颗牙拔掉。

"你的牙怎么了?"

"我今天要去找周乐拔牙。"

周乐很乐意为大家伙拔牙,痛苦的根源一下就给解除了。

就在这个冬天,医院唯一的一位牙科大夫吴光明去北京进修了，林希偏偏这时候牙痛，就去找周乐。明知一进周乐诊所，拔牙势在必行，还是走进去。周乐也不跟林希拉家常，咧嘴一笑，让林希坐好。问了是哪颗牙，林希闭上眼睛，只听得一阵霹雳当啷，知道是先打了一针麻药，接下去，林希专注于想一些痛苦的事来转移注意力。有一瞬，林希想逃走，周乐让林希拽紧他的手。猛发出一声惨叫，不好意思，还没开始拔。周乐说，不行。还得来一针麻药。连打了三针，林希还是惨叫。周乐只不理，林希也不知他手里捏着什么，一心在恐惧当中，只求这痛苦的过程赶紧过去，结果，真给痛死过去了。足有五分钟没有意识。周乐也不着急，哐里哐啷去管那些工具。五分钟过去，林希醒过来，还端坐在那个专用于"酷刑"的椅子上，周乐睁着两只牛眼正瞧着她。

"你这承受力不行啊。"

除了掉了一颗牙，也没什么大碍。诊所租的是工商所临街的一间房子，周乐往屋顶上搁个大喇叭，平日，这只大喇叭一直在放流行音乐，整条街、几面山上都听得清。

林希缓过一口气来的当儿，听见喇叭里唱着"不知该如何……愚蠢地爱"，一个老头走进诊所，又走出去往屋顶上看了看，再次走进来跟周乐说：

"周总，你这喇叭好，把十里店老李家怀孕的驴都给震流产了。老李是我邻居，你知道不？"

周乐说："不知道。我不认识你。"

林希处在自己的痛苦里，想着十里店离小街很远呢。那人站了一会儿，也就出去了。

有几日，突然很安静。镇上人也觉得空虚，都跑出去往工商所的屋顶上望。那只喇叭不负众望，过不久，终于又震唱起来了。

若没有逢集天和这只喇叭，这镇上的人，真是寂寞得很。逢集这天，人们潮水一样，不知从哪涌出来，那条街，八九点钟就热闹起来了。干什么的都有。最稀奇的是什么也不干的，就从上街里，挤过密集的人丛和货摊，走到下街里，再从下街里，挤过依然密集和热闹的人丛和货摊，又走回上街里。突然间，拥挤的街道上一阵骚乱。一股人流拥推着往派出所走，各种人声混杂成一股嗡嗡之音，一声叫骂，引起一阵乱糟糟的争吵，没人听得清到底吵些什么，总归是一直吵骂进派出所去了，有些人跟着挤进去了，有些人站在门外等。忽而，挤进去的人又给赶出来了。

唐叔叔调到县城了，听说荷姨也去城里生活了。林希设法不让一道记忆之门打开，既是报复，也是自我保护。

腊月二十八，双子镇一年里最后一次逢集。林大夫在这一天一直要忙到午后一两点钟。林希把屋子收拾了一遍，洗了几件衣服，炉子烧得很旺。她坐在沙发里做题。床头柜上立着些会计学原理、外语教材，大都已学过了，没有目的，却很用功。她正试图阅读一本英文原著。

林大夫顾不上吃午饭，林希便也不吃，早上喝茶吃油饼子。时有人送来一篮子鸡蛋，一罐蜂蜜。林大夫回报一些糖果。这样的往来也令林希替林大夫觉得寂寞得很。林希不记得林大夫啥时候开始不再读书了，很多书被她清理出去了，有些送给了学校的刘老师。有那么些时候，林希觉得林大夫是为了培养她才努力地读书,或者只是装出读书的样子来。那些年里,读书的确是母女俩一个非常良好的习惯,不能用"坚持"这个词。读书本身让她们快乐,快乐的事为什么要说坚持呢。她们也常读小说,林大夫认为小说是一种特殊的交流工具,无论怎样的人,都能从小说中得到难以从书信或新闻报道中找到的东西。

林大夫常说:"你很小的时候,我不得不中断对你的家庭教育,送你去学校上学。"但她又说:"我不敢拿你冒险,因为我自己没有教育你的资本。我必须送你去学校。"

上学的经历并不痛苦。如果只允许保留小学和初中时光,那是她最美好的记忆。记忆里的那些人和事,那些地方,是一个小镇女孩生命丰华的原因。如今,他们大都已离开了小镇。

就听得有人走到门口,也没敲门,门就开了,一个人直接进来了,一阵寒气也进来了。

7

麦伦一进来,房间似乎变小了。

她半天没有说话,接过他脱下来的大衣放到床头的椅子上。他洗了手脸,就来抱她,长久热烈的拥抱。她将脸埋在他怀里,像得到一种救赎途径般的激动。

门外热闹得很,集市正在散去,有人大声吆喝着,还有牲畜的叫声,三轮车开进开出。这排房子里住的人,在这时候也都回来了。看看时间,已经三点钟了。

"还没吃饭吧。"

"坐车时间太长了，一点也不想吃。"

林希给他削了只苹果，也是蔫不拉几的，房里热的缘故。他拽着她的手，她一歪，又坐到他腿上，俩人腻歪间，听到门口的脚步声，便一下分开了。

一个声音先浪一样把门冲开了："林和蕴，给我用下电话。"门开处，言院长穿着件大衣从那个窄小的门里挤进来了，这是个门板一样阔的男人，戴着副深度近视眼镜，看人时整张脸都皱着。

麦伦让言院长坐，给他把座机挪近点。

"你就是常黑子家的那个没头脑啊，听说，你把你老子给气翻了。你个没脑子的，不去城里找女人。"

你要是第一次领教，准会跟言院长打起来。林希忙笑说：

"赶紧打电话呵，等电话的人要急了。"拉麦伦走出去，"嘴烂心好，不能计较的。"

这时候，林大夫从那头走来了，如一个电影里的人走来了，面若满月，身若柳燕，一股气韵，独她所有。言院长出来了，大叫道："你这个女婿，一看就是个缺心眼。"

"你那张嘴住上一阵，比让这天下雪还难吗？"

一阵咳嗽声远了，一阵朗笑声响起在别处。

打过招呼，林大夫先去了趟文化馆。小邵正打算出门，跨坐在摩托车上等林大夫走近，取下墨镜看她。林大夫要了他的钥匙，给麦伦住几晚。

"那你跟我走吧，我去乡下搜集点材料。"这个人有一张冷峻沧桑的脸，一双深邃的眼睛，胡子拉碴，那张脸，似乎从来没有年轻过,或者说,他很年轻的时候,就已有苍老的容颜。穿靴子的两条腿特别长,风衣墨镜,有一种雄赳赳的气度。

"你知道我去不了。"

"那我走了。"

从没有说过再见,林和蕴望着那辆摩托车将小邵载走了。他是热爱自由的,双脚用于在野外奔跑。她时常以为,他再也不会回来了,最终却为她返回来无数次,一晃,四年了。她不想要自由。她一直想要被囚困,也许,时机早已过去了。一直以来,只有这番让人不踏实的相送。她不等待,也就没有失望。

"你走的路越多,对一切越会有敬畏之心。"

她不需要他赌咒发誓,也不需要他停下来,她不想毁了他的特点,那样,也等于毁了她自己的梦想。走进乡政府的院子,向左拐进一个月洞门,一间幽暗破旧的大屋子里,陈列着一些素描画、雕塑,柜子里装着几十年都没有人翻动的发黄的档案,旁边一个隔间,那是小邵住的地方。这里,只有维持生命所需要的最基本的东西,连舒适都谈不上,他的全部家当就是那辆摩托车。她翻看床铺,打算抱一床新的被子来。略略地收拾了下屋子。靠墙的书架上,堆着几百本笔记本,这许多年里,小邵一直记录路上见闻,给一些乍然冒出的稀有的植物命名。他也写一些文字,写完合上本子了事。但那些记忆深刻的,会读来给她听。也不知从什么时候起,那些笔记本替换了她常读的那些书,她会在旁边补记上一些自己的想法,笔记本上的字迹一胖一瘦。她翻看自己补在空白处的那些小字,眉眼间生出欢喜,她的脸颊仍是稚气的粉嫩,双子镇的水土并没让她的皮肤变红变黑,也没把她这个人彻底同化。得到了,就够了。再多,就痛苦了。她清醒得很。

低着头快速地走出去,也没和什么人打招呼,专注地疾走。自从有了小邵,她在这世上就越发孤独,在这个小镇上,她的世界越成了一个孤岛。然而,只有在这孤岛上,她方得自由和意趣。

乡政府是一个椭圆形的大院子,中间一个环形花园,里面种满了核桃树,夹杂着瘦小的丁香。在这个季节,除了枯树,没什么可看的。她出了那个大院,往回走。寒风起自旷野,起自冰冻的河湾,在小街上一波一波吹过。

每换一个地方,小邵都会给她来信,告诉她现在到了哪里,遇到的新鲜事他急于讲给她,她会为他保存下来。他们之间没有窗帘、尿布以及因各种迫不得已的聚会之类引发的矛盾或一直待处理的问题,有时候,那成为一种深刻且有种悲凉意味的孤独。而有那么些时候,她则认为那恰是一种幸运,那就像是她活在另一个世界里,温暖美好的东西只属于她独个儿的,并且完全可以由她的精神所创造。

她一直是个活在小镇上的女人,因为小邵的这些笔记和信件,她同时游走在这世上的很多地方,她的生命由此而被扩展了。她的阅读后来全部转向小邵的笔记,它们是私密的,小邵给她权利去拥有。她一本接一本地看,看完一本拿去乡政府的院子里换另一本。偶尔,也会在原始丛林般的记述里看到一个女子的身影,她出生在一个似乎很偏僻很特别的地方,长成很特别的个性,等不及长大成熟就婚配嫁人,她仿佛一直赤脚奔波在大地上,跟男人一起劳作,偶尔有所叛逆,在属于她自己的机遇(小邵一定有过想要她坐在摩托车后座上的冲动吧）到来时，却仍偏向于她那有着原始人的愤怒的男人。见到小邵，她猛爆发出一股觉醒似的热情。小邵对那女子的描述停顿在这里。也会出现一只狗，一头有特异功能的驴子，数万种她从没见过的植物。她无法归纳这些笔记里的内容。生命是孤独的。活着是孤独的。活着的意义是什么呢？面对那些大自然的隐秘，她不由得常去想这样的问题。他也给不了答案。没人能给。她一个人抚养林希，意识到生命这个过程的深邃和不可捉摸。她任由林希从小就跟别的姑娘不同。小小年纪就恋爱，到了中学，陷入与一个成年人的纠葛当中，她当然不是任其所为，她只是感觉无能为力，她的感情是失败的，她没有任何经验可提供给林希借鉴。她只能任由她自己去经历，受伤，然后，变得成熟。

仿佛那些笔记里是另一个真实的世界，小邵的世界。裹在白大褂里面的那个女人是另一个人。那个真实的女人，在无尽地探索自己，探索生命的本质，也探索和追随一个男人的脚步。这镇上，无人识得这样一个真实的女人。叫林和蕴的女人是分裂的，没人识见这分裂。连林希也不能。

在小街上边走，林大夫边穿起那张在现实生活里一个慈祥喜乐的单身母亲的人皮，回去时，林希和麦伦已经把晚饭做好了。坐下后，林和蕴说了声：

"沃然，把杯子递给我。"

空气里一阵脆响，母女俩相视愣了半天。

麦伦先笑起来。说他母亲也时常给人安错名字。林大夫这才说：

"哎呀,我这脑子,还没到捣乱的年纪啊。"再不敢看林希。林希一本正经地给三个人分发筷子,每个碗里盛了汤,什么也没说。林大夫讲笔记本里的故事:

在一个村子里,有一个男人,自从五十岁到来的这一天,便啥也不干,整日在村子里游走,就算是他女儿家的小猪崽掉进水沟里,他也只是袖手旁观。

"哦。他想通了。"林希喝了一口汤说。

"我见过这样的人,这种人,连病也不得,真是奇怪了。"麦伦讲了个实例。讲完,才反应过来,他讲的其实是一个在街上流浪的疯子。

麦伦一点也没有表现出林和蕴设想中的那种夸夸其谈之态来,他甚至有点羞涩,在她那些颇有审查意味的眼神里畏手畏脚,一点也不像个城里人。那几天,他干了很多需要男人出力气干的事,不顾寒冷,把隔壁用来做饭的房子粉刷了一遍。

麦伦在那个房间里发现了一只箱子。经过林希的同意,他一一翻看,像在回忆自己的过去。他早在她的钢笔字里看出了她的性格,刚硬,倔强,可一转一折间,又是柔情的扯牵。他这样对她讲了。她说:

"你什么都不知道。"

这话令他气馁。"沃然"那个名字,他从林大夫和林希交会的眼神里已经感觉到一丝震动,那像是一声惊雷震落了窗口的积雪。房门关着,屋子里的家具上全盖着报纸。他面对墙壁站着。

"林希,你真的准备好了吗?"

"什么?"

"我要带你彻底离开这里。"

她没说话。他没想到到她会扑过来，轻轻环抱住他。

"从小，我就感觉，到这世上来是个错误，以致我不停往外跑，意念里有个远方，我至今都还没有到达，就在这些日子里，我意识到，也许，你就是我的远方。遇见你，我的脚步便停下来了。"他转过身来，忧伤地望着长发遮住脸颊的她。

"天呵，你可真够油嘴滑舌的。"她靠过来，认真问他："为什么不告诉我？让你沉重的那些事。"

"到时候，你自然就知道了。"过了片刻，他又说："我感觉到了，这也是你妈妈希望的，她希望我带你离开这里。"

她不再说话，收起那种做作的神态，把脸深埋进他的衣服里。

第 五 章

1

春暖花开时节，一个飘着细雨的清晨，俩人乘坐一列绿皮火车，开始了似乎并无激情的旅行。

她决意把活过的二十二年当中纠缠纷杂的东西借着这趟旅行彻底清除出去，然后开始简单清纯的新的人生。在把苔蓝市的人力市场略微了解一番之后，林希重新抱起会计学的课本。这就是人生，你得为它削切你自己以迅速适配，而不是反过来。她学这个，完全是为了生存，这成了一股切实的动力。她有一种古怪的习惯，越枯燥越有热情拼命，像是一种对自我的惩罚。

"你上大学学的不就是这个吗？"

"我根本就没毕业嘛。那个时期，是墙里的一幅黑白画。"看了眼麦伦，"现在真是好后悔哦，你看，我得苦学。"

"林希。"麦伦一本正经地看着她。

"什么？"

"我好崇拜你。"

一个在火车上攻读会计书的年轻女子，麦伦暗中观察着自己的新娘。没有举行婚庆仪式，没有亲友祝福，他们从双子镇出发，在苔蓝放下行李，一只箱子里装着他儿时的相册、几本字帖、几本旧画册、一本经书和一件有五十多个签名的衬衫，他略记得起那些高中同学，而他们大概已经忘记了，这个如今叫作麦伦的同学说过点什么。他极度沉默地度过了中学时代，但他万分珍惜那件有签名的衬衫。他从那个家中带走了自己的那点物品。她则带着两只行李箱，林大夫为俩人置办的必需品，一部分已经托运到了苔蓝。在苔蓝喝了两日酒，同事好友执意来闹腾，麦伦大醉。然后，带着宿醉再次从苔蓝出发，开始了没有目的地的蜜月旅行。

林希穿着件杏色的风衣，头发微微泛着黄，发梢处烫成大波浪，非常衬她那冷而含情的气质，她的眼睛一直低垂在书页间。

"你真的不遗憾？"

"这正是我想要的。"她也不问遗憾什么。

"对不起。以后我会尽力补偿你的。"

她伸出手掌，按在他的脸颊上，灿烂一笑，继续看书了。

应该好好享受这慢悠悠的旅途时光。林希带了两套简易床单被套，一上车就换上了。除了吃的不怎么样，整体还算惬意。雨后，山林如洗，太阳也是新的，列车进入秦岭山脉以后，天地间忽然变得开阔。沿途，探出新绿的群山雾气蒸腾，恍若仙境。

仿佛在纸上说太多了，俩人面对面时反而不知道要说什么。麦伦觉得，往后有的是时间去讲那些没意思的事，何况，他还处于宿醉后的神经系统紊乱中，头痛、眩晕、疲劳、困倦，只想睡觉。他们的上铺也是一对小夫妻，那个丈夫隔几分钟就问对面铺上的女子：要起来吃点东西吗？或是给她打开一听饮料，直把她嚷嚷烦了。那个丈夫跳下去，坐到窗口的小座椅上，目光却还在那女子身上。那个女孩看上去十七八岁，极瘦，皮肤黑黑的，浑身戴的首饰足有五斤重。那个丈夫大概把所有的家资都花在女孩身上了，他得盯牢她，就像看守家产。他穿着一套过小的西装，眼神单纯，让人不忍心欺骗。

我这就算是结婚了。林希跟自己说。

她走过去，将被子往上拉拉，盖住那个宽阔的肩膀，将他额头的头发理了理。麦伦闭着眼睛拽拉她，想把她拉进被窝，她站在那，端详那张脸良久，回到对面铺上。

上下装的睡衣是旧的，只带了一套换洗衣服，没有买新的。她存了一点钱，若是她妈妈打算买房，她才会拿出来。没承想，这笔钱已经派上了用场，订票订酒店已用去一部分。

她想到，麦伦不过也是在莽撞地碰撞。

车身不停地颠来晃去，林希的思绪也晃晃悠悠的。她闭着眼睛，思绪到处游荡，她也不去管束。一个声音跳出来道：

"如果你后悔了，现在还来得及。"

她被吓醒了。麦伦睡熟了，金色的太阳正照晒到他脸上，微卷的发丝，一根一根是透明的。

又睡过去了。醒来已是黄昏，列车将要到达留亭，他们第一站的目的地是田湾，在次日中午才能到达，麦伦宿醉难退，神疲力乏，便临时决定在此下车，匆匆收拾了行李，随着人流出站。

留亭是一个西部城市，旅游业发达，人口众多，出租车跑出很远才在一家酒店订到房间。这里比苔蓝气温高出八度，俩人却穿着厚毛衫。放下行李，麦伦倒头便睡。林希一个人寻去商场里买了两件衬衫，略略在街上走了走，吃了点东西，给麦伦带去一份快餐，叫几遍麦伦没醒，便在另一张床铺上睡了。天明时分，喊醒麦伦，匆促梳洗。

"我们去哪里？"麦伦打着呵欠问她。

连那页结婚纸，他们都还没来得及去办理。林希没回答。在酒店吃了早餐，又往火车站走。排队改签车次花了近一个半小时。出发时，已是午后一点多。

恼怒的情绪越来越浓烈。一路没说话。车窗外，别番景致，不时出现大片湖泊水域，路边开满了北方人养在花盆里的花，就那样散漫盛大又随意地开在野外。

"我这一路在考虑，也许，我得跟我的父亲大人妥协。"他抓着一绺儿她的头发，在手指上绕。

并不问他们之间的纠结，林希看着他的眼睛说："如果你是因为我去做违心的事，我又怎么能轻松得起来呢？做你自己就好。"

"我们会有大房子住的。"

"对一所房子带了感情，想想，走哪都得把那房子里的一切带在身上，难道不恐怖吗？"

"等有了小孩，你会后悔此刻没有要求我。"

我们此番境地，有资格让孩子出生吗？林希闷闷地坐着，感觉一点也不喜欢小孩子，但她没有把这番话说出来。麦伦内心其实很脆弱，轻微的言辞如同无意漾到他脚下的水，都会令他忧郁，令他滑倒。林希感到无趣得很，幸好带了教材。

麦伦没有吃东西，一路都处在酒精带来的麻醉和昏沉当中。

车厢里的人都在午后的昏睡当中，车窗外大太阳照着。越往南，气温越高。热得不行，不过热总比寒冷好。车厢里的人纷纷脱了衣服。上铺一位先生一路都在大睡，另一位坐了一站就下车了，再无人上来。一路只是在期待终点站的到来。到达目的地后要做什么，俩人并不是很明确，只知道这一趟非来不可，总得有个途径证明，他们已经结婚了。

2

第二天一大早，列车终于在田湾站停下来。一下车，大雾弥漫，影影绰绰，麦伦笑说：

"假装到了伦敦喔。将来有钱了，我一定会带你去的。"

林希拎了行李箱跟着他往出口走，身边那些行人，就此别过,往后不会再遇见,就去多看了两眼。一只蓝色的箱子,是林大夫专门为了他们的旅途托人从上海买来的,颠簸一个礼拜才送到了双子镇。而麦伦背了一只黑色的旅行包,像匆促逃离之人。林希忽然叫道:

"麦伦。"

麦伦回头,将她揽在怀里。小时候过家家,林希最不愿扮演的角色就是贤妻良母,怀抱婴儿一脸满足的样子从那时候就被她抗拒,此刻,在异乡的大雾里,在那个一心一意为她的男人身后,林希心里涌起一阵类似于母爱的温情。

麦伦想去景区,林希则对景区没兴趣。出租车将他们拉到市中心的一个酒店。房价贵得让他们犹豫老半天,前台服务生没表情的声音说当地在搞一个什么庆祝活动,只剩下豪华套房了,你们来得不巧哦。房间不是很大,倒也干净。

田湾地处苔蓝的西南,这时节,已是夏天的样子,没料到会这么热,倒合林希的意,她耐热不耐寒,天气好,她感觉自己也是鲜活的。坏天气里,她整个人就像植物般萎蔫了。

麦伦冲完澡,只穿了条短裤出来,林希还不习惯两个人的裸体,背过身去收拾行李,衣服拿到卫生间去换。他提醒她,水温不怎么样。

再次出门。极目望去,这个城市似乎大得没有边际,最远的远处,仍是高楼,雾腾腾的,还好不是雾霾。空气潮润,走在街上的人都没有撑阳伞,却个个肤白肌润的。双子镇的人肤色都偏暗,或者是红脸膛,金牛城里的人也好不到哪去,更黑更黄些,只是没有高原红。

麦伦窥出林希的心思:"你会慢慢爱上苔蓝的,相信我。"

林希想了想,一点也没有马上扑到苔蓝去生活的欲望,要不是已经结婚了,倒可以在这里找一份工作。

麦伦就想来碗面,好几天没正经吃过一顿饭了。拐来拐去寻找一个面店。麦伦要了一碗烩面,林希要了青菜小面,两盘小菜。面吃到嘴里甜丝丝的,难以下咽,麦伦往碗里加了很多醋和辣椒,他的动作依然有些控制不了的笨拙。

"我倒好奇了,怎么做才能把面做得这么难吃。白水煮面都好吃的呀。"

林希吃了一半,也放下了。去寻别的吃。一家小店门口站着个机灵的小姑娘,一眼眼往林希身上瞅,林希便走进去。空调温度适宜,舒服地坐下了。刻意地想到,这是在度蜜月。麦伦精神许多,把刺挑出来,鱼肉喂林希,轮到林希稀里糊涂的,她忽然有点困了,麦伦点了七八样,她只吃了一碗冰杏仁豆腐。麦伦招手唤来小姑娘,问她哪有红酒卖。

不到五分钟,那丫头拎来一只牛皮纸袋子和一张票据。麦伦看了眼,又看看那丫头,掏出一只口袋里所有的现金。

林希不让打开,麦伦宿醉的后果他自己好像并不晓得。她用眼睛央求他:不要让她一个人。

对看彼此的眼睛,顿然有了深意,不免心旌摇荡,温柔甜蜜,又像是身体里多开了一窍,这一窍,偏偏只有他们俩人有,且彼此可以通达,而别的人没有;正是多出来的这一窍,令他们看上去与常人不同。

太阳越升越高,雾气散了,人都变得懒洋洋起来,柜台里站着的老板娘收了他们的钱，没精打采地说了句：慢走。出来时，门口的小姑娘眼睛看着别处卷着舌头说了句什么。

麦伦一只手拿着那瓶酒，另一只手握住林希的手。

"告诉我，你最感兴趣的是什么？"他头一次有如此巨大的轻松和喜悦。

"好像没什么。"

"你心里一定是有什么被毁坏了。"他站到她正面，看到她眼睛最深处去，"但愿不是我搞砸的。"

她没有避开。好热啊。"想要份工作，像个正常人一样生活。"

"你知道，我指的不是这个。"

她将手伸进他臂弯里，算是回答。一丝微风吹过，她闻到某种气味，来自记忆。

走着走着，街巷变窄了，里头全是服装店。麦伦挽了她，慢慢地一家家逛过去。他们仍旧没有计划好，接下来要怎么虚度这几日时光，并没有在轻松地观赏和游览。

"与你在一起，日子就慢下来了。"握她的手暗中用力。她想说点什么，又觉得要说出来的不过是废话。她本有一腔柔情的。

买了几件价钱高得离谱的旗袍，又买了双绣花鞋配它们。然后，把那瓶昂贵的红酒落在了店里。

"不骗你啊老板，我们没钱也出来玩了。"

"年轻人，我可是从厄运堆里爬出来的人。你的面相告诉我，你很快就会飞黄腾达的。"

麦伦是为这句话买单的，一次买了五件旗袍，掏空了另一只口袋。林希拦都拦不住。不过,她那头松松垮垮的辫子进来时显得很土,可配了旗袍,真是妥帖得很,她那淡漠的神情,与众不同的眼眸,真是说不尽的味道。绣花鞋也没得说,简直太搭了。就把一件淡蓝底子上开一簇簇矢车菊镶金边的穿在身上出来了。

"我们去看电影吧。"

"大老远跑来,看电影?"

去了电影院。从一个商厦里进去,影城在四楼。麦伦要看科幻片,林希却选了一部二战题材的。争执半天,就去看科幻。看电影的过程中,俩人也没再说什么。麦伦甚至都没注意到,林希中途出去了两趟。

这伟大的一天,在将来某些时刻,必将会被翻出来彼此挖苦嘲笑。此后,他们再没一起上过电影院。

出来后,买了些水果和饮品就回酒店了,这些酒店客房有供应,但麦伦仍旧买了很多,他的行为有点不受控制,摆成尖顶的火龙果在他靠近时忽然跌落,他非得赔付一张票子,水果店老板认为那不是他的错,麦伦执意要赔。

房间在十一层。阳光铺满房间,对面是两幢住宅楼,她仰脸望去,最高层似要接近云端。要住到那样的房间里,会很寂寞的吧。从窗前转回身来,没头没脑地说:"你喜欢这座城市不?"一边坐在沙发里,脱了丝袜,她略微侧身向着窗户那边,头发垂下来,完全挡住了她的脸。

将他抛于一个孤绝之地,这会令麦伦躁郁。她太平静了,也太安静了,没有丝毫他渴盼着的欣悦欢喜,哪怕是在信件中的那种热烈交谈在现实里他们都不能够,他们曾经知心、交心,会为某一件事情遥远地共情，可是此刻，他们客气得不正常。自走进电影院那会儿开始，他就感觉她把什么抑制住了，就像一个聪明的小孩忽然变得马马虎虎。他那被烈酒麻醉过的脑袋依然不能灵活转动（他想不起来了，为什么要拼命喝那么多），嘴巴也不够灵巧，而她也像是换了个人，但看不出是在生他的气。她越是这样，他就越想让她明白：他们不可能像那些在某某湖畔举办有成百上千人参加的婚礼却又在小孩刚刚出生时就要草草离婚的夫妻。必要时，他的生命都可以给她。

"我其实非常非常自卑，你要是有一点不开心，我会非常自责。我从小就对自己发过誓，一定要通过自己的努力，改变人们对我的看法，我并不是一无是处。这些年来，我照着目标在前进。我太需要你。

"我想让你知道，如果你哪天对我失望了，我的冷漠绝不是因为我真的冷漠了，而是因为，我从小刻在骨子里的自卑和自责令我不敢再接近你了，我需要你帮我，时时拉扯着我，我永远不希望有那么一天。你知道，说出这个，对我来说并不容易。"

他并不真的稀里糊涂。想着他写的那些信件，除了倔强和自尊，他是否真的明白爱是怎么一回事，亲情，友情，爱情，他分得清吗？她不确定，这是不是他从以往任何关系里体验到的第一份爱，在关键时候他的装疯卖傻（从不征求她的意见，在她还没有时机考虑清楚之际他已替她做出决定）究竟是缘于爱的不由自主还是怕遭拒绝才要的一点儿阴谋诡计？对即将开始的婚姻生活，是不是，他也很盲目？在她看来，爱情与成家是两回事。他倒不是对她十拿九稳，要真是那样，她一定会马上从这个门里走出去，让他一个人去度他的蜜月。到了这会儿，这些疑问越加地真实。她几乎要变得愤怒起来了，好在，他终于开口了。可是，你听，这个男人有多自卑自责。

想了想，她说："麦伦，你在说什么啊？我只是有点累了，你真是太敏感了，怎么会想这么多。我怎么可能对你失望呢，应该是你对我失望才对呀。我没有上进心，没有事业，甚至连一份工作都还没有。"

"也许，我指的，不是这个。我知道你有自己长远的打算，虽然在这一点上我们还没有认真交流过，但我了解你，你故作天真的样子可骗不了我。你越是这样，我越没有自信。"

"真是个奇怪的人。你这是为了消除我的自卑吧。你可真是好心肠，我是为了赶上你呀。婆婆妈妈哦。"

她捂了他的嘴，不许他再说什么。欲辩已忘言，想仿半阕词来表达他的柔情与深刻的感动，也不知念了什么，已睡熟了。

  去年岩桂花香里，著意非常。月在东厢。酒与繁华一
 色黄。
  ……往事难忘。待把真诚问……

一股酒气，她根本没注意，他何时又偷喝了几口。

她想让自己的心静下来，也不知它是怎么了，像窗外的空气，躁动不安。房间可真空阔，大而无当，能把几百人容纳其间。蓦然，有种广大的软弱，或许是柔情，心里动摇无主，而猛烈的阳光仿佛有声音，空调发出撒野的欢叫声，都要把她挤

出去。

她将脸贴近他熟睡中的脸,将手指插在他的头发里,他枕着一只胳膊睡得沉沉的,不晓得她温柔目光的注视。这么热的天,他用被子紧紧地裹住了上半身,满是戒备。

忽然又没了丝毫睡意。在房间里来来回回走了一阵,轻手轻脚出了门。

3

那会儿,还不到一点钟。大厅里空荡荡的。林希走出旋转门,来到街上,一个行人也没,空气里涌动一股灼热气浪,又退回来。看见大厅后面有一个门。走过去,轻推一把,门就开了。

对面又是一栋楼,向右拐,一条小径尽头是一个月洞门,走进去,这里种满高大的热带植物,中间一个小小的人工湖,湖里面游着许多颜色鲜亮的鱼,假山石上,亭台楼阁间,冒出缕缕白烟,看那湖水,清澈如碧,透出脉脉清凉,幽深不见底。绕湖走了一阵,间或有几把躺椅,大概是供客人乘凉的吧,一个人也没有,就走了过去。一颗心倒踏实下来,谁会在大中午跑出来给太阳晒呢。

就在躺椅上坐了,双脚伸出去,那就坐一会儿吧。"坐看苍苔色,欲上人衣来。"发了会痴,越发放肆地伸长了腿。旗袍的下摆有点窄,她稍往上提了提,露出半截白白的腿,长丝袜之前脱了,出来时忘穿了,腿再伸长一点,两只穿着绣花鞋的脚,交由那树影间漏下的太阳尽情地去晒,人突然间困乏得很,竟就保持着这样一个姿势睡着了。

那如缕如雾的白烟燃烧着，袅袅婷婷，又裹又缠，绕成一个大团，把她轻柔地包围起来，睡意昏沉中的她知道自己很安全，假山上，细若无的流水声断续入耳来。有人从那荷叶当中站了起来，朝着她走过来了，她仍是安全的。不用理会。乍然之下，声息全无，四周太安静了。那人瞬间就到了她面前。那个声音几乎是刺耳的：

"嗨，你怎么睡在这？"

一张脸凑在她上方，那双眼睛离得如此近，她一下跳起来，额头那里一阵发紧，慢慢地，这个人变得清晰了，她感觉心脏抽搐了一下，脸色一下转为苍白。他以他那特有的方式抖抖眉，眼睛斜着，讥笑似的看她。他背着个大包。

"还真是你啊。你个傻子，认不出我来了。"

他的嗓音变粗了，人变得壮实了。微微的眩晕感，胃里一阵空洞的翻腾，又一阵烧灼，她深深长长地出气，好让自己保持冷静，她颤抖得越发厉害了。

"怎么了，你不舒服吗？你变白了，你还记得我让你把白面抹在脸上吗？哈哈哈，你个傻子啥都信。那时候真是太有趣了。真想不到会这么快，我们都快老了。哈。你在这里做什么？"

她终于说了句话："你怎么会在这里？"

"我来这，"他的声音拐了个弯，眼中忽然就有了惯常的那种狡黠，她知道，接下来他一准要开始胡诌了，"我来这里，是为了遇见你呀。"

"哦，果然是你。"她重重地说了这句话，"你究竟在这里干什么?"

"哈。你怎么一点都没变呢,这口气,啧啧,听上去就跟我妈一样。你咋长这么高,都不像你了,哎,我给你讲,这衣服不适合你,适合脾气好的人穿,而你,是个暴性子。"贫嘴的同时,他的脸颊慢慢地变红了,眼睛躲开去,望向那假山间的云雾。

她突然想转身离开,双脚却不听她的,牢牢地钉在原地。他将包放在椅子上。指着旁边说:

"坐下来,我们说会儿话。"

她就乖乖坐下了。

"我明天要去重庆,机车驾修。算了,说了你也不懂。今晚我去车站看车,明天一早出发。"

"你在田湾工作吗?"

"我在这边都快六年了,真有你的,把我彻底忘了。你呢?听说你在金牛。"

她脑子里乱纷纷的,不知要先问什么。隐隐约约的愤怒、惊讶,她讨厌他假装的态度,也许,还有一缕惊喜、怨恨,这阵杂乱的情绪令她不知所措,后来,总算理出一个还算清晰的念头:不要信他的任何话。就站起来告辞。

"我得回去了,你去忙你的吧。"低了头转身就走。他又喊又叫:

"希希,你个傻货,怎么回事,你有那么忙吗?过来过来。"

转回身,这才看清他,穿着一套深蓝色的铁路制服,头发有点长,她记得他头发的颜色是深褐色的,可现在是黑色的,比过去浓密,硬撅撅地竖立着。他那个人,有模有样的,浑身有股得志的气象,如果麦伦身上有股清华气象,那此人身上,则带着点扬扬自得和匪气。

"你不会连一句话都不想跟我说吧?我们多少年没见面了,你真的,从来都没有想起过我吗?"他的嗓音变低沉了,可怜巴巴的,这使得他看上去有了那么点稀有的真诚。而他一正经起来,她就不再是她自己,向来如此。

她脑子里乱作一团,半天都综合不出一句最能表达她内心的话,那当儿,她发现,一个被她囚禁着的女子突然一跃而出,她都不晓得,她究竟在哪藏着掖着,瞬时,她就带着一股怒火蹿跳而出,是这怒火,把她的脑子给烧糊了。那女子的怒火令她保持冷硬。

"怎么样,如果你有空,我带你去参观我工作的地方,要去不?"他拿出一只黑色的手机看了一眼,"快三点了,我们走吧。"

她站在那里,始终不知要怎么办才好。就站着,很弱智又很倔强地站着。

"放心,我待会送你回来,我不会把你卖了的。喏,那是我们的公寓楼,看见了吗,从这穿过去,就那栋白色尖顶的楼。我刚从那出来。你要跟我去重庆都可以的,到了那边我会无事可做,正好可以陪你玩。我们会住在公寓里,直到那边把车修好。"

她本来迈出去几步,又停下不走了。

"天啊。"她说道,"这几年,你究竟在哪里?我以为,你死了呢。"这真是他吗,她以为这一生都不可能再见着他了。

慢慢地,他眼里漫漶出一缕忧伤。"你就那么恨我?我可从没恨过你。走吧，我慢慢告诉你。"

"我凭什么要听你的？"

他抓她的头发，她满脸怒气地躲开了。

4

他掏出手机递给她。"要告诉一声吗？"

"你知道我要告诉谁？"他在试探，她太了解他了。这令她心里凉凉的，他并不关心她的人生。

"我咋知道你要告诉谁，无论是谁，就是给说一声嘛。我不太相信你会一个人出来，你是个胆小鬼嘛。我当然希望有人能陪着你。"

她的心跳得很烈，可笑的怒气令她全身紧绷着。

他哧了声，大声地笑："你说你，表面看起来已经成熟了，实际还是那个傻子。只是没想到，你现在这么好看。那时候你多丑啊，嘿哟，成天哭哭啼啼的。刚才，乘你熟睡时我仔细端详过了，不然，我都不相信真的是你。今天是个什么日子哇。"

"你向来就是个混蛋，你自己知道不？"

他忽然贴近来，几乎贴着她的脸压低嗓门说："你很迷人，有人这样告诉过你吗？"

她躲远一些，这番话，在她身心里引起从未有过的激荡。她假装木然。

他站在街边嘀咕了句什么。她去找他的眼睛，他也正偷瞄过来。

"别那样看我,我怕你,至今都怕你。"

她发现他又红了脸,这可真是少有的事,难不成,他已经变成一个好人了?

上了一辆出租车,他把那个大包移到旁边去,靠近她一些。看她一眼,低头抓自己的衣服,再看一眼。大声给前面的司机说:

"师傅,你看我们两个长得像不像?"

"嗯,别说,还真有点像。"

"你猜我们什么关系?"

她用眼神阻止他继续贫下去。司机哎呀一声说:"不是夫妻就是兄妹吧。"

"我们是失散多年的双胞胎啊。"他说得极为认真。

司机往后座认真瞄了几眼,笑说:"那今天是个好日子哪。女的漂亮,男的皮肤白。"

林希看他,果真白得很。他暗自笑出声来,想起过去,太痛恨自己脸白这件事了,一个礼拜只洗一次脸。而她每天都在设法让自己的一张脸变白,他教她把面粉和成糊,往里加一颗乳酸菌素片,每天晚上涂一遍。她真的涂过一阵子,也不去管真假,凡是他说的,她都信。

"你现在还洗脸不?"

他稍愣了愣,随后笑得眼睛都没了,装作去看窗外。她叹道:"你原来也是会害羞的人。我一直以为……"后面的话她没有说出来。

他什么也不说,只是靠近了她,又来抓她的头发。

她安静地坐着,一颗心像塑料小球,浮起又跌下,在动荡不安的水面上扑腾。她不去管顾,由着它。路很长,又很短,他跟司机说完一个笑话,就停下了。他拽着她的手再没放开。

又到了田湾火车站。林希仔细看了一遍那几个字,早上那会儿,她从这里出来时倒没看见。

进了售票大厅,他往左侧一个门里拐,有人挡住要看她的证件,他说:"一起的。"

她停住了,就犹豫了那么五秒钟。

从一个通道里过去,他跟那些工作人员打招呼,让她走在前面。

来到停放着许多机车头的车站。他拉着她从铁轨上走过去,时光忽而倒流而来,穿着旗袍绣花鞋的她,走得婉约又笃定,脚下虽是艰难的路,他令她意识到的却是"人生有几,念良辰美景,一梦初过"。

"我抱你走吧。"真就俯身来抱,被拒,便拽起她的手。

再跨过一道铁轨,从一辆停泊着的货车中间跨过去,走到一台机车头底下。

"小贾,我到了。你下来吧。"他朝上喊话。

一个小伙从窗户里探出头来,刚要说什么,看见林希,换了副神色,哟了声,机车上面的小门打开了,小贾下来了。

"我妹妹林希,跟你讲过的。这是小贾,我徒弟。"

小贾往林希脸上看了眼:"还真是像啊,原来不是虚构的。他说,你们失散了。这家伙。"

林希笑,没说话。

小贾说:"那我走了啊。争取八点来接班,给妹妹泡点我们的好茶。"

"去你的,乱喊什么。"

他抓住手扶杆,踩着扶梯攀上机车,伸手将她拽上去。她从没到机车头上来过。里面很热,视野开阔,各种电机的噪音混杂成一股暗昏昏的轰轰之音,像一个阔大的罩子围罩在四周。正前方,三四个小小的屏幕亮着,上面闪着复杂的电路图表和数据,上方一个更小的盒子里正发出一阵杂音。操作台上,几排小小的绿色的圆饼按钮,让人忍不住想伸手按一下。这里扑哧一下,那里剧烈地叹息一声。不一会儿,她就忍受不了那股复杂的轰鸣声在耳朵里的震荡。他放下包,问她,就用他的杯子给她泡茶可以不,这当儿,那个传出杂音的盒子里,一个声音叽里呱啦说了一串话。

机车两侧,是两个窄窄的走廊,她跟着他走过去,一直走到另一头,跟那头的司机室一模一样的构造。从高处看周遭的田野,别有一番意趣,她站到侧面的窗口去,他拽了一把,让她往里站。

"你个傻子,让探子发现了你,扣我们的分。"

"那你干吗带我来嘛。啥是探子?"仿佛又回到儿时,她忽然就有了对万事万物的兴趣。

"我让你来看看火车啊,火车头,你坐过吗?"他在这里按一下,那里敲一下。又回到另一头。"我们的工作是半军事化的。说这个干吗,你又不来开火车。"

看着他走来走去,不像是过去那个人了。

太阳慢慢地偏移,灼热的黄金的光慢慢失去了热度,从机车的窗玻璃上收缩滑跌。一些机器停止了震动,还有一只风机隆隆响着,俩人说话得大着声。从右边的窗户望出去,一座不高不低的山,苍翠凝重。她问那座山叫什么名字。他看了眼说:"就是座山嘛。"

"不许你叫我傻子。"一些习惯带回来了记忆,厌恶的情绪又来了。曾经,她觉得自己是给他叫傻了,那好像一种暗示的力量。

"还不许什么?"他盯着她认真看了两眼。从一只餐盒里取出些水果让她吃。"没什么招待你的。说真的,你等我回来了带你去吃好的,我知道一个地方,你一定会喜欢。"

她坐在宽阔的司机椅上,躲开他的眼睛,扭着头看来看去。他没问,她在田湾干什么,何时回去。她也不问,那是个什么样的地方。他半眯起眼睛看她:

"感觉就像我们昨天还见面呢。"

她不想谈这个,不想让他露出那样的神情。

"开火车有意思吗?不记得你还有这个理想。"也不记得他有什么大理想,有一个时期,他的理想,大概就是怎么搞破坏。记忆似浪潮,像那落日寻着海面与山谷般自然又迫切,一到他面前,她感觉自己的心就安顿下来了。

突然很沉默。又听见各种机器的鸣响,电磁的辐射都变得有形可触。他坐在一张供乘务员小憩的床榻上抽烟,为的是把一张脸罩在灰色的烟雾当中。

她咬着一缕头发,背靠着操作台站着,旗袍的式样把她的身躯拉得细长，她的脖子尤其长，优雅地支撑着她那颗突然间变得很弱智的脑袋。她不晓得自己是不是真的在打算着离开。难得他那个人有这么一本正经的时候，这一阵的静默勾得她的心又生出异样的触动。片刻之间，她无心，无记忆，只是一具好看的等着被点开或关上开关的人形。他的胡须变密了，脸上的棱角愈加分明，哦，他头发的触感，手指的劲道，刀子一样的眼神，人形被记忆撑圆了，记忆是有生命的。原来，她还那么深情地记得，这叫她自己震惊。她期待他先开口，或许没有期待。他还在抽那支烟。想到他如今，二十七岁了，小时候每次挨打仿佛她都在场，忍不住笑起来。

他眯缝着眼睛看过来，她笑得不可自抑，仰着脖子，嘴巴大张。她笑得浑身颤抖，双手蒙在脸上，背过身去，肩背剧烈地抽搐着，她的头发胡乱盘在头顶，脖颈处留着一缕儿，那块儿的皮肤像过敏般发红。她晓得他在观看，一个失去演技的演员，终于等来了知心的观众。

他站起来，让她别笑了。她仍蒙着脸，浑身剧烈颤抖着。他拽她的手，发现她哭得脸颊都变形了。

他的心脏漏跳了几拍，猛又多出来几拍。试探地去抱，把她抱在怀里，又不敢太接近，脑子里，令他惧怕的东西闪闪烁烁。她越哭越凶，响亮地抽着鼻子。

他找了张纸巾，在她脸上乱抹。

"别哭了。"

"你别哭了啊。"

"希希，好了啊，不哭了。"

她打开他的手,他擦得她的脸生疼,拿旗袍的袖口擦得更重些,一遍,再一遍,要疼给他看。再次伸到她脸上的是他的唇。

一头被囚禁的兽在他身体里宿命般地复活。他猛捉住她,将她挤在那个操作台板上,她的后脑勺碰响了风笛。这阵带有警示和危险性的鸣响并没有让他变得清醒,变得清晰的,只是不能遗忘的过去和不知所措的此刻,都很疯狂,都要强行挤进她的身体里去。

她对着他的脸说:"你是个混蛋,你晓得的吧。"

他感觉她又要诅咒他。

A_B

1

  黑白的底子，渗着岁月的些许黄，四边细细小小的尖牙。你戴的帽子跟我的模一样，一顶黑色的皮革质地的帽子。我那张总是露出几分莫名其妙恐惧的小脸，紧紧贴靠向你。而你上身挺得笔直，一只小胖手搭在我肩膀上。

  长大一点后，你一定很憎恨这张照片的吧。有一阵子，我也是。我们有着一模一样的眉眼，宽厚的双眼皮，一样的不满似的噘着的小嘴，就连塌塌的鼻子都是一样的。就算你的个头高出我一截，也很难让人不相信，我们太像是一对双胞胎了。

  因为这个，我爸爸不怎么喜欢我。他认为自己有理由怀疑我妈妈和你爸爸。后街的荷姨反驳他："照这样推测，那沃然的妈妈又怎么向她的丈夫解释呢？"

  不知老天本来要在两家人之间开个什么样的玩笑，等再过上几年，老天爷事太多，彻底忘了这件事了。再者，我们长大了，相貌也终于有了差别。

2

我爸妈只要眼睛睁着,就一直在忙着吵架。

我是在医院里出生的。我是说,我一生下来就只能把双子镇唯一的那家医院当成家。我爸妈都在这里工作,我跟着他们住宿舍。

我爸在一个冬天决定去县里进修,那时候,我刚学会说话。我妈说,他可真是太会选时候。我爸随后留在县城工作,我妈则天天下乡。我被交给荷姨。荷姨是个年轻的寡妇,尖嘴利牙,睡梦里她都一直在说话,语速就像随时有人在帮她摁下快进键。她有一个人人羡慕的庭院,园子里有一堵没法考证其年代的城墙。荷姨有四个儿女。荷姨硬是以自己的方式令镇上人把一条后街叫成了"荷花巷"。

我不晓得人是从什么时候开始有记忆的。瞧,能被我妈看见的现实里,并无对我能够造成威胁或凶险的东西。可谁知道呢,一种让人说不出口的恐惧,始终阴森森地将我包围。那就是我对这人世最初的记忆。

从一对邮政绿的木门里进去,是一排平房。趴在窗口,可以望见城墙的掠影,近景是一棵苹果树,枝丫向着黝黑的夜空伸去。

漆黑的夜里,我被小棉拍哄着快要入睡。小棉那时候有十一岁。有人敲门。荷姨扑进院子的黑暗里去开了门。一会儿又进来了，以独属于她的尖利嗓子说，没什么人呀，是风吹得门响。现在，我们喝点东西要睡觉了哦。

我小时喜吃炼乳和藕粉，老是皱着脸，随时会放声大哭。

"捡来的一条小命，哭也改变不了你的命运。"

这句话，可能是我听错了。长大一点后，我认真地问荷姨，她说那话究竟是什么意思，她翻翻眼皮："我啥时候说过这个了？"

大概是风在暗示，我扭着脖子往窗口望去。我妈妈的脸一闪而过。月亮惨兮兮地在夜空里亮着。那对邮政绿的木门再次响了一下。随后是一阵孩子撒野的哭声，伸手指向门外："要妈妈。"

3

相伴着这种恐惧记忆的，是突然有你存在的一种孩子式的幸福。

那时，你已经与小街上的男孩子们划分着各自的地盘。

医院和派出所隔着一条街。你爸爸是派出所所长，你妈妈是中学数学老师。你有个哥哥。你哥哥老在埋头读书，一直待在你妈妈的宿舍里。我不记得你哥哥的模样，事实上，我也记不清那时候你的模样了。

是通过相片，以及长辈间的谈说。

我妈说，要是再生下一个妹妹，就拿她跟沃然换，"你看，他本来是我的儿子哦。"

我妈这样说，一点也讨好不了你妈妈。我妈自问："为什么沃然的妈妈老让我有一种做错事的感觉呢?"

又自答:"因为你傻咯。"

我妈认为自己很聪明。接下去,会有一长串问答:

"南景行老认为我根本没长脑子。"

"我没有吗?是他自己没有脑子好不好。"

说这种话一般是在饭桌上,我妈会忽然兴奋地说:"南景行就有脑子过一回,就是在他说那番话的时候,他说,真要娶一个数学老师为妻,那才是真正的灾难呢。"

我不记得我爸的样子,在我的印象里,他一直在工作。我也不操心我妈快不快乐。我只想快快吃完饭去找你。

4

派出所的后院是一块很大的菜地,围墙后面,就是荷花巷。那条巷子里住了很多人家。荷姨家四周围着很多柳树,既没泥塘,亦无荷花。你们时常藏在柳树林里,在那些敞开着门的机关单位之间出出进进,爬山下河,那是你跟街上那帮孩子的快乐。我常躲在门槛后像胆小的贼一样偷窥你们。

黄昏,你突然出现在邮政绿的木门前。"希希,走,我送你回家。"我朝着门里看。这时候的小棉,对你谦卑又讨好。她得扫院子,喂鸡喂猪。

你牵着我穿过柳林,拐上一个斜坡。柳叶儿老长,纷披轻拂,蜡笔描画的夏天很长,总也过不完。

"走喽,小老公来接喽。"

一帮大孩子野蜜蜂一般突然涌现，猛蜇人一下。我小小的心脏因为猛烈的颤抖马上就碎了。他们围着你和我又跳又叫。我不敢放声哭，我是那么的害怕，怕那帮孩子，怕你会丢下我而去。

那种惊惧，如同在冬夜的窗口望见妈妈的脸一闪而过，如同一条大河突然一下横亘在我脚下，而河两岸只我一人。

你果真弃了我，红了脸膛，随他们跑了。野蜜蜂们一下就消失不见了。我摇摇晃晃，浮浮沉沉，在大河里扑腾，恐惧淹没了心跳。

我不知自己究竟是怕他们突然的围攻，还是怕被你丢下，总之这种强大的骇惧，早已将我未有时机学会坚强的小小心脏震裂，以致成年后也不能痊愈。像是某种厄运，难以从中逃脱。

5

你我如影随形。

小镇医院像个迷宫，我已多次描述过。

白天，一对高高的木门敞开着，两边是白白的围墙，一条小径上面嵌的小石头被磨得圆滑闪亮。夏天，在幽幽的绿荫里一直向里走，一对玻璃门，阻断了小径，玻璃门后，两排长椅对望，右边是药房，左边是收费室。逢集天，这里会挤满人。再挤，也用不着挂号，也从没见谁为争先后而打起来过。大大小小的诊室，在两边长长的过道间延伸开去。向左，依次是内科、外科、妇产科。向右，注射室、消毒室、手术室、化验室和会议室。

不逢集时，这里空荡荡的，但会有各种隐秘的声息。到了晚上,越发深邃、神秘。一个人走进来会瘆得慌,总像有人紧随着你,黑暗是空洞的,又是丰满的,有什么暗藏着,不敢跑,人一跑起来暗藏着的那些东西就会出现,呼吸和步伐一起压抑着,极轻但又极快地走,哗一下,终于穿过了另一道门,阻断的小径又在脚下了,夜空高远,被解救了般,才敢撒开蹄子一通疯跑。

这里就是我们的幼儿园。我们从小就在这座迷宫间穿梭,制造独属于我们的乐趣,被大人喝来吃去。我们只怕言院长,他像门板一样,壮实又威严。

"你还不去死,又跑来泼烦老子。"

"我说你还死不了,你就是不信。回家去等死好了啊。"

逢集天,言院长的诊室门前水泄不通,这样的吼声不时飘出窗外。只要有这样的吼声在,整条街上就会秩序井然。他高兴的时候,会拿出很多蜂蜜分给小孩子们吃。

我们乘机四处乱窜。我紧跟在你身后,但这种友好情形只限于你一个人游荡时,李周正他们一出现,你立马会认不得我。

等到那些挤得水泄不通的人散了,我们跑进过道,小小的木头月洞门里探下头,被周爷像赶小鸡一样撵出来。有两位周爷,一位精瘦,爱教训我们;另一位脑袋圆圆的,鼻子红红的,似乎从来看不见我们。我觉得周爷们待在这世上最美的地方,那一个个小木匣子里散发出来的草药味,常令我神魂颠倒。我妈妈爱用那些小木匣子里的草泡水喝。走到中药房门口,我就失了魂,循着香气蒙头往里闯,你会猛敲我的脑壳:"傻子,看那个死老头子把你关起来,我可救不了你。"还醒不过来,恍惚间,已被你拉着在过道里一拐,进了一间黑乎乎的房间。

这里像个鬼屋。以前我们从来没有来过这里，因为它的主人是院长，没有人不怕他洪钟般的嗓门儿、长满了小坑的阔脸和门板一样的巨身。这扇门一直锁着。这天，不知你是怎么弄的，门几下就开了，那把锁掉在碎石花的地板上。你拽我进去。深邃的漆黑之中，一阵轻微的鸣声罩在头顶，还有电流和不知名的东西的冲击声，我被黑的巨大的机器碰来撞去，我已失掉了感觉的能力，只待一个鬼出来抓住我。蓦然，出现一团红色发光的东西，我忍不住大声地唤你。

你不知去了哪里，我哭不出来，一只手伸过来，将我拉到一架机器前，我的身体夹在两个冰冷的平面之间，我被一个方框固定住了，哐哐当当，它在向下移动，我偏了下头，一张脸在机器后面突然也偏了一下，灼红而鬼魅。

"哇，希希，我看见你的肋骨了。"

我突然用尽全身的力气一通尖叫。

我记不起来后面的事了。我软绵绵地睡了两天，说胡话。我妈问我们去过哪里，我说：

"坟墓。"

我说我看见了骨头。荷姨在我头顶上方念念有词，她拿出一张黄纸要烧，被我妈阻止了，荷姨撂下一句"我再也不会管你的事"就走了。他们说，马上得去省里请人来修那台仪器，没人知道是怎么回事。

我没供出你。这样，我病好了之后依然可以跟随你。只有天黑能让我们的双腿丧失在四处探寻奇迹的乐趣里。

我们到处游荡。哪怕是万次的重复，我们也不会厌倦。我仿佛是迷宫的主人,但你又是我的主人,我愿意听从你的指挥。我跟着你不停地钻进手术室、化验室,这世上最平板冷漠无趣的东西,因为你,皆变得像奇迹的发生。

我妈妈偶尔带我来这些地方。后来晓得这世上有香水这种东西的时候,我才明白,我妈妈身上那股隐约的酒精和来苏水的气味是多么难闻,而在我上初中时,我都还以为那是我妈妈散发的香气,它温暖又私密,与某些记忆黏缠一处。

我妈妈会将一个令人可怖的黑乎乎的东西装在一只纸盒里,打发我穿过小街,走很远的路,交给住在一个像足球场那么大地方的余叔叔。余叔叔会将那个玩意儿放在炉子上烘干,再研成粉末,不知道他得了什么病,那几年常喝这种粉末。我拿着那只盒子,必先到医院对面的派出所去找你。

6

一个长方形的院子里,种满了花花草草。中间是一口水井,一个木头盖子盖起来并在上面上了锁。旁边一棵高大的苹果树,一树繁花落尽,小小的青果从叶丛间探出来,不知怎么的,一看见有果儿探出来,我总会松一口气。果树的开花,似乎要高级一些,也安静一些,似乎它们有感情,懂得你的期待,才会结出那果儿。我每天都会到这里来。我会每一样都问一遍,而你爸爸会不厌其烦地一一告诉我,八瓣梅、玫瑰、牡丹、灯盏花、荷包花,还有藏在底下的一种蓝盈盈的碎花花。

唐叔叔每天都把那话说得像是第一次说:"咦,这不是希希么,今天没哭吧,你个娃儿呀,就爱掉尿水水的。"看我一眼,又说:"瓜女子,你咋就那么爱哭?"这正是我觉得自己不如人的地方,我讲不出来身体里隐形的诸多恐惧,我为难极了。

　　下雨天。这个院子里的大人不知道上哪去了,我跟你藏在苹果树上,假装我们在一个神话之境,大人找不见我们,青绿的苹果繁密地挂在树上,垂在我们手掌间。我们浑身淋透了。透过烟一般的细雨,我看见园子里向日葵的秆暗中变粗,阔大的叶片被雨滴砸得蹦蹦响,如同荷姨绣花的针脚,不断落在一块圆形的紧绷起来的白布上。我呆望着雨滴悬垂在一片树叶上,欲落不落,我一颗小小的心脏,也欲落不落。

　　那排宿舍的窗帘是蓝色的,夏日晴空的那种蓝,上面画着竹子,有些窗口的竹子是完整的几株,有些窗口只看到陡直的竿,不见竹叶。大多时候,别的窗口的窗帘总是低垂着,而你跟你爸妈还有你哥哥,一年四季都住在这里,就跟我和我妈一年四季都住在医院里一样。只有到了逢集天,这些窗户里的人才会回到镇上来工作。

　　看见你妈妈出现在你爸爸的宿舍里,我总会吃一惊。我有点怕她,就立在台阶上,涨红了脸不说话。你妈妈喊你,连喊几遍,嗓子是立起来的,她的声音尖细,一点也不温柔,让人想到一根尖细的棍子,有时更像是刀子。我早已经领受过你妈妈看到我手里拿的纸盒后会有的眼神,但我仍旧不懂得把它藏起来,抖抖索索地将它暴露在你妈妈眼睛底下。她倒没说什么。你从门里跳出来了,一只鞋还没有穿好就已经连影子也看不见了,我愣一下,才拼命跑出去追你。

等我跑到街上,哪里还看得见你的踪影。太阳很高,我的影子在没有铺水泥的路面上一点一点挪移,我不敢朝两边看,生怕他们会突然出现把我给围起来,他们把我围起来是为了对着我的脸喊你的名字。你的名字被他们怪腔怪调地喊出来如同是我的灾难。

我整日就在这样那样无尽的恐惧当中皱缩成一团。

一直走到供电所旁边,我的注意力才投向手里的纸盒,我没朝里看一眼,我从没朝盒子里看过一眼,我知道它丑陋可怕。太阳暖融融地晒着我,只有小小的可怜的影子跟着我。

7

向右拐一下。一条比小街宽阔的水泥路,两边高高的白杨和柳树,浓荫洒在路面上。这里的柳树,不是长发柔软纷披的那种,这些柳的长发剪短了,并且发质很硬。树下开着白色和蓝色的碎花,就算没有风,它们也是摇摇摆摆的。这条路的尽头,是一个大铁门,铁门里面,忽然成了一道长长的宽阔的陡坡,陡坡下面,是一个像足球场那么大的院子。院子里有两只一高兴就冲着太阳吠叫的狼狗。黑色的那只已经认得我,我总会摸它的脑袋,它的两只眼睛时而傻乎乎的,时而像在酝酿着一个阴谋。另一只只听得见它的叫声,向来懒得搭理我,我只见过它一次,是黄色的。余叔叔住在陡坡下面的房子里。

房子里老有一股青草的气息,是一种很高级的洗发水的气味,我曾去小镇上的商店里寻找,那些花花绿绿的瓶子里散发不出这种气味。我放下那只盒子就要离开，余叔叔说："希希，不要急。"他往一只小熊形状的容器里放了两个鸡蛋，然后领我走出房子。太阳白白地在头顶晒着，路面也是白的，人往空旷里走。我看不见自己的影子，狼狗蔫蔫地跟在后头，你若逗它开心，它一准会冲着太阳叫半天。我想让它保持安静。我们穿过院子，从一排平房前面走过去，那些房子的门都关着。走到一个园子外面，余叔叔打开一个小木门。

"去吧，希希，有几朵牡丹已经开了。"

余叔叔以及与他相关的一切，在我的记忆里，就像菜地上方的晾衣绳上悬垂着的一件白衬衫，太阳光正洒落到上头，风似有若无地令它摆动。

走进园子，我暗暗吃惊，又不知吃惊什么，我尽量不发出声音。寂静中，整个园子散发着靡靡香气，我在青石板的小径上走得恍恍惚惚，小径两旁，一棵杂草都没有，高高低低，一园子的花。牡丹刚刚绽开胖嘟嘟的花苞，月季才长出来，品种不同的百合枝儿颜色深浅不一，不知名的花一丛一簇，并不杂乱。中间一棵才长起来的树上，开着大朵淡绿色的花，太美了，反而有点假。我的眼睛晃来晃去，又看到门后面几棵树上乱纷纷的白，乱纷纷的粉紫，似梦非花，似花非梦。余叔叔说，那是日本樱花。我看中哪一枝，余叔叔会拿一把小剪刀剪下来，我没敢要树上的花，因为我认为那些花终会结果。我总是话很少，那种怯懦受惊的神情烙印一样刻在我脸上。

要等我们长大以后，你才会一本正经地告诉我："你把要说的话全哭出去了，就变成了这副呆样。"

等我和余叔叔从小门里出去时，我手上捧着一捧百合花的朵儿，中间两朵刚绽开的牡丹，开蓝色小花的兰草将它们围起来，我抱着这样梦幻般的东西，跟在一个梦幻般的大人身后，整个世界阒无人声。

余叔叔沉默地走着，目光落在我脸上时，才会笑一下，似乎是怕把我吓跑了般的轻，然后，他像在积攒着力气，不再说话。一个人影都没有，空旷的院子里，只有一个大人，一个小孩，还有一只狗。我恍恍惚惚来到余叔叔的房子里，那个煮蛋器的顶端正冒出一缕晃晃悠悠的雾气。

我吃掉一个鸡蛋，余叔叔将另一个装到我口袋里。"带给妈妈吃吧。"我仰脸看了他一眼，心里谋算着，先去给你送鸡蛋，还是先把花交给我妈。我决定先把花交给我妈，我极端地爱着这些花，生怕你会要走一枝。

那捧鲜花，令我在好多天里都像活在幻梦里一样，长时间地坐在它们跟前，眼睛盯着它们，直到自己感觉到没意思。我妈妈把它们养在一个蓝色的瓷瓶中。

那天晚饭后，我又来到这个院子里。穿过长长的小街，你推搡着我往前走，敲开余叔叔的门。

"叔叔，我们要看电视。"

这种时候，我心里只有你暗示于我的算计，只有那把钥匙。整条小街上，只有一台屏幕很大的彩色电视机，锁在这个院子里的一间大房子里。我们的父母要等很久以后，才会为我们买一台小小的黑白电视机。

余叔叔这会儿似乎有力气了，都笑出了声。他的脸颊很瘦，眼睛很亮,他的长相有别于镇上其他人。他从墙上取了钥匙。

这时候,天暗了下来。院子里的空寂让人心里难受。我们一拥而入,在椅子上挤着坐好。《西游记》的片头曲已经响起来了。我们感受到了仿若信仰的神圣和吸引力。

余叔叔有一台照相机。余叔叔的同事小赵有一天郑重其事地来跟我妈说,可不可以邀请林希当一回模特。我妈很开心,拉过我看了一眼,说道:

"看上去就像个毛焰兽。"

我的头发很厚,而我妈很笨,老是随便拉住个女人让她给我梳发辫。但这天来不及了。我跟着小赵叔叔来到那个大院子里,后来又到了花园里,余叔叔在一旁教小赵怎么摆弄照相机,不时慈爱地看我一眼,轻笑一下。我摆出各种姿势,小赵拿着照相机,蹲着,躺着,又站到花园墙上去拍。

小赵在大礼堂里有个摄影艺术工作室。大礼堂里有个电影院,有一个从未开放过的图书馆,还有一排小平房,工作室在顶头,老远看去,这间屋子就像绑在那棵高大的白杨树上,我的相片挂在工作室外面的墙壁上。刘护士说:

"林希将来一定要当演员的,你看看这眉眼,啧啧,可惜了。"

这句话曾经在我心里引起一阵希望似的强烈冲动,我相信自己将来会当演员。但因为你的打击,我一直没有明目张胆得起来。

我的记忆早已变得混乱,我后来热衷照相,似乎是始于刘护士的赞美。

那之前,拍照是另一件令我恐惧的事。我认为照相会令人疼。我仔细看那些还未有虚荣心理之前拍过的相片,一律哭丧着一张脸。也许,我其实是担心那个神秘的黑匣子又是我妈的诡计:

我怕被她抛弃。

直到第二天早晨,我妈妈才发现那个鸡蛋,它碎在我兜里。我忘了要把它拿给你吃了,之前我认真进行过选择,花给我妈,鸡蛋给你,很公平。那时候,一个鸡蛋有多金贵啊。我在星期天才能吃到一个炒鸡蛋,我妈老说她吃得很饱再吃不下鸡蛋了。小街上的那帮孩子,将家里的鸡蛋攒起来卖钱,那点钱可以为一家人买好多东西。

"余叔叔让带给你。"

"哦。下一次,你就说,妈妈不爱吃鸡蛋哦。"

"可你明明爱吃的嘛。"

"你就那样说吧。"我妈看我一眼,我觉得她很好看,但她一点也不聪明。不比那只狼狗聪明。

8

你们整日在小街上乱窜。不知道为什么,我老是一个人,我尽量不去荷姨家。我一走进去,她会让我把院子扫了,我还没把那把巨大的扫把抬起来,她又让我去喂鸡。我最怕她把我带到麦地里去。我喜欢藏在麦子中间,可我一点也不想干拔草的活,一站到麦地里,我感觉我的力气已经用完了,呼吸都变得困难起来。

我是个孤独的小孩。我只有你这一个伙伴。而你有你的队伍,你的队伍里不容我这个爱哭鬼。我大多时候立在某处发呆。白天,找不见你,我只好跑去荷花巷。那对木门上,总是挂着一把锁。

不知道从什么时候开始的,一睁眼,我们做的第一件事总是跑过小街,找到对方。大多时候,是我先去找你。你总是在你爸爸的监控下不情不愿地打算写作业。你爸说:"都打算了两个小时了。"我一出现,你一下就决定好了,而此前一直坐着沉睡。就等着你爸爸把那句话说出来:"那去跟希希玩一会儿吧。"你照例一下就不见了,我从你爸手里接过一件外套,我抱着它去追你。

这件外套,总是直到天黑时才能交到你手里。你游荡一圈,会出现在我一个人发呆的屋子里。你总是忘了,街上的那些孩子要么下地干活去了,要么还有家务要做。"走,跟我走。"你从不告诉我要去哪里,去干什么。如果你说我们去跳河,我也会很乐意地跟着你跳下去。

平常去的那些地方、玩的游戏,哪一样都给我们制造不出一点意思后,我们就到了河边。那是一条浅浅的小河,清澈的河水里游动着几条泥色的小鱼。如果下暴雨,河水会暴涨,整条街上的人都会站在两岸观看。河水有好几年都没有暴涨过了。终于捉住一条小鱼,可我们没带瓶子,只好把它放回水里去。你马上觉得没意思极了,跳出河水,穿上鞋子就跑了。我解半天鞋带,你已经跑到河滩对面的树林里看不见了。跑去追你,发现你的外套还在河边，我忙着哭，还要跑回去拿外套。

所幸双子镇不大，街道就只有那么横竖三两条，最远，除了河，就是山，它们都能把你给挡回来。

春天到来时，老君山会像一个老人一样活过来。杏花漫山遍野，若能看到一树梨花，我就真的傻了，久久立在树下，是那样非凡的美，似有一个人影隐在花树之间，拿一双悲伤的眼睛望我，是那悲伤吸引着我，再几秒钟，我就能弄懂了。你却已在山下嘶吼："希希，有狼，快跑。"

或者是："他们来了，快跑。"

我又被巨大的惊恐攫紧了，只晓得哭，不知道怎么滚下了山。不知你用什么方法，一看见你，我就不哭了。你已经想出了另外的好点子。

"跟我走。"

通向医院的那个门里，在我们的意念里还有一条隐形的路，我们走在回城堡的那条隐形的路上。我浑身是泥，湿鞋子里灌满了土块和小石子。你在过道里伸手示意我停下，悄声说："去看一下，小张在房里不。"

我往幽深的过道尽头走，听见啪哒啪哒的回声，还有我抽鼻子的声音，也有可能是一声很久之前都还没有压下去的哭声。我回头望了眼，你伸出一只手往前指，我又走快了几步。

过道尽头的那间房，门总是关着的，任何人都不被允许走进去，除了时常端着个小白盘子的小张。小张走路总是低着头，短发下露出一截脖子，白白的。我推门，不开。手掌拍几下，还踢了几脚，也不开。我从来都弄不明白你究竟想要干什么，我只能听从你。回头看你，你向我招手。我松口气，朝你跑去。

"你知道小张现在拥有什么吗？"你一只手搭在我肩上，郑重其事地问道。

我摇头，我的心脏刚才承受的紧张击打正缓慢地消退。

"一台冰柜。我亲眼看见的，昨天一辆车专门运来的。那是卫生局的车。知道吗，小镇上有了第一台冰柜，却只有小张能使用。"

"冰柜是干啥的？"

"傻，冰柜是用来在夏天结冰的。"

"要冰做什么？"我想到冬天的寒冷令人生厌。

"你没吃过冰棍吗，傻死了。这么热的天，难道你不想吃一口冰吗？"

我马上感觉到热，之前我都不晓得夏天已经到了。随即，我发现是怀里的外套令我出了一身汗。你才看清那件外套是自己的，伸出两根手指，将它从我怀里挑起来，大力甩一下，让它披在我一侧的肩膀上。

"有人为老子拎衣服，真是爽啊。"你摸摸我的头，又叹气，"要是能偷到钥匙就好了。"

这可不比余叔叔墙上的那把钥匙容易讨得。偶尔，我们到处跑疯，一下冲进小张的房里，看见言院长的手正按在小张那半截白脖子上。我们吸口气，赶紧跑掉了。

缓缓罩下来的黄昏令我们觉察到肚子饿。你坚持要把我送到家。我们正站在工商所和李周正家之间的那条巷子口。你朝李周正家看了眼，突然拉起我就跑——你一整天都在盘算着那把钥匙，没注意到把我领到了虎口。那条巷子一直朝里延伸，里面是李周正的堂弟李刚正家。小街上，每一条巷子里，都住着一个令我恐惧的小孩，那些巷子，到成年后我离开双子镇，从来没有一次走进去过。

天黑了。脚下那些圆圆的石子已经看不清了。玻璃门六点以后就关上了，里面的过道黑漆漆的，你拉开玻璃门。

"希希，等一下。"

我转回身，仰脸望你，你不自在地靠近我。

"希希，你想尝一下我嘴唇上的蜂蜜吗？"你把双手支在腿上，俯身把脸伸过来。

我凑近前仔细看了下，没有蜂蜜，还伸手抹了下。

"那让我尝一下你的。"

你的脸凑过来时有点丑，这令我紧张，转身就跑了。

我一口气跑过去，我不敢回头，怕回头看不见你。

我还没有吃完饭就瞌睡了。入睡前，听见我妈在跟隔壁的刘护士说话。慢慢我就迷糊了。我妈跟她的同事总是欢声笑语的，她们总是把饭菜端到一起换着吃。我喜欢听她们笑，感觉就像望见有大太阳时的蓝天。

除了你，时间都不怎么分明。凡与你有关的，才是被我记得的。

阳光已在小屋里铺得满满的。她们在杏树下打羽毛球。我先听到笑声，才闻到屋子里弥漫着的一股仙草茶的气息，我又闭上眼睛，那一时刻，我是电影里的小人儿，她离开我的身体，她去了药房，飘浮在那些写有小白字的深栗色木头匣子跟前。我是从

这里开始阅读和识字的,也是从电影院的银幕上,不过这些白字更具体:

艾叶。石燕。半夏。白苏。朱砂。曲莲。紫苏。续断。独活。苦木。泽兰。空青。千里明。六月雪。叶上珠。汉宫秋。水安息。昨叶何草。阿月浑子。葛上亭长。菖蒲。绵马贯众。(字越难写,我记得越牢)

我可以阅读我妈读的那些书了。除了有你,这是我的另一种快乐。可是那些小白字,为什么会在人心里扯起一股既让人舒适又像是难过的东西?你是不是也有这样的时候呢?

醒来,屋子里暗了一些,太阳偏移了,门上悬垂着白色的网格门帘,门外的菜地里,蚊蝇蜜蜂的说话声混成一阵嗡嗡之音,令白昼有些寂静。没有人声。大人们都去工作了。快快不快的情绪又罩着我,我爬起来,关上门,顺着那排宿舍门前的台阶迷迷蒙蒙地走,有些门关着,有几个开着,有人在拍哄孩子午睡。有人在喊我:"进来吃西瓜咯,希希。"我叫了声阿姨。继续往前走。有几个小点的孩子在台阶上推凳子玩。

跨过街道,我低头走进你家。房里坐着几个人在抽烟。

你看都没看我一眼就给你爸说:"林阿姨让我陪希希玩,她今天要去做手术。"

你爸正跟人说事,只是看了一眼我们。屋里有股呛人的烟气。

来到街上,我歪眉瞪眼冲你生气。"我妈就没说那话。"

"老子就是说了那话,又能怎么样?!"

我把你解救出来,你跑去找你的队伍去了。我只好又往医院里走。一时我想找到我妈。几个诊室里都没找见。周爷说:"你妈做手术去了。"我看着周爷咦了一声,又去看那些白字了。

杏子黄黄的,挂在绿得发黑的密叶间,那么诱人。几个小孩子攀上树,把杏子折下来,咬一口,还未熟透,全扔在地下,又上树去折。我忍不住也想攀上树。言院长洪钟般的嗓门儿偏在这时候响起来,他叫的是我妈妈的名字:

"林和蕴,你讨来的小鬼要摔死了,哎哟哟,这下真的摔死了。"

我果真就掉下树去了。那是一棵几人合抱的大树,我攀得不高,摔得也不重,可我被吓坏了,又有点迷糊。

你跟着你爸妈走进我们的小屋子。小小的房间里,我睡在那张干净舒适的床铺上。你爸妈坐在沙发上,你靠着桌子站着。你妈妈说,收拾得真干净。你妈妈的裤缝直得像一把尺子,灯光映在皮鞋上亮闪闪的。我妈的裤脚从没那么直过,她的头发很长,罩住了半边脸,有时看上去像个少女扮的女巫。

唐叔叔说:"不如把林希送去学校吧,这样你也轻松些。"

我妈似乎不能将注意力用在我身上,而是专注在一种那时的我不能理解的事物当中。有时候,她会突然咧开嘴巴大哭。这天她没哭,因为你妈在。

你们要走了,借着病态,我蛮不讲理,不让你走。你爸说,那就让你陪我玩吧,一会儿他来接你。你给我画柳树、鸭子,又画了冰块。

你爸来了两趟。你画了一把可以盗取冰块的钥匙。我妈就让你住下来。

你爸说:"索性送给你得了,本来是你的儿子嘛。"

我妈大笑起来:"对啊。害得我的丈夫都跑掉了。"

"那个胆小鬼要他干啥,"你爸大声道,"让他滚得越远越好,我来养活孩子们。"

"我愿意。"我大声说。你们大笑。我从没那么得意过。也许你爸就是我爸,我从来不怕他,可我怕南景行。

我妈拿出一床新被子靠墙摆好,床很宽,我们横着睡。不知都说了些什么,我们像两只小鸟,欢快地说着自己的鸟语,直到瞌睡把我们征服。

那时候,你八岁半。我五岁了。

9

我五岁开始去学校上学,全由你罩着。

你既是我每天快乐追随的主人,同时是我的噩梦。

你牵着我往学校走,这时候,小街变得很长,怎么也走不到头,你不停地催我走快点。"来吧,傻子,我背你。"我就在你背上了。看见熟人,你马上扔了我。不久,你不干了。我妈妈头上包着一条毛巾牵着我走到对面大院里喊:"沃然。"你爸从屋里出来说你早就走了。

"这小子,又没等希希吗。"我妈只好把我送到邮局,她站在那看着。我一步一回头地往学校走,我自己的哭声让我听不见别的。

我下学早,站在校门口等你,一直等到住在街上的老师都回家了,也没看见你从学校里出来。那些老师要送我回去,我偏要等你。我身体里刮着大风,我的心跃到了耳朵里,咚咚跳得我耳朵疼,疼得我哭,胸口那里,有个深深的地方极不舒服。阔大的操场上,一个孤零零的小孩边走边哭,她才五岁,只有拼命以哭声摒弃遭抛弃、被孤立的恐惧。再大一点,我依然不懂得大步往前走,我不明白即使没有你,我也一准能走到家。

街上那帮孩子,一直穷尽办法来恐吓我。每天把我吓哭是他们唯一的乐趣。那是另一条我没法独自跨越的河。那条河在太阳升起的地方拐个弯,从悬崖下流过,在汽车站旁边的大桥下与大秦河汇合。双子镇小学就在两条河汇聚的地方,河岸边,爬上一个陡坡,来到一处平坦之地,直走,会到汽车站。向左拐弯,是学校。我们上学得过那条河,一座大桥,十多年以后才会被毫无必要地修建起来,那时候,河水已经干了。我们小时候,最怕发大水,河两边会站满老师和小街上的人。平时,小河清亮亮的,中间铺了石块,是专为我们小孩子铺设的,大人可以一步跨过去。

几乎每天我都会掉进河里去几遍。

"唐沃然快来呀,你的小媳妇掉河里啦。"

只要他们一发声,我就神经质地颤抖,流眼泪。李周正这么一喊,也不知有人推我没,反正我一下就掉河里了。李周正和李刚正总是结伴而行。我咬着你的名字,你警告过我,在他们跟前不许我喊你的名字,更不能喊你"哥哥"。

要么是在黄昏,你回家了,我被他们堵在一个角落。"说呀,唐沃然是不是跟你睡过觉!"我只顾大哭,哭是一道屏障,我躲在后面，哭起来我就不那么害怕了，被他们推来掇去，小棉忽然出现，他们一哄而散，边跑边捏着嗓子带着哭腔学我：

"沃然哥哥，我要回家。"

小棉歪鼻瞪眼地俯视着我："叫你不要跟那个土匪乱跑，看哪天把你卖了，你才信我。"小棉见人就以荷姨的腔调说："唐沃然那个娃，简直坏透了。"

荷姨后来讨厌我，因为我没良心，从来不到她家里去，成天跟你屁股后头。

清晨，一从睡梦里醒来我就开始哭号，因为要去上学而失声痛哭，就像余叔叔院子里的狼狗每天都要对着太阳吠叫，那是我每天都要举行的仪式。过道里布满了我绝望抽泣的回声，长长直直的小街，有人拦住我，问我怎么了，我只是哭，下坡，一条河，泪水汇入河水。

我妈不知道该怎么办。去找你，这个办法也已经不管用。我妈站在派出所会议室的窗前打电话。你爸站在台阶上抽烟。不知道我爸说了什么，我妈闭着眼睛，仰着脖子大哭。

晚上，荷姨来串门，暗示我妈应该信点迷信，那天俩人不知道说了什么，后来又有一个礼拜彼此不说话。

我不再那么信任你了。可当你走到我面前来说："希希，跟我走吧。"我脑子里就只剩下了"跟你走"这个指令。我们在杏树下玩耍，我往你头上插满树叶。她们站在花园墙边，荷姨快速地说着什么，我妈跟小张的笑声传到我耳朵里成了轻脆的玻璃，又如在饱满的青果上咬了一口，汁水四溅。

在我最初的世界里，只有你。你是我最早对希望的理解。

BA

1

我上小学的时候,电影放映员王孝琪是我最崇拜的人。大人每天都在老老实实地干活,可我们的肚子总是很饿,没什么东西可填,好在,还有电影。

唐所长把维持这个叫双子镇的小镇的秩序当成自己的职责,所操之心巨细无遗,全镇三万多人口,他对每个人都了如指掌。我上中学以后,人口突然有所减少,此后多年,一直在减少。

我们生活在它的鼎盛时期。一个小镇上有没有一家电影院,对一个孩子来讲是大事。小镇礼堂是个庞大的对称式建筑,一半是开放式的,有个露天的大戏台。另一半是封闭式的,是家真正的电影院。露天的部分适合在晴天放免费电影或在过节时唱大戏,好电影都在真正的礼堂里面上映,要凭电影票才能观赏。礼堂前面是个广场,它的侧面,几行杨树掩映着一排平房,顶头那间窗户上开了个小洞,那是购票处。不放电影的时候,这间屋子被小赵用来洗相片,是他的工作室。这排房子像给矮人建造的,我们走进去,屋顶几乎擦到头皮。一道铁栏杆围成一个过道,买到票的人得意扬扬顺着过道往里走。

林姨每天晚上都带你去看电影。售票房里有她专门寄存的一把椅子。唐所长和侯老师都不爱看电影,我想去看电影就得主动刷碗、收拾桌子,主动把家庭作业摊开在书桌上。

我时常省略这些过程,直接跑去找林姨。林姨让我叫她林妈妈,长大点后我不乐意那样叫了。林姨跟镇上的那些女人不一样,她像电影里的人,让人产生崇拜之心。她称我是"愤怒的小公鸡"。

小街上的人说,她来自某个大城市,怀了孩子后才屈就嫁给了小镇医院的南大夫。也有人说,那个傻乎乎的女人因为爱看电影丢掉了丈夫。这样的传言,在我们小孩子耳朵里风一样刮一下也就过去了,我们是不会操心大人的事的。你每天都来找我,时常抱着一个眼皮翻上翻下的布娃娃。你本来胆小如鼠,后来索性话都没了。

"你那半个来了。"唐浩然闷声闷气地说。我跳起来就打他。他说再好听的我还是会打他。

唐所长和侯老师同时出现在房子里时气氛压抑。他们不像别的父母那样天天打,事实上,他们一句话也不说。这令我受不了,我要躲开他们,我总能找到借口跑出去。

小街不长。跑一阵就到镇中学了。唐浩然乖乖地在学习,仿佛他一出生就只会那一件事,我的突然出现令他很兴奋。

"又逃难来了吧。"他令一支铅笔在手指间飞速地旋转着。

房里只开着桌上的一盏台灯。我把大灯也打开了。这个房间后面还有个套间,我探头往里看看,看见书我就头疼,真的疼。我哪坐得住,那会儿还不到七点钟,电影才开场。

"今晚上映《龙门客栈》。"

"我不去。"

"上次没看完,这次不去你会后悔的。"我把他面前的作业本翻乱。

"我不想让妈为我们生气。她一天够不开心的了。"唐浩然说这个时一张脸老成古怪。我露出腕间的电子手表看了眼,那是我要尽伎俩才从同学那里得来的。

"你到底去不去?"

唐浩然慢腾腾地锁好门。我已跑出校门。停下来怒冲冲地等那个磨蹭鬼。就在那天晚上,我想到自己从来就没对谁好脾气过,有那么几秒钟,我感觉到有点难为情。

我们一进去就往放映机那里挤。唐浩然指指前面。

林姨用手帕捂着脸,肩膀一抽一抽的。而你这个傻子,坐在旁边不知谁的一把椅子上,魂已经游到银幕里面去了。

"不是《龙门客栈》,你骗我。"唐浩然冲着我的耳朵叫。

"那你回去写你的作业去啊。"

旋即,我们的魂也游到银幕上去了。暗昏昏的礼堂里,只有放映机的转动声。我扭头的时候,发现了我们数学老师的身影,就拉着唐浩然站到后面去了。

只要礼堂里放电影,不管新的旧的,你总是第一个跑去观看。林姨若不去,你就跑来喊我。你先去央求唐所长,如果侯老师正好在，你会像只受到惊吓的老鼠傻愣着站在那里。

很久以后，我想到林姨只是要把你交给电影一会儿，她好坐着暗中哭泣，并不是她有多喜欢看电影。

2

周大时常把一头慢腾腾的老牛赶到学校里来，他来找他的弟弟周老师拿钥匙。周大记性不大好，时常记不起来钥匙放哪。要不是周大，周老师就去城里教书并有一个女朋友了。周老师要帮他哥管钥匙，但周老师不想在镇上找一个女朋友。

我总是第一个发现周大和他的牛出现在校园里的人，总是立马跑出教室去喊在另一个教室上课的周老师："老师，你哥来取钥匙了。"

你跟你的同学发出一阵笑声。"我自己看得见，回你的教室去。"周老师看我一眼，我看你一眼，然后跑了。回到我的教室，老师让我在门口站着，我正好可以观察周老师和他哥哥，还有那头老是闷声不响的黑皮肤的牛。镇上的牛似乎都是黄色的，只有这头牛是黑中带白的。

你就像我珍藏的一辆玩具汽车，这样说也许不准确，我只能如此表达我对你的感受。其实我只是想看到你，只要看你一眼，我心里就会踏实下来。

周老师穿着白衬衣、白球鞋，看上去清清爽爽，又有那么些闷声苦气的。给我们上语文课的巩老师操着一口方言念课文，听得人昏昏欲睡，我一点都不爱上语文课。周老师是唯一一个用普通话上课的老师,这个幸运偏偏让你得了,他是你的班主任。

课间我时常跑去找你,顺便欺负一下比我小的学生。我仰着脖子,装腔作势大声说:

"不许欺负我妹妹啊,不然,有你们的好果子吃,你们知道的吧。"

那是在小学时。上了中学,我就不好意思那样讲了,但有人会替我讲。

"她是唐沃然的小情人,看你们谁敢欺负。"

春天,我们要在操场边栽满小树苗。大点的孩子负责去河里取水,我极目搜寻,好不容易看到了你,我指挥几个同学把水直接抬到你跟前去。

你的任务是站在树苗旁边,看着大家一根根把它们取走。周老师一来就很照顾你。那几年,你一直坐在教室第一排最中间。你经常被孤立。可你又没有办法,你得听老师的,你变得越来越胆小,那声抽泣,随时准备在你的喉咙里炸开。

那是一个夏日黄昏,我跑去你们教室捣乱,发现一帮孩子挤在门口吃吃偷笑。我从那些小脑袋上方挤进去。

一个男同学拎着一只塑料水桶,追着你在教室里跑,要不是你开心得笑出了声,我准会以为他欺负你而跟他打一架。我从没见你那张小脸舒展得像一朵花一样过,从没听见过你发出玻璃碎裂那般的笑声,我想,那玻璃,一定是蓝色透明的。你的头发飘得老高,金色的夕阳令它们成了一种金黄色,似乎要带着你那个突然长大的身影飞起来,你们一直从黑板那追逐到教室后面,又跑到黑板跟前。

你的小嗓子脆生生地说:"我的黑板还没擦完呢。"一边戒备地侧着身,你从来没有那么含娇带嗔,那么理直气壮过,一次也没有过。

那男孩两只眼睛直逼着你:"骂人是一个女孩子的好习惯吗?"

"我又不知道是你!"

"这么说,你还真有骂人的习惯喽?"

"谁让你拿水桶扣我的嘛。"你歪着脑袋,你含着笑意的眼睛让我发现你真的已经长大了,大到你随时可以跟另一个人走了,而我还当你是只跟屁虫。

我惊呆了,你哪来的胆量说那样的话。

"你还有理了。"水桶移上去,作势又要把那个调皮大胆的小女子扣在里面。俩人又开始追着跑。我的眼前晃动着一个年轻女子的身影,她在追逐下,越跑越远,越跑越轻盈。虽然我不晓得你骂了他什么,但我知道,你骂人的话必是从我这里学到的,你完全是我的眉眼和腔调。

有时会看见周老师蹲在台阶上,要不就在教室门口,在他的宿舍门外,你勾着脑袋站在他面前。

周老师也会出现在电影院里。我们都躲得远远的,在一个不被他发现的角落里仰长了脖子。周老师总会有椅子坐,他让你坐在他的椅背上,似乎一瞬间,你长个子了,坐得也低了。

红丝绒中间拉起一道白色的幕布,电影就要开场了,犹如神话就要成为现实。一束笔直的光穿过灰尘和人声,打在幕布上,天堂之旅即将开启,我眼里别无他物。

我被王孝琪的身影吸引着，时常走到他跟前去，问他一些古怪的问题。他警告我离远一点，以防我那不安分的手会触碰到放映机。自从发现周老师跟你坐一块后，我没心思看电影，那两个小时，我一直盯着那张椅子。

我的神思在银幕上逗留片刻，那是一部苏联电影。我的视线穿过密密麻麻的人头和脖子，回到那把椅子上时，我发现周老师跟你靠得很近。我从王孝琪坐着的那张凳子后面挤过去，我不知道自己会干什么，我怒火冲冲，就在那会儿，灯亮起来了，电影结束了。一片唔咙声，椅子的撞击声，混杂着几声尖叫，我被夹在中间推出了门，我站栏杆外面等着。在心里愤怒地咒骂着。你终于出来了，待你从栏杆后面走出来，我装作没看见周老师，我一把扯过你，大声地喊道：

"你个傻子，我找你半天了。"

周老师赶紧说："林希，以后别一个人出来，赶快跟沃然回家吧。"

我警告你："不能让他接近你，听见没。"

你都要跳起来了："你胡说，你瞎，他根本没干什么。"

你一时清醒，一时糊涂。一时聪明，一时像只猪。我怎么会为你生气呢？

第二天，我去找李周正。"我觉得周老师不顺眼。"

李周正说："我早就想收拾那个二杆子了，他已经三次说我弟弟是个木头了，知道吗，第三次了。"

李周全本来就木，小学三年级留了两次级，上个四年级比登天还难。

这天上午上最后一节课的时候，我终于从窗户里瞥见了周大。我从教室的后门溜出去时，李周正已跑到校门口了。

周大将牛拴在操场边的一棵树上，就进去找周老师了。我和李周正从树上解开牛，牵着它狂奔出操场，起初，牛一点也不听话，不愿意跟着我们跑，我从树林里找到一根棍子。李周正用这根棍子很快就令这头牛变得听话了。

汽车站牌下有三两个等车的人，纳闷地看了我们两眼。

躲开那几个人，牛被棍子赶着，在公路上奔跑起来。起初它仍旧跑得不情不愿，突然地，却像是找着了自己的步调，一下冲出老远。我和李周正很快跑得上不来气了，后来被人问起来的时候，我们才知道，其实我和李周正并不知道究竟要把这头牛赶到哪里去，只是一跑起来，牛停不下来，我们也就停不下来了。

后来，是这头牛牵引着我们跑，它跑哪，我们就追哪。我记得那天正午的太阳过于明亮、灼热，我只顾大口喘气，口渴得要死，衣服被汗水浸透了。公路上白白的，白得令人眩晕，我停下来，手扶着膝盖垂下脑袋，心脏似乎在耳朵里，又在脑子里。我听见李周正还在吆喝那头牛，它跑进一块麦地去了，一两声钝重的响声，棍子敲在了牛身上。大概是因为奔跑，那头牛体内的能量完全燃烧起来了，越奔跑精力越旺盛，也越狂躁，直向着河滩的方向猛一下跑不见了。

也不知那会儿几点了，四周很静，地里没有一个人影，只有风有一下没一下地吹过。我们的双子镇望不到了，我们追在那头还在疯跑的牛后面，我感觉快要死了。可是牛在跑，我必须跑。我从不晓得一头平日总是慢腾腾的牛居然这么能跑。

那之后，我跟李周正一心只想把那头牛控制住，然后把它牵给周大。

李周正也慢下来了，跟我并排在一起气喘吁吁摇摇晃晃地跑。我低下头，只感觉高一脚低一脚的，河水在我右侧渐渐细成了一条线，后来，索性断了，只有沙石和僵硬的土块。李周正站住了，我也停下来，我们的喘气声听上去像在痛苦地抽泣。

我们的目光终于寻到了那头牛，它正躺倒在一堆石块上。

起初，我们以为那头牛躺着在休息。我们不敢惊动它，喘气声变轻了，立了约有五分钟，那头牛跟我们一样，也一动不动，四肢伸得直直的，肚子很高，后背黑色的皮肤似乎更黑了，它的肚子是白色的。

对看两眼，我和李周正忽然转身往回跑。跑了一阵，我才意识到，我们闯下大祸了。我们不敢把那个令我们感觉到巨大害怕的结果给对方说出来：那头牛，已经死了。

它真的死了。

这不仅让我们挨了几顿打，也在我们心里留下一个伤疤。那头牛的样子，一直出现在我的睡梦里。我蔫了很长一段时间。

3

假期，我被打发到玄麻村去，我爸实在拿我没办法了，就把我打发回爷爷奶奶家，眼不见心不烦。在玄麻村里，就算我再搞破坏，也不过是踢倒庄稼，虐待下狗啊鸡的。不像在镇上，我爸每天都得跑去跟人家道歉。玄麻村距双子镇十六里，是一道狭长的河沟，河坡上面住着人家。村里的小子们不是去放羊就是去放牛了。我没趣得想死，慢慢地思考一些事。

我热爱双子镇，重点是我喜欢那帮从小跟我一起长大的哥们儿，或者说，我热爱的是我们小孩子绞尽脑汁所想出的一些大事。这些大事往往是指一些我们自认为别出心裁的改变，大人却称其为破坏。

你是我们常捉弄的人，除了是个爱哭鬼，你身上没有缺点，长得很好看，是被街上的小孩子看不顺眼的，处处受优待更是要不得。而我，只要跟他们在一起，我的心是接收不到我自己的指令的。你被每个人宠惯着，我们心理太不平衡了：

"凭什么她老是被人宠着，你们真正想过这个问题吗？"

"她没爸，她可怜。"

"这可以成为理由吗？"

"那我们该怎么办？"

"给她点颜色瞧瞧。"

我喊得最大声。随后我们开始跑，我夹在队伍里，越跑越慢。我蹲在地上系鞋带，直到他们跑远了，我的鞋带才系好。

我多次捉弄你，并不是迫不得已。你每周换两次衣裳，周一换一件，周三换一件。这跟几个月穿同一条裤子和球鞋的我们太不同了。那时候我们注意不到，你那些衣服其实都已经很旧了，只是都洗得很干净罢了。

你喜欢穿一条粉红色的连衣裙，抱一只迷眼瞪瞪的塑料娃娃出现在派出所的花丛下，你总是悄无声息的，头发长长地罩在脸上。不满别人为你梳的头，你会拿凉水洗，脸冻得青紫地过来找我。我爸故意一声惊呼:"呀,这是哪朵花成精了呀。"你哆嗦着吱吱笑起来。

就算我吓唬、哄骗甚至厌恶,你依然会悄无声息地出现,一张小脸上就像只长了两只眼睛,啪嗒有声地望向我。你总是那么孤单瘦小,像只可怜的野猫。

你爸爸扔下你跟你妈妈走了。我妈拎着一把尺子让我发誓,以防我管不住自己的嘴,把大人离婚的那个事实冲着你的耳朵喊出来。

在那个年代,离婚的人很少。将来回忆起来时,我会对那条小街上的人充满敬佩,好几年里,他们都让你活在一个善意的谎言里:

"你爸爸很快就会调回镇上来。"

李周正总是挤眉弄眼地冲你喊叫:"嗨,没人要的,你咋不哭啊。"要不就是这样:"你哭什么啊,你不还有个亲哥嘛。"

每个人都说我们是双胞胎这件事,我简直憎恶死了。我用剪刀毁了那顶跟你的一模一样的帽子。我妈当然得打我一顿,寒风吼吼的清早,走在去学校的路上,我恨死了你。你还不到上学的年龄,你妈妈把你交给老师照看。我常常把你扔在那个河沟里,要么在爬陡坡时一下跑远了。

有那么一天,我看着像一片树叶一样颤抖的你,心里有那么刹那的难受。随后就又心安理得了。

我的心猛烈地揪扯着,想让你的哭声停止,想把你从水中打捞起,以防你被淹死。我忽然对自己感动不已,我对你突然怀有长辈那般的责任。

在玄麻村里，我感觉自己似乎变良善了。我爸带你来过一次玄麻村，我爷爷奶奶最喜欢你。我一边回忆着我们的小街，一边听他们说你的好。我爷爷奶奶给我最大的自由，可这里没有玩伴。

我从柴房里翻出一辆旧自行车，等爷爷奶奶发现，我已经在镇上了。就在那一天，我学会了骑自行车。

4

春天时，我们把一抱一抱的杏花折回来，插在园子的泥土里试图令它们成活。你把它们养在一只水罐里。言院长硬说那是医院的杏花。

"你跟那个贼娃子成天瞎混个啥？老唐把他生生纵成个贼，就等着哪天杀人放火了。"除了没骂过他自己，言院长把镇上每一个人都骂过，不过，他的诊室外老是被人围得水泄不通。

我说："老东西。"那时候集市正热闹。当言院长戴着厚厚的眼镜片开处方时，万没料到半块砖头会从天而降，一下就从那块脏不拉几的玻璃上穿过去，那张桌子上，还放着一篮土鸡蛋，据说只幸存了两个。

我一直跑，一直跑，你这个傻子紧紧地跟着我。你从小就跟在我屁股后面跑，你像是我养的一只忠心耿耿的小狗。我想踢开你，可是，如果你真的不来黏我了，我又感觉丢失了贵重的东西。我边跑边回头，你使足了劲在追，边跑边发出快断气了似的喘息声。我们一直跑到山底下。

几场雨后，麦子蹿出一截，一片一片绿色火苗，看着让人心里舒坦。集市还很热闹。李周正和他弟跟着大人在地里干活，这时候，我想起作业还没写完，我妈可能已经发现我逃跑了，她命令我做完一套卷子才能出门。你找来时，我妈在那边的房间里洗衣服。而你妈妈这一整天都顾不上管你，因为她要做手术，为那些女人做结扎手术。你妈妈时常会设法在暗中保留那些生不逢时的小生命。我后来遇见过他们，那些人晓得自己活在这世上，全是靠你妈妈冒险赐予他们的幸运，他们比任何人都爱惜生命，也很勤劳。

我们像树一样长大了。

尽管我有个当数学老师的妈妈，可我的数学成绩经常为全班垫底，事实上，我哪门功课都学不好。这令唐所长和侯老师头疼极了。我妈让我留一级，我爸没说什么，我爸时常将庞大的身躯挺在黑暗中的沙发里，除非这屋里发生盗窃或械斗，他才会起身说上点什么。唐浩然很好地继承了这种沉默，常在书桌前一坐几个小时。似乎是专为了与我形成明显的对比，唐浩然的学习成绩一直令侯老师扬眉吐气。我爸不说什么，但他看唐浩然的眼神都不同。

我依然学不好。我时常令唐所长和侯老师忙得不可开交，他们不是跑去学校为遭到损坏的公共财产赔款，就是去别人家里处理一些小事故，类似一只狗被剃光了毛、一头毛驴掉进一个陷阱里这样的事。言院长偶尔也会跑到派出所那个院子里来，我不知道他跟我爸有过什么样的谈判，他一走进来，我马上就跑掉了。

那个门上悬着一个满是洞眼的门帘子，你站在那后面擦头发，你背对着门，让阳光晒到刚洗过的头发上，两截光腿白白的。你低声哼着一首歌，嗓音不像是原来那个爱哭鬼，就像一件乐器极为缓慢地被修正，磨得圆润，有一天忽然发出悦耳的声音来了。

"希希。"隔着门帘子我叫你。你伸手来捉我，我用帘子蒙住了你，去揪你的头发，掐你胳膊一下。你的胸脯不知啥时候鼓了起来，我的手按在那里，我感觉到自己的心跳，我从来不晓得自己的心会跳动。你生气了。我只好转身走掉。

夏日正午。我们吃过饭就跑到学校来了。整个校园里静悄悄的，只有太阳灼热的声息。教室后面长了两排白杨，后面的空地布满浓荫。这种时节，后山上开满了白花，那些在开花时被我们糟践过的果树上，仍旧顽强地缀满了青果。

我发现你的头发长长了，在后背甩来甩去，腿也变长了，像一枝柳，在春天到来时，慢慢变得柔软。我忍不住盯着你的背影望。我踢了地上的石子一脚，又觉得没意思得很。

我慢慢地从校门里晃出去，来到街上，医院门口正常得很。一辆警车停在派出所门外，那个被铐在桌腿上的姜三今天要被送到局里去，我爸说，他将在牢里待上三五年。想想这些，越发没意思，又回到学校。

就在春天时，你还小小的，像只小狗一样好哄骗。突然间你就长大了。我不敢贸然去找你。以前我们总是一起上学。现在，我总在你到来之前就走了。你依然会穿过小街，跑去我的房间叫我。

我知道。你这会儿应该出门了。你会先梳一下头发，瀑布一样的头发，你会换一件衣服，也许是白色的那件，也许是粉色的。林姨老给你做这两种颜色的衣服。林姨自己也还是个小女孩，她比你笑得大声，哭得更大声，镇上人说，她拒绝了余叔叔的追求。还有人说，她喜欢我爸。呃，我爸怕我妈怕得要死。

我希望你会生气，跑来冲我发通脾气，再嚷嚷"为什么不等我"。我想让他们都看见，我是不会搭理你的。呃，我为什么要不理你呢？我想跟小时候那样，我们无拘无束、形影不离地在一起。

这种时候，杏子和梨还酸兮兮的。身体里泛着白花盛开时那般的惆怅。我从来没有弄清楚那种开花的矮篱叫什么。有比这更吸引人的东西。我们把凳子搬出来，坐在树荫下偷偷抽烟。我懒懒地瘫在凳子上，双腿踩在一棵杨树树干上，脖子靠在墙上，我感觉没意思得很。

操场两边的那些房间门窗紧闭，小镇上的狗儿可能都在睡午觉，只有我们几个精力旺盛得可以去杀牛。夏山头戳到一本书里已经很久了，我和李周正窜来窜去等着那本书，我们已经知道那本书上有许多关于乳房和大腿的描写。我们只想阅读那些让我们身体发热心跳加速的描写。我是万不能把它带到家里去看的，所以我希望夏山一看完就归我看。李周正认为得先给他看，因为下学了他要赶着牛去河里饮水，还要去给牛割草。

"你爹呀，对它那么好。"

"是你爹。你亲爹。知道吗，你小子屁也不干，呃，对呀，你也忙哦，还得去哄你那个小老婆。"李周正掐着一个烟屁股舍不得扔掉。

"再胡说试试。"我推了李周正一把,我感觉我脑子里的神经一紧,拳头就已经出去了,谁知李周正一下就把我扳倒在地,我们的骨头磕在水泥台阶上,撞在树上,空气里眼看着要燃起火焰。

"你们究竟谁先看嘛?"夏山的眼睛终于从书上移动了,不过马上又移回去了。

李周正说让我先看也可以,不过有件事我得替他办一下。商量妥之后,他回教室去了。我凑在夏山跟前。

那些汉字与某些电影场景重叠在一起,她冲我转过脸来,眼睛很黑很大,目光凌人,突然就变成了你。我挠挠头皮,有气无力地站起来,走到拐角,半个身子靠在墙上。与操场正对的那个教室被太阳晒得发白,胸怀间,跳荡着一股令我陌生的东西,我的身体离开了那面墙,我在烈日下慢慢靠近那个教室,往里探看,里面只有两个学生,一个趴在桌子上睡觉,一个不知在看什么,看得很入神。教室最中间那个座位上空荡荡的,悬浮在它上面的空气也是那么特别。

我走回那片树荫下。李周正把一个信封交给我。"说好的哦。"他歪着脖子,就算他不歪着脖子,他看人的眼睛也是斜的。他的嘴唇上黑黑一圈,我伸出手指摸了一下。"你长胡子了。"他打我一下:"你比我长得早。"

"等一下。"夏山磨磨蹭蹭地掏口袋,这小子居然也拿出一个信封来,他看着自己的鞋尖说:"我写了一首诗,你们想看,看一下也无所谓,只是别让其他人知道了。不然,这本书可就不归你们了。"夏山坏笑着又去看书了。

我举着那些信闷头闷脑地站了一会儿。

"你这是干什么嘛，难道她真的已经成了你老婆了？"

我骂了句脏话。我感觉心里很难受，为了避免跟他们打架，我跑开了。

我先去操场晃了一下，太阳晒得人眼睛都睁不开，身上的肉都给晒疼了。从操场出来，我看见你出现在花园前。

你慢慢地走近了。"我看着你，一步一步地长大了。"我站在烈日下，远远地看着你，像一个已经过了很多岁月的老者，在心里冒出这样的话来。我也不知道那个老者的声音为什么没告诉我，我是跟你一起长大的。或者说，你是在我们的恐吓、挖苦声中长大的。没有人晓得这些，那是个傻姑娘，从来都不懂得向谁告状。我始终站在你的对立面，你却一直把我当成你的亲人，对于我们是双胞胎那样的说法，你从不反驳，你来我家，就像一件衣服归进我家的衣柜那样自然，要不是我妈妈总是那么严肃，你会一整天都待在我们的房子里。不知道你是不是真的傻，也许只有我认真思考过这个问题，在镇上那些人的眼中，除了胆小爱哭，你完美得无可挑剔，主要是因为你总是一副软弱可欺的驯顺眉眼。不知不觉间，你完全变了。

"唐沃然，你站那干什么，你怎么了，赶快过来，会晒晕的。"你一边喊一边跑过来了，扯着我的胳膊往教室的阴影里走。怎么我得听你的了，你再也没有叫过我一声哥哥。

我们成天看见你，你的弱小、哭喊和无依无靠让我们习以为常。我妈昨天晚上吃饭时说："林希这两年像才吸收了点营养，一下就长大了。"我妈的意思是，你像你爸爸，身材修长，五官周正。我爸则觉得你遗传了你妈身上所有的优点,像城里人一样洋气,只长了南景行的个头。

不管你有多高,只要不超过我就行了。我懒洋洋地说道。

"你是不想打破双胞胎定律吧,你个矮子。"唐浩然很少说话,说一句我得思考上老半天。

我把半块馒头丢过去,唐浩然躲了下,馒头掉地上去了。我妈命令我捡起来,把它吃下去。我才不要吃,虽然那时候不一定每顿都会有半块馒头吃。我们的肚子老吃不饱,一年只在过年时吃一顿肉和饺子,谁不爱过年啊,那是人生最美好的盼头,若没有这点,连我们小孩子都觉得一年到头会没意思。

我用我妈的眼睛看了眼你,这一眼,尽是挑剔,苛责。

"这是什么?"你那圆圆的眼睛和玫瑰花一样的嘴唇。

我转过脸,摸摸口袋,今日份的烟抽完了。我想跟你说点什么,想提醒你记得,我们是最亲的亲人。甚至,我想承认我们是双胞胎,尽管我们现在一个高一个矮,我像根难看的树根,而你越来越像一朵玫瑰花。那些纸张,被你手指翻动,你猛叫了声"讨厌",然后,那些纸被你撕了个粉碎。

我感觉自己的心落下来,不知从哪里落下来,反正它落在了我的胸腔里。

"你干吗去理会他们嘛。"我翻翻白眼,一阵轻松。

"是你拿来的呀,我怎么知道是什么鬼东西。"你又不高兴了。你一不高兴脖子就会变长,嗓音尖得吓人,你的眼睛会像玻璃珠一样灵动,闪闪发亮,像是那太阳照晒着的河水。我拽拽你的胳膊,嬉皮笑脸地靠近你,我分明想抱抱你,可我却推了你一下。你越发地生气了。

"唐沃然,你要干什么?!"

我没有理会你带着哭腔的声音。转身去寻李周正他们了。

不管你叫我什么,都会在我身体里引起一阵震荡。我的心像只欢快的鸟儿,可我表面装得像只愤怒聒噪的公鸡。

5

我和唐浩然在学校里从不说话,放学后他先去宿舍里待一会儿,我跳下台阶,有意将那些娇滴滴的女生挤一下,后面一片骂声,有个女生还追上来打我。我推了李周正一把,那个短发女生这下真的跌倒了。

我无意往那个窗户后面瞄了眼,发现了夏山。这个青皮,正躲在他老爹的窗户后面不知在偷看什么。我顺着他那发痴的目光向上看去,你正从最上面的台阶上下来。

一片嗡嗡声惹得人心慌意乱。我的脚步慢下来。夏日的风微微地吹拂,花园里开着一些没意思的花,我从没看清过那都是些什么。我走得越来越慢,你终于出现了,你回了下头,我不由也回了下头,你走得极轻,像一阵风,像不在我们这些人当中。

"你跑后面干啥去了?"出了校门,我撵上你。一口郁气,一种活不下去的压迫。

"找唐浩然拿书。他老忘,刚才我自己去找了。"你抱着本不知什么破书。大概是高一的数学,我想是的。因为你马上要升高中了。

"为什么不借我的?"

"你老人家还有课本吗?就算有,我怕都不认得上面的字。"你歪嘴瞪眼的样子让我难过极了。

你慢慢地被同学拥到前面去了。你的样子简直快乐极了,那时流行剪短发,女生一律短发齐耳,一甩一甩的方向都一致,有些甚至剪板寸,脖颈处白白的。你一直留长发,夏天时,你把头发梳成一条发辫,你的衣服总是不重样,洗得起了毛边的布衣裳,穿在你身上,让人有一种将头贴在枕头上的熨帖感。

我站在那里想,我也每天起早在上学,我没在教室以外的地方,为什么会给你那样的印象呢?那是我吗?我一天都在干什么?我似乎也在努力,不是吗?明年我就高三了,似乎是该努力的时候了。

尽管侯老师和唐所长每天都要语重心长一番,但我没觉得那跟我有什么关系,当家长的都那副模样,那副腔调,我老是替侯老师想,要是她不当老师,会是什么样。她老是把不怎么宽阔的额头皱起,把一双不怎么大的眼睛瞪圆,我至今还未从她那张嘴里听到些不让我瞬间爆炸的话。她的个头因为这种沉重的东西而缩小了。我真可怜我爸。

我朝街对面扫了眼,我时常穿过小街,到林姨的房子里去,我可以在任何时候去。我会直接抓起筷子吃她放在桌上的食物。她也不会跟我客气,让我吃完把碗刷干净,把坐过的沙发抹平,她的房间里,就差那墙壁不被她每天都冲洗一遍了。

我的思绪绕得远远的,一个人时,又绕回到我自身那些问题上。想着从前,你从外面走进来,会扑在我的被子上面。你会说:"轮到我暖和了,冻死了。"就挤进我的被窝里。现在是夏天,我想让你挤进来,我的心像一只空空的鸟窝,像被石头砸了一下的水面。

我不能再对你耳提面命,你也不再对我俯首称臣。那个下午,我逃课跑到山上去。崖畔枝上的白花寂寞盛开,许久以来都在开,似乎都忘了自己是在开花,我拿着一本书走来走去。

我想去找你,也幻想你来我的房间。我很久没去村里看望爷爷奶奶了,不过十几里路,可一旦我去了那里,像是这里的一切会发生改变那样令我害怕。我要守在这里,又不知要守住什么。

我跑下山。我去隔壁房间,我也不知要干什么。这个时候,我应该在学校上最后一节课。我已经走进去了。

我爸正拿一根筷子和一块白布在擦一把手枪,我还从来没有摸过那把手枪,它是黑色的,小小的,散发出一股凛冽冷硬之气,白布上面放着三颗铜黄色的子弹。我把几枚弹壳收在一只盒子里,侯老师不在时我会拿出一只来使劲地吹,弹壳会发出一种尖利的哨音。

"你怎么不上学?怎么了,不舒服吗?"我爸抬头看了我一眼。唐所长比侯老师好骗多了,我嗯了声,倒了杯水。"去找林姨看看,这会儿就去。"

"不用。一会儿就好了。"我想的是,或许,我可以把那把枪偷出来,带你去山里,对着天空开几枪,一定会令你开心的吧。我听到一阵鞋跟敲击声,一听就是侯老师那双平底鞋敲击出的平板声响,我迅速去床上躺好。

侯老师进来摸了把我的额头,她身上有一股淡淡的牡丹花的香味，我相信，你一望见侯老师，立马也会肃然起敬的。我很想将脑袋靠在侯老师怀里，说出自己的烦恼。有这番设想叫我恐惧，何况，我能有什么烦恼呢，我自己都说不明白。

"别装了，起来。我刚才碰见你林姨，她说做了饺子让你去吃。"我妈在整理屋子，她花一个中午的劳动成果我只用五分钟就破坏掉。我闭着眼睛，感觉她像一个将军，一板一眼，桌子上不能留一物，书要归到架子上，椅子不用时得躲到桌子底下，这样灰尘不会掉落在上面。

"你跟林希怎么回事？"

"什么怎么回事？"我一下坐起来，没等侯老师说什么我就已经很愤怒了。

"你没欺负她吧？"我妈锐利的眼光削切过来。

"你凭什么就说我欺负她。"我心里说，是她欺负我。我把床上的一本书扔到地上去，令我自己都难以相信的是，我居然哭起来，哭得不能言语。

"没有就没有，又没说你什么。哭成这样，像什么话。"我妈出去了。一会儿我爸进来了。他没说什么，站在门后面不知在干什么。

门窗开着，风不断地扑进来，夕阳一点点在窗玻璃上暗沉下去。

"过来吃饭吧。"我爸说着出去了。我便也跟过去。

"你余叔叔病了有些日子了，你俩去把林希喊上一起瞧瞧去。"我妈瞪了我一眼，说得不可违抗。

唐浩然可以不去，他向来沉浸在学习当中，没人可以打扰他。

我们的小时候,是伴着余叔叔的那台大彩电度过的。那真是一段好日子。我在作文里干巴巴地写过他,写过那台彩色电视机,那几乎跟电影一般神圣。离上晚自习还有半小时。我妈催我快去,桌子上放着两瓶鱼罐头。我拎着它们来到街上。你正从对面门里往外走,你手里也拎着两瓶罐头。

"我是遵命前往。"我歪着脖子看你一眼。

"哟,你老人家还有这工夫。"

我有很多话要跟你说,但不知先从哪一句开始。小街很长,又很短,我们经过百货公司,邮局,夹在它们中间的是一座白房子,很久以后,这所房子里将会举行一场镇上有史以来最热闹的婚礼。玄麻村里的黄俊煜将嫁给白房子里的一个怪胎:霍华。这时候,她还不晓得自己会面临怎样的命运,她常去我奶奶的花园里折花,我奶奶常去找她爸黄半仙算命。霍华长得像个女孩子,皮肤很白,像是透明的。他从不和我们耍,不和这街上的任何人说话,出门总戴着一顶帽檐很深的黑帽子。他偶尔会在这条街上露下面。他跟他爸在一个我们谁也没有到过的地方工作,他像我们这么大时就已经出去工作了,是那种经常出国的工作。

这时候,白房子的门紧闭着,让人产生无限的幻想。

有人挑着两只柳条筐匆匆走过,店铺里的人走出来往街上看了眼又走进去了。黑色的电线杆落寞地立着。孩子尖叫了几声,一声呵斥,他哭起来了。天地之间,所有的事物正在沉下去,要沉到更深处去。那些建筑和电线杆,还有我和你,是这之间的沉淀物。

"希希。"我不知为什么要唤你。那自你出生以来就被我呼喊无数遍的名字。

"牙疼不？"你斜我一眼，走得更快了。

余叔叔一直病恹恹的。有时，他会出现在林姨的诊室里，因为注射室下班了，他的点滴还没有打完，林姨就让他挪过来。你会陪着他，坐在一边的桌子上写作业。大多时候，他一个人躺在那张长椅上。林姨会给他端来饭菜。他用一只手吃，偶尔，我们会看见林姨在喂他，那样子，像一对患难夫妻。

余叔叔为什么没有成为你后爸，这个问题谁也没想明白。也许连他们自己都不明白。自我记事起，余叔叔就在镇上了。但他不是镇上人。他时常出差，回来会给我们小孩子带很多稀罕的礼物。有人说他在某个城里有家，有女人却没有小孩。

林姨说："把一个男人扔在双子镇这样一个地方的女人，不是心狠手辣，就是缺心少肺。"

后街的荷姨回她："把一个女人扔在这样一个地方的男人，纯粹是没有心肝肺。"

小镇上的人习惯把单身的男女配来配去的，唯独给荷姨找不出个能与她相配的男人来。这不是我们小孩子操心的事，不过是听大人的口舌罢了。

"你有没有想过，也许余叔叔是你亲爸。"把五分钟都用来正经令我别扭着急。

"你胡说八道。"你站住了，"唐沃然，从小到大，你欺负我还少吗？"

"什么话，从小到大，不都是我在保护你吗？你说点良心话。"

你不再说什么,高抬着你的脑袋往前走。穿过长长的林荫道,下了那个斜坡。你像回自己家那样,一下跳上台阶,急急地敲那个红棕色的门,边敲边走了进去。

余叔叔站在那里,有点吃惊,随即,眼里是慈爱的亮光。

"是林希和沃然呀,真好,你们来了。你们一进来,我就已经好了。"

他看你的眼神像一片羽毛,让我又产生很多怀想。一会儿,我想象他真的是你的亲生父亲,一会儿,脑子冒出一个吓自己一跳的念头。

出来的时候,我说:"余叔叔喜欢你,跟喜欢我们不一样,你不知道啊?"

"我知道你是个讨厌鬼。"你扭身疾走。

"凭什么他们都喜欢你。"我闷闷不乐地想着,只能我一个人喜欢才对。

天已经黑下来了。街道上没有路灯。我说:"有鬼,你慢点走。"你才慢下来了,小心翼翼地走在我旁边,尽量不跟我触碰。

"你老实说,他没怎么样你吧?"

你站住了,暗影中的脸一定是绷紧了。"他?你想要说什么?你怎么回事,你脑子尽装着些乱七八糟事,你把什么都想得那么恶心,你真恶心。"

跟我斗嘴,你绝对是伶牙俐齿的。

"我担心你被人欺负,你屁也不懂。"我的声音里忽然是无可控制的伤感,"我是你哥,我不想让任何人欺负你,我就怕你受人欺负，你懂吗？"我把自己说得感动了。我不知道你是不是听得出从我心里涌出来的痛楚和难过。我说得无限深情。

"没谁对我怎么样，他们才没你想的那么坏。你老跟一帮坏蛋一起混，你的头脑里尽想着坏事。"你那一本正经的脸，你那语气简直跟我妈的一模一样。"哦，我明白了，原来你是在嫉妒。"

你的嗓音低了下来，同时，你的手伸过来，像小时候那样，拽住了我裤子的口袋，紧贴着我。我的脑袋不由自主地向着你的面影贴过去。一只小鸟试探地靠近水面，在远不致被淹死的距离下，向着那平滑毫无动静的波纹轻微地扑腾了一下。只要你稍微回应一下，我就会给淹死。然而，你糊里糊涂的，处在某种兄妹情分的信任当中。

风在耳际呜呜有声地吹过，两边的店铺门里，传出电视机的音乐，那是一首古老的被我们以嘲笑挖苦的腔调学唱过的情歌。

你不知不觉，被裹在一阵猛烈的情欲里，你个傻子，在毫不知情的情形下就夺去了我的精神的童真。站在一棵高大的杨树下，我既幸福又害怕。后面是一块菜地，再后面是一道河渠，潺潺的流水声里，跳荡着几声蛙鸣。

在我们的字典里，爱情这个词是禁忌的，是羞耻的。我既想当个好学生，又难以遏制心里过于猛烈的情感。

"我妈妈说你要去城里上学了。"你突然说道，"他们说暂时还不能告诉你和浩然哥，怕你们会分心，不好好上学。"

我看着你暗暗地发誓：无论去哪里，我都要跟你在一起的。我的心脏猛烈地抽了下，一阵热泪仿佛是从那里涌上来的。

没过多久，侯老师果真调到了金牛一中，我跟唐浩然也转学到了那里。第二年，唐浩然考上了理想中的大学。

6

接下来是极为混乱的几年，一切都不可抗拒地发生了改变。

大家都以为侯老师的好生活才开始，没承想，在一个阳光灿烂的日子里，没有任何征兆，我的母亲投水自尽了。

因为她的死，人们才记起了这个一直把头发剪得短短的、不苟言笑的女人。偶尔，她会跟唐所长出现在某个婚礼或丧礼上，唐所长很高，很胖，而侯老师个头有点小，很瘦，短发遮脸，几乎不怎么说话。唐所长喝上两杯就醉了，声音从他宽阔的身体内发出来，越来越洪亮，这时候，侯老师就先离开了。

母亲活着时，我从没仔细看过她一眼，更没想过她内心里想些什么。在她离开这个世界后，我一点点回忆她活着时的样子，试图拼凑出她的内心世界。我感觉一切是那么无意义。

B

第 一 章

1

这一晚,他的任务是看守机车,以防它会在夜间发生溜逸事故。

她哭泣的样子,就在那里。一直在那里。而她喊叫他名字的方式,依然像是一声诅咒。他的名字,从她嘴里喊出来是那么独特,与别人喊他的方式完全不同,是那样与众不同的发音,记忆都被搅得混浊。他故意把什么都忘记了。把她那个人以及与她有关的一切有意从记忆里删除并不容易,他能做的就是避免听到有关她的任何消息。

那个躺椅上,他的头发和衣服里,整个机车头里,还充满着她的气味,她的哭声。她还是那个爱哭鬼,似乎更加脆弱了。有些东西扑面而来,一切是那样熟悉,就像他们昨天还在一起,而今天,又很自然地见面了。

他曾经无数次想象过跟她相遇的情形,唯独没想到过会是以今天这种方式。她在他的记忆里就像一道烧灼的疤痕。他不晓得自己。猛然认出了她的那个瞬间,他的直觉告诉他:带她走,就跟小时候一样,他们会如影随形,他说"走",她会一声不响地跟着。

他什么都不敢问,任何一个问题都有可能会阻止他们把谈话继续进行下去。

他没料到她会那么悲切,那样哭泣。也没料到自己的内心原来从未做到过遗忘。开始他有点强迫她,那个瞬间,是身体里那头野兽控制着他,只有她那个人对它有着致命的吸引力。这头野兽一直昏睡着,他难以知晓它的存在,可一旦面对她,它就会苏醒。

这边天黑得早,还不到六点钟,他就已经看不清她的脸了。他将手机伸过去几遍,给她打掉了。

哭声令人烦躁。

过了一会儿,她才接过去打了个电话。

他拿了手电筒,去走廊那头查看一番,转回来时,她仍旧坐在台板上,旗袍彻底给毁了,他觉得抱歉。沉默着站立,他们离地面很高。忽然哧一声像泄了气,又轰隆隆一通,某个电机开启了,他倚门站着,渴望她发出一个声音来,好把他从半空里召回到这虚妄的人间来。

好吧。他知道了,她仍旧是厌恶他的。但他不打算道歉。"你想吃点东西吗?"

她低头看着自己的一只光脚,鞋子不知去哪了。

"我还可以再见你吗……"请别这样。他说不出口。一阵绝望的海水。他晓得，再不可能了。

她抱着头半天不说话。然后，慢慢地整理好衣服，穿上鞋子，突然又使劲地揪扯头发，像小时候发脾气那样。

月亮升起来了，仿佛就悬在那块玻璃外。风笛声此起彼伏，尖利，要把什么削掉一块似的。

他先下去了，站到扶梯中央，等着扶她。她俯看着他，唤了声他的名字。

"唐沃然。"

就像是突然间，才记得起那个名字来了般的大声。他怀疑她又发出了一声诅咒，虽然她什么都没说。

再次穿过铁轨，她走得飞快。来到街上。拦到一辆车，她坐上去，马上让司机开走了。

回到机车上。他吃了些水果，喝了一罐牛奶，又喝了两杯茶。空落落的，他的身体，他的胃，尤其是心脏那里。填塞再多都是空落落的。这种感觉，还是在他母亲去世那阵子有过。那种空壳子的感觉，持续了很久。就像一只空壳子，他活在这世上。

这几年，他是因为过于害怕而不敢联络她，发生那件事后，他再也没有回过双子镇，也从未给林姨打过电话。他躲得远远的，他感觉自己是个罪人，迟早有一天，她或者她妈妈会找来，他会遭到众人的审判。但没有哪一天，他不在想着与她重逢。

月亮越升越高，进出站的列车使得地面一阵阵抖颤。她总是令他的精神和心灵遭受过强的冲击，还有肉体。只有她能够。

慢慢地，他像个老人一样回忆下午那几个小时里发生的事。那个傻子，可真能睡，在那种地方都能睡着。他很吃惊，她变得那么美,当然,她一直是个漂亮的人。他想知道她在那干什么,跟谁在一起,但他又那么害怕知道。她的哭泣已经告诉了他一切。不,他不要猜测,什么也不想知道。就像要守住那点虚无缥缈的希望。要是知道了真相,有可能,他会承受不起。

在那个人工湖边,他叫醒她,她睁大那双眼睛时,他分明感受到一阵过于熟悉的惧怕,这种恐惧感长久地纠缠着他,只不过,那一刻才又落到了实处,近两年,他都忘了是为什么而惧怕,只是惧怕本身还在折磨着他。突然地,令他怕的人、可以审判他的人就在那里,并且,他还叫醒了她。她没有跳起来打他,也没有装作不认识他。

他感觉自己的精神又像某个时候一般困苦不堪。

车门响。小贾上来了。将一袋吃的放在他面前,就去机车那头的椅子上睡了,小贾总是那么能睡。他羡慕那些轻易就能睡着的人。

他完全可以站起来,走过去把小贾喊起来说上点什么。他知道,那样只会加深他的孤独。

一遍遍跳回那些记忆,试图寻出些与她今后可能会有某种联系的线索来。她总是哭,他受不了她哭。他吻她,那是一个试探的吻,是跟喝水一样自然的一件事,记忆深处的东西只是翻过了昨天这一页。他分不清她到底回应了没有,他像醉酒的人,完全控制不了自己。是他再次强迫她占有她,她到底回应了没有,这个问题在她离开后,他完全搞不清楚,却变得那么重要。

他从不敢触碰那段往事。几年了,他记不清了。自从他们搬到金牛后,一切都不一样了。他的母亲自杀了,一切都无意义，活着这件事本身也值得怀疑，人到底为什么要活，又为什么那么轻易会死？有这生命究竟有什么意思？他闯祸惹事，不求上进，这可能也是摧毁他母亲的原因。这个念头令他对自己越加地厌恶。

那是一天中午。是在夏天。正午。

他爬起来，他发现自己的记忆混乱不堪，他站在窗口看着那枚月亮。努力了几次，他发现自己记不清那个中午发生的事是在母亲去世前还是去世后了。

总之，林希那天在金牛。他们在街上遇见。那之前，他们通过一阵子信，也不知怎么的，他觉得往纸上写那些屁话特没意思，就不写了。她也没问为什么，也就不给他写了。

当听说她与罗校长的传闻，他大吃一惊后非常愤怒，也不知道自己为什么会那么愤怒，他想找到她，把她狠狠地教训一顿，他一定会揍她，他要让她发誓，马上与罗校长绝交。

他想着那些追求她的人。他从不相信她会跟其中任何一个人有什么瓜葛，他太了解她了，比了解自己还了解她。或者可以说，他只是了解自己的内心，他心里只装得下她，从来都装不下另一个人，她必定跟他是一样的。

他也怀疑过，他们俩有可能真是一对双胞胎，或许是亲兄妹，她做什么他都有感应的。他怎么也没料到的是，她会跟一个老男人传出绯闻。狗屁。严重的恋父情结，她不晓得吗？他写过一封信给她，他本来想说，他非常思念她，没有一天不在想着跟她在一起度过的时光。可是他不是这样写的。他骂她"猪脑子""那个罗混蛋要遭报应的，你简直傻死了"之类。她没有回信是必然的。

　　大概是在他发出那封信两个星期之后，她突然出现在金牛城的街道上。之所以记得这么清，是因为他盼着她能回信，一天天算着时间。他记得她穿着一件浅色衬衫，牛仔裤，球鞋白得耀眼，他曾为她偷过好些粉笔，用来涂白鞋子。她刚从车站出来，他则在街道对面，他忘了要去干什么了，一回头就看见了她。

　　"希希。"他的嗓音里满是惊喜，他很激动，朝她走过去时心跳得很快，他的脸颊很热。她有点紧张又有点愁苦地看了他一眼，什么也没说。俩人站在水果摊前面，她把一只蓝色的包抱在怀里。

　　她说来参加考试，全县的模拟考。她说得不怎么可信，看上去她又要哭了，就像一直以来令他不耐烦的那副样子，但那只是几秒钟的错觉。那时候她上高一，或许是高二。

　　他也记不清自己为什么没去上学。他说去家里坐会儿吧，她转身要去买水果，他说自家人还用这么客气。

　　那令他觉得他们还跟小时候一样，并没有变得陌生。他让她走在前头。她又长高了，像一截柳条儿，她浑身有一种成年人身上才会有的那种韵致，他感觉她浑身光闪闪的，那双眼睛尤其亮，像那清澈的河水。他又很愤怒，觉得遭受了背叛。拐过汽车站的那条街道，她侧身从人丛里穿过去，他有意走在她后面，他心里一阵难过的抽搐。她没有回头，也没有叫他一声哥哥。她比过去自信了，不再是那个胆小鬼爱哭鬼了。

　　"走慢点。"

　　她回头瞪他，眼波荡漾。

进了小区，他走在前面引路。那些亭子里晒太阳的老头老太都望着他们，他转身再一遍打量她。

"看什么看，小心碰头。"进了楼洞，她推了他一把。

"你都不来看看哥。"他站在楼梯上面，她低下头，没说话。

他没料到自己会这般嫉妒，兴许是失落，一进到楼道里，这些感觉变得越发强烈了。她从过去他们那个不言而明的联盟中分离出去了，不再需要他了。过去，他可以随时为她冲出去，而她则那么信任和听从他。他都没发觉，这种大哥的光环，很早她就不需要了。这令他难过。

开门，门合上了，她瞥了他一眼时，他感觉心脏被什么抓了一把。

她去各个房间转着看了看。最后来到他的房间，浩然一直住在母亲的宿舍里，他从小习惯在安静的地方苦学，不像他，稍有束缚，就要挣脱。虽说那时候是在金牛一中一派苦学的氛围中，他也试图不做害群之马，但血液里有种天然的冲动，令他难以管控自己。

"浩然哥太厉害了，考那么好的学校。"

他自知不如哥，不接她的话。

书桌上什么也没有，那是他母亲向来要求的。他就热爱并遵守这一项规定，尽量不往桌上放一物，简直太合他心意了。他的秘密都在抽屉里，抽屉上了锁。

她很自然地伸手去床单下掏，掏出一本书来，他一把抢了过去。她冷笑道：

"唐沃然，你现在还是这样子啊。真是本性难改。"

"管好你自己。"他的嗓音和眼神同时透着一股逼迫人的东西。

"我怎么没管好自己了?"她的眼睛立马睁圆了,"你把话说清楚。"

"我可是什么都知道,不要以为你干的事我就不知道。"

"知道了又怎么样,你从小管我还少吗?"

"算了吧,我们这么久没见了。坐下来,说说吧。你来金牛做什么?"

"你管得着吗?"

"我们为什么一见面就吵架呢,你想过这个问题没?"他尽量表现出大哥的大度来,但那股被冷落的愤怒一直在探头探脑,他在她心里已没多少分量,那种突然拉开来的距离叫他受不了。

"那你胡说什么,我做什么了你知道?"

"你做了亏心事,心虚了吧。不会是来找罗校长吧?"

她红着脸冲过来打他,他坐在床上挡了下,她的巴掌尖挥在了眼睛上,他抓住她的双手,反扭过去,牢牢地控制住她。从领口看见她两只圆圆的乳房的轮廓,他的嘴伸在她的脖子里,有一阵他不动,后来,他的手不受他的控制,就在她胸前了。

他犯了罪。她跑出去后,他慢慢清醒过来,给自己下了这个判决。

他坐在地板上,脑子里进行着极为复杂的搏斗,最后,那阵模棱两可的恐惧突然间变清晰了,呼吸一样加重了。

那一整天他都待在房子里,担心电话会突然响起来。他守在它跟前。

现在，他想起来了，那是在他妈妈去世之前发生的事了。那时候他差不多给自己暗地里判了刑：她一回到小镇上，会先告诉她妈妈，她妈妈一定会去找唐所长，老唐准会找到县城来把他揍个半死，最要命的是，老唐干什么都得叫嚷得让邻里左右都知道，老唐最会大义灭亲。

侯老师回来后，他悄悄拔了电话线。侯老师一走，他又把它接上。

电话铃声一刻不停地在他脑子里响着，即使在课堂上，也被那阵不间断的铃声折磨，他一直盯着教室门看，在下一秒，有人就会闯进来把他抓走。他想象林姨披散着头发绝望地抽泣着，后面跟着愤怒又悲伤的林希，还有林希的爸爸。那阵子，他脑子里混乱不已，而对那个事件本身倒记不太清了，甚至搞不清自己究竟干了什么没有。

他快要疯了。

他拼命往书本里钻，可不管用什么办法，他的脑子得不到片刻的安宁。那年，他连三流大学都没考上。他分不清，母亲不跟他说话到底是因为他没考好还是因为她知道了别的。

第二年，他考到外省一所铁道学院。母亲自杀的噩耗随后传来。他感觉故乡那片土地已然倒塌。

他一直确信无疑，林希肯定将那件事告诉什么人了，她一定会将他描述成一个彻底的流氓。他以为，是他导致了母亲的死，这成了另一种折磨。

第 二 章

那些令人过分清醒地感知到绝望的时刻。

他从未打量过母亲的房间,他一直在设法躲开她的视线。现在,他一个人安静地待在这间宿舍里,当他转动目光的时候,母亲也正看着这个房间。

"妈,告诉我。"房间在旋转。他感觉自己难以再面对父亲和唐浩然,他想快快逃走,逃离那些面露凄惨的亲戚和熟人。猛又生出一股愤怒,他想把这房子捣毁。他恨母亲抛弃了他们父子。

他打开那些抽屉,上面一层是些擦脸油、梳子之类。中间一层是几本教案。他打开最厚卷角的那本,一页页全是图形和算式,可是在空白处有很多汉字:

"他挡在车门前不让她下车。人流如潮水从他们面前涌过。"

"那是最暴力的一种追求。她却被打动了。"

"就像平静的海面怎么也激不起一点水花,就像那根思维的条带已经失去了弹性,就像暗中有个人使劲地朝我吹着一口让我迷糊的气,像是感冒引起的困乏,像是在阴雨天意识没法集中。天哪。……"

"站在讲台,奋力拉拢成一个人形,面露微笑,对孩子们保持真诚,说出他们需要知晓的……然而,她对自身、对所拥有的知识满是怀疑。这种状态的重复,拉扯拉扯,苦不堪言。"

"在与他的交往中，她慢慢意识到，作为女人活着的日子里，她从未有过爱情。是的。她从来都晓得这个，她很确信。这不用什么人来给她启示。"

"他说，也从未有过这样的经历。看不出他是不是在撒谎。这并不重要。真是可怕啊，她眼看着自己滑向所不齿的事物，她原本有多憎恶和躲避，她花了多少代价来与那些不屑的事物拉开距离。她也不知道自己是被一种榜样的力量刺激到了，还是被他的真诚感动了，总之，一切开始得莫名其妙，又美好得让人不知所措。"

这不像是日记，很像是从哪抄写来的。他想到，母亲大概曾经有过写小说的冲动，或只是喜欢抄抄写写，那个年代的人不都喜欢抄抄写写吗？老唐还喜欢剪报，贴贴弄弄的看着傻极了，那番虔诚和热爱不再被这个时代的人所拥有。"现在的人都浮在半空里无所依凭。"这话是林妈妈说的，她是小镇上真正的读书人，她引导他和林希读过的那些书，像是开启了另一世界的门。

在枯燥的算式当中，突然有了对文学的冲动，看到了，就顺手抄写下来了。他回忆母亲的容颜，她一直那么消瘦，那么严肃刻板，她有过什么爱好没有呢？

他盯着看了好几遍，都加着引号，他母亲是个严谨的人。厚厚一大本，这样的抄写挤在数学算式中间，若不细看，就会被当作详细的题解而翻过去了。

"她认为,爱始于崇拜,问题是,他们彼此崇拜什么呢?她想把这一切事琢磨透,然后就可以丢开了。他说像他们那样的人往往不择手段,不得不。他说自己厌恶死了俗务,有多羡慕她,有知识,象牙塔里的生活单纯,不被世俗所染。他突然就被她的嗓音打动了。他坐在台下,与众人一同仰头望着她白净的牙齿,闪亮的眼睛,她好看又严肃得过分的侧脸。他想着她温柔起来的样子,他想给她温度。他想让她变温柔一些。"

"她不知道自己身上有美好。她从来不晓得。她活在一种中性的身份当中由来已久。校方派她去演讲,只是一个工作,可在这一天里,她意识到自己是个女人,他热烈的目光忽然就激醒了她。不是他发现了她,而是他激活了她。"

"不久,她发现,大概他的头脑被什么洗过了,他并不尊重知识,大概也是不尊重她的。蝇营狗苟,发现这个事实,她难以接受。为自己打算,她并不想去了解与他有关的一切事,只是需要不断被激发着的感觉。她需要勾起一丝对生命的热爱,一点温度,如他所说的那种温度。"

"她发现自己一开始就已经陷进去了。在没有认清他这个人时就已经陷进去了,正如她时常不可理解的那些人一样。不,她并不真的想要拥有他,她就像遇到了一场台风,既无躲避的经验,亦无驱赶台风保护自己的能力。她早知道,这个过程很快就会结束。她知道得比他更清楚。"

"他像一粒种子,一探进她心里的泥土,就迅速发芽成长,等她想了断这一切的时候,他已在那里长成了一棵大树,并不参天,但占据那片地方。"

"一棵丑陋的大树。"

"她并不崇拜他,但也不想马上摆脱他。就像路途当中的一次小憩,她觉得自己应该拥有。他带来一些她对自己和生活的发现,此前,她从没试着去分析自己或是看清这个世界,她一直在既定的巨网中自欺欺人。"

"她原本不打算了解他,这样就不会有厌恶和伤害。可是,他自己慢慢展现出他的真实。令她难以相信的是,在他打算转身离去的时候,她却感觉到了,爱。"

"沉陷浓厚而沉重的黑暗,她匍匐在地,想要爬起来,她想求救,然而,谁也帮不上她的忙,唯有他可以救她。她不想乞求,也不想让他知道,她对他突然生发了爱情。"

"如同,有人令她的生命里产生了一种魔法,她不停变幻着无穷的想象力,目的是说服自己,她可能是疯了。"

"他越是无情无义,她越想找到他。她联络不到他。她再也找不到他了。"

"他又带着那张赎罪的脸跑来求她。啊,错本不在他。她像飞蛾扑过去马上又反悔。自知是绝路。她反复被自己折磨。她这是在做什么?她只知道,一切都不能维持原样了。是她亲手毁了这一切。"

"这与他人无关。她只是想挽救自己。她只是想要一点温度,好尽力维持住全新的变化所带来的事物。不是的,请相信。她只是想把生活扭转回原来的轨道上。她需要他帮她,只有他可以帮她。"

"他们其实并不能共情,这是多么令人绝望的发现。当他说,我受够了你那可笑的骄傲,她感觉也受够了自己。"

"她还会继续生活下去吗?她能原谅他对自己的侮辱和损害吗?"

"这是一场疯狂的对自己的嘲笑。"

"所谓极限,是上天用来限制人的,而不是用来突破的。她感受到了那个极限。"

极其遮掩,又忍不住时时处处爆发。她想要向某个人倾吐,又不能全然说出来。唐沃然在小小的房间里走来走去。想着母亲每天在那个本子里进行半小时的游戏。

他想到一个长年在压抑苦闷当中的女人,偶然迸发出一阵抵抗情绪,编造一个故事,虚构一场并不存在的爱情。抑或,只是抄写?记述道听途说?这些句子拼凑到一处,就像是构成了一个爱情故事?一个无聊的游戏。

真有那个人吗,那个人跟母亲之间的感情究竟是怎样的,母亲真的爱过吗?

他要根据这些断续的文字去推断母亲的感情生活吗,去尽力猜测和拼凑成一个故事吗?母亲会希望他这样做吗?

他把头埋在那些教案里,呜呜咽咽哭了很久。

她写下这些,到底是因为什么?母亲活着时,为什么他从没发觉她是那么的不快乐?为什么他只会闯祸惹事而从没想过要关心一下她?

他想恢复一个场景,想知道母亲究竟经历了什么,那个文字里的男人如果在母亲生活里是真实存在的，那他会是谁呢？母亲是为了那个男的才调到了县城吗？真正面对的时候，他们又继续不下去了？她再也回不到原来的生活当中去了。她只求一死。若只是这样，那也太不值得了。母亲不可能是这样没脑子的人。母亲怎么可能是这样的人呢？

绝望的生活令她最终变得疯狂。不。他倒希望真的有过那个人，哪怕他最终给了母亲失望。

他相信自己的母亲，不可能因为这样一个人而选择去死。她究竟经历了什么？

在两个儿子的裹围中，母亲没有隐私，连只属于自己的抽屉都没有。就这个小小的房间，这张桌子，白天他们用来吃饭，晚上唐浩然还要写一会儿作业。儿子们睡了，它才属于母亲。她写下那点可怜的文字，都没处把它藏起来。在母亲的一堆内衣间，他还发现了一封信。

看着这点可怜的内衣里的收藏，他不打算再读下去了。他私自带走了那本教案和那封信，母亲的那点隐私只有他知晓。这既出于一种怨恨和愤怒，也出于对母亲的尊重。

不如说是对自己精神的一种安放，对过错的一种原谅。回去后，他埋头学业，看上去，彻底成了一名好学生。

而他一直等待着的一场审判始终没有到来。直到那个下午之前，他过得还算平静。

第三章

1

唐沃然与同事在重庆待了半个月,每日游山玩水,在乘务员公寓楼里打牌喝酒,过了一阵真正消闲的日子。平日的工作黑白颠倒,生物钟也早已紊乱。自成为一名火车司机后,他一直在路上,阖家团圆的日子,他也在路上。

那个令他朝思暮想的号码始终没有出现在手机上。他一直存着她上次拨打过的那个号码。在多次拨出去的瞬间,他紧张得头皮都发紧,呼应他的一直是:无法接通。

在弄明白是被拉黑之后他反而有了胆量,一有空就拨打,这时候,明确感知到对她那过于猛烈的思念之情。他没有问,她也没有说,那个号码的主人是谁,是她什么人。照他对她的了解,她不可能这么早就结婚了。他很愤怒,又觉得自己好笑。他后悔没有问清楚,但再给他一次机会,他仍旧会选择不问。那是个苔蓝的号码。

要想了解她的全部,只需他往老家打一个电话就可以。不,他不想那样做。

时常奔波在外的工作早已把他锻造成一个麻木的人了吧。那个突然存在的下午,似乎给了他短暂的希望,一种真实的活着的感觉,就像他无意读到过的一段话:

仿佛有一股黄金汁液，从这树的黑色心底涌上来，流过它每一根短短的树枝，直到末梢，然后一条条长长的浅褐色就沿着那些绿油油的叶片淌下来。

他是一棵有着黑色心底的树。像个老人，他时常处在回忆当中。这几年，他似乎已经把过去抛开了。先是母亲离世，随后是爷爷奶奶，他们说没就没了，对他们的悲痛都已经抛开了。偶尔才跟老唐打个电话。老唐后来调到金牛公安局的刑侦队工作。侯老师去世后，老唐像一株植物一样枯萎了。他晓得老唐需要他，但他在田湾大学毕业后，很快在当地签了工作，成了一名火车司机。

唐浩然也没有回去，他考得比弟弟好，毕业后留校了。在选择去留之际，浩然给他打过一番电话，劝他回金牛。他很愤怒，不知怎么的，他一直很愤怒。那时候，所有的人都希望他去追求林希，因为林希，他都应该回到金牛去，好像她会一直等在那。那件事，在他们年幼时就被注定，就连这个，他也表示很愤怒。

他记得那年快毕业了，中午，他刚回到宿舍，他的手机响了两下就断了。隔几分钟，又响一下。他知道那是老唐，只有老唐就算是给儿子打个电话也那样小心翼翼，并且总是在中午他刚下课那当儿。

老唐问他准备回家吗，他说过一阵再看。

"你已经两年没回来过了。"

他没说话。听筒里是老唐的喘气声。

"如果你有空，下个礼拜回来一趟吧。"老唐是乞求的语调。

他知道家里有事了,老唐从不明说。

"有啥事吗?"他想着是不是哪个亲戚过世了,或者哪个熟人要结婚办喜事了。

"也没啥大事,你有空就来一趟吧,没空就算了。"

去问唐浩然。唐浩然说:

"爸爸要和一个女人结婚。我没同意。"那个女人叫杨玲,人很好,关键是杨玲有一个儿子和一个女儿,会随她嫁过来。"咱爸还得为别人养大那两个孩子。"

沃然觉得浩然变了,他们向来都是两条道上的人,各自开始独立生活后就更没有什么交流了。

"只要爸爸乐意就好,又不要你操心什么。"

"唐沃然你这话是什么意思,好像你为那个家操过什么心。"

沃然无心与浩然争执。他的确没有为那个家付出过什么,倒是小时候闯过不少祸。现在,妈妈带着遗憾走了,留下爸爸一个人,他原本可以指望两个儿子的。这时候,唐沃然才想到,老唐从来都不会做饭,不知这几年他是怎么过的。是得有个女人照顾他了,唐沃然想着老唐邋遢的样子,衣服扣子都扣错位的样子,善于听从女人摆布的样子,再次感觉到,在母亲刚去世时老唐那种过度的悲伤和难过。

唐沃然没有回去,不过他送了份贺礼,给老唐买了套西装,给那两个孩子各买了一套玩具,并在手机上情真意切地送上祝福。

直到假期,他才回去了一趟。老唐他们现在住的是一套小得不能再小的房子,总共不到七十平方米。那个小区在金牛老电影院对面，他对这里的一切满是陌生感，连带地，老唐也变陌生了，进到那房子里的瞬间，唐沃然再度有种被抛弃的感觉，也有小时候不得不去一个陌生人家里做客时的那种孤独和忐忑。记忆里，在学校附近租住的那套房子要可亲得多。他跟浩然还有妈妈在那里住了两年，妈妈去世后，老唐调到县城公安局，他跟老唐在那住了两年多。那时候，老唐支他去公安局的办公室里拿东西他总是有借口，一次也未进去过，也从未沿着公安局门前的那条街走过，每次，都尽量绕得远远的，多走好几站路去学校。至今，他对那条街仍是陌生的。想到老唐单位的那个地理位置，就像有人把他的心脏猛揪了一把，引起一阵恐惧的战栗。

他跟浩然都离家去外地上学以后，老唐又搬到公安局的宿舍去住了。

唐沃然从不晓得，老唐竟然会这么穷。他一直以为，老唐至少还有卖掉枫林那套房子的钱。那房子，一家人都还没有机会去住，房子买来以后，一家人离散，等到侯老师去世，老唐就把它卖掉了。这时候，唐沃然才意识到，买现在这套房当然需要钱，老唐还得供他和唐浩然上大学。

唐沃然在家的那几天，杨玲也一直在家，到他又要离开的时候，他才反应过来，杨玲没有工作。她原来在农村生活，丈夫去城里打工时出了意外。

"多亏了黄小意，她介绍我与你爸爸认识。"

老唐忍不住插一句："你这话说得，他晓得黄小意是谁。"又转头跟儿子说："她这人最容易上当受骗。"

"她是我高中同学，一直是我最好的朋友。"

"她就是利用你,她家的活都叫你干了。"老唐瞪眼睛,"我看你还是少信那个女人的好。"

唐沃然已猜出些大概来。杨玲也不生气,又说老唐平时怎么爱抽烟,第八十次戒了。

"平安的爸爸也抽烟,肺早就出了毛病,我不想让你爸也变成那样。我帮不了他什么忙,只希望他健康。"屋里收拾得很整洁。杨玲一直在忙,也不知在忙什么,从没见她坐下来过。"我得把小意喊过来,今晚我们吃点好的。"说着,就转去别的房间打电话了。

老唐和儿子也不知要说什么,傻愣愣地坐着。杨玲大概是没邀请到黄小意,因为接下来的时间她再没提起过。

她的儿子叫宋平安,女儿叫宋如意,一个十岁,一个八岁。如意一进门就趴在茶几上写作业了。

唐沃然歪在客厅一个窄小的沙发上睡着了。刚迷糊的时候,他感觉有人在拉他的被子。

"唐沃然,起来,跟我们走。"

就见几张凶巴巴的面影,那是老唐的同事。一只手铐猝然就在他手腕上了。

"叔叔。"他想求那些人小声点,别吵醒了杨玲和老唐,一只手掌挥过来,他重重地跌倒在沙发上。

"没想到,我生下你这么个东西……"老唐突然掩面大哭,"你们把他带走吧,再别放出来了。"

不知那是谁的声音。也许是林希,她在唤他。"沃然哥,你别走。"

只有林希能救他。只要她能说句话。

"沃然哥哥。"他终于醒过来了，也不知几点了。是如意在唤他。如意指指房间，让他进去睡，她睡沙发。他坐着发了一会儿呆，才把沙发让给如意。

他还没躺下来，她就已经睡着了。把她瘦瘦的胳膊放进被窝里，他感觉到一种从未有过的酸楚，还有感动。

早晨起来，他看见自己盖的小被子的被套都快洗化了，枕头上的两只毛绒玩具也很旧了。

夜里的那些面影，真实得如同他们在晚上真的出现过。没有人知道，这个梦像一个有生命的不祥之物一直紧随着他，它不时变幻着，有时是老唐亲自把他这个不肖子扔进监牢。有时，他被沉到了河里。在水下，他费力地呼喊他的母亲。有时，呼喊的却是林希。

若是母亲还活着，也许他会告诉她，以求得灵魂的安宁。再没有人可以让他开口。

杨玲还很年轻，干活时嘴里哼唱着，哪个把什么东西弄乱了，她就走过去收拾。老唐不时会凶巴巴地说："你坐下休息一会儿，乱一点这房子也塌不了。"

杨玲就笑："我是不忍心让你们住在猪窝里，我们的窝虽小，但有它的尊严哦。"

老唐瞪她一眼，冷笑一声。唐沃然注意到，那眼神其实满是柔情，这与他过去看妈妈的眼神完全不一样。大概是因为这些年聚少离多，他对老唐宽容了许多，也慢慢地开始懂他们的生活。老唐对侯老师的感情，敬重大过爱。老唐需要的，也许是杨玲正在赐予他的这种东西吧。

第二天中午,唐沃然收拾自己的行李箱,有人敲门。沃然去开了,一阵香水味先渗进屋里的空气里来了,随后,一个戴墨镜的女人抱着一个包裹径直进来了。

"你就是唐沃然吧,长得可真俊。杨玲在吗?杨玲。"

杨玲从厨房里出来了,脸上堆满了笑,双手急急地在围裙上抹擦着让黄小意快坐。沃然去倒水,黄小意过来拦住他。

"噫。"黄小意把墨镜取下,仔细看了沃然两眼,"你跟谁有点像呢,一时想不起来了。"

沃然看见了两条细长的黑线,要不是眼睛周围很深的皱纹,也不会显得她那身穿着太扎眼了,大红的上衣,过短的黑裙子,两只过瘦的膝盖,高跟鞋的鞋跟太厚,令这个浓艳的女人笨高笨高的。看上去,简朴的杨玲倒比黄小意年轻上五六岁。

"你真是眼里没老唐,人家的儿子,你说像谁。"杨玲大声说。

黄小意看了眼老唐稀里哗啦笑开了:"哎呀,我不是这个意思。对了,想起来了,我们公司里有个姑娘跟你长得太像了,可惜人已经走掉了,不然,一定要让你们认识一下。"

沃然心里一懔。这时,老唐端了盘水果过来了,瞪了眼黄小意手里的包裹,嗤笑说:"你又给杨玲拿的什么高级礼品。"

"哟,看把你心疼的。你从来都不懂得感激我,没有我,你上哪找这么好的老婆去。"一面把包裹冲着杨玲打开,是一块巨大的窗帘布,黄小意让杨玲给做个边。杨玲就接过去了。

已经很久没有人说过那样的话了,幸好当时忙乱,那个话题再没进行下去，唐沃然不想令老唐老话重提，问他跟林希到底怎么了那样的问题，然后说起来会没完。黄小意走后，他也去赶车了。那个与他相像的人，除了林希，还会是谁呢？那像一个炸弹，能埋多深，就让它永远埋那么深好了。

他暗中感激杨玲。回田湾后，把犹豫不决的工作马上给签了。时不时地，他会给他们寄些钱，以及在金牛吃不到的食品。杨玲时常会给他打电话，她叫他"然然"，他妈妈活着时也没这么叫过他。他开始有点烦，无非家长里短，总归不出与爸爸有关的那些琐琐碎碎，应付地听几句。慢慢就习惯了，关于家里的消息，都由她负责传给他。杨玲主要是说老唐。老唐得过几场病，不过都不碍事。只有近来一次，她说的是：

"现在，他真的才好起来了。"

他像是才意识到，父亲一直承受着比他更沉重的东西。他想对杨玲说声谢谢，却突然哽咽得说不出话来。

2

夏周在一个文化单位工作，她跟唐沃然交往之初就以文化人自居，逢着介绍他的场合，她会说："嗳，就是个铁路工人。"

那时候，他对女性（准确说是与女人的肢体接触）有严重的心理障碍。他交往过几个散步喝茶的女友，她们最终一致判定他有某种身体缺陷。夏周是他师父的朋友的女儿。师父常跟他说起这位朋友的女儿，几年前曾经交往过一个男朋友，总归，无疾而终。

"我琢磨来琢磨去,你们俩可真是太合适了。"师父把夏周的QQ号发给他。

夏周在QQ空间常晒衣服鞋子。他想,她需要真实的太阳。又想,结婚后,可能要把老唐接来,这样一来,每天晒怎么做饭的女子应该更适合他一些。

过了两个月,师父见他没动静,主动请客,约了那朋友一家。师父说:"我给你说,你别不信我,这就是一种感觉,我预感你们准能成。"师父还说:"你小子,在等那个意中人是不是?告诉你,还不就那么一回事,多少轰轰烈烈过的人,后来又怎么样了呢,啊,你说说,又能怎么样呢?"

他带着师父的这种观念,第一次看见夏周时,就有点稀里糊涂,根本没看清楚她长什么样,她穿得特别时髦,也不知是她的人很高还是鞋跟很高,他也没猜出来,她到底多高,她几乎像个哑巴,他几乎没见过那么没礼貌的人。而她爸爸和妈妈则都是夸夸其谈之人,一顿饭全都是他们两个人在说,尤其是那位爸爸,一直在谈他的工作,他对单位的贡献,他干的是天下最重要的一件事,就没别的人什么事。喝了点酒以后,越是什么都说,他的目标是当建设局局长。经过师父的指引,他最终说开了夏周的失恋事件,落下过阴影,不过这都好多年过去了。

"一看沃然就是有本事的人。"那位妈妈说。

沃然闷声闷气嘿了一声。

手机响,却是夏周给他发的信息:

你经常这样沉默吗?

他答:怕让你失望了。

我倒是喜欢沉默的人。

沃然看了眼他的师父，问自己：我要接吗？信息又来了：

据说，我们都是受过伤的人。

他发了个问句：你怎么就信我一定受过伤了？

你这一问，不就自己回答了。

那我们就不用装了，你知道的，我们不可能为彼此疗别人造下的伤。

她说：我根本就无伤可疗。

他抬眼看了她一眼。她也正坦然地从对面看过来。

当他们正式交往后，她说："人们总是努力为老姑娘找到一个说得过去的理由，不然她怎么能安然做得成她的老姑娘。"

停顿了一会儿。争论声重入耳来。他发现，师父的朋友是个倾诉狂，而师父是个颇为优秀的倾听者。一直说到服务员来催促，要下班了。说的还未说尽，听的也还未听够。就去了夏周家。

那位朋友说楼顶有泳池，唐沃然随时可以来游泳。师父说："上面养了很多鱼，你还可以钓鱼。"也不知真假，唐沃然也不细问。夏家房子里的陈设令唐沃然惊叹，他头一次进到这般奢华的房子里来，那些家具，件件像是来自博物馆。博古架上的物件他也猜不出价钱，做出没什么兴致谈论的样子，只去注意屋里高大的盆栽。

女主人带客人走到角落的一个吧台跟前，靠墙的架子上摆着各式各样的洋酒，酒瓶的样子令唐沃然觉得都像是香水瓶。师父指着脚下说："地下有个酒窖哦。"被主人示意，他去书房参观了下,房间里摆着两组沙发,四面墙上全是精装书,直顶上天花板,摆得太整齐了。墙角立着把梯子。他讨厌粗糙伪饰的一切,讨厌给书包上的皮、套、腰封,他鄙视把一本薄书故意拉大字号和行间距的出版商,讨厌一本没什么真实内容的书拥有那种可笑的重量。他一个人在那里激烈地愤怒了一阵,又回到客厅。

房子好大,真浪费,他心里暗自说着,上下两层,夏周的房间在楼上。师父对他挤眉弄眼一阵后唐沃然才去了楼上。到这时,他隐隐明白师父,他根本与这房子的主人算不得是朋友,一心一意半夜跑来听废话,既不是因为朋友情深,也非给徒弟介绍对象,师父一直想助儿子升迁。瞬间,他总算明白了,他可能是师父的一枚棋子,不由拿捏好自己的神态,处处提防起来。

夏周已换上家居装,露出邋遢的倦容。

"天天跟着他们虚情假意,真是没意思透了。你坐吧。"

他在这个房间里,看到一个极度热爱生活之人的影子,或许她还有那么点少女情结:小摆件小玩意儿摆满了,在窗口的一张小桌子上,有一栋动画片里才有的那种供小人居住的尖顶小楼,打开来,里面跟这房子里一模一样,有客厅,卧室,厨房里的厨具只有拇指那么大,做工精巧,亮光闪闪,他用两根手指捏出一只锅子来看,金属柄上细致的花纹都是那么逼真。

与他想象的不一样。他们接着前面的话聊了一会儿,她说他的师父把什么都已经告诉她了,今晚她仔细观察过他,觉得他的师父没说假话。

他问:"师父说什么了?"

她说:"这个不要紧。"顿了下,又说:"你都看到了,他们成天就那么无聊。我其实是被领养的,他们并不像你看到的那样喜欢我。只想找个人把我赶快嫁出去,这对他们来说,也是一件工作。"

她可真够坦诚的。也许她并没在说谎,这就好理解了,为什么作为父母,要对外人讲女儿的私生活。

"我的亲生父母跟现在的养父母之间发生了一些事,那是在我很小的时候,那些事,至今我也没弄清楚。他们说我父母出了意外去世了,总之,我再也没有见过他们,他们的样子也记不清了。发生的意外细究起来非常可疑,也没人解释得清楚。问起来,就一句话:不要再问了,你现在过得够好的了,这才是重要的。

"七岁,我被他们领养。我周围的每个人都让我相信一件事,我过的是最好的生活。小时候我很听话,令他们满意。后来,我们对彼此都有了成见。你看到了,我一直在为配合他们而活。只有到这个房间里来,我才拥有我自己,我宁愿活得简单一点。到某个阶段,我意识到自己得控制住好奇心,就是这样。你不要笑话我,还玩这么幼稚的东西。"

他将信将疑,算计着,也许,她是为了制造某种不平常。很多被宠惯的人就有这种毛病。

她倒是完全遗传了那位父亲说话的本领,私下里,一说起来没个完。

不管怎样,此后,他们就在聊天软件上开始交谈了。网络上的她与现实里的她有所不同,如同是书面语与口头表达有所不同那样。

慢慢地，他习惯了一闲下来就跟她闲扯上几句，一股半信半疑的怜悯使得他对她宽容很多。

有一天，他们在公园里散步，她问他：

"我想离开他们，你可以帮我吗？"

他去请教师父，师父高声大嗓地骂将起来："小子，你以为自己啥能耐，就一头光知道赶车的闷驴。"

当时敷衍过去，后来郑重回复她：请让我带你走吧。

真就结婚了。表面上，婚礼没有大操大办，但事实上半个月都在宴请。他不用操心什么，只要嘴角扯出恰到好处的微笑在必要时亮相就好。

她以她的方式迅速视他为亲人，他以他的方式慢慢认同并习惯这种关系。他始终对女人有种怯，对她也是的。结婚后，他方晓得，他并不是不喜欢女人，而是在心理上需要有人主动拉他一把，越过那层障碍。夏周正是这样的女子。心有所动，对她也慢慢地热情起来。

被父母领养的这件事，他始终不怎么相信，倒也不影响什么。她却一再地要讲这件事，不知是不是为了加深某种感伤气氛。说起这个来，她总是泪水涟涟。

"我们的命运是多么的相似。"他向她投去不解的一瞥，"听说你母亲去世了，我很难过。我遇到你多么幸运，我这一颗心，再经不起一点伤害了。我会好好待你，你也一定要好好待我啊。"

她文艺起来，真是要命得很，根本分不清她是在朗诵作品还是在即兴创作。她与她父母之间的关系的确很奇怪。房子是一早置办好了的，应有尽有，他只需让自己住进去即可。除非万不得已,她从不去父母家。她父母倒是常来的,在门口就带起一片喧哗的尘土,使得邻里都出来围观。

"哎呀呀,你们都在家呀,我们过来看看娃娃们,给他们带些好吃的过来,来吧,你们都来家里玩啊。"她母亲大声地说。

小米诺出生后,夏周休了三个月产假。不过她父母帮她续请了一年,目的是让她自己带孩子。

最令唐沃然吃惊的是,夏周对小米诺的态度竟然也是冷淡的。小米诺时常哭得喘不上来气,她躺在旁边,憎恶地盯着看一眼,就转过身去看手机了。他只好把小婴儿抱起来,像抱一只小狗。

他休完了公休假,再请不到一天假。请了一个保姆,只干了半个月就不干了。夏周嫌人家没文化,做事都粗俗。这时候,她又非凡地注重起对小米诺的早期教育,怕保姆影响了孩子。小米诺在夏周时冷时热的关怀中非常不易地长大了。他时常焦头烂额,在火车上熬过十八个小时,回家来还得哄米诺,为夏周洗衣做饭。生了小孩的夏周,慢慢暴露出娇生惯养的刁蛮习性来,房间太热她受不了,吹点风就伤风感冒。今天要吃鸡肉,你买回来她又说:"想喝鱼汤嘛,哎呀,你给我放这么多糖,吃多了容易变老的啊,你安的什么心啊。"再请保姆,还被她故意气走。终于有一天,他把米诺哄睡着后拉她坐下来,郑重问她:

"夏周,如果你嫁给我,只是为了折磨我玩我一下,那你已经达到目的了。只是,我不明白,我与你无冤无仇,你为什么非得挑中我。"

"呀,只许别人折磨你,就不许我啊。"她嬉笑地说,露出尖尖的小牙，她的眼睛睁开时非常的恐怖，她戴美瞳，他盯着看时，总忍不住要哆嗦一下，他感觉就像望着某种动物已经冰凉但依然圆睁的眼睛。

"谁，别人？我怎么不知道。"

"那个叫什么希嘛。"夏周把一件好好的裙子放在腿上，边和他说话边剪裙子，剪得一条条的，"你知道你的心在哪里吗？你知道，我的心又是什么样子的吗？"

他回想自己在哪里提到过林希这个名字，最有可能的就是师父了。可他不记得对师父说过林希什么了。

"你说的林希呀，"他观察她的神色，"我们小时候长得有点像，就像亲兄妹一样玩耍，我高中就转学了，而她一直在镇上，从那时候起，我们就再没有联系过了，你这样一说，我还真想起她来了。你这话不知道从何说起。"

夏周举着剪刀认真地盯着他看了很久。"你说的是真的吗？"

"我骗你做什么，若像你说的，我可以回去找她呀。可事实是，我都不知她如今在哪儿。"

之后，他的生活变好了一点，至少夏周开始认真养育米诺了。

米诺出生后，他戒掉了烟，不久，又抽上了。跟夏周谈过后，他有了酗酒的习惯，一出车回来，就拉上同事去喝酒。时常在外面喝到半夜。

大家都怕他喝醉，拦也拦不住。又喊又哭，抱住谁都喊"林希"。酒醒后死不承认：

"放屁，我从没听说过谁叫这么个名字。"

A

1

大多时候,她恍惚觉得自己还是个没有结婚的女人。

在麦伦单位的宿舍住了一阵后,他们买了别人的一套旧房,房子是李延芳一个钱姓朋友单位的福利房,这位朋友以七倍的价格卖给麦伦。那个小区里面有六十多栋楼房,照着一个模型打印出来似的平板格局,小户型,一建起来就看着破破烂烂的。在付钱那天,不知出于什么心思,老钱让麦伦跟他签下一份协议,协议上说明:

> 麦伦不得把房子退还,原主人也不得以任何理由收回,如有违反,一方必向对方赔偿十万元违约金。

老钱特意让李延芳也在协议上面签字摁手印后,才将钥匙交给麦伦。林大夫帮他们付了一部分,而麦伦自己似乎一直在为人还债。

麦伦去上班后,林希将一台CD机和一些自学教材一同搬过去,从宿舍到那个小区坐公车两站路就到了。房子约七十平方米,在五楼,没有电梯,爬上去得歇几回气。

将CD机搁到窗台上,在很响的音乐陪伴下,她开始一个人粉刷墙壁,刮上腻子,再涂一遍乳胶漆,擦拭玻璃,除去角落里的灰尘,一些记忆探头探脑,她卖力地干活,直累得精疲力竭。

即使有些时候
似乎我在远离
但是不要好奇我在哪里
因为我一直站在你身后支持
因为我是你的女人
而你是我的男人

一首英文歌翻来覆去地撞击她的心,灵魂深处在渗漏某种黏稠的液体,空荡荡的房子里挤满了音乐和她繁杂的心绪。

多年过去,那个指令依然有效。她跟着他走了。他们有太久没有见过面了,也没有打探过彼此的消息,就算这样,她依然不能违抗那个声音。为什么要在这个时候出现?她记起她打了他。

跟他第一次决裂,她真的希望他死,他强迫她的样子令她恶心。然而,他犹如她的亲人,她不能相信那会是真的,潜意识里,护着他,替他遮掩隐瞒。他又像是她的主人,她不敢揭发他的丑行。

如果他没有随母亲去金牛，而是继续留在双子镇上学，一切又会不同，他会以大哥的身份管教她，他会直接去把罗校长揍个半死，然后让他离她远点，他真会那样干的，就像他曾经为她多次做过的那样。那样一来，她的心也就不会在还没来得及成熟时就碎掉。

那以后，每听到他的名字，她就像躲避苍蝇一样躲开了。没人晓得他们之间究竟发生了什么事。她耻于讲出来，她告诉自己：他已经死了，不能老去怀念一个死人。

那个中年人，他消失了。把重负留给年轻的女学生独个儿承担。她感觉整个世界都容不下她这个人了。

无论怎样，那是她第一次爱（她听到一个反驳的声音后又区分不清真假）以及承受。那两件事，以她变胖和严重的抑郁为代价作结。人的身体时常会有某种隐疾，在某些特殊的天气里，它会深深困扰你。她的精神在幼年时恐惧阴影的底子，在这种时候，像网一样兜收围拢过来，折磨她的神经。她变得狂躁易怒，而她妈妈只以为是女孩子青春期的特征，百般顺从她，那样做的后果，是她对自身厌恶极了。人们自然又会想到，如果她的父亲在关键时候不曾缺席，一切又会不同吧。

刻意的遗忘之后，记忆变得混乱。

唐沃然的每次出现，都是为了把她往痛苦的深渊里拉拽得更深一些。

脑子里乱纷纷的声音，她一个人还在粉刷墙壁。

那阵子，似乎整个世界颠倒了，她调整好重新回到学校后，她妈妈在电话里告诉她，沃然的母亲跳河自杀了。

痛惜之余，她感觉到一种奇怪的平衡，这下，她才感觉公平了，晓得他也正承受痛苦，他把她困在黑房子里，现在他自己终于也在里面了。然而，紧接着，她胸腔里似乎跳动着他的心脏，她为他失去了母亲而痛楚不已，就像她失去了自己的母亲那般的痛楚，他犯过的所有错，她都能原谅了。

不，那之前，她就已经原谅他了。罗校长使得她的成长加快了几大步。成年人说变就变，几乎是残忍的。而唐沃然和林希，共同经历的成长的印迹，从来不会消失，那才是刻在他们生命里会影响一个人整整一生的东西。

大学第二年，她不得不休学。关着她的那个黑房子坚不可摧，而学校里的氛围只是为了让它更黑。那时候，她不晓得，他在哪里。在极度的抑郁当中，她最渴望出现的人是她"那半个"。

她在家里养病的时候跟他通过一次话。林大夫给老唐打电话，唐叔叔说沃然正好在，话筒便传到了俩人手里。林大夫出去了，林希忍着猛烈的大哭的欲望几不能语，渴望他能说点她想听的话，或者只是一句迟来的道歉也行。

"我很难过。"她一直在哭，那阵难过，既是因为他母亲的离世，又不全是。然而，他可能误解了，既没对过去道一句歉，也没对她的难过表示什么。她受的痛苦对他来说不值一提，她像他的一个物品，他有权力损坏。她明白他怎么想，正如双胞胎之间的感应。电话从她手里滑下去了，她并不想立刻挂掉，可是，待她捡起来，那边已经挂断了。她趴在那里大哭，他却听不到了。

然后，俩人就完全失去了对方的消息。她有意不去探听。一个小孩子躺在地上哭，哭太久了，事实上太想爬起来了，可非要等着那个犯错的大人来拉她一把，哄她一下，她才能站起来。想到他连这个都不懂，心里的黑便越发地黑，真的成了仇恨。

他随意游荡似的出现，她正在度她简朴寡淡的蜜月，看不出他知道这件事，她也没打算让他知晓。

"怎么，你这么急着就嫁人了？你才多大啊。我看那人不靠谱吧，怎么能在这种事上这么马虎呢。你说你乐意？拉倒吧，哪个姑娘不喜欢穿婚纱，不喜欢被人围着祝福呢？"

她太晓得他那番挖苦的神色和语气了。麦伦那个人在他眼里都该主动自卑。

回忆那个午后的细节，不像是真的发生过。他没问她为什么会出现在那里，跟谁在一起。她如今在哪里工作和生活，他都没有问。她怀疑他问过，而她记不清了。

他的气息，他那渐渐变色的头发，他看她的眼睛，他叫她名字时亲昵独特的口音。在那么一个奇怪的地方，闻所未闻。这一切又那么真实清晰。

随着时间流逝，那个下午以及过往，皆像经过装裱的水墨画，本来模糊的细节煞是清晰地显露，画中，山泉间流淌的一股潮气，竟日濡染着现实。这是她没料到的。

他打过电话给她。她不敢接听，她晓得自己，一旦听到他的指令，她一准会甩上身后的门跟着他跑掉。她内心里在维护麦伦，他比唐沃然要可靠，也比他优秀，重要的是她与他之间有过那么多交流——她的心脏难过地抽动了下，这比得上她与唐沃然在生命最初就有的亲密无间吗，她不过是要维护刚刚才开场的婚姻。

猛然,她又糊涂了,之所以她仍在与麦伦的婚姻里,是因为在那之后,唐沃然又消失不见了,再没联络过她,她才不得不与麦伦继续生活下去。她的心摇来摆去。

短暂的一个下午令她来不及辨识他那个人。烙印在灵魂、记忆、她生命的每道皱褶里的那个形象,索性变成了一个她自己精神的创造物:他有着她童年时代所熟知的形貌,她凭着后来的人生阅历以及她的希望和幻想,施予这个形貌思想和魂灵。真正与她血肉相连的,其实只是这样一个自己所靠之物。

在这个正在刷新的房子里,她放任自己的思绪海阔天空。

她高声地跟着吟唱那首歌,好阻断那些跳来荡去的念头。从生活已经为她限定的框子里逃逸出去那么一个下午,那个下午的存在,令她整个生命都发生了变化,她由此发现了人太过复杂的内心世界。

好吧。专心干活,人不能活在雾气里。她出声地说。

这房子里,会慢慢堆满两个人的物品,厨房里会飘扬起饭菜的气味,杯盘和汤匙会不断购置进来,会印上俩人唇齿的习惯和温度,床单和衣橱里,会飘荡出麦伦的体味,她心里,慢慢会烙上与丈夫生活在一起的点点滴滴,她会努力让自己从心底涌起一波又一波爱意。没办法否认,她脑子里,时常还带着一座木头房子,房子里的墙壁,墙壁上的少年,她的灵魂紧贴着他身上一圈一圈螺纹的袍边。

时间在她纷乱的思绪里流逝掉。楼下传来一阵阵孩子的叫声。她坐在窗台上吃了一个煎饼,一边翻看一本书。就在她一边粉刷房子一边学习会计学的这些日子里,她感觉到自己的身体一天天发生的变化,乳房胀痛,易怒,贪睡,例假逾期未来,闻到饭菜的气味会泛恶心。

晚上,坐公车回宿舍,将杂乱的神思关在进行粉刷的房子里。麦伦还在外面应酬,对她讲过几次"亲爱的,你辛苦了"之后,她的辛苦就成了理所当然。她有意让这劳作变得愈加繁重,这样反而踏实和心安。

白天,她坐在掉满涂料的窗台上朝下望。那些正走回家去的夫妻,他们怀里抱的孩子激起她对自己身体里那个正在成形的小生命的恐惧。

她闭着眼睛,发出一声绝望的乞求,难以知晓,究竟是因为怀孕,还是因为什么,令她整个人像在发生着裂变。坐公车去图书馆,翻阅那些计生图书,推算那个令人不安的日期。有一天晚上,她给她妈妈打电话,差点就把一切都说出来了。

听上去,她妈妈嗓音里难抑一种激昂向上的快乐,她的确变了,彻底摆脱了性格古怪的女儿,林大夫似乎这才过上了自己想要的生活,她那女人的天性恣意地外露。也许,这又是有意装出来的,就像许多年来一样,总是装作生活里有太多乐趣的样子,以期林希也爱上这生活和生命。她妈妈问:

"亲爱的,你们打算要小孩了吧?"

"我想先出去工作。"

"商量着来。千万不要吵架,一旦开始,就会没完没了。"

"没有,我们挺好的。妈妈,我得挂电话了,你自己也多保重。"

头晕，瞌睡，烦躁。她感觉曾经罩过她的那个沉闷的罩子，又要将她罩起来了，她害怕与麦伦那些同事来往，害怕有人主动接近她。空空的房间，她在里面乱窜。一个阴雨天的下午，她坐车去了医院。

苔蓝约有四百九十万人口，她看着窗外熙来攘往的人流想到这样一个数据。现在，她在拼命地挤进这个数据里来，一片茫茫然，将脑袋抵向脏兮兮的车窗，意念里，自有了那个下午之后，麦伦似乎与她分处两个世界。还有最后两门课程考完，她就能拿到会计证书了，有大学里的那点基础，她马上会找到一份工作，这才是她真正进入这个城市的一张门票，而不是靠着麦伦。

排队挂号花去不少时间。上到妇科那一层，过道里排着长长的队伍。排队等候的焦急替换掉犹疑，终于听到护士叫喊自己的名字，走进去，一只凳子，坐下来。她感觉自己虚弱得说不出一个字来。这时候，她需要有个人站在旁边将手按在她肩头跟她一块做决定。

跟麦伦在一起生活，不如在信件上讲故事那样轻松有趣。两个人的志趣几乎没有交集。他们不吵，他们习惯冷战，她能感觉到他的自责和胆怯，愈加放任自己的情绪。他绝不会向她低下头来，他很自我，凡事不会顾及她的情绪。冷静下来的时候，她简直不敢相信自己会是一个斤斤计较之人。她差点当着医生的面哭诉起来。

"有什么特殊的原因吗，为什么不想留下来？"

"是。"她答非所问，抑制着一阵眼泪。

"这两天不行，我看下，节后你再来。"医生翻翻台历。

她不晓得大家在过什么节。那肚里的小生命，却因此而逃掉了劫难，回去的路上，她已经晓得自己不会有勇气再来一趟医院了。

麦伦每天都有应酬，回来时几乎不省人事，他根本不善饮酒，两杯下肚就醉。

这天黄昏，她回到宿舍时麦伦还没有回来。她感觉非常疲惫，伏在桌旁睡着了。过不久，麦伦被同事送了回来。他拉住那几个人不让走，非得坐着聊天，把在酒桌上不敢说出来的话尽情说个够。说起某个大人物来，麦伦一定会站起来鞠个躬。

"你把这个路线走对，就对了。"同事拍手掌。

"听说嫂子亲自刷房子，真不容易。"

许久以来，林希就听到这么一句温暖她的话。两泡泪水霎时涌出来，本可以坐下来，与他们谈谈天，却使着小性子，借故走出去，对着夜色一个人哭泣。

时时她会饿得发慌，只想吃羊肉，此前她从不吃羊肉。有时候她来不及买菜，麦伦当然也记不得，他几乎没在家里吃过晚饭，朋友们高谈阔论过后就离去了。麦伦的酒劲也马上来了，倒头就睡。她洗了他的衬衫，水要到楼下水房去提。她拎了只塑料桶，一趟一趟去楼下提水。第二天一早，她又去提了满满一桶回来。麦伦只是看了一眼。她期待他会说，放着吧，让他来。她只要这一句话就好。这方面，麦伦愚钝冷漠得叫人吃惊。一旦有争执，他会坚持一个礼拜不跟她说话。俩人谁也不先开口。她怀疑他并不爱她，只是找到了一个结婚对象，至于她这个具体的人，也许在他心里其实是模糊不明的。她不确定，他们结婚的目的究竟是什么，也许麦伦也不是很清楚。

某个时刻，他又信誓旦旦，对她就像对一个小孩子那般宠爱。一切辛苦，都是她自找的，比如刷房子的事，李延芳可以找人帮他们操办，她偏要自己干。

"你的脸怎么那么黄？"

"哦。已经黄脸婆了哦。"

他变迟钝了。而她这就刻薄起来了。

房子收拾好以后，简单买了几样家具，麦伦的几个同事过来帮他们搬家。随后，他那个老乡的阵营就转移到他们的房子里来了。有时候麦伦不在，他们就坐在房子里烟雾腾腾地等。他们缠三倒四说的话题，她尽量装出非凡的耐心和兴趣。

李延芳后来对麦伦唯唯诺诺，麦伦理所应当地任他献殷勤。这位李总和他带来的一拨人，尽情展望麦伦的未来，那也是他们的未来，烟雾笼罩，开几天窗户都散不尽。不喝酒还好，一众人还可以说人话，只要打开酒瓶，他们立马会竖起非人类的嗓门儿。他们带来的女人们也喝，跟不怎么热情的女主人也没什么好交谈的。

林希想着这些人白天在某个办公桌或柜台后面正襟危坐的样子，思绪就跑远了：

　　我们拥有了房子，奇怪的是，没有安顿之感。
　　我的生活，每天都很热闹，又很寂静。
　　　在厨房的窗口，可以望见楼下的槐树，一阵阵落叶，像是逝去的光阴。

记得在很久以前,看见那飘逝的枯叶,万分着迷。如今看在眼里,却是万物凋零的感触。乍现的记忆,一息暖,被一个叫现实的东西撵走。是回不去了的。一切,是回不去了的。

走路的时候,恍惚还是单身,从前爱不爱走路,不记得了。如今,有事没事,都在走路。微微的感冒,迷迷晕晕,小径上,掠过一线灯影,突然望见你的影。

只是感冒时的幻影。

要没有这瘾症般的出神,她会发作,会逃跑。

2

麦伦没酒量,却每天都喝酒,有时候是他陪人喝,有时候,是别人陪他喝。喝到吐血,又升一职。

林希拥有了第一份工作,在交警大队做财务工作,同时,利用一切空闲做兼职赚钱,生活充实。

一个落雪的日子里,她的儿子出生了。李延芳的老婆主动过来侍候母子俩,麦伦从外地出差归来时,母子俩已平安出院了。

并没什么特别的事发生。那几天,女人一直在讲李蓓可有可无的婚事。讲缘分这件事,李蓓跟麦伦没缘分呢。麦伦为什么也没跟某位同事结婚呢。

她长时间地观察那个小生命。在一些瞬间,她为儿子长有一双明目吃惊,为他深褐色的头发而担忧。

另一些瞬间,小婴儿看上去又很普通。

小玉跟婆婆来过一趟。

"哎哟,真不敢相信,居然能活着见到你们。你是不晓得呀,小玉刚考到驾照,那个猛劲儿。"

"老太婆,拿到有一年了好不好。"

"急着要上路显摆一下,反正一把老骨头,交给她去听天由命了。真好呀,我的小可爱,奶奶瞧瞧,长得像谁呀。"婆婆欢笑着将小婴儿抱到客厅逗哄。林希抱了一抱衣服也去客厅里叠。

小玉在卫生间里探出头来道:"你不要太没良心,我是不忍心让你一个人去挤长途汽车,我拿着自己的生命为你冒险,你家的家务都干不完,我哪有这个闲心。你以为我愿意来。你也没本事让他们载你来哦。"说到这,小玉猛住口,冲那个婴儿扑过去,"赶快让我也抱抱小东西,哎呀呀,小常默,你好呀。"

原来只是婆婆一个人打算要来。林希跟小玉说:"谢谢嫂嫂跟妈过来看我们。"

麦伦阴阳怪气地冲着他母亲说:"你说你跑来干什么,我猜,常家的家庭大战一定比过去更加热闹吧。"

小玉迎上麦伦的话说:"你哥本来想跟妈一起来的,他出差了。"

"哟,你也不容易,替你的丈夫找不到个更像样点的借口了吧。我们没请谁来。"

"你变了。"小玉边说边走进卧室,看一眼林希,悄声说:"他的确跟过去不一样了,过去跟咱妈一样没心没肺的。"

林希头上缠了条丝巾，孕育令她瘦了一圈，卡通睡衣令她看上去像个女学生。小玉则盛装出行，那会儿把豹纹皮大衣脱了，蚕丝长裙外搭一件半长羽绒马甲，她一说话，一对红宝石耳坠就溜溜抖动，真衬得林希素淡得很。又将一些小衣服抱到床上来叠，冲小玉笑一下说："让人家有那么大的变化，我可没那本事。"

"不是说你。你还真没那个本事，常家的男人，哪个听得女人的话呢。"

"哥哥那么有本事。"林希学着小玉的样子打趣她，听说常喻如愿调到了一个好单位。这时，客厅里的麦伦忽然抬高了声音说："别自作多情了，他与你们常家没关系。"

林希吃了一惊，一时忘了在跟小玉说什么。

小玉看了眼林希，继续对着镜子梳头发。

"叫常笑笑，好不好呢？"婆婆逗婴儿的声音。

"这事我说了算。"麦伦板着嗓子，"他姓麦，他的名字叫麦良。"

林希将窗子打开一点，透不过来气似的道："天气蛮好的。"

"你是太幸运了，不用天天搅浑水。我就不同了，多亏她是个没心没肺的人。你说，让我们这些做小的怎么办？"林希转头看小玉，闭嘴不答，也不问。小玉朝客厅里努努嘴，说道："真是服她呢。你还是关上窗子吧，吹了风，可不是闹着玩的。"

林希关了窗户，深吸口气，就去客厅了。麦伦正把一个年轻女子迎进门来。"这是小杨，这段时间我得出去一趟，就让小杨帮帮你。"

再看小杨,扎着马尾辫,束腰连衣裙,妆有点厚,看不出年龄,说着客套话的同时,已把小麦良从奶奶手里接过去了,夸婴儿长得好看,"太像麦主任啦。哦,你长得可真是好看呀。"

"咱妈本来打算帮你带带孩子呢,嗳,她太需要个理由,避开一阵子了。"林希回到卧室时小玉小声说。

林希也不晓得小杨从哪来的,麦伦从未跟她提起过。婆婆果真带了一大包衣服,林希一件件往柜子里挂,婆婆进来拦住了,往衣柜里瞄一眼,愣了那么一愣。衣柜里,空空荡荡,只挂了那么几件,林希倒没为这个而窘。就算给她一堆钱,她也不会去买那么多衣服,倒是想起以前跟妈妈的生活,妈妈的大半工资都用来买衣服了,真的是浪费,也不知怎么的,她现在反而不喜欢穿衣打扮了。

这下,林希有了点力气看清婆婆,比上次见时瘦了,头发大半白了,也不染,就有几分邋遢相,眼睛很亮,觉察到林希观察自己,婆婆挤挤眼睛,又露出林希初见她时的那番没心没肺的调皮样。

"希希你不用挂了,我还得走亲戚去呢,那边天气凉,就多带了几件。"

"妈,你总是这么精神。"

"活尽让我干了,她能不精神?"小玉歪眉瞪眼叫起来,"别看那老胳膊老腿儿的,比咱还柔软呢。"

婆婆没搭腔。林希看了眼小玉,劝她们多待一阵。真心实意想挽留,她很久都没这么快乐过了。

"妈,有好几处地方,可以跟嫂子一起去看看。"

林希朝客厅里看去,想把麦伦叫进来。只听得小杨逗得婴儿咿呀有声,麦伦在一旁乐得不行,那番景致,倒令她吸了口气。

"常默干大了,保姆都这么上档次。"小玉说。

"小孩还是要年轻人带。"

小杨坐了一会儿就跟麦伦一块出去了。

婆婆只住了一晚上。这个晚上,三个女人也一直在侍弄婴儿。第二天一早,就催着小玉回去了。

麦伦奚落了半天,怪林希没把奶奶给麦良的红包退回去。

"你个财迷,多少都是妈的心意嘛。"

"看到了吗,打发个亲戚都比这大方。那根本就不是妈的意思,你懂个屁。"

若真给上一大笔,不见得麦伦会收下,林希不说话,心里虚虚浮浮,把几床被子叠了又叠,麦伦过来帮她,她又走开了。

小杨白天过来给林希做两顿饭,洗一些婴儿的小衣服什么的,晚上就回去了。麦伦不在,小杨话也少了。林希也不便多问,就由着她自己找到活,挑挑拣拣地干。

过几天,林希找了个机会笑说:"你看,这屋里太小,多个人反而不知道怎么转了。"小杨就不再来了。

对门住着姚姐,这位大姐有一天敲门进来,跟林希拉半天家常,说自己有带过四个小宝贝的经验,可以把麦良托给自己看管。

麦伦不赞成林希出去工作。林希不跟他争论,也不冲他要钱。

过不久,林希就去上班了。托管费高了点,但姚姐真的是爱孩子，每天小麦良给抱回来时都是干干净净的，光这一点林希就很满意。

姚姐将麦良带到三岁，才送去幼儿园。

只有自己晓得的原因，自儿子到来后，林希与故乡、与年轻时候的熟人彻底断了来往。她从没回去过，好在麦伦亦从无此打算。麦伦只以为，她是在尽一个妻子的职责：尽量维护丈夫的立场。

时光飞逝。麦良上幼儿园后，她以加倍的努力去赚钱，跟那些需要盖房子而外出务工的人一样，她的目标也极为明确。她那个人的内心，犹如树根，朝着地底下生长，从无社交，亦无朋友。如此以往，她倒是越来越平和。麦伦说白天出月亮，她绝不嘲笑和反驳。她每天都精心打扮自己，以一层精美的外壳当防护，而她心里的大厦，起初，一块块掉墙皮，再一块块掉砖瓦，只是没人看得见。她赚的比麦伦多。五楼太高了，爬上跳下的太吃力了，他们决定换一套房子。

房价似乎就是在这个时期猛涨上去的，旧房子当然也跟着涨价。就在这时候，李延芳那个朋友来要自己的房子了。那阵子，麦良忽然得了一种莫名其妙的病，一送进幼儿园，就变得神志不清，麦伦抓着他的肩膀摇来晃去，小脸都给掐红了，孩子仍是一副深睡中的样子。

去检查，啥毛病都没有，就住院观察了。大夫也说不出是什么毛病，每天都输营养液。那个钱姓朋友每天都坐在病房里，要他们把房子马上退还。林希答应，等麦良出院，一定会考虑这件事。又一天，来了个年轻女子，指着病床上的麦良说：

"看到了吗,这就是不退房子的下场。"

这种时候,林希什么都信。麦伦也无心跟这种人多纠缠,就把房子退了。

房子里才刚布满他们的气息,每样家具,都是他们精心挑选来的。麦伦从抽屉里翻找出那张三个人画押签字的纸条。俩人盯着看半天,谁也没说啥。

晚上,同事和那帮老乡来看麦良,传看那张字据,都觉得就算去打官司,法律都会向着这张纸说话的,闹哄哄地要替他们要钱去。

"除非你们真没脑子,才不打算要这个钱。"

他们其实都没有赚这笔钱的心思。但也没料到,这件事就像一条导火索,争吵似乎是从这一天里开始的,再无宁时。

"哟,不是你君子风范,看不上这个钱吗?"

"你放屁,儿子病成那样,我们敢要那个钱吗!"

"哼,算了吧。"

"你也没劝我去要啊,你要说了,老子杀人都敢的。"

好在过不久,麦良也没事了,要吃要喝,要上幼儿园。

俩人心里明白,对方都不会真的想要那样的钱,会遭厄运的,但嘴上偏不放过彼此。李延芳借给他们一套精装样板房过渡,说是过渡,其实可以无限期地住下去。林希不打算要。他们带着麦良又住进麦伦单位的宿舍楼。

林希更加拼命地做各种兼职,回到宿舍楼里,一边做晚饭,一边在小报上搜索。安顿好麦良,她开始准备第二天的早餐,以及午餐。中午那点儿时间太紧张了。晚上十一点钟,麦伦才回来，要么一身酒气，要么抱着一个文件袋，一进门就趴在一台运行速度奇慢的电脑跟前写材料了。第二天一早，麦伦先出门，把房子里的一切都甩给林希。而林希将麦良送去幼儿园后，又把这房子里的一切都扛在身上才去上班。她把一些私底下揽到的账目拿回家做，每天熬夜到凌晨两点，好些年里，她的礼拜天都是在别人的公司里加班度过的。

麦伦上升很快，孜孜矻矻，除了工作，再没别的。林希也孜孜矻矻，奔波东西，不过与麦伦的目标不同。基本相安无事。

两年以后，他们又搬了一次家，搬到了茂林路13号。

茂林路是灯具厂的旧址。灯具厂拆迁后，一片住宅楼飞速拔地而起。林希选的是临街的房子，开窗就能看到树，麦伦最想看到的是湖，是水，可是他无暇去干看房这样的小事，经过钱姓朋友的房子事件后，李延芳也没有再上门来推销别的。

苔蓝是一个山清水秀的北方城市，茂林路是一条老街，在苔蓝东城区，这里遍植法桐，走在夏日的街头，恍惚生出错觉，若少了这些树，密集的商铺和住宅楼会让人窒息。就因为这些树，林希才喜欢上了这条街。最初搬来的几年，几条街道一年四季都在开挖，除非你非常文艺地认为那是一座城市必须搞的建设，否则各种噪音都会令你受不了。傍晚的风里，会遥遥传来几声风笛，让人生出正在旅行途中的错觉。空气里，除了涌动着永难消散的灰尘，似乎还有一股铁的味道，或许，是盐的味道。总之，对林希这样的人来说，恰是这种似有若无的东西，在支撑着她精神的健康。租住在周边陪读的那些学生家长，每天都涌满茂林路后面的一条街，偶尔，下班回来，林希会在长椅上坐上片刻，看他们狂热地购物，采购食品，或是在大街上翩翩起舞。而在房子的另一面，只是一些树在暗处生长。

那几年，麦伦一直下乡，回城就是开会，似乎找到了某种秘诀，时时刻刻志在工作，在家的时间则以分钟算。"我还有二十分钟，已经来不及了。"这样的话，多是说给他的司机，与林希几乎没有交流的时间。某个瞬间，突然发现儿子，板起脸来一顿教训，难知其故。而在另一些瞬间，又慈爱有加。

偶尔，需要家属出面的场合，丈夫会挽着妻子的手臂，望向妻子的目光会有片刻让人难以置信的温柔和宽厚，丈夫的肚子越挺越高，妻子则越来越苗条，成熟迷人，嘴角露出隐秘的微笑，是这种笑容，令她保持住了青春。她眼眸的眨动似乎也很神秘，令人丝毫看不出，他们方才大吵大闹过，就为生活里的那点琐事。

在给彼此写信的时候，他们隐而不全发，因为他们坚信，在将来某个时刻，他们一定会相拥坐在一起，在那字里行间说不尽的东西，会十指相扣、眼神交融地说个够。

然而，突如其来的婚姻生活几令他们分裂，爱情成了一缕打在其上的不怎么确定的光束，这生活，它太过纷杂，现实一秒接一秒扑面而来，全心应对已神疲力乏。再平淡的生活，偶尔也会起波澜，那助兴的微风，最终的结果，一定是吹燃一股怒火。争吵，失控，现实里掘不够证据，去攻击对方的弱点，武器总嫌不够锐利，必要去发掘过去的伤疤，有的没的，想象力、好口才都在这时候得以极度发挥，恶性循环，彼此厌恶，恨不能让对方死。

妥协的总是林希。麦伦最擅长跟她冷战。

在一次大吵大闹之后，麦伦索性给自己另置一巢，西城区，与东城区遥遥相望。之后，一有言语上的不和，他马上会逃避到这个巢里去。在外，他越来越沉稳老练。对内，他却越来越像个不讲理的小男孩。

"我走，我走还不成吗？"

过后，又会百般解释，是为了不影响林希和儿子休息。

"嗯哼。恭喜你，买到了最贵的房子。那好啊。很好。你是要彻底搬出去吗？"林希一手环抱不小心摔了一跤的麦良，一手整理餐桌，两只盘子收进水池，回身看了眼麦伦，"我这就收拾你的东西。"

"别这样嘛，我只是，偶尔过去住一下。"麦伦松下一口气来，将麦良接过去，没想到麦良伸着小手对他又抓又挠，一边尖声哭叫着扑向林希。林希又把他接过去。

"你是不是给他吃太多了，这么重。"

"有你这样说小孩子的吗，他胃口好。"

不知被什么触动了心里那根最柔软的神经，男人整个冬天都会回这边的家来。百忙之中还抽出点时间要带女人逛街，而女人为了不让男人扫兴，装出些雅兴，将儿子托给钟点工，打扮得分外妖艳地出门。

男人说："我真有福气，娶到这么美的女人。"

女人说："我非常抱歉，不求上进，是我拉低了你的层次。"她仍旧醉心于搜罗小广告只为赚钱，饭桌上出现的那些油印小报令他不胜其烦。

尽量靠近了一起踱步，刻意去勾起写信那时的热情。

林希看着麦伦那张脸，尽量去想他家的那所老房子，那时候，对未来拥有的无畏的勇气，那些画上的螺纹。她从他们俩身上看到：一个人的性格里，童年经历会影响他的一生。她努力回忆那些信件里所提，从中拼贴他的童年，他们都没有明确告知对方，但彼此都已了解对方。想起被他略为狡猾地追求过，既有一丝愤怒，多少也有那么一点甜蜜。他们都有着自我分裂的复杂个性（此前她并没有如此分析过自己），感情丰富又心思单纯、心智健全，在极度自信和极度自贬之间摇摆不定。

麦伦总会接到一个重要电话，躲开林希一点距离，一手叉腰，林希发现，麦伦不知何时已经腆出一个大肚腩，他那叉腰的姿势让她很厌恶，再看他走路的样子，背着双手一副沉思大事的样儿，他前额的头发怎么就朝后梳了，这令他提前多了几许老态，不知涂抹的什么东西，看去油腻腻的。

而脑子里，另一个声音又开始书写：

> 麦良识了好多字，能背诵六十首唐诗了。越复杂的字记得越牢。我干的全是无意思的工作，我是为了赚钱，为了麦良，我必须再多接几份兼职。

当李司机的车子在面前停下来时，林希的思绪尚未扯回来。先去茂林路13号，放下林希，车子又载着麦伦离开了。

第二天中午，为了弥补昨天的缺席，麦伦带一家人去一个海鲜店里吃午餐。麦良尖叫着在椅子的空当间奔来跳去，不时令服务员打翻盘子，林希没有冲人家道歉，而是像陌生人一样盯着麦良。她突然发现，麦良有一只她从小太过熟悉的鼻子，有点塌，紧接着，她发现他的眼睛、眉毛，尤其额头那里，眼眸间，均会闪过一刹那的狡黠。她就那么呆呆地看着儿子在那里捣乱。那孩子身体里像有一个魔鬼正向她窥视着，张牙舞爪。一只勺子跌碎了，麦良从座位底下钻出来，一下又不见了。麦伦的呵斥声。再看时，麦良坐在一个老爷爷腿上。你的目光都追不上他双腿的速度。

麦伦怀疑那孩子有多动症，一个月以后，终于又找着点时间，跟林希带麦良到医院去检查。大夫说："他健康得像匹小马驹一样。他这样子多好哇，就见不得现在那些男娃子，一个个像个小姑娘似的。"

好在，麦良是个窝里横，这可能是麦伦对他过度严厉所致，到了幼儿园，还算好管理，闯祸次数没有超过麦伦忍耐的限度。上了小学、中学，不断进步，交到了好朋友，她才放下心来，尽量给孩子们提供条件，反正周末她也去工作的，让麦良把同学们带到家里去尽情玩耍，房子里给孩子们整得不像样子，她一边收拾，一边乐不可支。简直不敢相信，她成了一个好脾气的女人。

B

唐沃然去局里培训，结束后绕道回金牛。事先也没给老唐说。

老电影院的那条街上，近期又建了一个商业大厦，旁边是好几家连锁酒店，再过去是菜市场，居住在这里倒是热闹方便。对面的几栋楼看上去有点旧了。唐沃然从汽车站出来后，拖着行李箱往回走。他记忆里的金牛城，如今面目全非，眼里瞥见一个旧招牌或是旧店铺，都会让他心里一喜，泛起一阵温暖。他沿着上曲那条街走，拐个弯，经过新华书店，再过一个十字路口。他已经走过了一截，他记得小区门很高，可现在，它像缩小了，暗沉沉地藏在一排店铺中间。这种陈旧感，倒令他真正有了回家的感觉。

小区里面，也与以前不一样了，或许是他从没仔细看过里面究竟都有些什么。花木长得没了形状，亭子顶上刷的漆早掉了，看着要朽掉了。他到处张望的时候，亭子里坐着的几个老人齐刷刷朝他这边望着，一个老太太忽然站起来大声喊道：

"沃然？还真是这娃儿呀，你几年没回来过了，都不晓得来看看你爸爸。你这是从哪来的，怎么从来不把媳妇带回来让我们瞧瞧呢？你说你，你咋就没娶林希嘛。"

除了荷姨，谁还会那么语速飞快地教训你呢。他闭了闭眼睛，有流泪的冲动。

林希是由荷姨带大的。林希也应该有这样一副尖嘴利牙的样子吧。想着，他又笑起来了。跟荷姨说了半天话。荷姨如今跟小棉住在一起。小棉在石油公司工作，她那张嘴，除了小棉，没人受得了吧。

他很想听荷姨多说说林希。可惜，荷姨的话题总是迅速地切换，旁边就有人道："老婆子，话牙子就长得很，你赶紧让人家回家去吧。"

他才跟荷姨道别了。

老唐开的门。看见儿子，吃了一惊。可能从没见儿子的脸这么舒展过。

房子里越发地小了。不过，主人将所有空间都巧妙地点缀和利用起来，倒也不觉得零乱，餐厅跟客厅之间的墙被打掉了，减少了沃然以前来时感受到的那种逼仄压抑。

那时候，他把自己防罩起来了，跟他们也没多少交流。他都没记下平安和如意的容貌，只记得那几个晚上，如意把床让给他睡。他到家不一会儿，他们也从学校回来了。如意亲切地喊他"沃然哥哥"，平安只是看了他一眼就进自己房间了。

两个孩子都长得清秀，可是太瘦了。如意有两颗尖尖的虎牙，她跟她妈妈一样叽叽喳喳的，说起来没完，老是跳来动去，活泼得很。见沃然看她,她把两只眼珠子对在一起。沃然说:"丑死了,看转不回来了。"

"沃然哥哥,你跟上次来不一样了,你不知道吧,你阴沉沉的,我们都怕你得很。"如意的两只胳膊灵活地扭到后背去。

"是吗,我是那样吗?"他揪她的辫子,表示自己也是可亲的,到底,他不熟练扮这样一个温和之人。如意就去写作业了。厨房里传来紧密的菜刀切剁声,听来让人心里踏实。他转来转去看房子里有什么他能干的活,如意伸出头来说:

"客厅的灯坏了很久了,哥哥你能修一下吗?"

他抱起拳头说:"遵命。"就找了把椅子站上去拆灯。

他爸爸出去了,一会儿拎了只袋子回来钻进厨房去了。本是担心会麻烦他们,事先没说,反叫他们越加忙乱,他这个儿子,被当作一个尊贵的客人了。

灯管坏了,他下楼去商场,买了灯管,又买了两只台灯送平安和如意,另外还买了台电风扇,夏天马上到了,他没发现客厅里有这东西。

如意开心得不行,哥长哥短地感谢他,台灯已经摆放在她的床头,那个房间现在支了两张单人床,如意的那张像个公主的帐篷,纱纱缦缦的。一张书桌,两个孩子一人一边写作业。平安只冲他笑了下,也没去看那灯。他凑过去看了眼,平安并没有在写作业,也不知把啥藏起来了,哗一下进了抽屉,当着他的面一下关上了。如意倒是真的在写作业,工整的方块字写得老大。

晚上,他起来上厕所,听见杨玲跟爸爸说:

"沃然这趟回来,精神多了,哎,你们父子,真是太不容易,都好几年了,你看他。"

"他彻底变了。"沃然屏息站着那,刚要走开,又听见爸爸说,"总觉得他心事重着呢。"

他尽量轻手轻脚地走进卫生间。背靠着门,在黑暗里立了很久。

一层透明的雨衣一般的东西对他精神的遮罩,到这时才不怎么利索地剥除了,但那件雨衣,并不全因为妈妈的自杀离世形成。而老唐却一直认为,只这件事令他后来改邪归正并且变得沉默寡言。他也是刚刚才弄清楚这个。不管怎样,他感觉到一种解脱,人活在这世上,原来仅仅依靠着内心里你永远无法预知的东西,一种你对自己、对人生的态度。他想象那些精神出了问题的人,可能是那件雨衣最终变厚变密实,里面的人再也挣扎不出,而外人既看不见这件雨衣,又不能真正帮到他。

晚上,他又做那个梦了。这一回,林希穿着多年前那条裙子,扎着一条红领巾,她用这条红领巾紧紧地勒着他的脖子。就在过去那个小小的房间里,她大声地诅咒着。然而,就在那个瞬间,她死了,被他勒死了。

他抱着她逐渐冰凉的身体失声痛哭。

他把手铐主动伸到老唐眼前。老唐举起手铐,冲着他的脸砸下来。

井中的水,如玉,微漾着太阳的碎光。他把手伸到井水里,玉被搅散了,他摸到鲜红的血。

他大叫着醒过来。坐在黑暗里,回忆起机车上那一幕,分不清哪个是真实的,哪个是梦境。

第二天吃饭时，他愿意谈谈自己在田湾的生活和家庭了。

"等你们放暑假了，我带米诺回来跟你们玩好不好？"他试探地问如意。如意马上叫起来：

"爸爸每天都要念叨，小米诺今天多大了，明天多大了，好像她每天都要长一岁呢。"

爸爸笑，苍老的脸颊上皱纹纵横，沃然忘了爸爸的年龄了，看上去他的面容一直在与自己的年龄比赛着变老。老唐是深爱过妈妈的，可是妈妈呢，她究竟有没有爱过老唐？她大概也没有爱过儿子们吧，要不然，怎么舍得下那个心去寻死。

他忍着对死去的母亲至今才有的愤怒。他看见平安把如意踢了一脚，如意回踢他，不知咕哝了句什么。想开口邀请他们去田湾玩，终没有说出口。

"小夏好着吗？"爸爸问。爸爸只在他们结婚时见过一次小夏。正说着，他的手机响了。

"哇，曹操到了。"唐沃然笑着摇手机，刚一接通，一个尖利的女声暴跳出来：

"唐沃然，你死哪去总得给我说一声。"夏周曾经是安静和沉默的，也不知从什么时候开始，变得像一只炸药包。

唐沃然走到窗口去，听见背后如意的笑声，杨玲在轻声呵斥她。每个角落都看得出女主人的用心，窗台上栽着几盆芫荽，青绿青绿的，养眼极了。沙发上放着几个小布艺摆设。在田湾的那个家里，正如电话里这阵乱雨似的声音扫过，老是乱糟糟也阴冷冷的。

"正好还有两天假，就回来看看啊。"

必然已经知道了他回金牛的事,不然不会这么理直气壮,他知道错在自己,却也不知道为什么就不能告诉她一声。夏周一连串地说着,容不得他为自己辩解。"你还有假期呀,我可是头一次听说,从不想着把米诺带出去转转,"又折回来,"谁知道,你又见什么人去了吧?"

他由着她去说。打开窗户,掏出烟来抽,金牛还有点冷,一股冷冽之气蹿进来,他穿着爸爸的一件旧毛衣,冷风直吹进了他的身体。这件毛衣是妈妈花了半年时间为爸爸织的,他用力不去想妈妈。这里,没有一样东西再与妈妈有关。也好,但愿爸爸的心里,也如这房间里一般,妈妈的影子已淡去,这才是最好的怀念。

他感觉没有力气跟夏周吵架,就说回去再说,挂了电话。

爸爸习惯称她小夏。唐沃然和夏周在田湾办的婚礼,只邀请了几位同事,爸爸希望他带着小夏回一趟金牛,想让亲朋好友再热热闹闹庆祝一番,这是唐家的大事,那些亲戚不被邀请,总是不在理的。想到要面对那么多人,他不想回来,夏周是个不愿意多动的人。自结婚到现在,她还没来过金牛。在这件事情上,他感觉对不起爸爸。去年,唐浩然也结婚了,娶的是当地一位姑娘,婚事全由女方操办,甚至都没有邀请老唐去参加。

"唐浩然打过电话没有?"他问老唐。

他爸爸正把玩着换掉的顶灯,看能拆下个什么零件来作他用。"上个礼拜打过。"就又没话了。

"如果你有空,明天请你南叔他们吃顿饭吧,一一地去拜访,怕是没有时间的。"老唐这几年一直在等夏周回来,儿子儿媳一起去拜访亲友,才是那么回事。至今,亲友那里还没个交代。

第二天便又耽搁了一天,订餐和请谁的事由老唐去做。唐沃然嘱咐老唐找个高档点的地方,金牛城的人讲究这个。

中午那会儿,他给林大夫打了个电话,老唐把电话号码记在一个小本儿上。唐沃然都不晓得林姨已移居云南。

"真是沃然?你这孩子。"只说了这句,林大夫哽咽不能语。

他很想喊一声"林妈妈"。"我时常惦记您的,我爸今晚约了人,就差您了。"

"我们昨晚还翻看你和希希的相片。光听你的声音,我都想不出来你长啥样了,我记得的还是你小时候的模样。如今,你们都走远了。"

他竟也哽咽起来。

晚上,等他到了酒店,发现大厅里坐满了七桌人。老唐说,都是不得成的。

因为人多,也就跟谁都没说上点什么。总算是了了老唐的一个心愿。唐沃然买了很贵的酒和烟。这些人都亲眼看着他长大,他的一些"恶行",他们比老唐知道得还多。那些往事不管有多烂,如今,说起来,都带着一丝纵容和怜爱。他感觉很多个被迫分裂出去的自己,在这些谈说里不断地被召回,他又慢慢成了一个完整的人。

荷姨拉着他的手说:"世事难料哪。我一直遗憾你跟希希没能走在一起。多好的一对,希希那娃娃是我亲手带大的。"

"荷姨,你说到我心里去了,我根本配不上她。"他也喝了不少酒,索性放任起来。

"那女子倔得很,还不是跟了一个穷光蛋走了。这都是人的命。那常家人,你晓得的吧。"

从来,他都害怕听起这个,怕听到那人很优秀。这当儿,她的出嫁、失业,从荷姨嘴里讲出来,竟是无比凄惨的。这与他猜测的她的人生完全不一样,他一直觉得:她与他终不是同类人,她会有如意的人生,而他只能远远避开她。如今,她仍是决然的态度吧,那么决绝地跟他彻底断了来往,那么地维护着另一个人。荷姨的话,谁信呢。她一定过得很幸福才正常。

他仍旧不敢多打听,只有这样,曾经有的,才会一直在。也不愿意相信从熟人嘴里讲出来的她,也许有一天,他会亲眼看见她的人生究竟是怎样的。酒精令人充满勇气和能量。他期待的,也许只是让她亲口告诉他:她早已原谅了他。

多年里,他从没换过手机号码。

A

第 一 章

1

在中断蜜月旅行回苔蓝的火车上,他就已经晓得,他的婚姻失败了。

出于各自隐晦曲折的理由,他们打算面不改色地继续维持下去。

对她浓烈的爱意从来就不曾消退过,出于自尊,他痛楚地抑制着。对她的欲念也是无边无际,统摄着他的灵魂。

到了现在,他还搞不清自己,这已经成为一种权力般的野心和征服欲,还是对她作为一个女人单纯的爱和渴望。将忧伤的目光投向那波光粼粼的湖水,身在异地他乡,别是一番滋味。他曾频繁地想过,去请教某个人,同事,专家,学者,心理医生。到最终,他明白自己的心,除非通过与她本人情真意切的交流,靠别的,他不可能获得真正的疗愈。然而,情真意切的畅谈,再不可能有了。

山谷中的涧溪，永不停歇，淙淙而流。时见一眼眼小潭，正值三月，潭水越发碧绿，清莹澄澈，宽阔一点的地方，倒映出群峰和树影。对于一个来自四季分明的北方的人，那绿水长流、青山永翠的景色，却只引起他无限悠远的乡愁。远处，低低的黛青色的群山，如幻似梦。他慢悠悠走着，胡思乱想的时候，运矿砂的汽船在湖中央来回驶过，鸣笛声深厚悠远，站在湖岸，他听见空荡荡的船体的声音，正如他的身心。而在左边，小潭溪涧中，一大群雪白的鸭子自由自在游乐，那些背着背篓手撑长篙说话像在歌唱般的女人的嗓音，更加剧他思乡的情意。

　　去年十月份，麦伦挂职到这个南方水乡，倏忽就已半年。

　　从他住宿的地方出来，是一条从茂密的矮篱间延伸开去的马路，马路下面便是湖水，只要吼一嗓子，对面的渡船就会啵滋啵滋划过来。对岸是巨石凿出来似的山峦，山间多松柏，长在罅隙之间，绿茸茸的植被覆在岩石上。空气整天都很潮润，皮肤上像覆着一层很特别的润肤品。不像他的故乡，从黄土高原上刮过的风里都是尘沙。不过，他居住的城市苔蓝，像是披挂了一抹这南方气候的水袖，还算得上是温润舒适。这个时节的苔蓝，柳树刚冒出新绿，玉兰花开满河堤。记起林希常说，那花开，像是又懒又蠢，他也就不怎么喜欢它。

　　相比这四季常青的地方，他越加地怀念苔蓝的四季分明。从来没有哪种时候，像此刻一样令他柔肠百结。他难以领略这壮丽的山河胜景，一切至今都仍是陌生的，陌生得令他从骨头里渗出一缕缕羁旅客愁来。意识到自己所从事的工作，其实极为无聊。意义何在？

他终于瘦下去十多斤，结识了不少人，那些从小在水边生长的人对他非常热情。一旦从这种孤独的症状中摆脱出来，他马上恢复到原来的体重，似乎是过浓的乡愁，要令他保持一种疲惫又邋里邋遢的样子。

他一遍遍地呼唤她的名字，到了这时，他才知晓，只有拥有这个名字的那个人，方能使他孤独的心渗漏柔情，真正获得安慰。对那个午后的记忆，时而会像一枚尖利的刺，一下刺穿他们如今仍旧不得不连体般的生命的皮质。平时，那枚刺几乎是柔软的，但它从不会消失，他们都晓得那个彻底根除的方法，然而，这些年来，谁也没有率先提出来过，或是一同谈判式地去尝试过。

他追求她的时候，是她那深井里的水一般的内在深深吸引着他，几年过去，她那口精神的老井越发幽深和神秘，他仍旧被吸引。可他们之间，却是离得越来越远了。他的心脏时常像在漏气，得借助外物重新聚拢这股气。

有一阵子，她突然发胖，仿佛是为了跟上他这个胖子丈夫的节奏。外人看来，他们是再般配不过的一对夫妻。她比过去更加沉默，到了公共场合，她总是隐在他身后，露出一个幸福妻子的满足和无知的笑容。事实上，他们很早就分居了，早到令他想到这件事时总不免要吃惊上半天，就像他们从来没有结过婚，而他至今还在追求着她，思慕着她。如今，她更像是老井旁的苔藓般的存在，浑身缀满了纤弱的茎和叶，他时有幻想，可以令她强大并催生出花朵，他既不能给她过强的光线的刺激，又做不到彻底将她弃置在老井旁。

说不出什么心理,他曾找人暗中跟踪过她一阵子,结果发现,她的生活单调得可怕,下班后她如泥鳅嵌入沙土般自闭,既不出门,也无人来访。有几个夜晚,她化很浓的妆,出了门,沿着街道她走了很久,只是走路。另一个夜晚,她坐在餐桌旁一个人喝了两杯。另两个夜晚,她穿上礼服和高跟鞋,站在门厅处,就那样一直站了半个小时。然后,她走去卧室,灯一直黑着,不知她在说些什么。外面看去,很像是她在跟谁吵架。后来,她走到窗前来。

就算是在那个交警大队四楼财务科的办公室里,她也不过是长时间地待在一张桌子后面。他这个井外之人,常常控制不住自己要跳下那口井去,但他绝不能让她晓得:

她那井水的甘美对他至今仍具有致命的诱惑力。

偶尔,他会忆起当年初见她的时候,他就认定,她才是自己生命的远方。两个人的约定,她突然间莫名其妙就变了卦。他始终不得其解。如今,到了异地他乡,一切放大显形,这些个念头又固执地折磨着他。

在这样的时节,他非常想念儿子麦良,思念林希,带着一股痛楚的恨意,他懒得往家里打一个电话,只是百般地放纵自己。暗地里,他调整思维,无情剖析着现实(他也是第一次意识到,近日所虑,才是他的生命真正意义上的现实,而非他向来全心投入的工作)。

一到草本生发、土地醒来的时节,他就觉得林希神经兮兮的。她那病态的发作,令他一遍遍想起那个越来越遥远却越来越诡异的午后。一切美好,包括事实真相,似乎早就终结于那个午后了。

麦伦仰躺在不知被多少个南方人的屁股占据过的沙发里,发出一声绝望的呻吟:

"那个午后,充满了不祥征兆啊。"

他记得——真要命,时间越久远,对那个下午的记忆越清晰——他睡起来时已经五点钟了,连着好几天,他一直处在一种酒精中毒的状态当中,那么不要命地喝酒是以前不曾有过的,之前谨小慎微,仿佛结婚突然赋予了他一种特权,他一下喝得太猛了,第一次遭受到酒精深度的伤害。林希不在房间里。过道里一直喧嚷不休,不时爆发出一阵阵集体的大笑声。

他下楼去找林希。他们住的那个酒店里住了一个旅行团队。从那些穿着统一摇着小旗子的人中间走过去,在酒店周围找了两遍。他站在那个玻璃门外。她会去哪呢?她从没说过在这个地方有熟人。也许只是逛街去了。他又回到房间,在焦急中等待。

担忧渐渐成了愤怒。查看她的行李箱,衣服化妆品都在,证件也在。下楼去服务台打听,这令他感觉到羞耻,这就已经沦于那些惯常会争吵的夫妻的队伍中了,一个愤然出走,一个苦苦寻找,寻找的那个,最该同情同时又该遭到质问和挖苦。

他们还没到那种时候,才刚度蜜月,他曾经暗中发过誓,他永远都不会跟她把日子过成那番境地的。

没有人看见他新婚的妻子。他耐心地等。他相信她只是出去转了。他很了解她,确信凭她的聪明才智,不会遇到别的问题。

一直等到七点钟,一个陌生号码给他打来电话,是她的声音。她说遇到几个同学,跟他们在一起吃饭呢。

"不好意思,马上就回来了。"

听上去,她像是哭过,一点也不像是跟同学聚会的样子。不过大家都会为了某件事而难过,这也是常有的事。

一个小时后,她回来了。

麦伦每次回忆起这个场景,他的血压就要升高,她推开门走进来,站在那门厅处的样子,就像刚刚遭遇了一场风暴。

她装笑的样子很可怜。"对不起,喝了点酒,不舒服,你自己去吃点东西吧。"冲着他的脸,她把一道门关上了。

她身上有一股铁的味道,是真正的那种金属的浓厚气味,似乎还有一股烟味,但确不是酒精的味道。

他没有去吃饭。在房间的黑暗里等着,就像她还没有回来。他感觉到某种厄运,像那夜色,不可抗拒地冲着他们(也许只是他)覆盖下来了,措手不及。

差不多四十分钟后,她从卫生间出来了。

"你怎么不开灯啊,以为你出去吃饭了。我那会儿吃了一点。快去吃吧,要不,我陪你去?"她回到卫生间,换了件在那样的天气里穿有点厚的T恤衫、牛仔裤又出来了,哗一下,她把窗帘拉开了,猛烈地甩头发,水珠溅到床铺上,也溅到他脸上,他不晓得那是什么感觉,也许是她突然成了个陌生人那样的感觉。头发被包进毛巾里,她的眼睛露出来,认真(尽量麻木)地看了他一眼,他却从中读出了另一层意思,她在哀求:求你了,让我一个人待一会儿吧。

他独自出门去,回来时她已经睡了,背对着另一张床,被子盖住了脸,只露出那让他的心碎裂的头发,他深吸了几口气。他从没感受到过这般的孤独和寂静。她一动不动地躺着,但他晓得她并没有睡着。是这种装睡令人难以忍受。

这番场景,在这些年里,无数遍专对着他一人重复播放,好像一下把他沉入冷水,好让他立马感知到绝望。除此而外,他再无时机这般透彻地理解这个词。

2

他们只在那个叫田湾的地方待了两天,第二天黄昏就离开了,直接回了苔蓝。因为林希的健康出了点问题,应该说,是她的精神出了状况,她没有一点兴趣再去别的地方,那一天她吃得很少,一直在昏睡。

"一个同学的朋友死了,我替她难过,她对我曾经非常友好。"

他信吗?或者说,他不信吗?她似乎管不了这么多。

回到他们的宿舍,她把与这趟旅行有关的所有物品都扔了,包括那些衣服鞋子梳子镜子,连那两只旅行箱后来都不见了。他们再也没有谈论过与这趟短暂的旅行相关的一切。

她剪掉了头发,短到露出脖颈处的发茬。

不久之后,他无时无刻不感受到她刻意的深情。

"活着是多么美好的一件事哦。"她时而很矫情,她这样子令他难过。

有一阵子,他在床上享用早餐,她花很多工夫为他洗衣做饭。他感受到的不是幸福而是惊恐。他记得某部文学作品里,有一位男士娶了一位年轻的妻子,这位妻子在新婚第二天早上,居然就显露出老态来。林希并没有显露老态,但他感受到的惊恐程度与那位男士感受到的是一样的。

他扳过她的脸,使劲抠她的眼皮:"你是谁!"

"我也不知道我是谁。"

她兼职多份工作。她有好几个毕业证书,全凭苦学拿下的。她考那个的时候,一定对自己的人生有过很多期望的吧。

她成了工作狂,还包揽家务。

"雇个人来做这些事吧。"

"根本用不着。"她满脸紧张,好像谁要来抢了她的饭碗。

有一阵子,他住在办公室里。麦伦狂躁地走来走去,一手握着下巴。他很愤怒,一个人喝得脑袋断片。有谁能告诉他,这一切究竟是怎么回事。他感觉自己懂,又不懂。

他对她时而温情,时而暴虐。她则像个木头,回到房子里,看不见的家务一下就缠住了她。直到他们的儿子出生了,他悬了太久的心,才一下坠了地。日子开始滑向这世间最朴素的日常,每日是尿片奶水、哭声便便是否正常之类的事,这的确让人踏实又心安。

她是为了一种他弄不清缘由的自贬。

他觉得自己终于找到了问题的症结。他暗中观察她,得出这样的一个结论:她精神固有的一种残疾,此前她掩盖得极好,如今,她根本连掩盖都懒得。这不就是婚姻的本质吗?

他的大脑在工作的间歇,处在颠来倒去的思考当中,时常很暴躁,时常感觉自己要疯了。

想到要失去她，一个软弱的自己，总是露出情难自禁的可怜相来。

仕途上，却出人意料地顺畅无阻，说来也得感谢那样一个妻子，是她逼着他把自己的灵魂彻底投入工作当中去，很快他就攀升到了曾经老领导的位置。

在这些年中，随着职位的不断升高，麦伦也渐渐地成了一个邋里邋遢的胖子，他再也用不着为了女人而去注重形象，大多时候，他故意扮成脏兮兮的模样，以引起她的注意。

自从麦良出生后，林希的精力全投注到儿子身上，连看看丈夫的时间都没有，任他夏天还穿着厚长裤，内衣一个月都没得换。她既要照顾儿子还要工作嘛。只要是与儿子有关的，她大包大揽，不让他插手。麦伦感觉自己成了这房子里的一个房客。他似乎不该有怨言，他该有吗？

有一天，司机李鸿祺来接他，他居然穿着拖鞋。

是李鸿祺没错。就在麦伦和林希处在悬崖似的家庭问题的那个阶段，李鸿祺在工作中出了大错，被停职后在家闷了整整两年。表姐早甩了李鸿祺，自己成了女强人，在某个职位上干得风生水起。表姐从未跟林希联络过，她略过林希直接去找麦伦，求他拉一把衰败中的李鸿祺。

李鸿祺当然忠心耿耿。麦伦把家里的琐事都交给这位司机去处理。

再说这天，经李鸿祺提醒后，麦伦看了眼脚上，并没有返回家去换鞋，直接去了开会的地方。

他穿的裤子很长，后面的裤边已经磨破了，过长的裤脚盖住了拖鞋,走路时少有人注意到。在那些着正装的人中间就座,一坐下来,一个脚趾先探出来,台下的人,都注意到主席台上的这位领导穿了双拖鞋。

他的司机飞快地赶来了,给他发信息让他出来换鞋。这位司机还给他买过救急的衬衣、裤子、腰带,甚至雨衣毛巾之类的。偶尔,李司机还给他出谋划策。不过,麦伦至今都还没有采纳过一次,那些计谋,往往故作高深,却并不实用。

他有给李司机吐过苦水的吧,他不晓得。这阵子,回望他跟林希的婚姻生活,方看透一些本质,随着夫妻二人的步调越一致(人大多时候,居然是为了活给别人看),生活内容越来越接近,而他们的精神越来越远。婚姻生活甫一起步,他们就不再对彼此讲心里话了(这令他怀疑以书信来传情递意的可靠性),在那所栖居肉身的房子里,无非是以儿子为凭借,彼此还有维系,看上去是同一个重心,也成了逃避彼此的理由。

他也曾试图给她写下些深情浪漫的诗行来。她则以极具现实感的语音挡回他:

"哪有时间诗情画意哦,都什么年龄了。方便了去福乐超市买些尿片回来,找上次那个牌子。"

又补一句:"有空的话捎一包感冒灵,没空就算了,我去上班时顺路再买。"

3

就像一朵花,明明有香气,但她拼命抑制住了,不让那香气散发。而吸引着他的偏是那点香气。从另一方面来说，他把她娶到身边，再无暇（故意）顾及她在一个陌生地方如何生活，更不记得她还有精神和内在，对于一个满心往上升的好青年来说，每天单位上的人事已足够他焦头烂额。回到房子里，他抱住她，亲昵地喊她的名字，不知何时就有了一种怪味，她也显出腻味的神态。化了妆的她像多了一层外皮，专为挡着他看到她的真实。他想，大概她是想变得更像个城里人。可这样一来，她跟那些物质女郎看上去没什么差别。他不希望她改变，无论是外貌还是内里。

他时不时下定决心又推翻自己，他提出要搬出去住，却几乎每天都回到她身边来。

他突然发现，她是个狡猾的女人，他其实从未看清过她的内心世界，甚至是在跟她通信的时候，她都将自己伪装得密不透风。至今，他根本都还没挤进她那铁质的内心世界的门缝里去过一次。

不久前，他回去过一趟，到家时半夜了。熟睡中的她被惊醒，问过"吃饭了吗"之类的话后，她再度入睡。一个人的精力有限，她的时间排得比他认识的那些最勤劳的人都拥挤。

简单洗漱完后，回到卧室，轻掩上房门。床头一只灯暗昏昏地亮着。他悄悄观察那张脸，这些年，她的容貌发生了奇怪的变化，不是变老，而是变得柔和富于光泽，越来越有让人着迷的一种韵致。他能清楚地感觉到，每日像打了鸡血一样的工作，必有特殊的动力支撑着她吧，有可能，在心里怀有一颗幸福的种子，你瞧，她微带笑容的面颊透露着一丝甜蜜，她的内里，一定发生着翻天覆地的变化，但他不晓得她靠什么，她的生命，靠什么吸取着他看不见的能量。绝不是工作，她不是那种对工作有野心之人，所以才去做油印小报上的事，她的性格里也没有女强人的因子。难道真的只是想赚钱吗？她要那么多钱做什么？这项因为猜疑和好奇而进行的暗地里的研究令他疯狂。他越来越看不透她，而她像一个女巫，察觉到他那不知所措的关注，偏以一种逗他玩的魅力诱惑他。

在工作方面，他感觉自己无所不知，无所不能。通过道听途说，以及与几个女性的暗中交往，他甚至认为自己通晓男女关系的一切奥秘，然而，面对自己的妻子，他感觉自己呆板无趣，对她那动荡不安的内心世界一无所知，他尽量假装心平气和，这对她来讲一无用处。她内心有些事物，像那枝头成熟的杏子，只待一阵温暖的微风摇落，然而，她偏偏把那些果实硬生生掩埋在心里了，这些腐烂的东西，在她身体里一年一年堆积，使得她成为一个无比沉重的人。她的脸庞还很年轻，与众不同的仍是那双眼睛，那双令他一见钟情的眼睛，如今，里面是越加复杂幽暗的内容。

他不晓得她究竟有没有过闲暇，怎么打发，几乎每天他都有应酬，这种应酬早已变为更加日常的东西，哪天要没这种东西，反叫他觉得有所欠缺，像是没有工作业绩。儿子的养育工作和家庭琐事都成了她一个人的事，极有可能，她根本就没有闲暇。她对儿子的照顾可谓一心一意，无微不至。她把他养得白白胖胖，在麦良十三岁的时候，他的个头就已经超过了林希，第二年，又迅速超过麦伦。

林希担心儿子过胖，周末带他去学游泳。发现他有绘画的天赋，她跑遍全市为他找到一个特别的老师，付过一年昂贵的学费后，麦良的绘画学习无疾而终。那是一个上了点年纪的女画家，不再教麦良绘画之后，还与他的父亲保持联络。

麦伦时常去她的画室与她幽会，那段关系大概持续了两个月，在麦伦发现那个女人不过是为了从他身上骗到感情以外的东西之后，不得不花了一大笔钱结束了来往。那是个习惯在床上抽烟的女人，骨头很硬，画风奇诡，才华尚未被世人赏识，他曾有心帮她，激情过后，帮她的热情也就散了。他时常担心，女画家会把他们的关系公之于众，不得不故意丢了手机，重新更换了手机号码，费力消除了一切蛛丝马迹。他不抽烟，可他身上从此老有一股烟草味，为了消除这种味道，他习惯上了抽烟。在经过这次事件后，他有经验多了。

他总是对那些跟林希亲近的女性产生兴趣。为了让儿子接受单独的培训，林希有意接近并在假期将那些老师请到家里来，她认为女老师会比男老师更有耐心地教她儿子，所以一般只请女老师。时间长了，她们之间有了友谊。一位来给儿子辅导物理的老师，对麦良格外关注，不来上课时常给麦伦打电话，她总是在中午或晚上吃饭时候打来，起初他有点敷衍她那种职业化毫不谦逊的语气，慢慢又觉出一些讨好意味，若是在晚饭那会儿，正好还可以把麦伦从无聊的陪吃请喝当中给解救出来。作为父亲，麦伦与她聊聊儿子的学习，向她请教一些处理惯常问题的方法。

紧接着，他们约了在外面喝茶，后来又去更加隐秘的地方。他开车带她去极为偏远的酒店。偶尔，他们会在那里住上一晚。

在他费尽周折把这位物理老师的丈夫调到一个她希望去的单位之后,她就借口不再赴约。他处在一种愤怒当中很长一段时间。

他们似乎从没交谈过什么,他提起一个话头,她总要露出一种奇怪的神色噘噘嘴,猛看他一眼。她的皮肤黑里透着些许黄,脸颊小小的,笑起来有点含蓄,也有点阴险。令他莫名其妙想到电极,他老弄不清正负极,念书时,总是学不好电学那一章。从此,他对这种肤色和小小脸颊的女人格外警惕。

无一例外,这些女人,最初都与林希交好,他把她们从她身边撬走,在与他发生关系之后,林希也与她们断了来往。有那么一两个与他谈及家庭或婚姻,他便就溜之大吉。那是他单方面维护的一方圣地,任什么都不可摧毁,虽然他自己早就没了信心。

他从女人那里领悟不少事。时而,他以为自己已经取得了不起的成就,沾沾自喜之际,林希又会令他顿生一股颓败之气。

"奇怪,宋老师最近怎么不来了,不会是因为她过生日时我送的礼不厚吧?"她会跟儿子提起这个话头,好让儿子不觉得是自己笨得不可调教的缘故。

麦良回她:"宋老师常叫我上黑板做题的。我在学校里学够了,不用再专门补习了。"

林希哦一声,从抽屉里翻出一个小礼盒,对麦良的那些老师她总是出手大方,越大方,她越像吃了定心丸。

4

思乡情切,他给儿子打电话,询问他的学习,儿子不愿意跟他多说,最多一分钟就会把电话转给他妈妈。

她那曾经水波一般多情荡漾的嗓音,慢慢变得暗哑,从她那个令他搞不懂的胸腔里出来,在喉咙里经过转变,从他至今渴望去亲吻的唇齿间吐出来时,一如既往地,在瞬间就令他的心脏一阵猛烈的跳荡。但他马上又鄙视她。

"你还好吧?"他感觉自己特没出息,嗓音会暴露他对她至今满是矛盾的感情。

"还好。你那边已经很热了吧,多注意。"她悄悄叹息了一声,声音温柔了许多。

"不舒服,就去医院看看吧。"其实她也蛮可怜的。

这当儿,他的另一只手机响,他看了一眼,是沈辉。匆忙间,他挂了电话,却不知挂掉了哪一个。

"亲爱的,怎么老不接电话。"

他想着,林希可能已经知道了。这令他有种罪恶感,不过,只是一刹那,比一阵睡意消退得还快。一种报复(至今他都不晓得这报复有无必要性)的快感令他忘乎所以。沈辉比他大几岁,具体几岁他也没弄清楚,她是个北方人,年轻的时候很讨厌北方的气候,奋斗几年考取了南方的公务员。她那雷厉风行的做派一下就撼动了他那懦弱的本性。她为人热情,酒量相当好,她总是大叫着那句话:"都给老子喝了啊,你们不晓得啊,老子就是靠这个混到今天的。"令他觉得很爽。他从无胆量,亦无酒量。已经说不清最初是谁先稍露手段试探，总归是，另一个马上带着火热的激情回应。她的豪爽直率，正好可以治愈他的优柔寡断以及乡愁，还有脆弱的神经。

忍受水土不服的折磨之际，他记起了自己的另一个名字，他本来有的姓氏，并把这个名字告诉沈辉。在异乡，他为自己修改的那个名字勾起非常复杂动荡不平的情绪，而另一个，则令他重新获得犹如贴近母乳般的安慰。他向沈辉坦露自我，毫无保留，对他自己身世的怀疑这件事跟林希都没讲得如此透彻，而他的老婆，在他的讲述里，曾被人引诱了，被某个她幻想中的人。她有点精神或是心理方面的问题（这阵子他才如此突发奇想地认为），他则一直处在矛盾当中，他诚实地告诉沈辉，他爱自己的妻子，这一点，无论如何都不会改变。

有地理上过于遥远的距离这层屏障，他认为那无所谓，从没这般放得开。他突然无比感动，他发现，在这个荒谬的世界上，沈辉居然是唯一真正对他好的人，她给他的灵魂一间庇护所，给他同情，仁慈，怜悯，最重要的是，她引导他停止狂热无休的内心搏斗，热爱上眼下的现实生活。

"狗屁。"对他的过去，沈辉俩字就总结完了。对他的将来，一句话就令他重树信心："你的潜能还没被人挖掘，知道吧。幸好，你遇见了我。"

不得不说，依水而居的人都很勤奋，时常把工作带到饭桌上进行。这跟他那些爱打麻将喝小酒的同事和邻居不同。他从他们身上学到很多，并意识到自己曾经吃过的那些苦算不得苦，相反，他跟那些同事的日子过得太过安逸了。

当那些精明的南方人进行严谨的科学分析论证，探讨如何令当年经济再上几个台阶的方法时，麦伦想到，自己坐在这里，犹如一名资历不够的小学生，他那一套发展北方经济的理论，只是一纸经过无数遍复制粘贴的公文材料；但若是把人家这些经验模式生生搬到苔蓝去，也没有一条会适用，南北差距的现实不可能靠无数的考察和学习来消除，观念落后也只是被喊成了一句口号罢了。那么，他跑到这，究竟是干什么来了？这些人底气十足且胸有成竹，他这个小学生只能奉上一脸惭愧和谦卑。而过不久，当他回到苔蓝，他的心还会再虚上好一阵子，他不可能靠这些挂职经验解决任何问题，比如，他不能把人家茶叶兴农的方法用于北方人种洋芋。事实上，他提不出任何可行的建议和意见，他只能努力快速地调整回原来的那个自己，把脑子里这些新鲜得叫人赞叹、先进的其实也无用的东西挤出去，再让原来四平八稳的内容主动回来。

"常默，你不够意思，跟领导喝酒，也不喊上我们几个。"

这天一早，他随人乘船过江，去参加一个以"全市工业化、城镇化、农业现代化同步推行"为主题的现场观摩活动。晚上，接洽他工作的老陈以私人身份请客，带他去吃地道的淮扬菜。一行五人正坐在藏身于一条不怎么热闹的巷子的一个小饭馆里谈论当天的活动。他的思绪跑远了，这个声音一下就惊醒了他。

真不敢想象，沈辉会出现在这里，跟她的上级们热情地打过招呼，然后自顾自招呼身后四个人也进来坐下。地方太小了，最后进来的一个小伙实在挤不下，又退出去了。感天谢地她没有坐在他旁边，可她一下叫出他们私底下才有的称呼，真是令他难堪极了。他不停地咳嗽，不过谁也没对那个被沈辉叫出的名字表示好奇。她很快就把气氛搅动起来了，她就有那个能力，这帮他解了围。自沈辉坐下后，再没人谈论工作，除了以北方人的方式喝酒。

他那颗在异乡孤独的心被深深撩动了。

麦伦住在当地政府提供的公寓里，每个礼拜六的下午，沈辉都会绕很远的路过来跟他幽会。公寓房间很宽敞，两居室，原来有一个清洁工每天过来打扫，认识沈辉以后，他就让她别再来了。他自己也不打扫。什么都往地板上直接一扔。沈辉更不在乎这些，学着他的样子，一进门就光了脚，也不穿拖鞋，踩着他堆积在地上的烟头、小零食的包装纸，她会直接把脚伸到水龙头下去冲洗。难得碰见那个公寓里别的人，他常走来走去的，要不就坐在阳台上发呆，窗口可以望见远处一抹海水的魅影，还有高大的椰子树。他很感激沈辉时常过来陪他。

沈辉粗声大嗓地说话，时常猛发出哈哈哈的大笑声。他把头抵在她那宽阔的胸口，感觉自己像一个孤独的婴孩恋着强大的母亲。偶尔，他路过她的办公室，听见她像一头母牛一样咆哮：

"一群没用的，饭桶，他妈的你们不会扣他的车啊。"

带着一股委屈，他满心渴望的是一点似水柔情。沈辉的手圆圆的，厚厚的，像一块颇有重量的石头，按在他胸口时，他那颗漂浮无定的心也被按下去了。他紧闭上眼睛，克制着一声快要奔出喉咙的哽咽。脑子里，尽量想着那湖水的碧波荡漾。她每天都给他打电话，不管怎样，都要想方设法地出现在他面前，甚至是在他的工作场所。

他觉得自己的生命里就需要这样火辣干脆的统领。

有时候，沈辉会带他去一个玩耍的地方。他若不去，她会以她那种特有的方式迫使他跟着她走。她大声吆喝着那些人的名字，几乎每个人她都认识，她像一枚圆滚滚的石头，滑入灯光和声息律动的海洋中去，只听见她那吓人的笑声盖过了震荡的人声和音乐。他一下被抛弃在海岸上，突然，她又从那海水里滑出来了，贴着他又喊又叫。

"'省长'，多时不见，他是谁呀？"

他不确定那人说的是不是那个词，或许是"沈长"，那是一个醉鬼。她叫他别理那人。她浑身散发着一种类似于香料、烈酒和香烟的混合物的味道。在猛然间，这股味道令他温暖，甚至有小小的感动。如若没有沈辉，每一周要展开的工作，他感觉将难以为继。

她那过于外露的习性时而也会激得他恼羞成怒，决心与她了断。他再不能与她纠缠下去了。

回到公寓，他拿起拖把，把房间清理一遍，把床单被套卷起来，放到过道里，给一个负责接待他的工作人员打了一个电话，让那个清洁工从明天开始继续来打扫卫生。

白天，他四处看了看，打算另写一篇很长并且还要增加些深度的调查报告，这时候，他想起，已有很久没有向上级汇报他的工作了。在那个阔大的办公室里，与陪同他的人一起研究资料，学习一些会议精神，待到很晚才回公寓。提前约好，礼拜天，叫人送他去市区，晚上索性在酒店住下了。沈辉每隔半小时就给他打电话，他回信息说，到别的乡镇去了。

仿佛沈辉在他身边安插了眼线,他的行踪怎么可能瞒得过她。这个固执起来如一头牛的女人,直追到他住宿的酒店。在过道里大喊他的名字,那呼喊声就像一个追得很急的讨债的人,而躲债的人最怕这声叫喊。

沈辉一点也不生他的气。

以后他们时常到这来,这是沈辉的主意。

那是在两个月之后了。礼拜五,一下班他们就一起驱车过来了,四处吃喝享乐了两天,沈辉挑了很多奢侈品,他跟在后头买单。他就坐沙发里等,店员将账单伸到他眼前来。看一眼数字,抖抖索索地从口袋里掏出现金付了,他不得不随身携带很多现金,以免沈辉令他出丑。他从不敢划卡或是使用电子付账,丰富的生活迫使他狡猾应对。

那个星期天晚上,他们早早休息了,准备第二天一早返回县城。他听见有人敲门,敲得很大声。他问是谁。外面也不说自己是谁,只是一个劲地敲。他去开了门。

一个男人直冲进来,照着他的脸就是一拳,他感觉自己的鼻子断了,一下跌倒在地。又进来两个男的,对着他又踢又打。世界在旋转,痛苦地扭曲。

那个最先进门的男的扔给他一顶帽子和一只口罩。他戴了帽子和口罩,被推着出了房门。

又被推着坐进一辆车子。他处在一阵眩晕和剧烈的疼痛中,也不知车上有几人。一路上,没人说话。他闭着眼睛,只记得那个最先打他的男人额头上有一个黑点,黄豆那么大,他只记住了这个黑点。他们全都戴着口罩。

车子开进了他住宿的湖边公寓，他被推搡着上楼，进了房间，那些人就站在门边等。他翻出所有的现金，又拿出两张卡，分别写下密码。那些人拿了，也不说什么，拉开门一起出去了。

后来，他努力回忆那个晚上，记不起来他挨打时沈辉在哪里。直到他说了一个数字后，那几个男的才停止对他的踢打。

回想匆匆过去的大半年时光，他真是太过浑浑噩噩了。他只得到这样一个结论。那天晚上，那些人走后，他又出门，来到街上，等了很久才等来一辆车子。在另一个不起眼的酒店里躲了两天后他就回苔蓝了。

他的那段工作经历，以生病为由匆匆结束了。不久，他又回到了单位，幸好之前他为自己铺设过多条路，很快，就又回到原来循规蹈矩的工作当中去了。

5

他带着悔恨和真诚回到苔蓝。窄小的街道，游荡不远就被挡回来的视野，被城管赶来赶去的小贩，每天都在修挖的城区马路，就算是无处不在的破败，也在瞬间治愈了他的一颗饱受惊扰之心。

她柔情楚楚迎接他的归来。生活像一个圆环，有意无意被甩出去的人，圆环转动几周，甩出去的人又会被甩回圆环。他们都很明白，谁都不会一直获得额外的幸运，谁也不会一直拥有被甩出去的命运。

这对夫妻，皆有骡子一般的吃苦精神，更有一股倔脾气，如今，彼此在对方身上重新发现这点，就像同时走到一条回乡的路上。

这些年里，她像封存良好的一坛醇酒，他诧异极了，就像是他自己一直游离在外，而她则一直忠心耿耿。这激起他一股奇怪的激情，往他从未到过的一个顶端飞升而去。那片高地曾经有她，如今她似在，又似不在，那里是一片浓雾，他跟她都不敢伸手撩开。

"麦局，这几份文件请您签下字。"小马举着一沓文件走进来。

他在椅子里坐直了，伸手接过文件，同时，瞥了眼小马。这是个细眉细眼的女人，她穿着一套工装，得体得无可挑剔，浑身上下如一个文件柜似的透着工整平板之气，她的目光里透着一丝小心和讨好的意味。他突然叹了口气，目光收回到文件上。

就在他离开后，她在那所房子里，有可能正在蜕下一张狐狸或是什么动物的皮，露出真实的面目来。

小马出去后，他将双脚搁在电脑旁边，任意识像一阵烟雾一样漂浮：她本是个小地方的女子，他看重的是她身上可挖掘（对他有利）的东西，适配他性格习惯的一种可塑性，没承想，这些都是假象，她是只狐狸。极有可能，她都不了解自己吧。

是因为他们没有举行结婚的仪式？是因为没受到亲朋好友尤其是他家人的祝福？是因为这个，受了诅咒？究竟是谁先变了，或者说，究竟是谁先露出了真实的面貌？他拍拍自己的脸颊，真是的，还不到回顾往事的年纪，他依然有雄心壮志，有能力不去过别人赐予其经验的人生。

如今，每天他都准时回到她身边去，不在苔蓝的那阵子，他给家里请了一个家政，每个礼拜来两次，收拾房间和洗衣服。

这天，他在这个搞家政的女人晾晒衣物时震惊得简直要休克了：

他看到了什么啊，不计其数的衣物布料，阳台被遮挡住了，长长的风衣和裙子像一个个被吊起来的人，他不晓得房子里一直开着灯，拨开那些衣物，一缕光束挤进来。他没在做梦。那些内衣长丝袜拂过他的颜面和脖颈，感觉如同湿漉漉的蜘蛛丝。他扑腾着两手回到客厅，这个家里需要晾晒的衣服已经多到沙发、床铺、椅子都被占据了，重重叠叠，他估算了下，那些衣物有两三百件。随后，他又发现盒子袋子堆得到处都是。他从未注意过这边的房子里有什么变化，自麦良上高中后，他来这边的确少了。西城区的房子离他工作的地方很近，基本是他一个人的领地。曾有一个月，林希在那附近的党校培训，每天宁可坐在麦当劳午休也从没去过那房子里。麦良借机躲开他的管束，至今也还没兴趣去参观。麦伦想吃家常饭菜时（有那么些个瞬间，他很想坦诚地告诉她：实在是为了好奇，想看看她的生活内容），才到这边来。

他捂着心脏问："哪来的，干啥呢这是？"

"我买的。"她面无表情地说，"你有什么意见吗？"

买这么多衣服鞋子要干吗？隐约记起，她有抑郁的"习惯"（他觉得她在有意放纵，所以根本不是病症），一旦发现她暴饮暴食，他就晓得，她的情绪又不好了。春暖花开时节最为严重，那个季节，她看上去总会胖上一圈，而那个季节过去，她又开始疯狂节食。关于自己的这种精神病症，她自己从无兴致去问诊治疗，丈夫便不好直接冲她说出来："你有病，得治。"这样的话他说得出口吗？

看来，如今她的嗜好变了。他在房子里到处察看，打开一个个柜子门，所有空间都被塞满了，他痛苦地呻吟几声，俯下身躯，用一根手指勾住鞋柜上的铜把手，哗一下，几十只靴子像一面倒塌的墙似的掉出来，他蹲下去，用力把它们往回塞，靴子散发出新鲜皮革叫人恶心的气味，那个门，再也关不上了，十几双靴子还躺在柜子外面。站起来时，他有点气喘头晕，扭身又见餐桌下面堆满了箱子，走过去踢了一脚，箱子发出砰砰之音，却纹丝未动。

仰头，深呼吸。房子缩小了，沙发不见了，成了衣服鞋子各式各样饰品包包的天下，一块屁股大的地盘露出来，他想坐下去歇一会儿。脚下到处是盒子。

"老板，我看你经常不在家，赚钱一定很辛苦的吧。"女人一头卷发下露出一双嘲讽、可怜他的眼睛来，她往地板上铺了条床单，把一抱衣服放在床单上，也不知她要搞什么。

尽力让心跳沉稳下来。然后，像一只松鼠那样猛将那些衣物手脚并用全刨到地下去，茶几磕碰到他的膝盖，他转身用尽全力将它掀翻了，那块玻璃完好无损，而他感觉自己的脑袋裂开了，随后又是什么也裂开了。疯狂找一个可以砸碎玻璃的东西，居然找不到。预感自己将会死于愤怒，他向门口走去，将门板使劲甩上，将一声痛苦的呻吟压抑在嗓子里，最后在无人的电梯间释放出来。

他去西城区待了两天。这天晚饭时分,他又回来了。事先没有打电话。

她若无其事地说:"我以为你不回来吃呢。"

他坐下来,端起桌子上的一碗面吃了两口,白水青菜,几滴香油。他心里渗出一点怜悯,抬眼看她。

"麦良呢?"

"给同学过生日去了。"

"你这是在做服装批发生意吗?"他翘起一条腿,往椅子里坐深一些,打算好跟她深谈一次,拿筷子指指阳台,指向那些盒子袋子,尽量让她听出来那丝挖苦的意味。"都积压起来了,生意一定不好做吧。"

她放下饭碗,没说话,没朝他看,她垂下眼睫毛的样子有一份庄重之美。这种美又惊起了一阵他过于熟悉的绝望和愤怒,他极力忍耐着想要讨好又想殴打她的强烈欲望。然后,眼睫毛像蝴蝶的翅膀扑闪几下,她起身去了厨房。

如果她说上点什么,他一定会放把火,把一切都烧掉。

他跑去单位,一个人在办公室里走来走去,咻咻喘气。他想把对面办公室里在加班的那个年轻人叫进来,然后问他:

"假如女人买很多无用的东西,为的是把你的房子里整得像个马蜂窝,你说你要跳起来吗?要装作看不见吗?要把她送进精神病院吗?"

这时候,一个下属打电话问候他。"在那边生活得还习惯吧?"随后问了一个明显是被人支使着来请教他的工作上的问题。他发了一大通莫名其妙的脾气,稍稍得到一丝安抚。

第 二 章

1

麦良越长大，越要摆脱她过度浓烈的母爱，偶尔会在同学家里留宿。那些热情的家长，总要跟林希温和地讲一通电话，现在的孩子太孤单了，应该多给他们提供相处的机会。为了这样的目的，大家约好在某个周末一起出游，一切为了孩子。林希总是爽约，没人相信，在周日，她还在制表做结算，欲与她发展友情的人，此后再没有主动约过她。

这时候，她又习惯上见缝插针式的阅读，过去读过的小说如今读来分外对应她自己的内心情感。她感觉自己就是包法利夫人，要么是安娜·卡列尼娜，也是亨利·詹姆斯笔下的伊莎贝尔，眨个眼，威廉·斯通纳的处境与她相似，这种把自己的心境与书中人的对应起来的阅读，就像是与某位友人的呼唤和应答。她并不觉孤独，相反，她很享受自己充实的人生。

这天，她读了几页卡夫卡的日记，大受触动，非常好奇他这个人的内心，便去书店买了两本卡夫卡评传往外走。一个高个子女人与她擦肩而过，林希喊住了她：

"请问，你是写小说的陈焰吗？"

女人被她的问话逗笑了，仔细看林希一眼，忽而睁大眼睛说："呀，你是那个……我每天都在窗口看见你，你总是跑着去赶公车，对了，我们在同一个小区呢。"

"哈,'那个追赶公车的女人',兴许就是个小说题目呢。"每天在大街上奔跑的女人,想来都让人心酸呀。猜测陈焰大概是不希望有人去打扰的,就没问她住哪栋楼。"我不知道你也住在茂林路13号,真是好巧哦。你那本《另一种生活》很难读,我花了很长时间才读完了。"

"没几人读,这个我知道的。看,你让我找到了点自信。哈,有时候,人需要这个。有点对不起出版社,没让人家赚到钱。我的意思是说,你理解的,现在就这样。"陈焰笑。

"人们需要这样的书,那些太过流行的大都算不上是真正的书。有人说,'我们已活在一个满街是作者,作者挡作品前头以至于快不需要作品的奇异年代,文学以及所有的创作性艺术逐渐归属于表演行业,读者买书是为确认一种关系而不是为阅读内容'。"

"我可从没思考过这种问题。一本书写出来我就不会再去管顾它了,我是这类作者,哎呀,我落伍了。我对自己很抱歉,只写了那一本书。"

俩人边说边走出来,寻到一个咖啡馆,一坐大半天。说来俩人居然还是同乡,并且她们的母亲都是医生,陈焰妈妈就在金牛医院工作。林希激动得高声大嗓,真是相见恨晚。如果照着南景行对她人生的安排,她去金牛读书的话,说不定她们会成为好朋友的。她更想了解的是面前的陈焰,而非倾吐自己的过去。

"你一直急匆匆的,从不旁顾,我站在窗口,常冲着你奔跑的样子想,这个女人,一定有非凡的热情支撑着,我很羡慕呢。不好意思,这不是在偷窥哈,你跑起来的样子很动人,我早就想跟你认识了。"

"如果你喊我一声，我一定会很感激的。"林希有猛烈的倾诉欲望，她不晓得自己心里有委屈，匆忙里抓到了跟麦伦的婚姻生活，听去很像是一个怨妇，可她想倾吐的并不是这个。

"你可千万不要写我啊。那你现在做什么，还写作吗？"她猛打住话头。算来，林希比陈焰大几岁，就姐姐妹妹地称呼起来。

"我在苔蓝医院放射科工作。怎么说呢，写作就像是我的另一种生活。"陈焰翻了下林希买的书，她还没有读过。而林希想，每天看别人身体内部的构造，想必也是叫人苦恼的一件事吧，好在，还有另一种生活。

"其实，婚姻里的困境，很少有体面的方法解决。我感觉自己没有解决这类事端的能力，索性就一个人过。"

"哦，是啊，不管什么样的生活，都得有勇气。"

林希想马上了解陈焰的生活，尤其是她的写作生活，不知道为什么，她突然就被这个深深吸引了。无奈一个电话将陈焰召唤走了，俩人互加了微信。

林希从此怀了很大的希望般，每天都写一大段话给陈焰，陈焰却很少出现，回她的信息一般在三五天之后了。她邀请过几次，却始终没能约到陈焰。

不免想打消对一份友谊的向往，也许，她从来都没学会跟人交往，哪怕是跟陈焰这样的人。

2

"大哥让我来拿手提箱。"李鸿祺站在门厅处,看了林希那么一眼。在林希吃惊的当儿,他径直走到麦伦的房间去找手提箱了。

林希捏着一块抹布站在一盆发财树旁。这个人比过去斯文了。她记得他比麦伦大几岁。房子里散布的那个声调令她厌恶。

"有什么需要干的,你尽管说。姐,那我走了。"

林希看着那个关上了的房门,突然空洞地笑了一声。

这以后,李司机经常堂而皇之又异常谦恭地到她的家里来,既是麦伦的贴身秘书,又是一个不住在这房子里的管家。有一天,林希叫住他:

"请以后别再叫我'姐'了。"

李司机扳住门板站了会儿,冲林希点了下头出去了。林希站在那里,怔忡半天,似乎是第一次意识到,如今的麦伦,不再是过去那个她熟悉的人了。

同时对自己的人生产生怀疑,她从不像他那样热衷谈论政治,相对于他津津乐道于一些要闻大事,她更在意今天天气怎么样,阴天总令她不好过。每当她看到单位那些年轻的女孩子眼睛盯着手机的样子,她都要微微吃一惊,仿佛那里面就有她们全部的生活。她带手机只为麦良能随时找得到她,也为了看林大夫四处游历时传来的照片。她妈妈也是在某种虚拟当中安抚着自己游荡的灵魂吧。

林大夫跟小邵居住在云南,他们在那边开了家民宿,供两个人生活。算来，小邵如今也不小了，他比林大夫小七岁。林希都三十八岁了。

母女俩已经好几年没有见过面了，自打林希随着麦伦到苔蓝生活后，林大夫很快也办理了离职手续，小邵到哪，她就跟着到哪。林希很羡慕妈妈拥有的生活。她曾经要为林大夫在县城买一套房子，却从没想到过，那并不会让妈妈真的幸福。

她也曾怨恨过，在她最艰难的时候，林大夫宁可追着小邵到处疯跑，也从没操心过她的生活。

只有她自己晓得，人的能量是被环境和压力锻造出来的，若一直在金牛城生活，她必定在生活还未开始的时候就已经满足和麻木了吧。

她时常五点钟就起床，做好了早饭，还得把午饭也准备好了。她的丈夫只是一个丈夫，她从不要求他为她做点什么。儿子不时住院，她也不会让麦伦知晓，她把工作带到病房里干。她时常感觉自己快要撑不了了。然而，这一切辛苦，都是为了儿子，是这个信念，撑着她每天继续。

当外婆第一次跟麦良在视频中相见时，林希以为林大夫的眩晕病犯了，她的表情非常夸张，像是给一股大风猛吹了一阵那般。当年轻的外婆意识到面对的是一个小小少年时，就镇定下来了。

"真不敢相信，小伙子，你都长这么大了。真像是个奇迹。你跟你妈妈长得一模一样。"

那孩子，他那褐色粗硬的头发，他那圆而黑亮的大眼，挺直的鼻梁，举手投足间调皮捣蛋的神色，他那总图谋着要把人吓一跳的坏笑的方式,这些特征,叫她吃惊得说不出话来,一般人很容易认为,这个小男孩吸取了他妈妈身上所有的优点,可真是会长。

"好在还没闯下大祸。"林希猜到了妈妈的心思,笑看着儿子,露出得意之色,他给她造下的那些麻烦,调皮捣蛋的事,最好不要给林大夫知道。每次都是麦伦出面去摆平。她知道自己是在纵容。

"你妈妈不爱你哦,都不来看你。"麦良站在后面,把她拦腰抱起。小孩子的嘴尽说实情,林大夫从没到苔蓝来过。

林大夫回忆的画面里,是一对纯真的恋人,那个与林希有着酷似容貌的男孩,正是以这样的方式一直呵护着林希,俩人像是被神祝福过般地合拍。只是不晓得,究竟为了什么,俩人后来彻底决裂了。那个决裂的过程,没有人知道。他们彼此像是把对方从生命里生生抠掉了。林大夫曾经跟老唐分析过缘由,老唐说,是自己的儿子配不上林希,不来往了也好,他一直把林希当亲闺女,不忍心让她跟着那个二流子受苦。林大夫则以为是因为那个罗校长。

那阵子,老唐家里遭受厄运,林和蕴怎么都联系不到唐沃然,她的电话号码大概是给他拉黑了。她去老唐家里几次,带了唐沃然爱吃的零食和几件他常穿牌子的衣服,他躲着没出现。

他很小的时候,总是赖在她宿舍里不走。那时候真好,感觉上,她还有这样一个儿子。这个儿子说没良心就没良心了。

说起他的名字,林希像听到一只苍蝇般地厌恶和愤怒。

好在后来麦伦出现了。这又令林和蕴觉得自己以往的推测纯粹是瞎想，只好说成是命运。生活一直在继续，并且还得继续。

因为自己失败的婚姻，林和蕴有意放任林希由着自己的天性去成长。

如今，母女俩可以在电话里聊这些了。

不过林希希望妈妈永远都不会来问"孩子，这一切究竟是怎么回事"或者是"你能告诉我，你究竟过得怎么样"之类的。

一个习惯久了，就不会被认为有什么不正常了。她跟麦伦从来都没有回过金牛。林希偶尔会跟婆婆和小玉在电话里聊上一会儿，如今是隔得远，婆婆说他们是一对没良心的，把她这个老母亲都给忘了，小玉把她糟磨得……又教导林希，最好把男人管住，"老天派女人出现在男人身边，是带着要把他们那狼心狗肺束缚在大地上的职责的。"

小玉以惯常的语调在一旁大声地奚落她们的婆婆："亏得你的舌头不烂。"

林希倒是羡慕小玉，生活在这样一位婆婆身边，想必有很多乐趣，天大的事，都有这样的人为她顶着。

老家人晓得他们的脾气，到苔蓝来从不主动跟他们联系。姐姐们倒是来过几次，轰轰然搞破坏的气势，跟麦伦大吵一架后就离去了。过不久，又因着某种缘由出现了，麦伦把她们打发给林希，林希陪她们四处走走看看，大姐觉得有林希在，气氛压抑得很，又把她打发回去了。车子里塞满苔蓝商场里的物品之后，又匆匆地离去。

有一年，在一次春季商贸洽谈会上，弟兄俩居然在一个饭局当中相遇了。常喻这才决定到弟弟家里来看看，麦伦把他们带到茂林路这边来，常喻还带着一个女同事，喝了一盏茶的工夫，女同事催，就走了。

到了冬天，麦伦的母亲得了严重的肺炎，常喻在电话里毫不客气地批评林希，说她跟常默太不像话了。林希劝麦伦回去看看。

"让他们把妈送到苔蓝来吧。我没工夫回去。"

林希不知道要怎么办，也没有回去探望。

3

这年夏天似乎没能热起来，这个北方城市时常像南方一样爱下雨。太阳没露面已经好多天了，远处的山间，一整天云遮雾罩的，像有什么神仙鬼怪在那里长久地兴师作法，可那个灵验的时机总不出现。人皆隐在一顶伞下，上学去的小孩子的影也是安静的。公车上的人也安静得很，只露出两只疲惫的眼睛扫来扫去一番后，皆朝着车窗凝视着。

这天黄昏，隔壁办公室里热闹非凡，跟林希同在一个办公室的小宋进来问她：

"林姐，明天你去吃酒席吗？"

林希问："谁要结婚了？"小宋瞪她一眼说："刘同啊，我以为你知道呢。"

大家对她一直很客气，好几回她都没有被更有能耐的新人替换掉，只不过是因为她的丈夫又升官了。她几乎不参加聚会，也没什么兴趣爱好。独小乔对她很友好。她外出办事，也是小乔开车送她去，小乔跟她顺路，下班时总把那辆警车停在她要走去乘坐公车的地方。

"坐在这辆车里怪怪的，以后还是别再等我了。"她说。

当小乔说出那句"我不懂，人就活那么短短几十年，你干吗要把自己弄得那么沉重"的话时，她心里猛一阵搅动，充满感激。小乔的目光时常旁若无人地落在她身上，开会时会用一只胳膊搂住她的肩膀，她会为自己开脱般地喊一声："这孩子。"

"你干脆说，你是我老娘，随便你高兴，无所谓啦。"小乔点燃一支香烟吸了一口。

人多的地方，他就直呼她"老娘"。他有要把她带到火热生活里来的勇气和决心。

"咦，我难道不在生活里吗？"

"你过的生活没有一点乐趣，毫无意义。"

"谢谢你，还有什么，全教给我吧。"

"这就对啦，你会感激我的。"

小乔不管在哪里，五分钟必电话问她一遍：在干吗？小乔每天健身，周末驱车六个小时去某地，和朋友露营。

她跟着小乔去了几次健身房，小乔一定要教她游泳。小乔一下到水里就像条鱼，她穿着不怎么合身的泳衣下过两次水后就不学了，但她办了一张卡，友情赞助，健身房是小乔的朋友开的。

"你很美，有人这样对你说过吗？"他贴着她的脸，看着她的眼睛低语。

"哦，谢谢，乖孩子。"

"我喜欢你。不要装作不知道。"小乔的眼神令她想起年少时候。

"傻孩子,胡说什么呢。你应该去跟同龄人谈恋爱。"

"瞧你那样儿,说你什么好呢?不要以为你岁数比我大就好像什么都懂,千万别那样认为。"

她便不再说话,真的感觉惭愧。

"请你告诉我,你有性生活吗?"他们坐在游泳池旁边,小乔一本正经地问道。

她没说话,站起来往外走,她的心跳得很快。

小乔的声音追着她:"你真的很没趣你知道吗?"

也不知怎么的,小乔对她奇怪的迷恋,突然有一天就不那么严重了。她不知道自己是不是松了口气。

夏天的傍晚,她会到湖边走走。上高中后,麦良不再回家吃晚饭,也不再让她接送他。

麦良上小学时,李鸿祺时常主动来回接送,他有事不来的时候,林希就自己打车去。她花了一年时间终于学会了开车。苔蓝这地方,马路一点也不宽敞,几乎没有不在挖修的路段,车子多,且路况复杂,林希开得极为辛苦。休息日,李鸿祺花很长时间带她在空阔的滨河路上练习。陪伴麦良长大的那几年,她感觉自己健康极了。

突然地,她跟那辆车子一样,又被搁置起来了。她猜测,麦良可能谈了女朋友。她往家里四处摆满鲜花,旁边像是无意落下一些礼品袋,在麦良的抽屉里多放些零用钱,买了几件颜色鲜艳的T恤挂在他柜子里,在他洗脸的地方,摆了一瓶男士香水。做这些事的时候,她想到自己年轻的时候,她看着镜子里的女人，试着露出一个柔情款款的表情。

她习惯独处，习惯给自己上紧发条。只有跟儿子待在一起不会让她不自在，他像她亲手培养起来的小战友，可现在，她有种被背叛的危机感。

一个人时很少做饭。一个女人拥有一个灶具明亮的厨房是再平常不过的事。有一天中午，林希走进厨房，发现它乱七八糟的，里面堆满了不该在厨房出现的物品，她把一些衣物用编织袋装起来，一袋一袋码在冰箱后面的橱柜里。她站在那里发愣，搞不明白这些东西当初是怎么堆进来的。再转去客厅、卧室，发现这房子里已经没有多少空间了，她真的太吃惊了，完全不知道自己怎么就买了这么多东西。

她想到了控制，推掉了两份兼职做账的工作。

夏天的黄昏总是很长，她常去湖边，偶尔会遇上同事或小区里的熟人，她主动跟那些熟人说很多话，直到天完全黑下来，她极大声地笑，跟那些女人道别。

一晃，就到了秋天，天黑得早了。她不习惯刚从一个集体的地方一下进到地穴似的房子里去，她没有换鞋，在门厅处站了一会儿，又拉开门下楼。

去健身房跑步，跑得大汗淋淋，再去冲澡，沐浴间挤满了女人，没人跟她说上点什么。等她回到房子里时，麦良也回来了。

儿子忽然就跟她没话说了，她弄一点夜宵，或是往卫生间里放上几件洗干净的衣服叫他洗澡时换上，麦良只会嗯一声。一个人坐在灯下，翻两页书，她就去睡了。

刚搬进来时，她的卧室里空空荡荡，只有一张床。也记不清是哪一天了，她提着六七个购物袋回去时麦良已放学了，她没换鞋，将那些东西匆匆藏在卧室里，然后才出来问麦良想吃什么。

麦良的声音从书房里传过来："你今天又买什么了？"

"就一双鞋。没别的。"

就在那天，她发现鞋子跟鞋子长得不一样，皮的麻的棉的革的还有草绳的，她最喜欢绣花鞋，大红大绿的底子上，大红大绿的牡丹花，这种鞋子她买得最多，她把它们摆在窗台上，也在床四周摆满了，她坐在床边，将光脚伸进那些大红大绿里去，她的一双脚，在这样的鞋子里，显得格外好看，肉色的脚，肉色的腿，被衣服盖住的皮肤过于细嫩。

她从网上买来十六个鞋架，照着说明书，分别安装在这房子不多的空当处，卧室里也装了三个。摆放的时候数了下，有三百六十七双鞋。后来还在增加，直接靠墙码在地上。一层一层，不断购置回来的鞋子被高高地堆起来，包装盒摆在阳台上，堵住了窗口，里面装满了丝巾帽子手套一类的。紧贴着墙壁，越高处越零乱，她站在椅子上，将鞋子们尽量挤靠得水泄不通，这样就不会扑落了。窗户被堵严实了，白天进来也得开着灯。除去上班和照顾麦良的时间，大部分时候，她待在这间屋子里侍弄鞋子。

在某个季节，她喜欢买衣服，而在另一个季节，她又迷恋各种各样的小饰品。

每天都去商场逛，她都没有发现自己一直有这个习惯，她只感觉时间不够用。茂林路后面是一条商业街，地上地下全是商场，就在这几天，一个大型购物广场毫无必要地开业了。这个城市,不断地立起高楼,商场里的货架精致华丽,一个钥匙扣占据的面积比一个小学生的座位还宽阔,麦良上小学时,一间教室里挤坐着七十五个小孩。上中学时,为了能在座位里挤得下,不得不每顿尽量少吃一口。城里到处张挂着做作没用的标语。全城药店都在争相搞店庆,刺激消费重过别的。她站在那里,把这种愤愤不平表达给麦伦,而麦伦恼羞成怒地回答她:

"你懂个屁。"

转去关注货架上的商品。一旦想到它们在房子里的堆积,她的精神又遭受谴责的重压。她好矛盾喔。

罪过。回到她的地洞里,她念叨着,将它们一一地拿起来试,在墙壁上嵌牢靠了,它们才真正属于她,她就可以忽略它们,把它们当成墙壁的一部分。摆弄的时候,她会重新喜欢上它们,再一遍感受拥有它们的幸福,一波波温热的浪潮,将她那颗扭曲的心冲刷熨平。每一双都价格不菲,那些卖鞋子的早摸透了她的心理,再普通的也要给她涨涨价。

她总会想起第一次见表姐的场面。她很想把表姐带到这屋子里来看一眼,不知表姐如今在何处,她们再没联系过。她也从未在李司机那打听过,她们之间从来就没有过真正的友谊。刚跟麦伦结婚那阵子,时不时地,还能从李延芳那听到表姐的消息。他们后来都称她为迎总、迎部长。老乡们时常也会聚一聚,不过林希早就把自己退了出来,麦伦起初还会打发李鸿祺来接她,几次都未接到她的人,麦伦大发雷霆之后,就由着她在衣服鞋子中间堕落了。

"我哪里想得到哦。"她总要出一阵神,难以相信,这房子里的空间是怎么消失的。那张床铺，如今只是窄窄的可供她一个人躺下的地盘，她就睡在这块小小的床板上，望着由她的收藏品密织出来的墙壁，感觉到一阵踏实和心安。鞋子上的水钻、假宝石在灯光下闪闪烁烁，发出异彩。她想起小时候，口袋里藏着一串塑料宝石——不。她强迫自己停止回忆。突然漫溢的流沙，开口越来越大，全涌出来了。他在集市上买来送她的，他们的双子镇，他们的迷宫，他们的河流。机车头上望见的月亮，成了一块冷凝的玉。有他的那个世界，是一块稍大一点的冷凝的玉。

广场朝北的那家店铺新进了一批鞋子，小老板一早就给她打电话。中午下班，她没吃饭就去看鞋子。猝然，她感觉到厌恶，小老板的眼神一直都那么怪，她头一次觉察到。

她要将它们掩埋起来。打开窗户，头伸出去望着楼下，全扔下去，会是一番什么情景。她找不到个办法将它们都带出门。迎门那面墙上，靴子居多，高筒的折起来了，顽固的她就动用剪刀，再看不出是一双双靴子。靠窗那面全是高跟鞋，一边是细跟的，一边是粗跟的，这些鞋子，她都还没有穿过，大多数时候她只穿一双运动鞋。现在，她极端厌恶它们，马上想把它们清理掉了事。

她又想起自己去商场里购买它们时的热情，某个营业员无意中冲她说过的一番话，她遇到的一个女孩以羡慕的眼神看着她的拥有。也遇到过熟人，她得努力把另一个职业当中的自己唤醒，做作地应付那些人。

另一天，一个品牌店的小姑娘给她猛打电话，新到货一批好看的衣服，无论如何，要她过去看看。好啊，看看吧，她其实是被动的,都是那些商家太热情,她招架不住。

啊,她不能一下子就戒掉,一下子就把自己治愈。这诸多恶习,她也不晓得自己何时染上的。

谁都晓得那些戒烟的人,戒一次后会是什么情形。喏,后来,索性包装都不打开,然而,那些纸盒或塑料袋子就从原来的堆积里头滑掉了,她又一件件取出来,费力地拆掉包装,再使劲塞进那些衣物软滑的空隙当中去。

"妈,你要把这房子里搞成啥样!"有个下雨的黄昏,麦良站在门厅里突然叫了这么一声。也就那么一声,转去注意别的了。他的嗓音越来越像一个人,他自己当然不知道。也许,那只是幻觉。

麦良的房间她起初不敢动用。她先放了两只箱子进去试探,那孩子,粗心大意,根本注意不到房子里有啥变化。

"您这是在给我积攒家产吗?"问过这么一句后,麦良又到自己的世界里去了。

第 三 章

麦伦找因由外出,各种考察,会议,疗养。他令她明白,他这是对她进行的反抗和惩罚。临走之前,他必要在她面前弄出很大动静,翻箱倒柜寻找一个指甲刀之类的小东西。

"你以为我爱出那个门吗,可我不出去不行啊,看到了吗,"

他指指窗口，墙壁，"睁大你的眼睛看看，这是人住的地儿吗？"

"我走。死在哪，都比在这因窒息而死强！"

那个越来越狭小拥挤的房子里发生着的，令他由最初的愤怒转而成为担忧，他没有任何理由怀疑他的妻子，她每天只是上班，照顾儿子。她比任何一个家长都尽职、拼命。

有那么些时候，他会忽然万分地思念有她在的那个地方。

有天夜里一点钟，他从外地返回。在机场，没有等到李司机，却等来了一场意外。他掏出手机准备打一个电话的时候，有人走过来问了他的姓名，然后给他看了证件，把他带到一辆车子跟前，跟他说，已经等他一天了。

他稀里糊涂地上车。以最快的速度在脑子里过了一遍近期工作上有可能会出的差错，能记起来几件事，但似乎都与他不相干。

没人跟他说话。车里坐着三个人，他被围在中间。开了大约一个半小时，到了一处偏僻之所。他吃惊地发现，这正是他与那个小麦色皮肤的女人约会过的地方。可她没理由揭发他，除非她现在连丈夫也不要了。

在车上，他想删除手机上的一些不确定的信息，看来已无必要，好在平素足够谨慎。下车后，那三个人继续将他围在中间，拐来拐去，进了一间客房。早有一人候在那里。他一进去，那人让他将身上所有物品放到桌上去。他慢慢地反应过来，正是这些人身上有的那么几分谨慎含蓄以及尽量的礼貌，他才没有怀疑自己遇上了黑社会。他交出手机、钥匙、皮带、袜子，这些物品被装进一只塑料袋。他发现房内的一切设施都包上了沙发垫一样软厚的防护罩。经他们同意后,他去了趟卫生间,关上门,慢慢深呼吸几次,他尽量让自己保持镇静。连马桶盖上都包裹着一层厚海绵。

我不会撞死自己的,无论怎样。他给自己说。

他打开水龙头,然后闭上眼睛呆立了两分钟。那个瞬间,他无比清醒地意识到,再没有什么比林希和麦良重要了。他出来了。

那三个人坐在长沙发上,他坐在对面。一人问:

"可以开始了吗?"

"嗯。"

"你叫什么名字?"

"麦伦。"

然后,他回答了年龄、职务,以及,这趟从哪里回来、出去多久、去干什么之类的问题。

"原省委书记朱志新工作上犯的错误你了解吗?"

"知道一些。"

"你认识原省委书记朱志新吗?"

"我怎么可能认识省委书记呢?我做的是基层的工作。"

"那你认识励二龙吗?"

"不认识。"

"请你认真考虑一下后再回答。"

"不认识,没听说过。"

"那苔蓝市A号工程你总该知道的吧。"

他脑中的坟墓才一下亮开了一丝缝隙。暗中吁口气,往后靠了靠，慢条斯理地说：

"那个工程项目是卓副局经手办的，这几个月，我一直出差在外，具体情况不太清楚。这样吧，我可以给秘书打个电话吗？可以把相关资料送过来。"

那几个人商量了一下。其中一个与他差不多年纪看上去有点疲惫的拿自己的手机拨号，接通后递给他。

然后接着询问。他斟酌词语，从容准确地回答那些问题。

过了一个小时，那个中年人走出去，一会儿，拿了一个文件袋重新走进来，给麦伦看了下，几个人过目一遍，接着询问。取文件袋回来的那人伏在茶几上抄写那些材料上的内容。年轻一点的那个点了支烟，打火机那点光束印出他多少带着点鄙夷的眼神。麦伦不由低头，看见自己的一双不知所措的手正交握在一起。

询问进行了三个小时。他暗自庆幸，这大半年都没在单位好好待过。

随后，卓副局因为严重违纪被查办，具体情况还在进一步调查中。

凌晨四点半，他带着一种重获新生般的心情回到家里。几个小时前，他站在宾馆那个特制的卫生间里时身体里猛然涌起的一股深情，此刻重新在他心里猛烈地激荡。他迫切地想要见到林希，看看睡梦中的儿子，往后，他要深爱他的家人，想到活着时只剩下这样一个决心，泪水涌流而出，他感觉自己如同一个重获生命的婴孩。一种连通到幼年时期的情怀，他仍是那个敏感忧伤的夏山，渴盼着来自城里的父母的爱护；又醒悟般地想到，一定是那座山上的神灵还在佑护他,为此,他满心慈悲。外公外婆都已离世,而他至今都没带着林希到玄池去过。他究竟在忙些什么,每日在重复忙碌的大事,想来真是可笑。

接到李鸿祺的电话。那个叫励二龙的,原来是朱志新妻子的远方侄子。

"我知道了。"他不想听李司机啰唆很多,从宾馆出来后秘书已经给他打过电话了。

他拿出钥匙开门时手还在颤抖,他预感自己会扑到她的怀抱里哭出来。

林希被惊醒了,对他突然的到来表示吃惊。

"有事吗,怎么到这边来了?"她穿着一件长长的睡衣,他能清楚地看到两个乳头的突起,他想到,她有一种非凡的意志力,令她的身材从未变得臃肿走样,时常,在外人那里她保持着足够的优雅气度,而到了这房子里,她则会变得疲惫邋遢。他又想到,她的头发乱糟糟的,眼睛盯着他的手和箱子看,她一心只想知道,那双手和箱子是不是用门口那只装有酒精的消毒器消过毒了。他一直在容忍,她那可笑的洁癖。可是,今天不一样,他慈悲又忧伤的眼睛眨巴着,试图令她发现点什么。然而,她一直低垂着眼睛。

"这是我的家,听你问的什么话。"他走近她,想拥抱她,迫切地想要告诉她,刚才他经历了什么,他要让她知道,她和儿子永远是他生命里最重要的,也想把这些年来他在工作中承受的东西告诉她。她却一下躲得老远,"洗手去。"然后,打了个让人憎恶的呵欠,"要吃东西吗?"他说不吃,她拉开窗帘看了眼,立马回房去睡了。

　　冲澡时,他发现洗发水不够用了,打开门后面的那排柜子,想找一瓶洗发水,里面不知被什么东西堵严实了,他使劲揪了一下,揪出一根弹性极好的带子,再使点劲,带出一只胸罩来。他骂了一声,又揪扯了几下,把它们全扯出来——上百只黑色和肉色的胸罩压在里面,一个个压得瘪瘪的,像一只只死去还未僵硬的小动物。

　　跳远一点,看着那些复活的黑色动物、肉色动物,他不舒服,心里就像那只柜子里的空间。不,今天他不打算生气。她从没好奇过他一天都在干什么,从没到西城区那边的房子里去过,她从不问他去了哪里,从哪来,一切还顺利吧。如果他死了,大概她是最后一个听说的人。屋里很热,他很冷,头发还滴着水,还没被清洁过的湿发有种异样的肮脏感。他听见她在喝水,被呛到了,她在粗野地咳嗽,而他洗了一半头发,张不开口央她找瓶洗发水。她早把他排除在外了。可他的心时时还会回到这里。这房子里,到处是属于她的物品。他慢慢变恼火,他不想吵醒儿子。可他控制不住自己一下就变疯狂。突然间转身,几脚踹掉了那只柜子门,再轮起那块木头,照着墙上的镜子挥过去。这一阵疯狂的动作令他头晕,气喘吁吁。

　　他终于听见了她的声音:"你砸掉的东西还少吗?"那不是质问,不是在生气,甚至不带有一丝感情,像一个机器所发出的声音,目的只是发出一个声音让他听到。

　　他胡乱穿好衣服,拎了那只跟他到处奔波的旅行箱往外走,头发还在滴水,脖子湿漉漉的,几滴水流进了眼睛,模糊了视线。

凌晨的街道空空荡荡。他不晓得这个曾经热闹的地方何时变得偏僻了，打车可真不易，就在他快要绝望的时候，有辆早出的私家车出现了，没想到是个同事。

"急死人了，那边的房子漏水，急着去处理下。"瞬间他便编出个谎。

"您吩咐一声就好了，我这就打电话找个人去处理。"同事一手拽出手机。

他连连阻止，说已经找到一个水管工了。

进门的当儿，他猛又记起来一件事来，电话过去没好气地问："麦良不在家吗，他上哪去了？"

林希打了个呵欠说："去深圳了，他需要锻炼，需要尽早学会自己生活。你能不能等我睡醒了再来骚扰？"

他发出一声低沉的长啸，房子在旋转，他冲着电话说："你个神经病。"

"听听，到底谁更神经。"

有一刹那，他感觉到安慰，能吵起来，的确是一种生活还在正常继续的安慰，不是吗？

麦良从小到大一直是她一个人在操心，他的确没有置喙的资格，可他不是在忙工作吗？在大事上，麦良还是愿意跟他沟通，也会征求他的意见的，只是去深圳这件事他从没听麦良说起过。去看麦良的微信，一个月前，麦良给他打过四个电话，发过一段语音。

"我每天都在干些什么破事啊。"

第 四 章

1

随着麦伦的发达,林希越发与他保持距离,她尽量不取用来自麦伦的钱财,不享用因为麦伦而有的便利。她一如既往地保持着两个人搬来搬去寻房子住时的习惯。事实上,她的确一贫如洗,为了弥补自己时而糊涂而造成的亏空,她得不停地去找兼职。循环往复,已不知最初是为了什么样的誓愿而令自己如此辛苦。

必须与麦伦一同出席的场合,她永远穿一套宝蓝色晚礼服,蓝色高跟鞋,得体又不显山露水。没人想得到,这个冷傲优雅的女人其实是个贫穷的购物狂。

像一个抽鸦片的人,那个瘾上来,她甚至向同事开过口,但不出几天,她一定会还上那笔钱,虽然她在单位并无人缘,但总有人愿意借钱给她。

麦伦并不关心她每天在做什么,她的内在正在发生什么样的变化,他只关注她做的事会不会给他带来负面的东西,是不是对他的仕途不利。在他看来,他给她优渥的生活,她应该感觉到幸福并满怀感激才对。不约而同,他们伪装得像是一对再正常不过的夫妻。

"闲不住啊,就是吃苦的命。"但凡与熟人提起他那一直默默无闻的老婆,他必要痛苦地皱起眉毛呻吟一声。在李司机面前,叫得更为难听。"就一神经病。"李司机从不说什么，有时也劝他的领导不要轻易动怒，动怒容易伤身体，还有其他事等着他去操心。

然而，一旦察觉到她有了背弃之心，他马上变得惶恐，发出一阵真心实意的乞求：不，不要抛弃我。这个灵魂里带着童年时期特有的黏性的人，最受不了的是别人的离弃。每当他站在她面前，看着她那双最初吸引了他的眼睛，一种从来就没有征服她的暗示力量令他发出一声低沉痛苦的号叫。没有拥有，何来抛弃。

他时时先发制人，不断地离弃她，又不断地回到她身边来。

她跟他一样，有着极度矛盾、自我分裂的复杂个性，她感情丰富又心思单纯，心智健全又时而精神错乱。他慢慢地观察她，他不知自己究竟做错了什么（这几令他崩溃，怎么可以被一个女人打败），而使得她放弃自己，甘愿成为一个平庸的妇人。随着年龄的增长，他变得理智沉稳，唯独面对他的妻子时，他的智商会迅速降为零，只认一个死角，明知钻进去也是死路一条。

他一直在找那个合适的时机，希望俩人像过去写信一样彼此敞开心扉，给对方一个机会，彼此拯救。他实在太忙了，多亏了有那么多事等着他去做，不然，他会一头扎进那个死角再也出不来。

忆起当初追求她的那段日子，那可真是稀有的甜蜜，此后，虽然与很多女人有过来往，但让他的灵魂闪闪发光的时刻再也不可能有了。他拥有很多权力，唯独不能更改她这个现实。

"造孽啊。"又有好一阵他没来了。这天午后，路过茂林路，跟李鸿祺一起上来看看。一进门，李鸿祺便去开灯，因为房子里暗昏昏的,像是黄昏早已降临。林希正站在椅子上,举着一只纸箱子往壁柜上面放,李鸿祺走过去帮她,发现那点小小的空间根本塞不下一只箱子,他回头看了眼麦伦,俯下身悄声说:"又去买了啊。"

这房子里,像一个正在生产衣服鞋子盒子袋子的工厂。客厅里,成堆的衣服散乱地堆积着,他们正走进生产车间;进了书房——包装车间,整面墙上的书看不见了,那些盒子另砌了一面墙,一面让人愤怒绝望的墙。除了儿子房间的窗户还是窗户,其余的只看得见从一双顽固的手中挣扎而出的小方洞。

李鸿祺正跟林希说笑,就听见一声倒塌的声响。麦伦对着客厅墙上连踹几脚,转来转去,他屁股居然找不到一块地方落下去,抓起茶几上摆放的物件,也不知是什么,猛猛地砸向墙壁,啥都不能毁坏,忽然看见电视机,李鸿祺挡不及。

"如果你平时像话,我供你挥霍,没什么问题,问题是你……"考虑到一旁的司机,麦伦不再说下去了。

"你可以去查你的账,我没花过你一分钱。"作为一个女人活着,这是她唯一维持的自尊。

一提到"查"这个字,麦伦的神经都在抽搐:"我懂了。你是没盼着我好,你就那么盼着我被查。"惊悸,颤抖,说不下去了,猛拉开门,叫着:"让这房子立马倒了,全砸死算了。"眼里所见,全是死讯的征兆。

李鸿祺并没有去追他的领导,抚着林希的肩膀让她消消气。林希冷笑:

"我根本没气可生,这些东西,全是我花自己的钱买的。"

李鸿祺露出一丝只有自己晓得的微笑。这微笑却一下把林希给激怒了。

"怎么，连你也不相信，我就没这个能力吗？"

"姐，我是心疼你。有件事，一直想着该不该告诉你。"

"够了，我什么都不想听。"林希闭上眼睛。李鸿祺不知要不要再说下去。

林希拉开门说："我要休息了。"

一阵忽然降临的寂静。她想要走出门去。

2

跟陈焰见过面后，她每天都要趴在桌前写上点什么，开始是抄写，大段大段，书里触动她的句子，她工整地抄写下来。慢慢地，她有了往里面加上自己的一点思考的习惯。这样的抄写已积累了十三本。她不再热衷去湖边散步，购物的渴望突然也不那么强烈了。每天黄昏，一回到房子里，她随便吃点东西，就坐在那里抄写。

她讨厌阴雨天，那样的天气里，她的情绪会像一坨黏湿的毛线，在单位她还能控制，不让它们胡乱缠绕。然而，一回到房子里，那坨毛线就自行松散掉，拽着她的思绪乱纷纷到处探伸。总是一些不快的记忆缠结成一个大块，她固执地纠结其中，揪出更多更杂乱的团块。

昨夜到这会儿，像有个力气蛮大的人使劲揪着我的脑神经，不让我缓过劲来。

"妈，你是不是得找下心理医生了？"有一天晚上，麦良冲完澡，双手拨弄着湿头发，一本正经地问道。

她又开始往外走，把闲暇时光用来浪费在房子外面。她习惯了去健身房练瑜伽。

等她下班后去时，所有的位置已经被占据了。她坐在门口的一块瑜伽垫上，看着那些健康的热爱生活的肉体，曲张成极限的姿势。

没有一点预料，她在这里看到了李鸿祺，这太令她吃惊了。

以后，李鸿祺会提前给她占一个位置。跟李鸿祺在一起练瑜伽的感觉有点怪，他胳膊和大腿上露出来的过于白皙的皮肤，他那柔软的身躯，令她有种不舒服感，安静地处在冥想状态时，她想到一个问题：为什么戏曲里头总由一个男性来扮演女性角色而且还相当出色？偷瞄一眼李鸿祺，仿佛看见一位上着女妆的男性扮演者。

"以后常来啊，练这个贵在坚持，我只要不出车都来的。出差外地我都会想办法坚持。"

李鸿祺的确跟周围那些男人有点不一样，平时，他到家里来取麦伦的衣服或是一个文件时，她从没仔细看过他，只觉得他的眼睛很亮，皮肤像搽过粉。他暗色衣服下的身躯有种肿胀感，不过很柔韧。

"姐，这是单位上发的螃蟹，我给你带过来。"他从不说是麦伦盼咐的。她认了那声"姐"，比称呼她别的更为妥当。

有一次，他说了别的。那是去年夏天一个礼拜天的黄昏，他被麦伦派来接她去参加一个宴会。那是一个圈内人士的聚会，众人都带各自的夫人前往。李鸿祺在楼下的车里等。卫生间的水管一直在漏水，那会儿，她给麦伦又打了个电话。不一会儿，李鸿祺上来了，直接去了卫生间，听见他在柜子里翻找工具的响声，她有种错觉。

李鸿祺收拾水管时，林希化了妆，穿了一条曳地长裙，不知出于什么心理，不常化妆的她化了过浓的妆，又涂了一遍口红，镜子里看去，血红欲滴。她以麦伦的眼睛看着那个女人，却想起小时候被孤立的情形，至今引起身体一阵强烈的恐惧。除了把她像个工具一样在各种场合摆那么一下，麦伦并不想让她与他阵营里的人多打交道，包括那些人的家属。

"卓副局上次给大哥设了局，有点险。"好些事，她都是听李鸿祺说的。她从不问什么，从不表示有多好奇和关注。"结果，反倒把自己供出来了，这对大哥有利。"

听上去他在讲某个黑社会的头目。她感觉到李鸿祺放肆的目光一直在那个小小的镜子里窥视她。

"你知道宋全是怎么栽的吗？哎呀，他那个人，怎么讲好呢，一颗人心，简直就一火柴盒嘛。我给你讲哦。"李鸿祺以他那不知怎么就变得阴柔媚气的嗓音一个劲说了下去。林希想的是，是什么促使李鸿祺的内在变成如今这样。"他都不晓得自己的电话早就给监听了，他表姑从医院打电话，让他给老母亲交住院费，这个住院费呢，这家伙硬是不肯出，却让他表姑交，他认为表姑早就从母亲那里拿了钱。为此，俩人在电话里吵架，哼，真是闹笑话，这个乡下表姑一直照顾他老母亲，他老母亲呢倒也大方，时不时地给表姑一些首饰和私房钱，电话里，他就要算这个账。你说这样的人，大哥还能保他吗？结果，人家说了，'此人于公不廉，于私不孝，就一害群之马'。结果一查，果真又查出别的事来。听听，说什么好呢，这种人，活着，只是白活着嘛。"

林希不语。宋全与麦伦长期以来虎狼斗，看彼此都不顺眼。宋全斜睨过林希两眼，对麦伦有如此平凡寡言的夫人而吃惊。他的女人倒是非凡热情，场面话讲得极为漂亮，拉住林希的手说个不停，一个战壕里的战友般的友好亲昵。

也不用林希说什么，就到了丽都酒店。李鸿祺为她打开车门，贴近她的脸说：

"姐，你要是觉得闷了可以随时喊我，我帮你开溜。"

每次参加这样的聚会，林希总是提前溜掉的。她是没能力应付，也从来没跟那些人真正变得友好。时不时陪着麦伦亮个相，不过是对彼此不言而喻的尊重。

林希进去时，众人正围着一个着中山装的中年人坐在茶吧里，麦伦以略有点吃惊的目光看了眼林希，又把目光投向正滔滔不绝的中年人。不知怎么的，林希感觉身体里有一股奇怪的软融融的东西在涌动，目光不由得扫向麦伦，他身上有种从容成熟的风度，她像从没发现过。一旦意识到麦伦在有意与她保持距离，那种感觉便越发强烈。

"那咱们就开始吧。"

众人站起来，压抑着各种声响慢慢往里面移动，而从麦伦身上，像是从地心里正发出一股吸引力。林希不由得也被吸引过去。有人把她往麦伦身旁让。林希礼貌地点点头，站着没动，但她惊奇地发现，在那个瞬间，她渴望能跟麦伦有身体接触，渴望站在他的那片光环当中。

"现在，就请诸神归位吧。"那是麦伦浑厚带着幽默的嗓音，眼角所及，所有人的脖子一律往长桌右边扭过去，对面几人面露铁质的笑容，林希略有不快。这可是从未有过的。她对自己诧异万分。有个年轻女子的笑声一时收刹不住，晶亮的酒杯上闪着璀璨灯火投射的光，乍然之下，莫名其妙，她不知被什么触动了，一泡泪水已然涌满眼眶，她用一只手去抚弄头发。

"各位女士，各位老友，欢迎大家的到来。在这个轻松愉快的夜晚，我有幸为大家介绍，这位是文化名流、著名书法家、星相研究者、旅行作家、学者……先生。"

林希的思绪飘远了，麦伦的嗓音带着她，在一个虚无缥缈之境，只剩下了他们两个，慢慢地靠近。他彻底变了，他那副做作的腔调、他说的那些，皆令她感觉厌恶极了。她甚至厌恶他的嗓音。可是，她想要拥抱他，拥抱那个最初与她有过知交之人。也许不是，她不由自主去靠近的，不过是此刻被众人仰视着的那个仿佛来自地心的形象，他那个与她一样时而肥胖时而瘦削的身躯突然有的异样的吸引力。当他的目光投过来，就要与她相认之际，她躲开了。

也许，她从来都不了解自己，她只是头顽固的驴子罢了。而她了解麦伦，那个装腔作势之人背后的那个男人，只有她最了解。

几轮献词，几杯酒下肚，气氛活跃起来了。杯盏交错，刀叉轻微的磕碰声渐乱，带了力道。人们乐此不疲，这种重复无尽的游戏，或是表演。人们需要表演和游戏，尤其是这些人，他们当然也需要观众。接下来，每个人都发表言论，两股声音形成上下两层的罩子。男人们志得意满理直气壮的声音高昂地贴向天花板。女人各自为伴小声谈论的声音低伏下去。邻座一个女人一直冲林希絮絮低语，而麦伦的嗓音时不时压过了文化名流故作谨慎的低语。

"真是没想到，藏龙卧虎之地啊，这是我到过的最为神奇的一个地方，见过的最为热情的朋友。"

"哈哈哈……我们苔蓝，是一个历史文化极为悠久的城市，各位，历史上……"

听过几万遍，每个人都能背诵，反而不懂其意。

"宋全老婆最近一直去教堂。……"对面的女人将脖子伸过来，林希只好伸过去一点，好听清楚她说了什么。"你得多跟大家互动……"

一阵掌声响起来，林希乘机站起来，悄悄退出去，麦伦的声音跟了她几步，随后，就听不见了：

"'每当历史的狂风呼呼大作的时候，死去的树枝总比活着的树枝更能刷刷作响'……"

他写的那些信，独特笔迹的信纸上，他那张不自信的脸，浮现又消隐。她记起自己曾经劝他去当一个作家。

麦伦若再喝点酒，一定会盯着她的方向说出那番话来：

"社交生活的诀窍是学会控制恐惧，婚姻生活的诀窍是……

诸位,你们填空吧,在这方面,我可没你们懂得多。"

夜幕下的苔蓝,到处张灯结彩。他们曾经心平气和地谈论过的一些话在她脑子里浮现。那软融融的东西还在她身体里涌动,麦伦的嗓音还在耳旁回响,那又是一个陌生人。一阵风起,李鸿祺出现了,就像被这阵风带来。

下台阶时,他伸手搀扶她。他手上的皮肤过于细腻、冰凉,相比,她的则因为过于绷着一股连她自己也不清楚的东西而显得灼热、粗糙。

这时候,她发现,自己仍在那阵渴望里,渴望能跟麦伦一起在这样的夜晚漫步。她很想知道,麦伦是不是也曾有这种渴望。很显然,他只陶醉于有观众的表演当中。

她请李鸿祺赶快送她回家。这是必要的伪装,最应该让李司机看到:领导的婚姻生活一直照常。尽管那双眼睛很早就对她讲:我心知肚明呢。她依然要装下去。

自从在健身房里遇见,李鸿祺对她的态度越发亲昵了。林希忽然想到,似乎从李鸿祺嘴里从来没听到过麦伦的政绩,他讲的总是一些不该为她这个外人所道的事(相比别的家属,她似乎要不可靠得多)。

那是另一个雨夜。在健身房,她冲完澡来到休息大厅时看见李鸿祺坐在那里看手机。她没有带伞,李鸿祺送她回去。似乎事先准备好了那番话,一上车,他就说了出来:

"大部分女人,只不过是女性化罢了。可你不一样,你很有女人味,我丝毫没有夸张的意思。"

"你真会开玩笑。"一个司机不时恭维领导的女人,这没什么稀奇的，从另一方面来说，他同时也是在监视和保护她。"走吧。明天一早你还要出差的吧。"麦伦热衷往外跑，就算没有机会他也会制造机会。他身边时常带着三两个亲近的人。

"就像一种植物延迟太久而有的绽放。"他的双眼闪闪烁烁。

她转过脸去看着车窗玻璃上的雨珠，梧桐树上闪着湿的耀眼的灯火，来来往往的车子驶过，划起一道水帘，刺啦一气，又静下来了。

"谢谢你的赞美。"她想着自己的确像某种植物，时败时荣，对天气特别敏感。"有空多去锻炼吧。"若他不是老拿那阴湿的目光看她，倒可以是个伴，相约着每天一起去健身。

那天晚上，她有意去迟了一些，给挤到一个门口的位置，脸几乎贴着墙上的镜子，看见自己的脸，好长时间没有跟谁说过一句话的脸，一股毫无缘由猛烈的悲伤，令她觉得待在这里很荒唐。那以后，她就不再去了。把过去读过的书重温一遍，倒有不少的乐趣。

近两年，苔蓝气候多变，几乎每天都在下雨。有一阵，连着好多天阴雨和大风天气。她又去了健身房。这次去，找了个私人教练。马教练非常严格，每天逼迫她进行那些跑跳举屈拉伸项目的强度训练。

健身房在地下，冷气开得很足，马教练长得人高马大，健美的身体紧贴着林希，帮她做一些拉伸动作。马教练其实已经四十多岁了，但看上去非常年轻，头发染成褐色，剪得短短的，背影看上去像个小伙子，说话总是不容置疑的语气。

林希每天晚上下班后都过来。

一个雨天，林希意识到自己每天都想看到马教练，想被她命令，当马教练的双手围在她的腰部，指出人体原本的曲线，或是把手按在她的脸和胸部，教她怎么做才不伤着自己时，林希却盯着马教练饱满坚挺的乳房，那成熟的丰韵令她着迷，尤其是那头褐色的头发，那双独特的眼睛专注望过来时，震荡有力的背景音乐忽然听不见了，四下里空空荡荡，林希身体里泛起一股奇怪的东西，那既不是爱恋，也不是欲念，不全是欣赏，而是介于这些之间的一种奇怪的感觉，她诧异极了。

马教练将双臂伸得长长的做了个舒展动作，冲林希笑道：

"你知道我男人叫我什么吗，'嗨，马儿'。我宁可让他叫我'一匹母马'。"听到的人都哈哈大笑起来。"都是我那男人搞的，有时候我也怀疑自己的性别。不过，我很温柔呢。"

大家围过来跟马教练开玩笑。林希不知自己这是怎么了，那个女人的声音吸引着她。这种感觉，像是某种回忆，应该是在她上中学时候。是，她正被吸引，一种掺杂着忧伤愉悦的神秘情绪，令她不由自主。

在交警大队四楼的那间办公室里，她钻在那些表格和数据之间，听着隔壁那个综合办公室里不时传出大笑声。这一切离她是那么遥远。除了说过一些工作中的事，一天当中她几乎没和谁说过什么话。

麦良一进门就关在房间里，不像小时候，一进门就缠着她要这要那，问很多问题。她从没想过会有这么一天，她感觉自己又被抛置在某个熟悉又冷酷的地方。她曾经抄写过半本《查拉图斯特拉如是说》。现在，她又开始抄写。

你生活在孤独中时，就像在大海里一样，大海负载着你。

对于隐居者来说，朋友始终是第三者：第三者是软木塞，它阻止谈话往深度里进展。

对于所有的隐居者来说，有太多的深度。所以他们如此渴望一位朋友，渴望着他的高度。

同时，她把一些读过的书再次地阅读。意念里，她有陈焰这位老友，虽然陈焰更像是她幻想出来的。她想起陈焰选择的生活，希望这也是自己的另一种生活，她真正想要的生活。这个阅读的过程，令她的生命变得充实，然而，一旦到了外面的世界，她发现自己这多少年来其实一无是处，对现实，她毫无能力应付，就连陈焰她也不懂怎么跟她交往。她现在才明白，这正是麦伦对她的失望：他一直期待着，她能发现自己的一无是处并且能主动改变它，好赶上他的优秀。

在一些不得不去的场合，那些现实里生龙活虎、八面玲珑的男女令她猛猛地觉醒，自己就是个白痴。然而，一旦独处，她很清醒，也很了解自己，宁愿保持天真和幼稚。她看很多美剧，每天都看一部电影。一个礼拜天的下午，连看了五集美剧之后，她发现自己耗这个时间的目的，只是为了追着看女主露丝·威尔森。

她一直想着马教练。

她感觉自己越来越不了解自己。我这是怎么了？难道，这才是我的本能，我的天性？

慢慢地，她陷入回忆，试图重新了解自己。这样，她又接近了童年，少年，年轻时候的自己。那是一个极其漫长的过程，那甚至是她生命最为重要的阶段，尤其是童年和少年时光。不，这样的回忆激得她暴躁和抑郁。人得往前走，得不停地扔掉各种包袱。何况，她都这个年龄了。

她跟自己说，我很正常，我不需要看医生。她知道医生一定会从她的童年窥探起。就算他是个专家，问题是，对她真实的人生，专家究竟能懂什么呢？

一个人坐在暗昏昏的屋子里发着恨，外面的黑夜早已降临，她没有开灯。

3

她见过几次表姐，是在商场里。迎宁剪了一头碎发，后面跟着两个夹公文包的年轻人，朝着林希望过来时脖子挺得直直的。如今的表姐目光犀利，不苟言笑，似乎是骨头露多了，没肉了，人变硬了，不过这样一来，完全看不出她的年龄来了。表姐还未开口说话，林希已感觉周身的神经蓦地一凛。听说表姐和另一个与她门当户对的男人再婚了。林希没受到邀请。有可能麦伦被邀请了，他们从未谈起过这个话题。林希提了差不多二十个手提袋，迎宁吃惊得终于弯了下脖子。

"你搞批发吗，这是做什么？不会叫个人来帮你拿东西啊。"马上拿出手机要给商场经理打电话。

"不用。一次多买几件,平时就不用过来了。有些要送朋友的。"林希尽量说得让对方相信。

吃惊一个人的变化,迎宁老拿林希举例子:

"我表妹,实话告诉你们,过去是一个非常有脾气的人,可是现在,你们不晓得,她完全成了另一个人,你很难说这种改变对一个女人来讲是好还是坏。她本可以成为一个优秀的人。生活太优越了,反而会毁了一个人,都是命。"

表姐带着怜悯的表情走开了。林希在她布下的那阵空气里站了半天。忽然转身上楼,把方才犹豫着是否要买的一套真丝套装也买了。

"我花我的钱,干什么要心虚!"站在楼梯口,她大声地说。在表姐眼里,她一定像一只耗子吧。

反反复复,她停不下来。

那是在八月将尽的一个午后,麦良向她转达父亲的旨意:晚上,宋朗要上家里来做客。

她不知道为什么会惶恐,找了个借口去单位加班了。听说海源公司在苔蓝有个销售处,由宋朗具体负责。她躲开那片地方。

4

"妈妈,你有没有想过,你有可能是外婆从哪捡来的。"麦良端了杯水过来,跟她开着惯常的玩笑。这是个高个子、宽肩膀和大眼睛的小伙子,不同于她的木讷,麦良头脑活泛,很有自己的主张,他遗传了妈妈的长腿大眼。

麦良拿到了大学录取通知书，考得并不理想，但她很知足。她计划好跟麦良一起去云南，在她发出这个邀请之前，麦良早就跟同学游历天下去了。她妈妈也来不了，民宿酒店一天都离不开她。在麦良打趣时，她想，那的确是一个好借口。

直到假期结束，麦良才回来。她准备了很多东西，跟麦伦一起送麦良上大学。他们住在学院附近的一个酒店里。放下行李，麦良就催他们离开了，林希心里涌起一阵失落，被遗弃被孤立的那种失落。她很感激地朝麦伦一瞥。

那个校园真是大极了，他们慢慢往外走，忽然落了一场雨。林希穿着一件蓝底白花的裙子，她的头发有些长了，遮住了脸颊。当时是走在一棵高大的桂花树下，从对面一个树林里不时飞出一只只白色的大鸟。

"我很抱歉。也许，我们现在可以彻底分开了。"林希看着那些鸟，吃惊自己怎么就说出了这番话，这不是她的本意。

"你说什么？"麦伦背着双手正兴致勃勃欣赏校园里的风景。

"你一定也是这么打算的吧。"

他感觉心脏忽然不适，喘不过气来。他有过那样的打算吗，他不知道。他可能以为自己从来都不在婚姻里头呢，她只是个替他养小孩顾家又不多事的老妈子，可是她不晓得，近来他都变好了，期待的是两个人同时会说那番话的时刻：让我们重新开始吧。他真是胡混够了。

"你真是胡闹。我对你从没有过那样的心，我是没有太关心你和儿子，你都看到了，我这不是工作忙吗。"

"那个沈辉又往家里打电话了。请她们不要再来骚扰我了，这很难吗！"她看上去面无表情。

沈辉想回到北方来，想跟他结婚过日子。这个女人还真是执着。

不是那样的。他很想跟林希说说，在那样一个气候饮食叫人不适的地方，他想从童年时被遗弃在乡下的那种孤立无援的境地中逃出来，可是，他说不下去，他再也说不清了，听上去都像是胡说八道。不管怎样，反正他早就跟那个女人断了。

林希低下头，又转头去看空旷的校园。太阳忽然出来了。

"你不用说什么。我们之间并不是因为这些事，不过，有了这许多事，也好。"

一些别的记忆探头探脑，麦伦猛揪了一把桂花树，逼近她的脸说："对啊，我就喜欢粗鲁野蛮不装的人。这难道还要经过你允许吗？你知道自己那张圣母般的脸让人有多憎恶吗？……"

她转身走掉了。

一辆公车从旁边开了过去，他处在自己的愤怒里。太阳一出来，马上晒得人头昏脑涨。校园里不该是吵架的地方，他追到酒店。

"你以为，搞砸这一切的究竟是谁。"

"就算没人搞砸什么，对你来说，还是会有那么多事。我从那个上门来服务的小杨进门的时候就晓得你了，如果我记得没错，她其实是你的同事对不对？你本质上就是个混蛋，难道你自己不晓得吗？你拿走我放在抽屉里的那些东西，你以为我不知道你都给了谁吗？你究竟懂什么？你以为你在做什么？你，究竟懂什么是爱？"她像受到惊吓，猛咬住嘴唇不说了。

"喏,我是不懂,我哪有你懂。你又有什么资格来说我的不是,除了做账,除了花钱,你根本没能力处世,你就是个白痴,你就是个神经病。"

空调机发出持续的噪音,这房子的墙壁似乎比别处的厚,而房间里狭小,昏暗,让人不得不四处走动着寻找一点空隙。麦伦预订了五星级酒店,她偏要来这里。他连声咒骂,说他这样的人物,怎么可以住在这样的破地方。而她则认为,他的那些做派实在是可笑又可怜,迟早会遭报应。俩人绕着两边的床铺走来走去地挖苦打击对方。

他冷笑道:"除了我提供给你的一切,你究竟有什么?要不是我把你从那个破地方打捞出来,你这会儿在哪呢?你这个白眼狼。"

那段住宿舍的日子仿佛重新来过,多少年里他们没有这般有深度地争吵过了。一开腔,就像两只寻到熟路的脚,再也收不住奔跑的欲望了。

"你闭嘴!"她发出一声咆哮,脸颊歪斜,他看见她额头那里的皱纹,眼睛里的怒火,胸脯起起伏伏,生气倒赋予她一缕活力,令她看上去越发鲜活动人。岁月没有在她身上多留印痕,除了她变温顺也变木讷了。她仍然是那口深井,对他泛动着幽幽的潮湿又诱人的冷气。

"对不起,我要休息了。"她先妥协,就跟那时候一样,就像个成熟的家长。她走过来,看着他的眼睛说完,然后转身走到对面的床铺,背对着他换上睡衣。

这激怒了他,嘴里吼着污辱她的极为难听的话,冲过去几下把她刚套上的那件睡衣又除掉了，用力拧住她的一只胳膊，迫使她正对着他的眼睛。她用另一只胳膊去遮挡乳房，一些声音在他脑子里响起，响亮得他以为她都能听得见。

"还没懂得怎么绽放，哈哈哈。我敢保证，她有一个蹩脚的情人，他教不会她做任何事……"

他紧揪住她。她哆嗦着反抗。后来，她停止了挣扎，放开双手，直挺挺地躺在那里。她说了句什么，他不要听，满脑子是对她的侮辱和损害，是脑子里的那些声音令他变得疯狂。

他记得追求她时说过的话：他宁可相信灵魂经过残酷的碰撞之后两颗心灵的靠近。他想起自己对爱，以及婚姻，曾经怀着敬畏之心。他想把这番话说给她听，她曾经从眼睛里渗出温柔和爱意，她身上总像是多开了一窍，使得她那个人与别的人有所不同，她用目光吸引着他，最初，她把这些神秘的恩泽全施予他。狗屁。他扯她的头发，她原本就是一个平板木呆再普通不过的女人。他奋力地想要重新开掘她，她却抗拒他。

第 五 章

1

我们热爱生命，不是习惯于活命，而是因为我们习惯于爱。

她想到，提离婚之事或许本是无稽之谈，因为他们从来都没有结过婚（那趟旅行都不能被当作证据）。这么多年过去了，记忆变得混乱不堪，俩人都想不起来，是不是曾经去办理过那一纸手续，常用的证件都可以在那个洞穴之中找到，翻箱倒柜，却没找到那一纸可疑的文件。

　　起初的四十天，她极度不适应儿子不在身边的感觉，每天一进门，她就去儿子房里待着。准确说是在一个洞穴里待着。她感觉到一种孤独和悲伤。只儿子这间屋子还空阔，里头可以晒到太阳，跑步机上的一件橘红色短袖吸饱了阳光。她朝窗口走了几步，小区绿化做得很好，花木正染上层层叠叠的色彩，亭子里，几个老人走动着寻到一个暖和点的地方。她从未在小区里碰见陈焰。现代社会，网络上的恋人，很有可能会对面不识。每个人都无比热爱着手机那方小小的屏幕，现实里没有的，那里头应有尽有。她时常怀念双子镇上的人。

　　早午饭她依然照着儿子在家的样子端上桌，当意识到儿子不是在苔蓝的中学，而是在两千多里以外的异乡之际，她非常难过，想到把麦良一个人抛在那么远的地方，一个人都不认识，他该有多孤单。他吃不惯那边的食物，他喝太凉的东西胃会不舒服。想到后来，她坐在那些食物跟前大哭起来。

　　有时候，天气阴沉，她会好几遍起身走到办公室的窗前去，麦良所在的那个城市太爱下雨了，老是这种阴沉沉的天气，他会不会心情不好？她迫不及待给麦良打电话。麦良说："妈妈，你不要老是这样子，你不觉得你自己太空虚了吗？"

她想走进那个综合办公室去,可不知走进去要说点什么。那些同事早就习惯了她的孤僻。

这时候,她渴望与陈焰见面。

她开车去医院里找她。陈焰的同事说她去年就辞职了。林希非常生气,忽然才明白,她们原本是两个陌生人,也就不再打算联系她了。

为了进一步控制自己的购买欲望,她索性辞掉了交警队的财务工作,只保留了两份兼职的事,没钱是最好的克制手段。她在家里办公,偶尔会去那些兼职单位的办公室,她闷声不响的工作方式很令人满意。一直以来,兼职的工作给的回报多。有一个专卖奢侈品的礼品公司,设有临街的门店,装修得金碧辉煌,玻璃柜台里摆着一些她看不出能值那么多钱的器物,做工都很现代,也分不出材质的真假,但就是有人热衷买这样的东西,做三五笔生意,就已经赚大了,她需要做的工作真是简单得叫人心虚,这份工钱她挣得非常轻松。要不是因为宋朗,她可能还继续着那份兼职。

那天,她从店里出来时下雨了。她没有带伞。天色已经暗下来,雨越下越大了。大雨将街道冲刷得干干净净。

她晓得宋朗常跟麦伦见面,当她跨进他的车子时,并没想到这是一场刻意的等待。街道上因为大雨突至而空空荡荡。

"也许你不相信,每次我经过时,都会在那等一会儿。你是个很守时的人。你从小董的店里出来,总要先看会儿天空,似乎是在跟自己商量,接下来,我要去哪呀。你一定要问,为什么呀。呐,说实话,从晓得你是在跟常默交往那个时刻起,我就对你很好奇。你很快离开了公司，我没机会跟你说上点什么。不过现在好了，我们又可以常见面了。我怎么感觉你过得并不如意呢。"

她笑了笑，没说话。宋朗的个头变矮了，戴上了眼镜，令她难以看到他的眼睛，但一看就是个小地方来的人，处处透着一种不言自明的东西，连他说话的方式都是。车子拐上立交桥后，他又说："那时候，连我都不晓得你原来在跟常默谈对象，这个常四儿，高中时，我俩关系最好。"

"都八百年前的事儿了。我们如今都一把年纪了，眼前的事都操心不完。"她谁也不想打问，很多误会，那是一段被禁锢的记忆。

"你们可真是倔，真像是一对儿。我有一个研究，人的姓名对一个人的影响是深远的，比如常默这个人，自从改名换姓后性格大变，过去他是个老蔫儿，谨小慎微，缩头缩脑，跟他爸老是簪不到一块儿。不过话说回来，常总大概从来没料到，最见不得的儿子，反而最有出息，常四儿如今是干大了。"见林希沉默，换了副语气说："当时常默只要给我打个电话，你就不会被开掉的。这家伙，一直跟我都瞒得紧紧的。"

"那你又是怎么离开公司的？"她不耐烦地换了个话题。

"这个说来话长，我不是做销售的吗，经常往苔蓝跑，也是一个机遇，记得有一次想去拜访你，麦伦说你在养病，他带我去王健的茶行喝茶。王健要回南方了，我也正好不想在公司里干了。"

"哦，现在你开茶行了。"林希懒得打问王健是哪个。

"林希呀,有一回我给你打电话,想请你当我的财务总监,你拒绝我了。我都卖了六年茶叶了。你真是两耳不闻窗外事啊。"

"真是抱歉,我太忙了。"

"你不该这样嘛,应该学会享受这美好的生活,你看看你,一个人的性格真是很难改变的。你是我见过的最……"他朝她看了眼,茶色的镜片上反射着一星点路灯的光,"最不聪明的人。"

"你说得没错呢,很多时候,我自觉智商不够。"

"哎呀,算了,看来你真是没把我当朋友。"车子停下了。他从座位上拿过一个文件袋递给她。

文件袋口开着。一沓麦伦与两个女人在不同场合的照片跌了出来。

林希面无表情地把它归还给宋朗。然后一语不发地看着车窗外的雨。

"需要我帮你做点什么不?有些事,也许我可以帮你。"

"如果你需要钱,可以直接去找麦伦要,他一定会满足你的。"

宋朗直起身,吁了口气,调整了下姿势,坐得更舒服一些。

"我只是想帮你。"

"帮我什么,拆散我的家庭吗?这个目的你达不到的。我不可能跟我的丈夫离婚的。"

"我可以帮你这辈子你从没想过的。只要你听我的。"

"你操心太多了,我没什么可让你帮的。请让我下去。"她打不开车门。

"哦,看来你真不信任我。我可以帮你做成一些事。"

"请让我下车。"

站在雨地里,她给麦伦发短信:请留心宋朗这个人。

麦伦回:哦,他想要我帮他办一件不可能的事,我办不到。

2

报错了一份财务成果核算报表,损失来得及挽回。不过,在电话里,她听到了很难听的话。她没有为自己辩解。

整日刮着风。屋子里非常乱,她知道。为了让自己脑子里保持应有的秩序,她整理那些衣物。她还记得第一次将包里的钱花完的那个时刻。不经意,房子里就成了这样。令她想到那个理论:破窗周围的窗子总是更容易被打破。心脑间也是这样,当它开始混乱的时候,你没打算要收拾,接下来只会更加混乱。

3

那是一个与别的日子没什么不同的清早,她很早就起来了,先出门跑步,回来后练半小时瑜伽。要在这房子里腾出一块放瑜伽垫的地方着实不容易,她是在床上练的,极为投入地把身体扭到各种极限。

时令已到春天的尾巴,天气迟迟没有热起来,连日阴雨,好在雨时落时停,太阳偶尔会露一会儿脸,像是有意防止她这种人窒息。镜子里,她看见这阵子对自己狂虐的锻炼有了效果,像是瘦了十几斤,事实上不过就掉了两斤肉。神采奕奕。她冲澡的时候手机在响。近来她常在微信上写一些话，以设为私密的方式存到朋友圈，然后再把它抄录下来。她发现这样做，像有一种隐秘的激情，既带有一种表演性质，又可以保证某种程度上的客观，与直接写在纸上是不一样的。她想象陈焰，有可能对现实生活过度失望，才躲进那另一个世界里去，顿然省悟：

原来，这跟她躲进会计的工作当中去是不一样的。

人对人的启示，不是他对你说了或做了什么，有时候，仅仅是通过一个词语、一种暗示，蓦然，纠结着你的某些暗黑团块就顺通了。不知道陈焰写新作品了没有，她从未在微信上露过面。

林希的朋友圈很热闹，真让人惊叹，她永远都不可能像他们那样活着。她也不可能学她妈妈那样，像要在生活里制造出很多热情，有一阵子，她觉得拍照对她妈妈来说很重要。人都得有一样对自己而言非常重要的事做依托，人的精神和心灵也需要时时关照。妈妈逼着她去注意这个世界。

等到她想起来去看手机，却是陈焰的消息，约她回金牛城聚聚，说有几个朋友要介绍她认识。

她期待这个邀约太久了，却没想到陈焰会在金牛。电话里，陈焰说遇到了一个人，也就重新热恋上了故土。

"你知道吧，我妈调到双子镇时，你妈妈已经离开那里了。我们相遇那阵子，正处在一些纠葛当中，真是乱极了，就没跟你多联系。现在好了，我算是稳定下来了。喜欢的人，多久都会记得，是不是呢？你也还记得我的吧。"

"不管你信不信，为了找到你，小区里的每个窗户都被我窥视过。"

"唉,不想提了,在茂林路那栋房子里的生活并不愉快,好不容易才跟过去告别了。"

林希懂了,也不去猜测陈焰的过去。难以想象,陈焰现在遇到的那个人,会是一个熟人吗,他一定有点特别吧,不然,怎么能把陈焰勾回去呢。坐在镜子前的时候,林希想着要把这段话写下来:

> 人总得自己照得见阳光。你处在阴雨当中时,别人也是没法看到你的光亮的,又怎么能够吸引到他人来渡你。

她写在抄写本上,暗自想到,也许有一天,她会把这个提供给陈焰,不,她不是为了让陈焰把她写进小说,她只是想有一个人来理解写下这些文字的自己,当另一个人阅读并且会心,她的这部分存在才会生发意义。凭她对陈焰那本书的理解,陈焰最能贴近自己的内心,她对这个女人有种奇怪而热烈的感情,她又吃了一惊,想起那个马教练,但这完全不一样。她站起来,在越来越缩小的空间里移动,完全不一样。她很肯定自己,她一点也不渴望爱情,性取向属于最常见那一类,这一点,她再确信不过。她只是,出于惯性,她孤立。两个灵魂热烈相遇,不一定非得发生在异性之间,也一定会在同性之间发生。

无意间翻到与麦伦的通信,只读了一段,猛合上了,心里的那只盒子早关闭了,再也不可能开启了。那里面,泛着她与麦伦之间真实可触的爱情。这是命,她出声跟自己说道。如果事情是沿着书信的模式,现在会怎样呢?她会安心过着他的太太的生活，天真又满足。她猛猛地摆头，如果是那样，那她这一生都不会明白生命的真实和奥秘。那才是可悲的。她一定要把这个告诉陈焰。她担心自己会忘了，又扑在桌前，扑在一方空隙当中把这番话写下来。一番折腾，她心里激荡不安，这很容易让人误解。她试图以一个旁观者的角度来审视自己的内心世界，一场动荡如大海的搅动。只有陈焰懂。大多时候，她不过是想象并制造着友谊的温暖欢畅。

如今只需坐三个小时的高铁。她带了几件明亮点的衣服，刻意修饰一番自己，清早就出发。沿途景物既陌生又熟悉。最令她感慨万千的是，许多年过去，她依然是以一个失意者的角色回归故乡，这种观念，缘于精英人士麦伦的对比与暗示。她很少出远门，除了工作需要几次去外地培训学习，这样的出行令她有点兴奋。三个小时转瞬而过。

一出站，有人冲她直直走过来。她站住了。当那人慢慢地走近，她先认出了他那一笑，他变黑了，宽阔的背越发结实了。

"怎么是你？"

"好久不见了。"

"有二十年了吧。真没想到，我会在这里碰见你。"怎么能相信，匆匆快二十年已逝。

"怎么样，老家变样了吧。"他看她一眼，又嘿嘿笑起来，这笑让人亲切，引着她往一辆蓝色的标致跟前走。那一眼，可以说，有很多内容，也可能没有任何内容。

你知道，我们一起走过的这条路，这些与你在一起的瞬间，我会一直记着的。

你不用天天跑来假装了，我也没义务要陪着你消磨时间。你个自以为是的娘儿们。

她暗自笑了。这个"自以为是的娘儿们"，真没想到还会出现在他面前。

"你还在公司里干吧？"

"嗳，早就不干了。在时代的大浪拍打下，海源的命运从很早就已经发生了逆转，我们的产品制作赶不上人家大企业，有技术的员工早早跳槽而去。你记得宋朗吗，他被邻县一家企业挖去后，海源公司的销售渠道也给他恶意截堵了，这可真是致命一击，产品积压，有几年时间，员工的工资只好拿产品来抵。我们想各种办法，进行了不得章法的自救，最终也只能改制，不过是比别的地方晚了几年而已。你是不晓得，我们打过家具，做过冰棍，我差点成了木匠，车间是越建越多，公司亏空却越来越大。我离开后，听说情况改善了些，咱们金牛城厂矿企业本来就不多，政府还是支持海源的。怎么，你对你婆家的事可不怎么上心嘛。"

"我，这些我真是不知道。"

"来了多待两天吧。"

她说好。看了眼时间，张锦说："得快点喽，要不他们等急了。"哪里还有熟悉的金牛城的影子。车子开出高铁站，向东一直开下去。沿途建了几个古镇，做作得很，没有丝毫特点，倒不如那些山坡上的草屋吸引人。远处，淡蓝色的小陇山山系亘古不变地环绕着。

林希给婆婆打电话，说有点事来金牛，办完了会去家里。婆婆很开心，这时候，林希听见常总的声音：

"现在可不是观光旅游的季节啊，这个家不欢迎游客的到来。"

婆婆高声喊着说，试图压过那个声音："你一个人吗，常默没来吗？完了让小玉接你去。"

她很想念婆婆和小玉。早年间被甩脸色的记忆她早忘了，麦伦也一定不会怪怨她擅自前往的，但至少得那个家的主人乐意才好。给张锦一时也说不清为什么这么多年就没回来过。聊了些过去的同事，有几个还在海源公司。张锦在城里开了个汽修部，住在城郊，在苍蓝也有房子。

"可我一次也没碰见过你们。"

"陈焰要写长东西时就去那边住。当然碰不到了，跟你不在一个区。"说起陈焰，张锦只是笑。很快就到了。

停在一条空旷的街道上，对面是新建的一所学校，欧化的建筑风格，相应地，四周正在开发一栋栋商品房，而人口则在下降。将来，这些建筑将会无用地弃置在地面上，挤在这些建筑缝隙里的树木花草，是唯一一点希望似的东西。但愿，这只是一个极为恐怖的幻觉。

半米宽的石板铺成一条小径，曲里弯拐地向前伸延，高高的槐和柳在两边布下浓荫，她先看到两辆车子，停在一个庭院门前，淡蓝色的围墙掩映在竹丛间。一个简约的尖顶小楼从围墙和竹子间冒出来，与那些复制品似的建筑不同，这座小楼更像一个过于没精打采的人随意搭建起来的，灰不溜秋，没有丝毫风格可言。四周的植物却热闹得很，成片的丁香、芍药和牡丹，被开着白花的矮篱围在其中，仿佛是那些花开得太过分才把它们围起来了。又是开花的季节，苔蓝大部分的花早已凋谢，这里气候凉一些。围墙那头，种着一排杨树。地上一摊积水，车库门大张着。林希发了会儿怔。

陈焰从里面走出来，夸张地招手。她穿着一套厚厚的家居服，头上绑着条丝巾，几缕卷发垂在耳边，脚上却穿着一双绣花鞋，大红色底子上，绣着墨绿的牡丹，眉眼生动，妖娆得很。与印在书上的照片不同，也与上次见的女人不同，多了几分神韵。但她眼神里的某种东西没变。

陈焰抱抱林希，才朝张锦走过去，俩人彼此对看着，他们的身体语言透露着一股温柔和甜蜜的情意，张锦一只手臂忽然环在陈焰腰间。这么看去，张锦很英俊，浑身透着一股清爽。无论长相还是神情，都那么合拍，他们之间，恰证明了爱情的吸引力。林希忍不住一直朝他们望着。陈焰又快步走过来了。

"重色轻友哇。讲一讲吧，他是怎么勾你来这的。"

"修车行奇缘。"陈焰笑，"其实也没什么可说的。我们是高中同学。对了，张锦说，你们还同事过一阵子呢。"

"嗐，我被开除了。"想必张锦把什么都已告诉了陈焰，林希便不再多说。"真是快得很，才与你相识，你却已经另启人生。"林希向四周睃了眼，心里无端起荒凉。虽也是孤独的品性，但她宁愿住在闹市，她喜欢城市里的烟火。若无另一个心灵契合的人相伴，不管多幽静诗意，这地方，她一个小时都不愿意多待。

"姐姐，我现在满足得很呢。"女人浑身散发着爱情的气味。

像是多年的老朋友那样相拥进门。门口的花园子里种着菠菜辣椒，边角上开着牡丹花。从左边的一个屋子里，飘出烟气和笑声。

陈焰忽然贴近来小声问："都说你跟麦伦在闹离婚，为什么？"

"这你都已经知道了啊。不公平，你带着光芒看着暗处的我，还以为看到了光明。"笑了笑说，"怎么说呢，开始的地方，便已注定了毁灭。"

"到处讨生活的人没说不公平，倒是你这个阔太太要来说这话。你才是有光芒的人。"

林希不想多说什么。有种失落，如同，她把一点希望寄托在陈焰身上，却发现陈焰原来也不那么可靠。

门外那一片花开，忽然都是为了衬托她的悲哀。她不知要怎样让陈焰明白，她过的真实人生，根本不是他们以为的那样。一直有人企图剥开她的心，她拒绝。此刻面对陈焰，她真想自己一层层扒出来：是她甘愿成这样的，然后，一切都顺了她的愿，然后，她没法收场，只能任其破败。怔忡间，就露出了一副委屈相。那会儿跟婆婆的通话，她都想让陈焰亲耳听到。

陈焰抱抱她说："今天只许你快乐哦。你绝对想不到，等下要见到的都是谁，我得慢慢给你介绍。赶快进屋，大家都在等你呢。"喊了个名字，几个人从里面出来了。

一个十五六岁的女孩子猛跑出来，笑了一下就不见了，如同一片阳光，亦如同一片月光，晃了那么一下。走进去，两个年轻人从那边的窗户前转过身来,冲林希也只是笑。一众人一起走到一张长方形的桌子旁落座。

房子里面不怎么规则,这一头是会客室,布局简单,桌椅有点旧了,中间是一个旋转楼梯,那一头是伙房,一阵油烟从那飘过来,迎门摆着几件古旧家具。林希略略地扫了眼,目光回到桌前来。桌上摆着两束半开的牡丹花,散发着一阵阵又香又臭的气息。中间一个水果篮里摆着一些黑色的果子,上面还敷着一层冰,大概刚从冰箱里拿出来。

"呀,剥皮果。"那是金牛城独有的,林希很多年都没见过了,忍不住伸手摸了下。另一只盘子里摆着花牛苹果,个儿有一只碗那么大。

"一会儿化了吃,你一定馋了吧。姐姐,你绝对想不到,这两个小伙是谁。"陈焰又卖关子。林希细瞄了眼,个儿高的那个,二十岁上下的年纪,另一个稍成熟一点,长相都有些秀气,现在见着的男孩子都秀气。所幸麦良不是,麦良五大三粗的,林希忙控制住思绪。难不成,是陈焰的儿子?可是陈焰太年轻了。林希笑出声来,不知怎么的,身心忽然都放松下来,难以名状的包袱,也被卸下来了。那两个年轻人一味冲着她笑,也不说话。

"这俩小子的命,可都是我们的母亲给的。"

林希已经猜到是怎么回事了。小镇上,偶尔会有人带着个小孩子专门来看望林大夫。"这就是当年您冒险给留下的那一个。"那个年代,林大夫设法保住过多少女人肚里胎儿的生命呵。

"你还记得李周正吗,这是李周正的儿子,李晔。"陈焰指着高点的那个说。

啊,真是难以置信,听到那个名字,林希忍不住心里战栗了下。

"天呵,李周正。哦。你爸还好吧,真不敢相信,他的儿子都这么大了。小伙子,你比你爸帅多了。"大家都笑了,林希却没笑。大伙不明白,林希带着恨意的声音里包含着什么。

"这是赵乐天,是李晔的同事。要不是我们的母亲,今天哪有他们哪。"

两个年轻人点头,复杂的笑意在脸上荡开。

"我从妈妈那听说过您。"赵乐天说,"你们当年同一个宿舍住呢,袁蓉您还记得吗?"

林希啊啊直叫,喉咙发紧,指着赵乐天差点就说出周骏的名字来。赵乐天,肯定不是周骏的儿子。正要问袁蓉的情况,这时候,楼上下来了三个人,一个就是刚才跑上去的那个女孩子,她走在前面,中间是张锦。当林希的目光落在后面那个走路像是在跳的男人身上时,她的脸一下转白,又一下像给烧红了,呼吸离开了她儿秒钟,脑袋里一阵微微的眩晕,他也正朝她望过来,立住了那么片刻,他在辨认她。

A_B

1

她的眼睛忽然欺骗她，那是一个麦伦一般的胖子，刹那之间，她以为那是麦伦本人故意弄得风尘仆仆地在跟她恶作剧。她绝望得几乎要倒地而死。而当他开口说话，她的视力又恢复正常，心跳复苏，那的确是他，只不过比麦伦还要胖，又高又胖，像半堵墙，皱皱巴巴的运动裤，配了双皮鞋，皮鞋上满是尘土。她瞥了眼他的头发，她看不出那是什么颜色。

他直呼着她的名字走近来，他的目光和动作都带着她太过熟悉的侵略性，因为他变胖而加强，她几乎是被他两手抓了过去，就那样被强行拥抱了，然后被推远一点，他以欣赏的神色上下打量她。

"真不敢相信，希希，感觉就像昨天才见过你，今天就又见面了。你一点没变。不，还是有变化的，你变温柔了。"

她处在别人的目光里，他那旁若无人的一系列动作，使她的精神遭受一连串难堪的撞击。陈焰意味深长地看她一眼，叫道：

"过会儿你们再慢叙，我的话还没说完呢。这两位年轻人是唐沃然带过来的，他们带着对我们母亲的敬意而来。昨天我已经打过电话了，邀请我们的母亲一同去田湾做客。我母亲说了，林姨答应夏天会到苔蓝来。"陈焰走近来，手按在林希的肩膀上，指着那个女孩说："对了，这是田田，房子的主人。"

田田叫起来："说我是主人，得我爸同意才算。"看着张锦又说，"偏心的谁，敢说出来不。"

张锦两边看看，指着她们说："你们一人一半吧，我谁也不偏。"

陈焰悄声说："后妈难当。"林希方反应过来，再看田田，有着张锦的宽肩膀，不过腿长，匀称了比例，穿着件乳白的裙子，像一团软融融的阳光。林希响亮地叫了两声："哦哦。忽然就有这么漂亮的女儿，你可是得了大便宜。祝福你们。"

这一天，意外太多了，应接不暇。封闭的人生忽然间打开，她仿佛也能体会到陈焰那样的幸福。

林希背对着唐沃然，故意不与他的目光相碰。有一瞬，她想离开。暮春的天气，人却像中了暑。她听见自己的嗓音都在颤抖。

这许多年里，他是一种气味，当她无意闻到这种气味的时候，某段回忆就会猛然涌现。

她活过的日月里，似乎只有记忆真实可触，却万不可陈述。

"咦，你们自己晓得不，你们的相貌，至今还有点像嘞。"陈焰叫起来，"金童玉女的传说，我可是听说得有点晚啦。"陈焰说话时，张锦就满是怜爱地看她。

"哈哈。我可没有希希好看。"他的目光也一直怜爱地笼罩着她。大家一同笑起来。

她晓得自己依然好看，比年轻时候多了气质。她设法保养容颜，就为了在这一瞬，被他看见。之前，她并不晓得，自己有这番心思。

他的目光不无暖意，可她却在哆嗦，再说不出话来。他走过来，将她的手握在掌心里，就像小时候那样。她的心脏虚弱无力。他一出现，她的脑子就不再是自己的了。

他的目光，省略了往事，省略了呼啸而过的时间。

在雪天、在漆黑有回声的过道、在巷子里惊魂似的奔跑，她的生命既像是停顿的，又像是一直在奔跑的。她自然想起小时候，他们的小时候。

"我们商量好，要一同前去拜访两位姐姐的母亲。"众人的声音又起。"如果有空，希望两位姐姐能陪我们一起去。"李晔说。

"叫阿姨，我们当姐姐，太老啦。"陈焰笑道。"这世上还有这么巧的事。刚才我们正在说这事，这两个小伙子，是我和林姐的母亲冒险保住了他们的小命，那可是在不同的医院哦。如今，他俩成了同事。真值得庆贺。还有，林姐和唐哥重逢，"陈焰看了眼林希，纠正道，"他们重新找到对方，值不值得庆贺呀。"

"这个女人对早起穿袜子这样的事都能赋予一种仪式感。"张锦看着自己爱恋的女人说，眼神里满满的欣赏和爱悦。

李晔和赵乐天坐在桌子的两端，陈焰和张锦在对面坐了，林希仍站着，唐沃然拉开椅子，将她按坐下去。

"沃然，你发现没，你跟林希很有夫妻相呢。"张锦的目光扫来扫去一阵。林希感觉他完全在打量一个陌生人，有可能，张锦把唐沃然当成了当年与她信件往来的人吧。

"有缘无分啊。"

"张哥，你跟陈姐也有呢。"李晔说。许是热恋中的人浑身会流露同一种气息的缘故，张锦正把陈焰面前的杯子挪开，免得被她抬手时撞翻，陈焰把他抓过去，抹掉了他脸上不知什么东西。恋爱使得陈焰娇嗔和霸道。

而他们只是皮相相像，向来都是，林希有点气恼地瞥了眼唐沃然。

张锦说："你们多年未见了，怎么这么生分。是不是因为我们在场，两位不好意思相认啊。"

林希只顾喝水，喝了又去添满。

"嗨，真是很多年了。我们上一次见，还是在我当时工作的地方，"林希的心悬起来，听他胡诌下去，"匆匆一面，都来不及说上点什么。后来，我想联系，可希希不理我。就这么的，错过了。"

他盯着她说完这番话。她的脸一定红透了，端杯子的手都有点颤抖。今天，这里的人都带着他们彼此心知肚明的秘密，独她，是个局外人。

幸好饭菜上桌了，早就准备好了，野味居多。林希的身体一直奇怪地在颤抖，她专注地不停喝杯子里的东西，空了，也不知谁为她又添满了。两个年轻人朗声大笑，时而，是田田跟他们在争辩。女主人带着几分嗲的愉快的招呼声。张锦不时从厨房那头过来,长桌上,盘子渐渐摆满了。

她看见他杯子里一朵金丝菊,越开越大,枸杞艳红,几片茶叶浮浮沉沉,然后,她看到了他的手,宽大肥厚,指甲亮晶晶的,她晓得,那只右手食指处的疤痕,她曾用力甩上房门时,不晓得他把手指夹在门缝里了。她晓得,他另一只胳膊上有几条白白的线,玻璃割伤的。这些伤口,只有她熟悉,也许连他的母亲都不曾注意到。收回目光,调整坐姿。烟气在阳光里滚卷,蓝色的,浮荡着遥远的记忆。她活过的生命,习惯了沉默寡言。此时的她像一片沉静下来的海水,心里却泛着兰波那样温柔的疯狂:

我的生命不过是温柔的疯狂
眼里一片海
我却不肯蓝

众人再次祝福了她们的母亲:"非常了不起,上天会保佑她们的。"

说了很多话,不时大笑大叫,气氛轻松怡人,围桌而坐的人一点也没觉察到,外面的气温慢慢降下来了。两个年轻人不时站起来敬酒,不知什么酒,装在一只蓝色的坛子里,拿小小的粗瓷碗盛了,林希喝了一碗,她不懂酒,几乎没喝过什么酒,先是心上一热,继而,一直绷紧的神经慢慢放松下来。他讲了很多她的过去,主要是赞美,她坐在他身旁,安全又自得,她成了这场聚会的主角,如同一大帮亲人,倾心听她这个人小时候的趣事糗事,一点也不厌烦,不难堪,她从未被这样的温暖包围过,一片毛茸茸的阳光，在一间封闭很久的房子前，寻着一丝缝隙探进去，探进去，要把她整个人照亮了。一阵愉悦的伤感，那真是唐沃然，就坐在她身旁。那么不真实。这几个人，都那么不真实，都对她瞒着很多秘密。张锦更要来嘲讽她的吧，不晓得他的前一段婚姻是怎样的，瞧他跟陈焰恋爱的样子，她好羡慕哦，嫉妒啊，当然。当年，她怎么就没发现他其实是可以依靠的男人呢。她又喝了一碗，嘻嘻笑着说："好喝。真好喝，好喝死了。"她就喝醉了。

2

一阵潮湿的恐惧，令她不想睁开眼睛，意识紧贴向身上覆盖物的重量和温度。摸到手机，凌晨四点钟，这是哪啊，她动了下，微微的恶心感，翻起来寻找灯，撞到一把椅子上。门忽然开了，门外的亮光透进来，有人进来了，随即，灯亮了。

一个很大的房间，一桌一椅，一床，再就是书，墙壁，架子上全是书。桌子上摆着一台笨重的电脑。桌面上，不置一物，恍惚，这里的一切是属于唐沃然的，那是他妈妈强迫出来的习惯。唐沃然的那个房间，她再也记不得了，那里隐匿着两个人的耻辱，但愿他早把它毁灭了。又想起张锦，是个爱读书的人。

她想起侯老师，一阵悲戚，那个过早去世的女人，喊她乳名的方式是与别的人不同的，侯老师的印象里，她的儿子调皮捣蛋，跟他成天混耍的女孩子也好不到哪去吧。林希从小就学会分辨那一声声呼唤的不同，企图改变一名数学老师对一个孤独女孩子的偏见。如烟往事,她跟唐沃然的每一次别扭,侯老师是不会知晓的了,她跟她的儿子,如今,是如此熟悉又陌生。

床是一张老式木头床,床铺上留着她身体压过的凹痕。摆设少,房间里很空阔,有点阴冷。她找到外套披上。

"醒了。"掩上门,庞大的身躯靠过来,"学会贪杯了。"

"我什么都不记得了。你们还没睡吗?"她揉脑壳,坐在床上,记起来众人在劝酒,他拦过去了。

他说一直在照顾她,她醉酒的样子让大家以为她犯什么病了。"直接晕过去了。故意喝醉,为什么呢?"他靠着桌子怪怨地瞪她。

丢人死了,随他们笑话去吧。她不说话。昏昏沉沉。对面站的这个人,叫人满是疑虑,不敢相认。绕着墙壁看了一圈,藏书真丰富,她不能想象,看过这么多书的人内心世界是怎样的,陈焰跟张锦站在一起的样子,让人相信,很多神话,是存在的。

"你怎么认识的张锦?"

"这个,以后再说。你好点没?"他走到她身后,手温柔地按在她肩膀上。她对自己说,不要再信他了。

"你真以为,我带他们来,是为了感激你们的母亲吗?"巨大的身影再次罩住了她,"这些年,我怎么都联系不上你。"

"你知道,我刚才想到了什么吗?这些年,我活过的每一个日子,全都用于克服一种精神疾病的发作。告诉我,你有过这样的疾病吗?"手正抚在一本《精神分析引论》上,她说。

他没理会她,接着说下去:"我其实庆幸,幸好,我们没有把每一天都陷在对彼此的磨损和伤害当中,你有没有想过,假如我们从很早就真的在一起过日子了，真想不来，如今会成何种情形。我一直记着你，你知道吗？"

这个人，向来就这样油腔滑调，还是在她不了解的日子里，他逐渐地变成了这样？她歪着脖子打量他。他俯下身来，逼得她朝着那沉默的书墙靠上去。人只是半截缠绕在蛛丝里的神经末梢，曾经已断去，未来未扯起，只有此刻，那截神经末梢找不到方向感，想摆脱，又只是任其缠绕。她不属于自己，被陈焰和张锦共同营造的那缕神话气息蛊惑着，感染着。

这房子，大概是张锦为陈焰打造的，不，不是他们为彼此做了什么，是一种精神的投契，两个人之间的合拍、妥帖，一股神秘力量，唯独他俩人拥有。她的心猛跃动了下，明明，是她自己忽然又有一种魔力。

被岁月更改过了的容颜，他是那样陌生，她从来都没能真正了解他，宿命般地只是陷在他的统领当中。很多人的信仰并不明确，只是一种盲从和狂热。她从来没有像此刻一样意识到自己一直如信仰一般的精神寄托的荒谬。她既怕听到他的消息，又无时无刻不在想着听说他。

他怎么会跟陈焰他们认识？如今他在干什么？他有小孩了吗？他当然有妻子。不，这些她都不想知道。实际上，她只是想弄清楚自己，这许多年来，是不是每天都在渴望着，像此刻一样，她站在他面前，等着他发出一个指令。随后，她知道，不管发生什么，她都会身不由己。一个人，最难了解的是自己。

这种时候，他既单纯又无辜，对她的感情炽烈急躁，难以觉察到她那意识的触角，在一张巨大无朋的网里苦恼地伸缩。这才是真实的那个人，那些过往，独属于他和她的记忆。

"你还是个火车司机吗？"

他说早不干了。他一点也不想谈自己。她把他拒于门外的样子又令他只好讲自己。

火车司机的工作令他长期失眠头痛。辞职之前，他就晓得会成为夏周父女的傀儡。在夏周公司，他只负责谈判和跑出去讨债。对了，夏周在米诺上幼儿园时也辞职了。借着其父广阔无边的能量，成立了夏周公司。岳父神通广大，公司主要承接国内各类大型工程。唐沃然称自己是个要饭的，更像一只苍蝇，到处嗅闻着机会。他那在辞职后越加放任的浓重的匪气和天生能说会道的口才一直为他的岳父所赏识。他的一切行动和决定都要经过夏周的指示和监督。只一样，他很少待在那栋写字楼里。当然，他才不会让林希知道，他受一个女人统领。只说，后来做点小生意。

这几年，他大着胆子往远处奔，从不在家门口周旋。每谈妥一个项目，他会有大把的时间玩耍。夏周倒是越来越稀罕他，对他刮目相看，有点敬畏地把他供起来。他从没搞懂过这个女人，有时候，感觉到她是真的爱他。有时候，又觉得只不过是因为，他是米诺的父亲。还有的时候，他认为夏周父女太需要他，因着共同的利益，她不得不待他好。无论怎样，这些年来，他与夏周的婚姻越来越稳固，虽然他到处飞来跑去，但他的行踪总会出现在夏周办公室的一台电脑上。

他跟张锦是在一个聚会上认识的（他没有说是在苔蓝，他的确到过苔蓝很多次）。他陪同的一个要员跟陈焰是大学同学。那次聚会，他不仅认识了张锦和陈焰，重要的是，他见到了一张照片。

那天，直到那个电话铃声响起来之前，一切都朦朦胧胧的，他自己也是浑浑噩噩的。事实上，起初他连张锦和陈焰的名字都没怎么记住。

宴会当中，坐在他旁边的一个中年人接到儿子打来的电话，接完这个电话后，此人不无卖弄地把儿子的照片亮出来给大家看，嘴里叫着"都是我们的爷，我们这帮孙子卖命，还不都是为了我们的爷"。

因着礼貌，唐沃然凑过去瞄了几眼，两个穿迷彩服的小伙子，大概正在参加大一新生的军训。其中一个小伙子故意将脖子扭向一边，而另一个的眼睛直朝着唐沃然看过来，老大的眼睛，看过来。

"这是我儿子最好的朋友，麦伦的儿子，麦局你晓得的吧。"

唐沃然心里，莫名其妙空了一下，紧接着，是那种过量运动之后带来的耳鸣和不适感。匆忙里，抓过手机又仔细端详几眼。

"是他家公子啊。"

"是个实干家。廉洁啊，麦局的老婆一直是个交警队的小会计。"

唐沃然借口走出去，过道里的灯炫目地亮，他的心脏不舒服极了。

他在外面那些车子中间走来走去。照片上的那张脸一直冲他瞪着，他用手去捂自己心脏的位置，嘴里像漏气一样丝丝叫着。

李晔寻了出来。他把李晔安排在公司里，李周正感激不尽。

他往公司里安插进七八个李晔这样的年轻人,在这件事情上,夏周并不多加理会,他并无谋反的野心。不过,这些年轻人对他都忠诚得很。他走哪都带着李晔和赵乐天。这天的聚会,他也带着他们。唐沃然也早听说过,他们到这人世来的幸运,竟然是受了两位妇产科医生的慈悲心肠。就在那天,赵乐天认陈焰作干姐姐。

那句话不假,你只要认识六个人,你就能认识世界上所有人。

"今天过得怎么样,年轻人?"平时,他没怎么注意他们,可在那天晚上,他心里忽然涌起异样的慈悲。

李晔跟他汇报说:"深圳的季总后天有时间,就看我们什么时候过去。另外,刘兆赫回话说那个项目怕是黄了,别人的步子比我们快,我仔细研究了下,可能还是我们找的人不怎么可靠吧。您不舒服吗?"

他低了一会儿头,然后说:"苔蓝的夜景还真不错啊。明天我们一起去山上看看,那座山上有几棵几千年的古树。对了,季总的事,我来安排吧。到时候你跟我一起去,还没去过深圳吧?"

他的大部分时间用于等待,等待某个大人物的出现,百无聊赖地消耗着时间,大多数时候,靠跟人打牌撑到天黑,再打到天明。直到那个大人物出现,他们会像狗仔一样撵过去。俩小伙,蛮机灵的。

他在苔蓝已经有一阵子了。

他也时常偷偷溜出去,在林希工作的那个交警队附近转悠很长时间。他渴望跟她不期而遇,却从没打算上楼去找到她。他不想轻易去讨不快,他太了解她了,就像熟悉另一个自己。也许,这只是借口,他又不怎么确定自己的内心了。这些年,他不时想跟她取得联系,她表现得很冷淡,这令他误会了她的意思:

一个养尊处优的女人,干吗非要一直记挂着一个童年时代的伙伴呢?

在深圳的那几天,他有过直接去麦良学校的冲动。突然接到张锦的邀请,才有了今天的聚会。

事先他不敢说,怕林希躲着不见他,就请陈焰出面邀请。

断断续续,他挑选着,告诉她这些年里发生的事,略过了那张照片。

3

"麦良长大了。"他去找她的眼睛。

"不许你去打扰他。哦,你怎么……你在哪里见过我儿子?"她慌乱极了。

"你打算什么时候告诉我?这么多年……"

她一下推开他:"告诉你什么,你在胡说什么?"

他将两只手臂伸得长长地举了两下,头一次,他意识到,怀抱间那种空无一物的打击。

屋里的空气忽然变冷,浮动着一股夹杂着丁香和牡丹花的香气,天快亮了。她抱着肩膀坐在床边,他靠着书墙站着。他们之间,匆匆而过的是十多年里彼此经历的动荡,还有,就在这会儿工夫,猝然延伸而出的另一种距离。

他忽然被一阵沮丧攫住了。走到她面前,把她的脸从头发里托起来,直视那双眼睛。

"告诉我,你究竟爱过我吗,哪怕是在那一天,在机车上,你有爱过我那么刹那吗?告诉我,你看着我。"他看到她眼中年幼时就深刻着的胆怯和惧怕,以及她那与生俱来的一种特别,还有,在一个众星捧月般的人物跟前生活久了会有的那种冷漠倨傲。

这不是她设想中的情景。

信任他,投靠他。这是在童年时就刻在她的脑子里的声音,是一个最有效的指令。投靠他,意味着不再被欺负,得到保护,停止哭泣,不会有恐惧,就像一个在洪水中挣扎的人被抱到了一只小船上。

十九年的消隐,都不会改变他像她的影子一般的存在,只要她立在这世上,那个影子总会存在。

可是现在,他提到了麦良。这令她为自己构建起来的那个世界不再稳固,她猜不透他的意图。

"你想弄清楚的并不是这个,"她边说边观察他,"也许一直都不是,难道你自己不知道吗,唐沃然。"

那个名字,一直以来是她精神的一剂镇静剂。就算他永远不出现,她心里是满的,或者可以说,她是拥有他的。现在,她有种大厦将倾的绝望。

他在接电话,又打电话,说了一些数据和人名。他们各说各的,对着这突如其来的狼藉。

这一切,太像是早被谋划好的了。想到麦良,她心里已竖起几道狼的胡须。

几个小时前,看见他的时候,心里冒出那个念头:我现在终于可以为自己做主了。

现在,这个念头又冒出来了。

"你说对了,你一直是对的,我就是个傻瓜。"她说。一个钟形罩似的东西罩住了她。

他也不再伶牙俐齿。很快,天就亮了,唐沃然要回家去,问她:"家里去吗?"这一声问,又令她感慨万千。

这么多年过去,她感觉依然没法面对唐叔叔,躲避和隐匿,造成了更大的误会。

找了个借口,跟陈焰道别。张锦开车送她去车站,一路上,她处在自己的钟形罩里,而张锦大概以为她还醉着,便也没说什么,就到了高铁站。她想说点什么,想来想去最后说:

"祝福你们。"

"她这个人,喜欢招待朋友,我们那,天天都有人来的,你有空了常来。"

她想到自己,从未招待过朋友。一个人有生命与活在那生命里是不一样的。她一直像自己生命里的寄宿者。

张锦看了两眼时间,说:"还早呢,你慢点。"

过完安检,她回头,张锦还站在门口朝里望着,见她回头,倒又一下转身走掉了。她举起的右手挥了下,就放下了。

4

"要是我真的疯了,也没什么,我不在乎。摩西·赫索格心里想。"

她从未像摩西·赫索格那样分析过自己,她只是感受,忍耐。这是她的精神时常会有的状况。她从未关注外在的那个自己。她的精神和内在,从出生起就开始苍老,而她的肉身却反抗似的在一天天变年轻。她感觉自己就像个四十岁的老处女。

哈哈哈,她发出一阵浪荡的大笑声。

她想起小学五年级时,唯一参加过的一次文艺演出,轰轰烈烈练习了很久,结果因为下雨,演出取消。她还记得,放学后为了腾出场地排练而把课桌移开时,心里隐秘沸腾的幸福感,那种小小的爆炸似的快乐,成年后,几乎再没有过了。她非常喜欢表演,但面对台下,又有着难以言说的恐惧。

她再也不能,一个人处在安静之中。

下午。瑜伽教室里没有看到李鸿祺,连着三天,他都没有出现。她搜寻到马教练的身影,涌起一阵要约她出去喝上一杯的冲动。当马教练的目光扫过来时,她避开了。

又一个漫长的难以打发的黄昏,她给李鸿祺打电话,问他还练瑜伽不。李鸿祺愣了半晌才说:"去的,去的。这就去。"

打完电话,她就出门了,走出渐被高楼围困起来的小区。她想到李鸿祺应该非常吃惊,有可能他根本不会出现。但没过几分钟,他的车子就出现在茂林路南端的梧桐树树荫下。

他没像平时那样下车来为她打开车门,甚至都没朝她看一眼,像是第一次开车那般,专注地盯着前方。

她打开车门,坐在他旁边。

她盯着前方,没说什么。李鸿祺紧握着方向盘,没像平时那样说些恭维话,也没假惺惺地问她,家里有什么需要他帮忙干的活不。拐过十字路口,驶上那座血红色的大桥,要拐弯的时候,她说:

"时间还早呢。"其实车子本来也没有往健身房的方向走。

往右拐。他在镜子里偷看她,很久以来,他总是习惯于在那个镜子里观察她。带着一种负罪感,时常处在对她的各种幻想中。从她刚才打电话的声音里,他知道,今天,有点不一样。

驶上通往那个著名风景区的大道。这可真是奇怪的一天,车子疯狂(也许只是她的意念,李司机开车很稳当)驶出半个小时之后,猛慢了下来。她不晓得那是什么地方,她很少出来,没有方向感,她觉得自己到过的那些地方都极为相似,如今很多地方都相似。除了不喜欢这里的冬天,苔蓝的气候还算宜人,连绵的青山,青幽葱翠,隔着树木,听到河水在流淌,乍然碧清的一股,不知从哪涌出,在没有阻挡的沙地,汇流成一片,仍是清亮亮的。风徐徐吹来,又吹走。车子停了下来,熔金似的落日正在下沉。

他打开窗户,抽了支烟。这阵烟味,让她稍觉舒适。她看见山坡上的庄稼地,斑斓的树林,然后,又听见树林间的流水声。她想起找表姐的那次,她带着未经世事的幼稚,对李鸿祺对她的冒犯表示隐忍。那时候的厌恶心理,完全被不知所措遮住了,甚至都还没有此刻这么强烈。

他与几年前的那个儒雅的人不一样了，她最受不了他那副巴结讨好又似怀有阴谋的样子，好在这会儿，他没有带着惯常的那副神色将脸扭过来，讨厌他过于柔软的骨头、过白的皮肤，讨厌他那阴湿的目光长久地在她身上缠绕，讨厌他暗地里的那股聪明劲儿。仅多年前那个午后记忆的闪现，就足够她憎恶死这个人的了。

她将脸一直冲着窗外。他那阴湿的眼睛时不时朝她斜睨一眼。

她几乎能感觉到他忍着的一波又一波洪流般的情欲。

"这里空气真好啊。"

她打算再说上点什么。从这边的窗口望出去，她发现车子停在一个死角，要回去，就得倒退着回。"在这吹吹风，就回去吧，还赶得上瑜伽课。"

他没说话，往座位里倒去，动来动去，尽量坐得舒服一点。她望着窗外说：

"人到了某个阶段，总喜欢回望过去，你是这样吗？"

"我时常活在回忆里。"他打住。

第一次与她相遇时，他正有平步青云的前途和冲劲，而她不过一个战战兢兢的乡下丫头。说来，要不是与她的表姐纠缠至最终这样的结局，极有可能，他会实现理想抱负。他很想给她讲讲自己的人生经历，可她完全处在自我当中，这个古里古怪的婆娘，他对她来讲，不过就是个任人役使的司机，向来如此，她凭什么以为自己可以高高在上？不无讥讽地瞪她一眼，她甚至都没察觉到。若他绑架她来要挟某些人，要挟这个世界……他把车窗打开，又关上了。他不希望她的注意力分散去了自然界。

"除了童年，别的时候，人只是在睁着眼睛看自己出丑。"

"不用那么悲观吧。哦，也许是的。"一阵各自回想往昔的沉默之后，他又说："你始终非常知足的样子，你可真有耐心。这不是讽刺你，我觉得人就应该像你这样活，没有野心，甚至没有很多想法，也就没有失望。偶尔试探试探，永远保有热情，若不对外界睁眼，自己的天地，永远是晴空丽日。"他真实的想法是，她不过一个蠢货，无论何时，都是。

"哈哈，你讽刺得不错，我是个财迷，我爱有钱的感觉。我想拥有很多用钱能买来的东西，你有没有发现，这世上最容易得到的东西，就是钱能买来的那些东西。"她已经厌烦这样言不由衷地顺着对方无聊地说话了。她从来不习惯作假，心里涌动着莫名的委屈难过，开始自语："我从小就孤僻，'怕'，那个字，充满着我。"

她看着车窗外。这些年里，她只会做账，为别人做工换取报酬，不浪费一分钟时光，为了养大儿子（她已经晓得，那不过一个堂皇借口）。她不知道要冲他感慨什么。她只是突然间，完全找不到自己了。"人要是能预习一遍人生，然后再扑腾进去，大概就不会活得这么荒唐吧。可是，那样活又有什么意思可言呢？也许，还是没有经过预演的获得或失去更值得拥有，也更有趣一些吧。"

不能交心地交谈着。他一言不发，只暗中冲她诉说着，他的失意人生，经不起丝毫剖析，被她的表姐所弃是噩梦的发端，接下来一路不顺，俯首称臣于她丈夫的事实，他根本不想清醒面对，每日对她的那点带有负罪感的幻想，是麻木生活里唯一一点乐趣，更像是希望，很多时候，他就靠这种幻想方式维持着精神的健康。她完全不晓得，或许，她其实能感知到。随她的便，她本来就很蠢，是他见过这世上最没脑子的女人。有那么些时候，他甚至相信，若他坚持或直接向她告白，她有可能会接受，她是那样孤单苦闷，她奔波辛苦的样子让他心疼。她是这世上最辛劳的人，可她所做的一切又那么无意义。他又感觉没有把握，她一直令他搞不懂，他怕把一切捅开后覆水难收的场面。当然，他也不是真的想跟这样一个古怪的女人一起生活。

继而，他又开始憎恨，她并不是真的想跟他一起去练瑜伽，她跟他的丈夫一样，只不过当他是个可供使唤的人。除了这一时半会儿对他的需要，平日里，她尽量跟他保持一种刻意冰冷的距离。今天可真是稀罕啊，他不晓得她要干什么。

他试探地靠近她一些。这时候，他显得笨嘴拙舌，在座椅上扭来扭去，不朝她的脸看。

这正好，免得她的脑子因为要说话而混乱，她一点也不欣赏太能说会道的人。她躲开了两次。她只是想说很多话，废话，她不知道自己心里在想什么。可是当她提起一个话头时，她发现，跟这个人其实无话可说。她都后悔给这个人打电话了。她那堆积过久的话语的果实即将落向地面，但得靠一阵贴心又知心的微风的鼓动和启发，否则，稍犹豫间，就已全都枯死在枝上了。

这个人，从来都不是那阵正当其时的微风。

"我知道，你很不容易，付出太多，却没人真正理解你，真难以相信，你究竟是怎么忍受的。"

"哈哈。"停顿了下,她又发出一阵笑声。"哈哈哈。"她是一个被丈夫接连的不忠弄得惨败的女人,是一个即使屈辱也不舍得放弃这一切非要苟全的女人。这也是长久以来,包括陈焰他们在内的众人对她的误解吗?

"你就是太老实了。"她若是跟那些骄纵豪横的女人一样,他倒可以从容应付。他觉得自己还是很了解她的,他还记得当年她那青涩胆怯的样子。当然他也了解这些年里她的委曲求全,不都是那么回事吗?

"苔蓝这地方,还是蛮适合生存的,你看,这么多树,植被这么茂盛,真想一直待在这样的地方。我小时候生活的地方,时常干旱,我们吃水都很节约,哈,到了外边,每每见到深林间腾起云雾的景象,都以为是见到了神迹。"

他可不想谈什么气候和她的小时候。她露出一贯的那种呆傻的表情来,令他再次怀疑,她的脑子是不是真有问题。然而,他不敢看她那双眼睛,那双眼睛里有的东西令他找不到自信,令他发怵。有时候,那双眸子是极为软弱的,像一只年幼的动物冲着人索要保护和温暖的眸子。有时候,又幽深神秘,让人失去胆量与她对视。

"听你表姐说,你可是霸道得很,从小是个幸运儿,有那么多人宠惯着你,她一直很嫉妒你。真想了解那时候的你。"

"嘘,请别说话。"不知被他勾动了什么,可能是他说话的方式,可能是他说到了"那时候的你",她忽然很难过,又很委屈,她想让某个人看和听到"那时候"她的受宠,她的骄傲,原本那才是真实的她,正是后来要成为的她,可是,不幸的是,她后来活成了别人。最开始的时候，她还能清醒地意识到，她厌恶慢慢变成的这个人，逐渐地，就感觉不到了，一种宿命，她勉为其难地成了如今这个女人。浓浓的悲伤，她想大声地哭出来，大声地讲出来。那阵委屈难过，稀有的对自我的一缕真诚。她还想到，人与人之间，某种可贵的成全，灵与魂，物与现实。也许，这种幸运，她曾经得到。也许，她其实都拥有。她变得极度幼稚、软弱。

他并没有这个能力，觉察到她精神的变化，更不能觉察到她情绪中所隐含的某种暗示。当他开口说话，那个得到片刻复活的女人旋即在她的身体里死去。

"谢谢你，林希。你不晓得，我装得很苦，很苦。你不晓得，你对来我说，意味着什么。自从工作上出了事，我对这一生已经不抱希望了。想当年，我也是说一不二的人。忽然，一切就都没了。你看我如今，这根本不是我想要过的人生……我专注于瑜伽，挑战各种极限，企图借此放空脑子。我把你当成……"他用一只手蒙住眼睛坐了一会儿，一手将她揽入怀里，紧紧地抱住了她，带着一种深刻的感激之情。

这声音太沉重了，她清醒了一瞬，似乎是要阻止他继续说下去。他心脏跃动的声音，她都能听到。有一瞬，像是听到外面的什么声息那般，她静止不动。

他感觉她像是发出一声诅咒，夜幕已垂落，车子里黑着，他看不清她的眼睛。他曾经多次诅咒她，好让麦伦承受完全的痛苦。当麦伦双臂撑开翘起一条腿惬意地坐在后座上，让掌握方向盘的司机回忆某个要人的一句评价之际，他就看到她长期受伤害的颓废的脸,想到她可怜巴巴的样子,他会获得一种奇异的快感。

"我对你的心,你是无法知道的。"他去找她的眼睛,等待着一个回声。她的轮廓是一团暗影,她把头又偏向车窗那边。过了会儿,他大声地道:

"你是不是觉得我很白痴?"

他不知道自己是不是问出了这一声,她始终静悄悄的。深林里,一阵阵风起,哗哗翻飞的叶子深黑色,像一只只兽发出一声声喘息。

回到城市,灯火亮起,她大声说道:"很多时候,人难以判断自己是不是已经精神失常。"

5

不到九点钟,她就睡下了。如今,她睡在儿子的房间里,因为她的床上被疯狂购买的衣物占领了,一层一层快挤到天花板上。前阵子,麦伦过来拿两只行李箱,她不得不把行李箱里面的衣物一件件掏出来,同时把后来购置没工夫打理的都堆到那张她睡了十多年的床上去。

生活条件越好,麦伦越有种变态的习惯,不舍得把旧东西扔掉。不知道,这是不是夫妻之间潜移默化的影响,她最初不敢丢掉旧衣服,也是因为担心麦伦会指责。他大方起来挥金如土,吝啬时买一粒感冒药都买最便宜的,一家人因为吃假药中毒过数次。她始终记得,有一回大夫看他们的眼神。他会把蘸过汤汁的筷子舔一下，他说小时候是故意，后来就改不掉了。他有嗅闻衣柜里她的旧衣服的习惯。

她想把这些全告诉陈焰。一个爱恋中的人，并不真的希望听到别人这番莫名其妙的倾诉吧。

我慢慢地为自己筑起一个洞。我并不真的想要待在这样的洞里，我只是忘了，当初为什么要把它们带回洞里来。直到现在，我都还没找到一个妥当的方式处理这些收藏。

翻看自己写下的那些字句。这是开始，物的侵占。

大脑里犹如一阵阵电流呼啸而过。她将那些抄写本抱过来，跟一些常看的书堆放到一起。

从未如此贪恋床铺，温暖舒适，盛得下她的思想，渐渐变得轻飘飘的躯体，以及茫然无措的情绪。若此前度过的岁月她完全清楚明白，现在，她彻底糊涂了。就像你看着一个大坑告诉自己，别跳下去，跳下去就上不来了，可你还是跳下去了，就是这样。

她庆幸自己这些年来将那过于宽阔的空间一点一点填堵上了，要不，过分的空阔会令她受不了，像孤独地漂在海上。她像一只包裹在茧子里的蛾子，或是虫子，空间越缩小她越有安全感，不同的是，她每日还得爬起来，走出茧子，出去工作，赚取让自己活着的资本。她贴紧了床铺，洗过很多次后的棉布有一种特殊的柔软。她贪恋着，再也不想出去了。

"让世界拥有它的脚步，让我拥有我的茧。"少女时期读到的一句话，这会儿涌上心来。

她趴着，半张脸贴着床铺，翻开那本《一位女士的画像》：

"一个人应该努力成为自身最好的朋友，从而使自己得到一位卓越伴侣。"

她用一支钢笔往这行下面画一条直线，钢笔半天不出水，她努力画着。她还保持着用钢笔写信的习惯。她的手又触到一只盒子坚硬的棱角。昨天，她买了鞋子，只买鞋子，后来她就弄不清到底买了几双，她不在同一家店里买，她不爱跟熟人说话。有人去服务台为她叫了个商厦的工作人员，那人开了辆小型运货车，将她与那些鞋子送到家门口。她花了五六趟，才将那些盒子全搬进了电梯。其中一部分，用以堵住儿子房间的窗口，剩下的，她堆在床的一侧，房子里不时就会出现一些不曾留意过的空隙。

也不知是胡思乱想还是梦境，脑子里很多杂乱的声音。她屏住呼吸很长时间，这样可以阻止思绪的流动。过了平常起床的点，她继续躺在床上，一动不动。要不是下午得去做兼职，她可能会睡一整天。

这天清早，她继续贪恋着床铺的余温。收到一条信息，没有名姓，是个陌生号码：我必须见你。

她胸前峡谷里那个没出息的脏器，先于她这个人回应了他。她不承认：刹那间，她像一个得到拯救的人。

那仍是他惯有的方式，这辈子都不会变的方式。她也才晓得自己，这几天里，原来无时无刻不在担心着：他又会像死去一般的安静。

从收到这条信息的那一刻起，她的内心才真正开始了煎熬，她又用了三个小时慢慢熬煎自己，好把自己发疯的大脑控制住，好让那痛苦持续发酵变得更加深刻。这期间，她在笔记本上写下几行字：

  雨落在高楼上
  落在绿色的塑料车棚上
  玻璃窗外　密织的白线
  开了又隐　楼宇的豁口
  一朵再一朵的花

  风是从门框生出来的

  一片湿气逼向阳台上悬垂的衣
  房里阴湿昏暗
  它们在期待一阵阳光　而人
  期待有重物挤出身体里的不安

然后，她回了条信息：我住在茂林路13号。

跟麦伦彻底分开（麦伦正式与一位女性同居）后，她继续住在茂林路。在与那位女性同居不久，麦伦就接受组织的调查，焦头烂额。林希打个电话都会令他跳起来。

偶尔，他会拐到这边来。林希感觉他跑来专为了发泄，一进到这房子里来，麦伦走来走去，连连发出一阵阵痛苦的号叫。这房子里，是没有人立足的余地的。大大小小颜色各异的盒子挤得

水泄不通,密密集集,一层一层,直堆到了天花板。愤怒使得他虚弱。面前是一条窄窄的可供人侧身通过的通道,人真是奇怪,一件不能忍受的事,忍受上几天,也就视而不见了。但现在,他又很理直气壮,完全不能忍受了。他是以长者的姿态令她意识到,这房子里连束阳光都漏不进来了。他进门就开灯,好让她发现,这屋里一直是黑夜。黑夜。黑夜。

麦伦给李鸿祺复述时说:"现在全他妈是鞋子,像一只只甲虫埋伏在那些盒子里,啊,我感觉我的身上也爬满了那些虫子,抖都抖不掉,从那房子里出来,我不得不迅速跳进水里冲洗。那个女人是疯子,我早应该了解的。"

李司机看上去有点悲伤,冲麦伦露出神秘兮兮的笑容。他再也联系不到林希了,他知道,他把一切都搞砸了。或者说,她有意跑来,搞砸一切。他很佩服这位丈夫对这样一个奇怪的妻子多年来的忍耐。

这天,麦伦有了决心,要帮她清空房子里的内容物。

林希说:"你要敢那样做,我就去拆你的新家。"

"你个无情无义的人。难道你不晓得吗,如果我有事,你也脱不了干系。"他一件件抓起又放下,看那些标签,偏抓到一件高档货,他从不晓得,一件内衣会有那么惊人的标价。"这不是证据是什么?"

林希说:"请你仔细想一下,这么多年来,我跟你究竟是什么关系,真正脱不了干系的,也不可能是我吧。"

互揭老伤疤的恶习倒是两个人还有点关系的证明。

"真是不敢想象,我就这样过了这么多年。"在一个极度自闭的人的意念里，生命似乎被压缩得扁扁的，她从没那样想过：还有千山万水的可能。就在这几天里，她意识到，有可能，这就已经是她的一生了。

6

只过去了五分钟，门铃就响了，她深深吸了口气，在一种晕眩状态中打开门。

他跟在那天她见到的那个人又不一样了。才理了头发，穿了件蓝色的夹克，长脚大手地站在那，占满了门框。

"希希。"

然后是无言的停顿。朝里看了眼，皱皱眉说："你这屋里堆的什么玩意儿，这么黑，看着我都要急死了，走，我们出去走走。"

那仍旧是最不可抗拒的指令。在门口的桌子上探了两眼，他伸手拿起钥匙，把她牵出门。

她有点心虚，也不知虚什么。每走一步，她都要大口大口喘气。尽管，她的房子里是密密麻麻的时尚品牌，但此刻，她身上穿的却是粗麻的家居服，她没有换衣服，担心迟一秒，他就会丢下她跑了。过去，与前面走的那个胖子（过去还是个瘦子）同在的时代，她曾经非常注重衣着打扮，虽然那时候她跟母亲过得极度穷困，每天她都要努力修饰自己，面对着墙上那面方镜子时，心里想的是，梳这样的辫子会不会被他嘲笑，她将粉色衬衫上面的一粒纽扣解开，特意露出里面一件带有刺绣的圆领背心，好长时间里,她才拥有了这一件新衣服。她往脸上涂粉,他的怪腔怪调又令她伸手擦掉了。每天,就是在这样的矛盾中,她开始一天的少女生活。即使在他去县城读书后,她也习惯以他的眼睛来修饰自己。既忧愁又喜悦,既惊惧又有实在的希望。她记得他第一次连哄带骗地亲吻她,也记着他粗暴侵犯她,他溜之大吉,而她长时间地陷入一种病态和绝境。那时候,她恨不得听到他的死讯。在她上了些年纪之后,那又成为剔除了罪恶和耻辱感的追忆,也许还带有些浪漫色彩,她只爱过一个人,后来她总算弄明白了,对其他人的感情不过是那个手足般的人离开之后,一种极度的空虚和不自信迫使她接近他人。另一个人时断时续的存在,令一个女人的内心世界波澜壮阔,如海,如一片原始森林。奇怪的是,这些远比十九年前机车上的相遇来得深刻,这些记忆,浩瀚真切,总要淹没了那个下午。那个下午,是一张黑白照片,而从前的记忆,是彩色的。

前几天的那次见面不算,她要重新来过。现在,他真的出现了。

她什么也不问,从记事起就刻在骨头里的一种东西决定着她双腿的姿势。从小区里出来,他向左拐,走得熟门熟路,一次也没有停下来问她怎么走。

她顿悟:就像从出生起就已注定的命运那般,她与他永远脱不开干系。

他有意走得快一点,与她拉开一点距离。她从后面观察他,慢慢地认出了那个人,宽阔的背脊,他的左腿有点弯曲,小时候的一次调皮事故所致,走路的姿势很怪,一条腿紧撑着另一条,不是为了往前走，只是为了争先。他就是那样的人，过去的他就是这样的。多年过去，他拥有了一身令她吃惊的赘肉。街道上，人来人往，她走在熟悉的景物当中，她仿佛又不在这里。他怎么就变成这副模样了，一只裤脚还塞在一只袜子里，天啊，这难道真是他吗？她站住了。看着他马上要淹没入人流。

已是半生的错过。如果此刻转身，将会是另一个半生。一半人生，她已在虚无和期待里度过了。心里又发出那个声音：

我终于可以为自己做主了。

经过一个停车场。他继续往前走，没有一次停下来回头望她。小时候，她撵着他，一边哭一边跑，生怕他会丢下她猛然消失，那恐惧感或是对恐惧的记忆一直都在，像一种风湿病，逢着不好的天气，就隐隐作痛。她紧走几步。

他打开一扇车门，上去了，又下来绕到这边来为她打开车门。

现在，她坐在他身旁了。她闭上眼睛，半天没有睁开。一片过于纯粹的陌生。

车子启动了，管他去往海角天涯，她脸上，大滴大滴的水开始流淌，她一动不动地坐着，回忆的隧道里，只是与他有关的人生。时光并未远走，阳光猛烈。仇恨淡去，剩下一些隐秘的呼唤和应答。她的人生，与最初衔接上了。

"我的心，就像是从一只破瓶子里往外漏水，一看见你，一下就不漏了。怪了。"

他笑了几声，侧头看她一眼。右手伸过来，在她脸上抹了几下。那只手，也不是记忆里的触感，变得肥厚、僵硬。车子从正街绕出去，经过菜市场，药店，银行，那条商业街上永远齐声响着六十四只喇叭，那些店铺全像是喇叭专卖店。她有了片刻主人的身份感，但他那横冲直撞的样子令她意识到，他才是。

她什么都不想问。

他从那个她从来都没胆量开上去的血红的桥上开过去，来到湖边的一条马路。他开得飞快，他们像是匆匆赶路，耳边只剩下车子飞速前进的呼啸声。

她看见苔蓝市第一小学，那时候她刚学会开车，每天开得慢吞吞地送麦良去上学。一路会出很多状况，有时候她会大哭大叫。等她终于敢松下一口气来望麦良时，那孩子又睡了一觉了。

她指给他看，那是她儿子上学的地方。穿过大桥，离学校远了。麦良上中学后她只接送了一年半，后来的时间，她不晓得谁在陪伴他，或是他陪伴谁一起上学，隐约知道每天有一辆出租车来接他，再拐去某个她不知道的方向，但最终那辆车子会在最恰当的时间安全抵达学校。

她陪伴他成长，从他还是个婴儿的时候，到他彻底离开她，这期间，也是她自己成长变化的阶段。慢慢地，她重新学会了认识和了解自己，认识和了解人的生命，人的内心世界，是那样幽微复杂难辨。人的感情世界，也是一天天像一个婴儿一样成长起来的，莽撞跌绊使它变得成熟，才真正晓得自己需要什么，或是在期待什么。

车子去往植物园的方向。在入口处停了下来。他打开窗户，解下安全带，转过脸来看定了她，他握住她的一只手，像是担心那只手猛不丁会打他一样地用力。

"我感觉自己很少有这样纯净的时候。"他猜测她会嘲笑,但是没有。他又说:"我喜欢到有很多树的地方来。"

仔细看过去,那张脸上不再有年轻时候那种戏谑般的神气,这个声音听上去带有某种程度的诚恳和伤感。过不久她才会了解,此刻他是认真说的。但他俯视着她的姿态,那双就算如今有了点年纪的眸子,依然有某种她最了解的霸道和自得。也许,令她神魂颠倒的正是这点,她也是后来才弄清楚自己的,只有在他面前,她是一所渴望被侵占的房子,他一闯进来,房子的内在才完全地展露,房里的一切才有秩序。她没说话,一阵阵浓郁的树木的气息,随风摇曳的林间像一阵阵绿色的海浪,他们左侧的陡坡上,开过了花的樱花树和小槐树时胖时瘦,时而奔跑向前,时而静立。

"我做梦的时候都在算计别人和防着被人算计,经常是,从很远的地方突然被召回,处理现场突发事故,或是跑去某个人那里挽救一个已经不可能挽救的失误,在一个噩梦般的地方接连被困上好多天。呃,我可从没这么回顾过自己的人生,听听,这都什么日子啊。我休假的时候,也在讨好别人和被别人讨好,我的生命多用于陪人娱乐和不停地奔往他乡,去那些地方仍是陪人娱乐,某种意义上讲,我其实是没有家的人,我在自家的房子里就没好好待过几天,乍一见,我女儿又长高一大截。希希,这就是这些年我活过的日子。你根本难以想象。"他靠近一点,看着她的眼睛。"你知道,那种时候,我靠什么让自己坚持吗?我就想啊,我这是去有你在的地方,我很快就会见到你。"

她让自己的脑子尽量不要转弯,尽量与这个声音共情。她尽量不去想：这些年，他在哪里，为什么会突然出现。

她想挖苦他，但瞬间蹦出来一股妒意，她难以想象他的女人，但她看得见他抚弄她头发的样子，护着她的样子，为她奔波的样子。她低下头，揪扯衣服上的扣子。

他伸手摸她的头发，长长出了口气。"就在这几天，我意识到，讨好你，让我感觉到幸福，这种感觉可真是像黄金一样稀有啊。在这广阔无边的大自然，在没有人这种讨厌的生物打扰的地方，我愿意讲些真话。"

就在这时，她完全辨认出他来了，那正是他没错。她辨识出了那股匪气，他浑身向外散开的这点匪气，对应她精神世界的却是一股复杂气味，它并不在自然界里真实存在，可在某些时候，它像某种花香或食物的气味一样真实，她就是被这种气味勾起回忆，蓦然看见一束扔在草坪里的塑料花，或是听见一支遥远的过去的歌曲，都会闻到这阵气味，塑料花也曾出现在他们母亲的窗口，曲子曾是他们共同的记忆。比如此刻，这阵只有她闻得到的气味，正在加强。

"你闻得到不？"

"什么？"

"没什么。"

那段没有彼此的年华，被他们亲手毁掉的年华，如风而过。她想起来了，她讨厌他，恶心他，他向来诡计多端，她拉开车门跳下去。一阵鸟鸣音率先入耳，紧接着，她听到了公路底下的山泉淙淙在流。她想起李鸿祺，那个后来被她推进了绝望的人，她不得不拉黑了他。她不晓得，他还会不会继续留在麦伦身边。

一个词在她心底顽固地升起,她不由对着他的眼睛说道:

"你看吧,仔细看好了,我已经没有值得你玩阴谋诡计的资本了。"

她让他看到,她已经毁坏了自己。

可是,在前几天见到他之前,她认为自己还有千山万水的人生。

她走到他面前去,仰起脖子,叉开双脚,又把头发撩起来,让他看到里面掩藏的丝缕白发。

他把她的手拽下来,紧握在自己手中,然后,让她正对着自己的眼睛。她忽然挣脱出一只手,冲着他的脸颊挥上去,他俯身继续看着她,而她得仰着脖子,区分出那是他左边的脸颊。她微闭上眼睛,感觉到手掌发麻,为了掩饰自己的胆怯和惧怕,她又挥起另一只手,这只手在半空停住了。他半俯身将面颊献上去。她用拳头去砸他的胸,将脑袋抵在他的下巴底下,浑身抽搐。

太阳从林间筛漏下来,人声从高处的鸟窝一般的小巧别墅里传出来,深林间一阵阵动荡不宁。这一阵彼此真诚的拥有,似乎会成为永恒。她知道,他说的都不可信,然而她心里偏已刻下那些句子,并且假装它们是因为她而独特。

"你还是个火车司机?"她得重新确认他,明知故问。她记着他那身制服,深蓝色,一股生铁的气味。她愿意从这里重新来过。

"怎么,真傻啦?才问过这个问题。"

"你在苔蓝干什么?"

"我现在来看你,说我们自己。"

"你认为,我们还有什么好说的?"

"我们才要开始说。"

是他的语气,还有对她来说那么独特的眼神在改变她的决心,她的勇气得靠他成全。"你不如明白点告诉我,你突然出现,究竟有什么事。"他不像是会求麦伦办事的那类人。她从脑子里赶走了麦良的影子。

他靠近来,将她的肩膀扳正了:"你变了,我就让你那么讨厌吗?"他观察她。

双腿再也找不着那种归家的切近感了。她低下眼睛,她的胸部剧烈地起起伏伏,像经过了长跑运动。

"那么,你说,我们,接下来,说点什么好呢?"

"有一段时间,我每天都给你打电话,你把我拉黑了,我知道那是你丈夫的号码,是后来知道的。后来我打听到了你的号码,可我只打通过一次,你还记得你说了什么吗?"

"哦,我说什么了?"

"你让我去死,等等,你让我想一下,对了,你说的是'你最好死得远远的'。"

她哈哈大笑起来。"看来我的诅咒不灵嘛。"她突然不笑了。她从来都不会真的诅咒他。"我那么说,只是为了……"

"我没有一点点自信,我担心你对我的记忆,是不是就没有一丁点的好,可能非常糟糕,我感觉你厌恶死我了。"他把她再次拉到眼前,让她的眼睛正对着自己的,这样,她才不会说假话。他们从小就以这种方式来检验彼此有没有说谎。

"哟,太有自知之明啦,是哦,我曾经恨不得杀了你,从某个时候开始,我当你是一只……"

他掐着她的胳膊打断她:"那在机车上时呢,你敢说实话吗?"

她的心脏又开始剧烈地跳荡,短暂的耳聋令她说不出一个字来。

耳聋过去,重新听到风从密林间吹过,山泉欢快地流淌,一辆辆卡车在底下的公路上尖利地鸣着喇叭飞驰而过,高大的白杨林遮挡着他们。

"你对苔蓝蛮熟的嘛。"她换了副语气。

他出了口长气,一副老谋深算的神色。

她心里是被风摇撼的林间,她感觉有些事物可以掌控,有些则不能。人在软弱的时候总会想起叫命运的那个东西。她的意识飞快地切换着。他在这时候出现,还要说这些,都有什么意义呢?她闭上眼睛,任由那些意识和感觉如同枝头的树叶纷纷飘落,它们一直很热闹,并且带了它们独有的重量,在她的心里堆积成变幻的云彩,时而会成为一团乌云。可她早就不打算再去打捞点什么了,就像做了好长时间的梦,可一旦梦境成了现实,原来这个做梦的人从来就没有打算好要怎么面对这个现实。

"我心里养着你这只野兽。"

"你可以把它杀了,我知道,你有的是办法。"她感觉他在胡诌。

他低声骂了句,越上年纪,越习惯回望,对过去的岁月有了某种尊重和深切的怀念。

她跟自己说,不要去分辨他说的是假的真的,带了多少表演性质。

他警告自己，麦良的事，不要再去试探她。他们在林子里走了几个小时。

这时候，她讲了个故事：

"我有个女朋友，不喜欢一个我们共同朋友的来访，我们叫他为男吧。但男每天都来看望，女惶惶不安，又不能明讲，为了不让男看出他不受欢迎，每次男提出要离开时女就极力挽留他，直到凌晨，俩人都筋疲力尽了，男才得以离去。女放声大哭，无法入睡。"讲完她放声大笑，听上去，又像是在哭。

他则大谈林子里的植物，这里的树有上千种，他对每一种都如数家珍。她一点也没有研究那些植物的兴趣。他朗朗而述，犹如面对着数万听众，渐渐滔滔不绝。

她专心走路，在心理上刻意感知到身边的人。

覆满青苔的台阶曲里拐弯一直向上伸延，密林间，不时可见鸽笼般的别墅的尖顶。他一边走，一边回忆起某件在温泉宾馆里发生的趣事。

她曾经以她的方式伤了他，他不说出来。这林子里，没有别的人别的事来阻止他们对彼此说点真话。渐渐地，各自感受到很深的委屈。

她的心终于又变得柔软了。忆起小时候，第一次去化验室的冰柜里偷冰块，第一次她被他解救，他第一次亲吻她。不，必须绕开身体的亲密接触，否则一切会变形。他们的迷宫，他们的后山，后山间的梨花，他们的故土。

他先走不动了，接了几个电话，又打了几个电话，要找个农家院吃东西。她吃不下，只想回去。

夕阳西下，黄昏降临。车子沿着来时的路往回开。这时候，她突然明白了现实，他们都不再年轻了，他不可能有闲情逸致来跟她恶作剧似的斗了吧。去寻找他的眼睛，他正看过来，略微的试探和胆怯。她不想要这样，倒希望能跟他大吵一架，而不是怀着无奈和伤感再一次作别。回想过去，他们错过了什么，到底因为什么，他们错过了彼此。或许真像他说的，幸好是一再地错过，如今才能保有在这深林间的呼吸般的感情。

"我跟他彻底分开了。"有必要吗，她不知自己为什么要说这个。他的手伸过来，握住了她的。这个消息倒没人告诉他。他听说的他们，是很模范的夫妻。当然，模范往往不等同于幸福。"事实上，我们分居很多年了。"她讨厌自己的语气。打住，这很危险。车子开到路边停了下来。他转过脸来看着她。不，她什么也不要说了。她要说的，原本不是这个。

他感觉一道门刚要开启，又对着他的脸猛关上了。再没说什么。把她放在路边上等，他先去还车子，是办事处一个同事的，办事处，她听出来了，心里热的东西一下成灰，这么说，他一直就在苍蓝的。一会儿，他又出现了，疾走到她身旁，拐过菜市场、药店，看见她住的那个小区。

她让他回吧，不用送了。

"不请我上去坐坐吗？"他以为她的倾诉才刚刚开始，会是一个漫长的夜晚。

她摇头。

7

现在，她是个忧郁症患者，这点明确无疑。不用专家来给她诊断。而患有忧郁症的人，怎么能忽略童年生活？童年生活里，怎么能少了他的影子？如此一来，她回忆自己的童年生活就等于是在回忆他。

他又在她的生命当中了，而她不确定自己。

她又开始听音乐了。她有一副悦耳的歌喉，从没在众人面前展露过，她不喜欢那样的表演。比如在这寂静的深夜里——难说这房子外面此刻是黑夜还是白天，总之，只有她一个人，以及她的收藏品。她缓缓地发出一个低音，升高，这个不高不低的音阶符合她此时的内心。她抄写过很多翻译过来的歌词。艺术和人类的感情一样，不分国界，那种最能贴近人情感的音乐才是好的，她对文学的鉴赏，则注重那些探索人的内心的作品，缄默又不确定，像一条鱼深潜在海底、像一只鸟儿在深林里静悬，但这番静默依然能把人心击撞得愣一下。至于思想，她认同纳博科夫的那句话，"不过是伟大的空话"。啊，他也只是狡猾地眨了下眼睛。

她羡慕那些内心强大的人，不知道他们怎么做到的。如果她能做到，那就是另外一个人的另一个故事了。她的心里经常是，漫无边际的感受被细雨打湿的蛛丝缠裹着，她不挣扎，不清除，到如今，已成为一张巨大的网，她那细密感觉的微尘依然不停地撒落在上面，是这些，结织着这张网。她想要给陈焰打个电话，把这些想法跟她说出来，手机铃声打断了她。

BA

1

当还是个火车司机的时候,他认为这工作是最不合人性的,超时超劳令他脑子迟钝,没有规律黑白颠倒令他神经错乱,噪音电磁辐射折磨着他的身体。幸得夏周父女帮他摆脱,于是他勤勤恳恳于后来的工作,数小时忍耐地听他所瞧不起的人大讲特讲,牌桌上故意输掉几万块,喝得不时吐血,时常夜半惊起于酒店的床铺上,怀疑人生。也时常亲临工地,为了赶工时保安全,与工人们一起在大雨中作业。去年,多地普降特大暴雨那次,在大雨中奔来跑去,他命令停止工作,可那些人并不听他的,一个个只管接着蛮干。他站在雨里打电话,接通的时候,蓦然不晓得自己要说什么,他愣在那里,衣服早湿了。一泡尿忍了几个小时了,他站着,放任那股温热的体液肆意而流,混着雨水顺腿而下。

他的司机坐在车子里听音乐,车门开处,一股浓香的咖啡味飘出来。他带着一阵浓重的尿骚味上车。司机问他回宾馆吗。他说，去金牛。途中，他给米诺打电话。半天过去，米诺在微信上发枚炸弹，"上课呢，瞎打扰。"他闭上眼睛，专心去感受衣裤潮湿的缠裹。司机几次想提醒他去换身衣服，终没敢说什么。

他越来越爱回金牛，若是假期，会带上米诺。怎么讲呢，米诺这孩子，他时不时会觉得夏周就藏在她身体里，那眼神里都透着夏周的挑剔和抱怨。她有着褐色的头发，宽阔的额头，成黄金比例的五官和身材，连这种精致的美，他也有些莫名的遗憾。米诺从小善于沉默，又时时以动作神情回敬和表达不满，这令她看上去总是那么郁郁不乐又愤愤不平。他一看见女儿流露出夏周那般的神色就来气。他不停咳嗽，方能忍住这股气。米诺一旦跟他在一起，瞬间就长大几岁，脸色也明朗起来，爸爸一年四季难得见上几回，从不会对她指手画脚，还有点巴结讨好她的意思。小时候，她惧他，到后来，视他有几分哥们义气。他对她那男性化的特征遗憾得不得了。失职于米诺的教育令他自责，尽量温和地待她，以期会改变一些事实。

背着夏周，他在金牛城枫林区买了套房子，钥匙交到老唐手里的那天，从老唐脸上他没看到期待中的惊喜，他以为父亲可能回忆起了那套没来得及住就卖掉了的房子，回忆起了母亲。倒是杨玲和如意激动得不得了。

"以后还是回来吧，咱们这空气好。"老唐表示，只是暂时为他看房子。到这时他方明白，老唐从来就看不起他干这份夏周父女赐给他的事业，他越是挥金如土，老唐越是看不起。

他留下一笔钱，让杨玲把那边的旧家具换了，房子是装修过的，可能还需要添些东西。杨玲母女的感激之情终于令他获得一点满足。他时常给上大学的平安送钱,有时是出差路过,有时他专门去。他从不使用电子转账。平安从不说感谢的话,只一次,说:"我不需要这么多钱,你多照顾自己。"他感觉平安是为了不让他难堪,才把那个信封拿在手上的。他觉得平安这话里有很多意思。此后,他再未去过那所学校。

之后,一个同学在金牛借传统文化的幌子,大搞复古项目,联合几个开发商先在一个鬼都不愿意多待片刻的地方建起了一个大型古镇,又在四周建了许多配套设施,还有住宅楼,同学劝他购置了一套。

"等着升值吧。"同学雄心勃勃。

他买来可不是为了等升值。

那个地方可真偏,几乎是个空城,晚上,隐约亮着那么几盏灯,不是人间的感觉。出差途中,心情不畅时,一个人悄悄回来,在那房子里待上几天,每天都去爬金牛山,那座山不高,在它的背面有一处温泉,那个同学早就打算开发的,可是那个古镇的屁股他都还没擦干净。唐沃然观察了很久,也许哪天兴致来了,他会把这里打造成一个温泉小镇,照如今人们消费的方式,是稳赚不赔的生意。他一直想为家乡做点贡献嘛。

他给那同学打电话:

"你想打造的那个地方,就叫'慢下来',怎么样?"

同学说:"哎哟,你赶紧给起个急一点的名吧,我都快急死了。"

他琢磨了下,只要把温泉这块给折腾起来,不愁这地方热闹不起来。到时,古镇和楼房租用以及销售自然也就热起来了。通往城区的路先得修起来，再通几条旅游专线。修路不难，难的是有挡道的，挡道的是受政府大力扶持的海源公司。若不修这条直达的路，就得环城上山，再下山，这么曲折，是没人感兴趣的。

这个念头一旦出现，就一直在脑子里了。

有时会去枫林晃一下，他留恋那个家里饭菜的味道，一种热乎生活的味道，杨玲总是那么有兴致安排房子里的事，这么些年过去，老唐被她服侍得恢复了元气，头发都变黑了。时而，老唐那些同事会来串门子，一看见沃然，会惊问：

"当火车司机的那一个吧。"

老唐哼一声，不再往下说，倒是另一个同事说了起来："人家现在是老总，干得比火车司机大。"这个同事不久前来托老唐，老唐就给唐沃然打电话，唐沃然又去求岳父，同事想把儿子安排得好点，唐沃然想要老唐面上有光，最终皆大欢喜。老唐仍习惯说他是个火车司机。

即使这样，唐沃然仍旧喜欢家里的这种气氛，有一种蓬勃的生机。杨玲会跟他说很多话，她对生活的态度时常令他猛生一种积极向上的激情和勇气。如意也快高考了，她比米诺大几岁，与米诺是两个极端，如意有着妈妈开朗的性格，鸟儿一样欢快的嗓音不是在说就是在唱。平安刚参加工作，住单位宿舍，杨玲把他的房间让给沃然住，每次来，他一直穿的那套睡衣会摆在枕头上，看着干净清爽，棱角分明。他记起母亲也爱干净，但那是一种将很多东西压制住了的洁净，这点上，夏周像他的母亲，米诺变本加厉，为了避免责骂，什么东西都藏起来或者直接扔掉了事。临睡前，杨玲会走进来几趟看褥子潮不潮，被子薄不薄。问他早起想吃什么,让他多睡一会儿。越是这样,他越不想回到他的大城市里去,他的旅行箱里装满了空虚。

2

母亲的那些信件,他一直放在办公室的保险箱里。这些年他都忘了它的存在。这天,夏周冲他要一份机密文件,他打开保险箱后去接电话,回过头来时,夏周正打开那个牛皮纸信封。

"这是什么?"

"是我母亲的。"

"哦。"

与他生活的这些年中,夏周对他多了些尊重。看不出她究竟多大年龄,她的皮肤接近透明,时常露出琢磨和探究他的那种目光,她的精明和强悍是天生的,他自愧不如,不敢多朝那张脸看,不得不与她目光交会时,总是露出令他自己也吃惊的讨好之色。她穿的来自那些他一直未曾到过的国家的品牌,他时常也会得到一件风衣、一双皮鞋之类的,但他总是把这些好货穿出地摊的效果,仿佛只这一件事上他可以任意发挥自己的主见似的。这些年,她不断从自身挖掘出诸多能力,利用这些能力已经成就了很多不可能的事,而他则像个成绩不断下降的差生,全凭她助力。

夏周出去后,他把那个信封带到桌子上,坐下来的时候,脑子里出现金牛一中的那间教职工宿舍,那张干净的桌子,也记起自己洪水般的绝望和愤怒。再次翻阅母亲留下的这些信件,他内心里又被激起别的东西。

虚构的人：

我只能这样称呼你。已经逝去的一切，不是虚构的，又能是什么呢？

不，我没有责怪的意思。我只是想告诉你，我要走了，永远都不可能再出现了，你也不用再来想方设法地制造一些事端了。永别了。当我这样说的时候，事实上都不是说给你，而是说给我为自己虚构出的那个人，那个人，他令她成了那样的女人。就像一样乐器，你用心弹奏，她会发出惊天动地的乐声，像雨天的湿衣，挂在那里，总是湿漉漉的，自己会滴下水来，你和她的曾经，便是那样的。

为此，她应该心存感激，而你，即使笑起来都是一脸阴毒，你如你的名字，是一块石头。不，连这个我都不想说出来。

大多时候，只是我在自说自话。你还记得，我们谈论过的一部电影吗？我们很少谈论过什么，事实上，我至今都没能把你这个人的长相看仔细。当时，你说，那个穿了一身新衣的女人真傻，明知嫁的不是所爱之人，干吗还要在那里装作一副幸福的样子。

你懂什么？

对一些女人来说，仪式（假装）很重要。一如我虚构你一般重要。

石头。他在脑海里搜索，谁的名字叫石头。

A_B

1

平安要结婚了。唐沃然在电话里告诉她这个消息后,她便去商场挑选礼物。商场的那些店员老远大声地跟她打招呼:"好久不见你,姐。"那些年纪大了的也喊她"姐",有些男的则称呼她"宝贝"。将大包小包的东西用小推车推到停车场去,这一次,她理直气壮。这时候,她才从一种激动不安中平静下来,她不得不去见唐叔叔了。想起往事,令她流泪,又成了那个爱流"尿水水"的小丫头。

这一晚,她把过去整理了一番,从脑子里到房子里。很快就早晨六点钟了,闹铃响了。她仔细洗脸化妆,从众多收藏中好不容易挑出几件衣服,挤得都变了形,挂烫机给堵在一个角落里,费了半天,才把衣服烫好了。最终又没穿,换上一件衬衫和牛仔裤,鞋子的世界里,她找不到一双运动鞋,最后穿了一双绣花布鞋,大红色。为了搭配这双鞋,她系了条艳红的丝巾。然后坐着发呆一直到九点钟。

陈焰和张锦这阵子住在苔蓝,这天他们要回去了,正好可以将林希顺到金牛去。这也是唐沃然提前安排好的。

"典型的林希式打扮。"陈焰叫道。

"忍着吧,不伦不类。"林希笑。

"鹤立鸡群式。"张锦探出头来说。张锦开车,陈焰和林希坐后排。陈焰将上身前倾,双手不时地摸张锦的脑袋和脖子,一边跟林希说话。"姐姐,你不晓得,是张锦完全改变了我。"陈焰时而泛起的一阵傻气令林希难以相信,这就是那个写过那本智慧复杂的《另一种生活》的女人,又顿悟:一个人,真的可以分身,过不同的生活。陈焰可以在文字的世界里严肃深刻,当然也可以在现实当中成为一个幼稚又快乐的女人。

张锦这天话也比较多:"女人傻起来可真要命。看看,我让她成了无业游民,反而欢天喜地来感激我。"陈焰又去揪扯张锦的耳朵,双手伸到他的下巴上,张锦像只猫一样任她抚弄。

"我这电灯泡当的。"

"姐姐,我真的希望你跟我一样快乐。我最近才想到,人的一生只能做一件事,你要做这一件事,就得有所牺牲和付出代价。我其实对前路一点把握都没有,我已经三十九岁了。我是突然想到,要过自己想过的生活。一生其实短暂,我们没有时间犹豫不决。"

是啊,林希对自己也像有了一个决心。陈焰认识的她,至今不过是一个被传说的女人吧。林希想起陈焰引用在书里的一段话:

在这些各自的瞬间,我是他人,在每一个界定失误的印象里痛苦更新自己。

她跟陈焰说,看到这段话,她就迫切地想要找到她。

陈焰笑看着她。"说说唐沃然吧。但愿这不是一个不能提的话头。"

这恰是她想说的。可是,从哪说起呢?

"小时候,我时常被同学欺负恐吓,唐沃然看似可以救我,但如果那些欺负我的人来了,他就成了他们一伙的。

"我时常怀疑,我父亲选择与我母亲离婚也是因为我。因为我是个女孩,我妈妈不打算再生了。

"在孩子的世界里,我又是个胆小鬼。被孤立,独自一个人处在黑暗和恐惧里的那种感觉,实在是太强烈了,也许你不相信,这种感觉就像一种颜料,小时候我的灵魂被染过以后,至今都褪不了色,经过了风吹日晒,色泽和效果还有所加强。也不好说,这便是根由。后来我好像没有健康起来过,你明白的,我指的是我的精神。啊,我说哪了?"

她依然无法讲述那个人,因为他的突然出现,一切又变得不怎么可靠。

陈焰抱了下林希,晓得她不想多说。"每个人都有不同程度的精神问题。我自己就有,得学会自己调节。在这方面,张锦是个很好的心理医生,是吧张锦?"

"好在你现在有我,我是个再好不过的倾听者。我小时候的情形跟你差不多,只不过,独生女会孤单得多吧。不像我,兄弟姊妹好几个,大人哪有工夫管你的精神问题。"

林希问她跟张锦怎么认识的,陈焰笑着让张锦自己说。

"我们两个,像一个人不同的自我。一个拉扯着另一个,一个需要着另一个,彼此相认又马上推开对方。好奇怪,我突然就有这种感觉。我们怎么认识的,这个,我相信老天爷,我本来不怎么相信缘分这回事。那天,我去苔蓝,本来是去找那个有名的中医看胃病,嗨哟,那叫一个人多,我在网上预约的,还是排了半天队。嘿嘿,我好好在平地走路,就把脚给崴了,这样一来,就先落到陈焰手里了。"

林希记得,上次说是在车行里认识的,领悟似的想到:

人对自己的记忆是没法完全把握的。

张锦依然是个欢快之人,一路说着话,金牛就到了。转了弯,驶向那座石桥。

"反了,你这是准备去哪,张师傅。"陈焰提醒道。

"很久没来过这了,顺便看一眼,林希一定也想念这里的吧。"

林希往窗外看去。那个陡坡变平了,旁边出现几家超市,他们曾经来来回回走过的路也不见了,林希回头望了眼石桥。这里变得几乎无法辨认,两旁的树被砍掉了,入眼的皆是住宅楼,车子从楼群间穿过去,望见了河滩,却不见他们曾经在其中嬉闹过的清澈的河水,再往前行一阵,终于望见了那栋灰色的三层楼。

"据说这里要修高铁,海源怕是保不住了。"

"我听说,要建一个洗浴中心。"

张锦回头问林希:"要进去看看吗?"林希一脸惧色地摇头,"不用了。"往回走的时候,林希慢慢地辨认出,朝西向还在施工的大楼的所在地,便是他们曾经漫步其中的小树林。

"这里好偏僻哦。当年你们在这工作,一定挺有意思的吧。"陈焰说。

"要有意思,林希会走掉?笑话。"张锦唯一一次没笑。

"我被开除了。"

张锦板着脸,学她的公公在职工大会上气急败坏地贬损她。

"说得很难听,连黄小娟都觉得,这是要置你于绝路啊。当然喽,我们那时候都还不晓得,他老人家,将来会成为你的公公哦。"

陈焰半天没说话,忽然很安静,张锦便也不说了。车子开上石桥,林希回头望了眼,那个邮政储蓄所旁边的红绿灯正在转换,要变绿了,却怎么也亮不起来,然后车子一拐,看不见了。

把她和一堆礼品送到枫林区,他们就离开了,远道而来的一拨人正等着陈焰,她一直在接电话。这令林希猛然间觉得,她们之间的友谊并不那么可靠,那种能跟许多人都友好的人,总是叫人有些怀疑。仍旧约好,这边的事情一结束,林希会去找陈焰。

她站在小区门外等了两分钟,心里涌动起一阵奇怪的感觉,仿佛他们都还年少,没有被这十几年的生活漂染、改变,而唐沃然正从家里走出来,带着全家人的使命来接她,她踏实坦然地要回到老唐家里去。她妈妈最终没有来参加平安的婚礼,她打算这边一结束,便去云南陪妈妈住上一阵子,也许,她会跟母亲谈谈,关于她的身世,这是近来,不断在她心里的疑惑,或许是因为，这些年跟妈妈疏远了。

唐沃然打着电话走出来了，她身体里涌动的那种感觉不再那么强烈，太阳朗朗照晒着，实在是热得很。

"家里啥都有，你来了就好。"唐沃然看了眼那些盒子袋子，露出不耐烦的一笑。俩人分开拎着往里走。她的心又跳得厉害，想到会被问到的问题。他一定也接受过无数次这样的询问：

林希究竟是怎么了？你们那时候究竟是怎么了？

一如她还是过去那个小女孩，唐叔叔喊着她的乳名拽住她的手，这种叫法催出了她的眼泪，旋即，她又被热情的杨玲治愈了。家里人很多，乱纷纷的，她马上又被冷落了，并没有出现她料想中的那种众星捧月的场面。在卫生间洗脸的时候她才意识到，再也不可能是当年了，她是个彻彻底底的外人。

唐叔叔变瘦了，反倒比过去精神，变成一个高谈阔论之人，对她很客气，她努力想感受到一丝特别的东西，然而，只是客气。她在心里温养着的一些感觉和记忆，变得不那么可靠。原来，唯独她一个人仍偷偷珍藏着。现实轰轰烈烈向前，没人有暇回顾过去。杨玲逼她喝了半碗羊汤，她吃着里面的肉块时，半块馒头又泡进去了，她赶紧地吃，好让杨玲忙别的去。

房子很大，这令她记起自己一直住在一个洞里，到了这样的气氛下，头一次意识到，她的人生是那么不确定，坐在沙发里，她努力地把那些羊肉吃完了，别的人都在忙碌，杨玲转回来贴着她的脸说：

"你叔说是你妈妈爱吃羊肉，就想着你可能也爱吃。"

林希的眼泪又要出来了，猛点头，说她也爱吃，她的眼泪是有点可笑。杨玲在她背上拍拍，也没说什么。亲戚很多，这个回来了，那个出去了。她在客厅里坐了片刻，几个年轻人在收拾一堆纸花，红红绿绿一大堆，那一头，七八个女人小孩在往一些小盒子里装糖果，杨玲来来回回穿梭。林希不知要干什么，就去那些年轻人里头猜哪个是平安。一个女人忽然大叫起来：

"哎呀，原来你是林和蕴的女儿呀，哎呀呀，我在这里看半天，就觉得眼熟得很，我们几个在这里猜呢，一看就是，跟你妈妈一样有气质。你叫希希是不是，我还给你梳过头呢。哎哟，你说说这时间快的。当年，你妈妈保住了我儿子的命，这恩情，一辈子记着呢。你别走，明天你一定要去我家里坐会儿，好不好？"女人走过来拉住林希的手。

林希说"好的，好的呀"。说起她妈妈，说起双子镇，又说上了平安。平安去请县委的同事和领导了。女朋友小郑是高中同学，上学时就谈的，开了家化妆品公司。平安因为她才回到县城，倒也遂了杨玲的意。

正热闹着，唐沃然跟一帮人回来了，屋里转了一圈后冲她使眼色。她便去拿了包，乘着混乱，跟着他悄悄出门去。

2

等了半天电梯，都没说话。

来到楼下，他忽然牵了她的手，她自然就被他牵着出了小区，从热闹繁华的马路上走了过去。她仍被方才房子里的气氛笼罩着，恍惚不已，他们正从家里出来，要去散步，要去邻人那里,随便去哪里,刹那之间,只有心跳,这心跳令她有短暂的耳聋和感官的麻木,那繁华热闹便都静止了,相靠相依着直到对面的一棵桑树下,一切重又喧嚣起来,她的右手又感觉到他掌间的温度和力道。她晓得的,他跟她一样,也有点迷迷糊糊,松开对方的手,返身看见,一辆辆车子,如同一条河流在他们眼前流过。她身体里填塞的一切都没有了,只是那恍惚又温柔的情感。大概他也不知道要干什么,沉默地立着看人流车河。

过了半天,她开口问道:"有弟弟妹妹的感觉很不错吧。"

现实轰然作响,她和他终于隔开了该有的距离。

"妹妹早就有咯。"他转头瞪她。她低头没说话,挽留那点恍惚的错觉。

"嘿哟,能让一只老虎温柔起来的,只有时间。"他哼哼笑了几声,眼角挤出几条皱纹。

她深深看他一眼,隐着一丝他看不懂的冷笑。

"别那样看我。"他向来怕她那眼神。

在树下,在熙来攘往的人流里,被她过去的眼睛看着,他忽然拥抱她,她没有躲避。也许要在许久以后,她才会明白,唯有在这一刻,他们各自那历经沧桑后的精神和内心是最贴近的。一旦开口说话,万千世事已将他们隔开两岸。

"想去哪里看看不,你都多少年没回来过了。"

这会儿,他不是要去家里帮忙么?身体里有什么还在不停地融化。

走在这里,这地方,有他,有记忆。事实上,她对这里并没有多少记忆。只是因为有老唐的存在,俩人同时把这里当成家和故乡了。天色暗下来了,来来回回走着的,没有一张熟面孔。她想依傍着他。他努力地把两条腿迈出去,一条赶着另一条,像是并不晓得她的心思,又像最懂她而故意。又走回马路对面。他打开楼下一辆车子的门让她上去。

"这边还有很多亲戚要来,你先休息一下。明天还有一整天要忙呢。"

"唐叔叔看着很开心呢。"

"也好,我办不到的,别人满足他。"

"怎么,你不开心?"

"那是个神话,哦,我是说开心这件事,也许,现在的感觉就是。"他扭头看她,"活着的大部分时候,我真的怀疑自己已经活成一块木头了。"

她没说话,记忆扑面而来,想起很多人。回到这里令她放松,倒是真的想念婆婆和小玉,想念那个房子里的木头气息,她猛坐起来,又恍惚了,似乎是麦伦正开车带她回家。那时候,那时候唐沃然在哪呢?

"怎么不说话?累了吧。"

"嗯。"车窗外所见皆变了样,陌生感重现。行了大约半小时,忽然望见一片湖水,狭长的,绵延向前,望不到尽头。她从来不晓得,金牛城里还有这么大一片湖水。像许多地方一样,湖边有很多栋房子,路灯已亮起来,湖面上闪闪烁烁,那些房子里却暗昏昏的,隐约几个窗口不怎么真实地亮着。车子停下了,她跟着他下车。

沿着小径拐来拐去走进一条巷子,又进到一个院子里去,她不去管方向，只是跟着他走。坐了一天车，脑子里晕乎乎的，意识像那湖水上的灯影。走楼梯，他拉住她的手。

门开了。门合上了。她又想清楚了一些事，明知不应该走到这个门里来的，可是她走进来了。还有别的方式可以打败自己不？窗帘没有拉上，路灯照进来，泼在他们身上。朦胧中，几张桌子的影子，一面墙上全是水，热带鱼悄无声息地游来游去，白肚皮上印着投射进来的灯光。

"我们为什么非得这样？"

他到底想要问什么呢？难不成，这世间的人，皆是同一个人分裂出去的一个个分身？携带了同一种特征，同一种不自知，非要去别人那里验证或解脱？也许，我们费尽千辛万苦，到头来，不过也只是在爱或恨着自己的一个分身？若能停止内心搏斗，我们过得是不是会好点？

"你总是一副别人欠着你的样儿，你小时候就那德行，你自己不知道吗？凭什么你觉得自己总是比别人高一等呢？你一直在击败我，你懂不懂，就算我们多年未曾谋面，我依然活在你的诅咒和惩罚当中。"

瞬间，她怕了，一波波恐惧还在放大。他带她来，是为了打击报复，是为了清算。

"我妈妈自杀了，我都以为她是因为晓得了我干的蠢事而死的。我觉得自己崩溃了，可我不能对谁说出来。是，你是受害者，可是有人考虑过我吗？是很可笑，那你就尽情笑吧。"

"我不是为说这个，我一看到你那副神色就害怕。"他捉住她，猛烈地摇晃，她听见脑子里的响声。

"可是，我又是在怎样的期盼当中，你知道吗？"她面无表情地看着他，跟自己说。

"谁能说得清自己一时的荒唐行为究竟是出于什么动机。你总不能让我一辈子都觉得自己欠着你的吧。我们还能有多少时间……麦良……"

总得找个前奏，听上去可信的借口，她明白了，挣脱他，往门口走。他追过来从后面拉住她。

"好了。好了。我知道，我了解你……所承受的。你得给我机会。"有几分对她的真心实意，他自己并不清楚。也许早些时候清楚，后来完全混乱了。他仍是过去那个少年，只是被征服的欲望弄得头昏脑涨。

她咻咻发出山林的气息，这令他将她从那许多人的记忆里区别出来。

窗外忽然刮起大风，哪个房间的一扇窗玻璃没有关上，啪啪撞击了一阵后没有声音了。风吹了很久，在楼下一排细直的槐树上端，变成一个个肥大滚动的暗色的球，滚着滚着就散了。湖边的树木突然间都变肥，摇动不定。紧接着，雨落下来了。身外是海，只有此刻，她是最安全的。

"这是哪里？"

"一个别人没法找到我的地方。"他从柜子上拿起一串钥匙，"如果愿意，这里以后就是你的了。"

她起身，去房子里走了一阵。又走回来，冷笑道："你是不是经常这么随意？"

他从手机上抬起眼睛："什么随意？"

她将他的手机拿开，让他的眼睛看着她的。

在他身边躺下来。"我再也不想离开你了。"幻想过无数次，这时候，她却不愿意冲着这个人说出来了，于是冲自己身心里的那个人说："爱人啊，请别再让我离开你。"

"我有过很多梦想，如今大都已经实现了。有时候想想，快近中年，这半生我真的是太顺了。可是，像今天这般的光景，我从十几岁上就开始幻想了，老天却让我们不停地错过。"他将她的头发撩开，让她时而傻里傻气时而狡黠的眼睛露出来。"你还记得吗，这都是因为你的诅咒。"

她闭上眼睛，想起自己年轻愤怒的声音：唐沃然，你会遭到报应的。她像猫一样团缩起来。

"那就让老天现在来惩罚我吧。"

"别胡说。"他按住她的嘴，"此时说来就一句话，就那么一件事，可是在我的青春期，你令我陷入了多深的困境，像浓雾，像泥淖，黑色的，只有你可以帮我穿透，可你跟我幻想中的那些人一起，你们一齐对我判了死刑。我缓慢地拯救自己。开始，恨不得你消失，后来，又止不住思念你。

"当我对你做了那件事以后，我感觉满世界的人都在伺机抓我，我迟早会被某个人送到监狱里去，我不敢见人，最遗憾的是，我的母亲死了，再没有人可以窥视到重压着我的究竟是什么了，我一个人，就那样承受那巨大又沉重的东西，时时刻刻，那种害怕，我希望这辈子都不要再见到你们母女。那时候，我们才多大。我其实对别人万不敢做那样的事，我也说不上为什么，也许是太喜欢你，也许，只是因为，你知道的，我一直认为你只能是属于我的，迟早你会是我的，不是吗，那条街上的人都是那么认为的，你可以说，这也是一种暗示的力量。"

"你记不记得，小时候，我老追着你，跑得快断气了。"她不耐烦听他啰唆那件事，她讨厌他说那件事的口吻，倒像是她有错。而他讨厌青春期那个阶段，就算曾经有她。她偏要说。

"不要说了，我讨厌那时候的自己。"

"不，就要说，那是我最快乐的时候。"

"那好，那就只允许你再说三个字。"

"就三个？"

"就三个。"

"不然会怎样？"

"不然明天我会出差。"

"带上我。"她偏不懂，他想要的是另外三个字。

他将她的双手撒开，仰面躺着叹口气。"这可能是我最绝望的时候。"

"带上我，带上我。"她还在小女孩的身份里出不来，冲他发送着密码，渴望他也会说出那三个字，"跟我走"。那是连通他们隐秘内心的线索，他不再记得了。他再次与她、与他们的往昔失联。

她扭着自己的思想逃离，那快速浮上来要淹没她的失落。他的皮肤变厚了，不再像过去那样躲避又渴望被她抓挠了，她敏感的地方依旧敏感，被他呵弄得滚来躲去。原来，这就是快乐。快乐里渗着一抹儿陌生和疑虑。

风暴平息，风情万种的女人忽然消失了。一个让他憎恨的声音说：

"我警告你，永远不要去打扰麦良，他跟你，没有任何关系。"

3

新娘满足的小脸上，一双眼睛挤眯在一处一直笑着，林希抑制不住猛烈的泪水涌流，她用一只手挡着脸，总是在不合时宜的时候，她狂流眼泪。此刻的幸福，会一直持续吗？她真是惊叹自己的脑子，这种时候，居然会跳出这样的念头来。如若年轻时候，她跟唐沃然之间没有过那些波折，必会有这样的婚礼，那是一定的，除了她妈妈，她认识的人全都讲排场。唐家人向来宠爱她，她会一直受到宠爱和祝福。她和唐沃然的后来呢？她没有这般经历，无法想象，也就无法克制脑子里那轰然的声响。她受不了这样的幸福时刻，提前离开了。

一个人在城里转了一圈，没遇上一个熟人。过不久，唐沃然打电话找到她，载着她回到他们昨晚到过的地方——"慢下来"。

他说是不久前突然有的灵感，问她怎么样，有创意吗。

"慢下来，多像你这个人，是为你而存在的一个地方。"

她被感动了。

她有意忽略他说过的一些话，他那投机取利的头脑、他身上诸多她看不惯的习性，她无从了解的他的工作和生活，她有意视而不见。昨晚没发现，这里是在城区的背面，从昨天到现在，她还没有碰到过除他俩之外的第三人。她没有立刻回苔蓝，这不在她的计划当中。

他的目标是打造一个温泉小镇,他强调,不是整一堆做作毫无特点的破烂建筑,他要建一个真正供人娱乐的俱乐部。他要从金牛山中间凿出一条隧道,连通城区。

"你知道吗,海源公司恰在隧道那头。"

她搞不清楚地理位置,他拿出一张纸,详细给她画了张草图,她把纸从眼前拨开,看着他的眼睛说:

"要我说,你的野心应该放到夏家人的公司里去扩张。"说着,她像是才刚刚知道他有老婆的现实。

"我会让金牛人记住我的。"

她笑了几声。想起开警车的小乔曾经说过的话。她复述给他:"曾有一个小朋友跟我说,如果你不想平庸地活着,那就去自杀好了,因为活着就已经注定是平庸了。那是人们最容易记住你的方法。"

"只要你说,我就去自杀。"

看他半天,她没把"我们一起去"说出口。她还舍不得去死。

已经争取到了夏周父女的支持。他眼下的任务是说服海源搬迁。海源公司早改为民营企业,虽有政府支持,但这几年日渐颓败。

"新旧更迭,才会有时代的进步。一部分人的观念你必须逼迫,他们才会选择更新。"

"那你应该叫它'快跑',而不是'慢下来'。我觉得一个地方拥有它的慢是它的幸运,人们的幸福指数并不靠'快'来获得。"

他哼哼笑,像祖父瞧着不懂事的孙女。

唐沃然出门去之后,她会去附近走走看看。她没有去看南景行,也没有给婆婆和小玉打电话。她不想出名,不想干大事,她就想与他待在这不怎么真实的孤城里,她不要地老天荒,她要这太阳、植物与雨水,要感觉里这点真实的此在,管它撑多久。

"慢下来",她暗自发笑,他是骗子、强盗,她心里涌起对这个骗子的柔情。她从来没有从容过,从来都只为努力赚钱和花钱而活着。现在,她只需要阳光和空气。

从一个峻高宏伟的大门里进去,里头空空荡荡,一丝风都不愿意从这里经过,慢慢地走,仿佛走在一段青灰色滞顿的时光里,庞大笨重的建筑被施了魔法,困在死寂里,血红色的门脸紧闭着。拐角,是别扭的城门和城墙,她带着无比宽宥的一颗心仰望,阳光从高处洒落,她闭目流泪。

猛然,跳出那条青砖铺地的老巷子,脑子里,显现巷子深处的宫灯,那些墙上的划痕,那老房子间的沧桑感。

真与假,旧与新,人是非凡贪婪的。

从古镇里出来后,她辨认了下方向,古镇四周,建了一圈深褐色别墅,当她漫无目的地从那些深褐色房子前面经过时,那所木头房子在她忆念里再次被唤醒,意念里,它是金牛城的中心,她想走到那里去,她知道这很疯狂。

黄昏,她跟唐沃然又绕着湖水散步。湖边栽满了柳树和梧桐树,高高的银杏点缀其间。

他问她,最想做什么。他可以帮她满足和实现。

"你能这样说,我真的好高兴。"她身体里涌出一股股甜蜜的柔情,她不知道怎么做,才能让他也体会到。

"你看我,这是在胡说什么呢,你的丈夫,可比我有能力。"

真是讽刺,当年从大学里逃跑,后来却拥有好几个学历证书,那些长夜里苦学的情景,如今想来,真是匪夷所思,她并无什么目标才去苦学。若要来个精神分析,那只能是她的精力太旺盛而业余喜好太枯贫了。她做了很多年会计了,她想跟他好好讲讲这些经历。

"做家庭主妇。"

"好远大的理想。"他用肩膀挤她一下。

她站住了。"你知道你这个人,最让人吃惊的是什么吗?你太无耻了。"

"希希,不许你那样说我。"

"多大的事,你都能为自己找到开脱的借口,还让人觉得真正可怜的人其实是你。我真是太好奇了,你究竟是怎么做到的。"

他不由得笑起来。吵起架来,他们找到熟悉感。

沿着湖边已经走了三个来回。空空荡荡的城堡,只他们两个人的城堡。

"好可怕,好不真实。"也许,她跟命运打了个赌。

"什么?"

"没什么,你会陪我度过这个夏天吗?"

"我这辈子都会陪你度过。"

如果活着能像说话那般轻易就好了。

"生命里剩下的时间,我每天都会陪你度过。我保证。"

太可笑。笑着的同时,她哭了。究竟是她一直过于独立也过于用力的人生值得,还是像现在这样虚幻不定的时光值得?

湖是狭长的,一直向着南边延伸而去。沿湖两岸,植有绿树,茂密的矮篱间,羞答答地开着小黄花,间或探出一个笨拙雕塑的尖顶,远远地,可望见两座高架桥。古镇前面的音乐喷泉和演艺广场可能还从未启用过,真是浪费。

"我真的想让这个地方活起来。"他向两岸扫视一圈,胸有成竹地说。

她倒想在这里种上一片麦子,或者就让它空着,落满很多鸟。"你成天琢磨这些,累不累?不要太贪婪了哦。"

"哼,都像你一样生活,这世界就没发展了。"

他们走进一个亭子,他将外套铺在刷了红漆的木头长椅上。她坐上去,想到他也为别人这样贴心过,她说不上是嫉妒还是难过。他挨着她坐下来。旁边一棵树上的花还在开,粉的白的,高高低低,过了花期的矮树上,长出尖尖的有纹路的叶子。湖水翡翠色,荡着一圈一圈波纹,浮游的生物在水面下吐出一个一个气泡,乍然一条鱼跃出水面,倏忽又落入水中。远远地,一只小船漂过来了,闲悠悠地晃,船上坐了两个人,挤贴在一起只为了挤走那长天白日里的空虚,大概是不去顾管船的方向,所以,更远一点,那个看船的人冲着湖面上喊叫起来了。那只船儿,警觉起来,猛摆了一下,然后掉转方向,快速地向着来时的方向一下荡远了。他们面前越发空寂了。他勾头一直在手机上处理工作。

手机铃声响起来,折断梦境似的一阵沉默。

他晚上约了人吃饭,请她一起去。

"我不去。"

"听我的,你一定要去。"

她忽然转过身,勾住他的脖子,将脸贴在那张胡楂浓密的脸上。他倒给吓一跳。只有这个密令能启开她,能将她的人生拼贴成不曾中断过的图景。他不懂。她在不可解释的宿命当中。只有这一点,令她感觉到一点稀有的幸福。

4

那是一栋离汽车站不远的写字楼,唐沃然走在前面,她问,都是什么人。他说,见了不就知道了。电梯行到四楼停了下来。迎接他们的是李晔和赵乐天。赵乐天穿着围裙,跟林希打了招呼,然后跟唐沃然说,万事俱备,只差曹操。而曹操说着也到了。李晔再次下楼去迎接。

林希在过道里走了一圈,发现有很多房间,房门上都标有房号,走廊那头暗昏昏的,忽听得身后有人喊她,回头的瞬间,她呆住了。

站在光线里的是婆婆,立在她旁边不怎么相衬的那个老头是常总无疑,他仍旧戴着个墨镜,虽然看不清楚他的目光,但林希能感觉到一股冷漠和愤怒的光,依然那么顽固地向她刺来,他咕哝了句什么,直接走进一个敞开的门里去了。

"妈。"

"希希,你怎么会在这里?"

婆婆拉住林希的手说话,一帮人簇拥着走进一个大厅里去。

有人喊"叶县长"。

婆婆答应了一声说:"哎,什么县长,我都退休这么多年啦。"

迎门一张巨大的书桌,上面摆着文房四宝,靠墙游着鲜艳的热带鱼,乍看去,像游在半空中,一个玉石屏风挡住了后面的一个饭厅。一众人围着一圈沙发坐下来。除了公公婆婆,还有四个陌生人,唐沃然站在屋子中央说:

"今天是亲友聚会,大家别拘束。"

他是这儿的主人无疑了,林希的心沉沉浮浮,真是狡兔三窟,可是为什么她都不知道呢?跟婆婆也不能交谈,不时有人凑过来为她们递热饮和坚果。

"还真是想念你呢。"婆婆凑近来大声说。

"我也想念你呀。"

有人搬开了那扇玉屏风,后面一个可容十多人的圆桌上已经摆满了佳肴,唐沃然让客人们上座,那当儿,忽然朝向林希,喊道:"希希,你看我这领子后面有个啥东西。"一面将后背伸到她眼前来。

林希难堪极了,并不是担心婆婆会看出他们之间的亲密,而是因为,这件事得她事先告知婆婆,这样最好。偏唐沃然这一晚上不停地作秀,贴到她的面上来问这问那。赵乐天和李晔将她推让到唐沃然身边的椅子上,对座是常总和婆婆。来的人有财政局的,有拆迁办的,还有一个年纪稍大点的女的,唐沃然呼作刘局长,另一个年轻女子,是会计小范。菜主要是海鲜,李晔说是连夜从南边运过来的。刘局长笑说:

"你们活得真洋气。我们吃的可都是死鱼烂虾。"

唐沃然接口道:"以后让你每周都能吃上最新鲜的,这个可以保证,是吧,小李。"给在座的女士们推介了一拨金枪鱼,"吃这个,比你们贴多少面膜效果都好,最自然最有效的胶原蛋白。"

"唐总在生活里一定是个有心人。"

婆婆给她夹了几次蔬菜沙拉,各自喝了一盅鲍鱼瘦肉稀饭。林希吃了很多洋芋擦擦、猪油盒子,离开家乡后,这些东西就再没吃到过了。她闷头一个劲地在那吃,一片笑声里,听见唐沃然在跟常总谈"慢下来"的构想。

猛听得常总抬高了声音:"虽然维持得艰难,但为了我的职工,我也得把它撑下去,海源公司是不可能消失的。"

"我们得面对现实,常总。换一种观念来看问题,才会有新发现、新思路和新机遇,您的职工,将来可以在'慢下来'小镇工作嘛。"

"哈哈,你的意思是叫他们都去你那里打工。"

"若真要替他们考虑呢,那报酬最能安慰人心。据我所知,您的公司工资早都开不出来了呢。"

俩人话里藏刀,语带笑声,李晔和赵乐天不时穿插着过来上菜。唐沃然不时朝林希瞥两眼,她偏什么都不说,这件事上,她不想说任何话。何况,在公公那里,她人微言轻。

常总找了个时机站起来跟众人告辞,林希发现,他真的老了,个头变矮了,满头白发令他看上去不再精神矍铄。众人一直送到楼下,李晔已将车子开出来,常总说想走着回去,就不麻烦了,自始至终,他没有跟林希对视过,这时候,他特意看了她

两眼。婆婆跟林希道别,林希让李晔送送她,婆婆没拒绝,上了车,李晔重新掉头,问道:

"叶县长,咱们从海源那条路走吗?"

"就从那里走吧。"

这当儿,唐沃然忽然走近来,将一个信封伸进车窗里去。

"这个东西,一直锁在我的保险箱里。我至今都不知是为谁保存着。我想请您看一下,然后帮我做个决定吧。小李,走。"打了个手势,车子开走了。

回头,与林希的目光相碰,林希并没有听清他刚才说了些什么。

"我想你不会想知道的,与你无关。"唐沃然说着上楼去了。林希在楼下待了会儿。警告自己:最好不要了解他,以及他要干的一切事。"我只为了我自己。"

站在那里要给婆婆打电话,婆婆却正打过来。

"你开心就好。林希,我打给你,就是想跟你说这个。"

"妈,谢谢你。"

5

她念:"清夜无尘,月色如银。酒斟时、须满十分。浮名浮利,虚苦劳神。叹隙中驹,石中火,梦中身。"

他说:"嗯哼。"笑两声,又说:"嗯哼。睡吧。明天事多呢。"

她在那片狭长的人工湖边游荡。唐沃然一心要把这座古老的小城破坏，一心在与人同谋的利益当中，他再也不可能是过去那个人，她心怀间温存着的那个人了。她一点也不想了解现在这个令她感到陌生之人。容忍他的改变，佯装不见，然后，就在意念里，依然拥有一个完整的人。

偶尔，会有一辆车子开进某栋别墅里去，不久又匆匆开走了。一溜长椅上全是鸟屎。她为什么还在这里？她不知道唐沃然究竟在金牛干什么。他为什么突然要靠近她，讨好她。

她在做一个梦，梦境尽量延长，不要过早醒来。她大声地说：

"但愿事实就是这样的。"

唐沃然一大早就出去了。偶尔会陪她去买些日用品，她要买些衣服。

他们在街上一前一后地走。她穿了高跟鞋，为他刻意修饰自己，他离远一点欣赏她，辨认并记住她。脑子里乱纷纷，她的步子慢下来。他来搀扶她几次，她躲开了。往马路对面走，他牵牢了她的手，她不敢再有动作，免得被那些车子里的人误会，只好由他牵着走，一直来到马路对面。

他说母亲去世之前，常在饭桌上谈起她。"将来林希来了"，那是他们说得最多的，就连他的同学也早都认定了，他将来一定会娶林希。

真正要说的，他们都没有说。一再绕在过去，绕在回忆里。

她依然待在他的房子里。像一个热恋中的少女，浑身亮闪闪地坐在他扔在家中的一部老汽车里。她站在一家服装店的镜子前，试穿了两件连衣裙，拍了照片发过去。他在车里等着，要在手机上处理一些公务。

"蓝色的。"

贪婪的对物质的欲望暂时离开了她，只付了蓝色那一件衣服的钱，直接穿着它出门。人们在街上匆匆走着。站在那出神半天，怀疑自己是不是从来没有这么健康过，抑或是，从来没这么病态过。

一切从未断过，只是从昨天过渡到今天，他仍与她的生活息息相关。相濡以沫，在感觉和意识里把这个词升华为最契合的灵魂之爱，他们正拥有着不可能的幸福。来到男士服饰区，她买了条腰带，此前，她常给麦伦买这类东西，但那不一样。想着他身上携带了与她有关的温度和记忆，她轻飘飘的，不像是在走，而是在他的目光里飞升，越来越接近他，忽又在地上了，看见地面上的人。

这天一早，他回田湾了。她接到交警队打来的电话。

她需要有人来强迫她切断此时，来得正好，像是天意。

她回到了苔蓝交警队。原先接替她的那个人辞职不干了，她以前默默无闻、认真踏实的工作态度着实令人满意，那边就又把她请了回去，她又成了个专职会计。似乎与过去完全不同的会计，她带着神秘的微笑坐在那些年轻的大学毕业生中间，听他们说起一个个时尚的话题，以她听不懂的新词互相打趣。她处在一阵持续的温柔记忆里，这时候，即便有人打她一下，那动作激起的也不会是痛苦或愤怒，而是一阵深沉的柔情。

这与她在年轻时候的恋爱是多么不同啊，真如他所说，有了丰富生动的层次而变得更加醇厚、迷人。

现在，她的时间难以区分是工作日还是周末，是一个人独处还是在喧嚷的同事之间。他的气息，他柔情的嗓音，他的目光，时时刻刻伴随着她。

很快到了周末。上午，她去参加一个年轻同事的婚礼。那是一个中式婚礼，她没法不把自己对映在那个新娘子身上，这番想象，也是过去不曾有的快乐。她吃得很少，保持着神秘的微笑，享受着那些向她投来的或艳羡赞许或好奇难解的目光。

她处在神魂颠倒中，这种时候，那个人在与不在都无关紧要，重要的是，她内在囚禁已久的一个自我借助他，终于得以释放和解脱，有了完整的形体、思想，还有她自己的感情。

出了酒店，她缓缓地沿着植有槐树的街道向前走，她真正感觉到了时间，拉长延展。一切这么不真实，她自己也不真实，是因为，她感觉到了一个美好的自己。

　　有事，速来。有人会去接你。

不管他发过来什么样的信息，她接收到的，都是汹涌的爱意。

只要是他发出的指令，排除万难，她必会听从。过不久，她的手机响。一个男人说，就在她住的小区门口，让她收拾好了就出发吧。

若这是个陷阱，她也打算去上当受骗。

一辆车子开到她站着等待的邮政大厦下面，一个戴眼镜的年轻人从车窗里探出脑袋说："林姐好。"好像他们早就认识了。

什么也没问,她轻飘飘地就上车了。走的是高速公路。车里放着音乐,那个年轻人一直在通话中,前一晚喝了什么,干了什么,详细的过程,她仿佛电话那头的那个倾听者。她坐在后面,在那通电话的对谈中了解到,年轻人住在苕蓝,今天要赶去田湾开会。"没有,两个人,顺了个朋友的朋友。"后来开始谈工作中的事,用了很多专业术语,还提到什么程序问题。

她闭上眼睛睡了。唐沃然充溢在她的睡梦和呼吸间。她既在睡,又一直醒着。大脑被那个叫唐沃然的男人支配着,他是他,又不是他,是与意念里的人重名的人。她犹在空中,犹在水中。

忽然车就停了。一个声音在车门开启的时候进来了。

"辛苦了。"唐沃然跟年轻人握手,像是把一个孩子托人带回了家。然后,司机和车子走掉了。

"带你去看画展,我们得抓紧时间。"

他已转身朝前走。她半跑着去追他,心脏震动。他的走路姿势很正常,他突然间像是变瘦了,肚子不那么像孕妇的了。她盯着他的头发,太阳光下,那头发的颜色变浅了,仿佛是另一个人的头发。这不是他。这就是他。

他们气喘吁吁到了田湾市博物馆,他去买票,她站在那打量了下,正如她此时的心空,可真是广大,足有一千平方米,馆内多松柏,栽成一个个矩形。侧边高大的白杨布下浓荫,高树上开着绣球花,进馆来的人都挤在绣球花下拍照,小孩子居多。他也为她拍照,忽然涌进来一帮打着小旗子的人,他朝她扬扬眉毛,便朝着馆内走去。

展厅里已经挤满了人,只能远远地瞅一眼玻璃框内的那些名作。她的手忽被攥住了,被他拉到那幅蓝色的《生命》跟前。看不出是复制品还是原作。他歪歪眉毛,不满地瞪她两眼:"你说呢,我会专门叫你来看复制品?"

她低头笑出了声,不知笑什么。

《生命》这幅作品,是毕加索为怀念一位因为失恋而自杀身亡的好友而作,在画面上把他表现为爱情的象征,整个色调令人忧郁、压抑,她指着画面上缩成一团的女人给他小声说:"画家展示的是人性最真实、最痛苦的一面。"

"如果失去了你,那她就是我。"他说。

挡住了道,俩人旁若无人地对望着。

"你知道的,我从小就没你知道的多,我很好奇你这个脑袋瓜。"他将手按在她脑袋上。

后面的人推着俩人移动,多媒体展示区的动态屏风墙前挤满了人。他一直紧攥着她的手,不时转过头来,深深看她两眼。

"我记得,你那时候往墙上贴满了这个人的画,其中有一张叫什么,叫《梦》,你看,这我都还记得。"

她自己都忘了!当然了,那时候墙上贴的都是从报纸和画册上剪下来的图片。她把他的手指狠狠掐了几下,此刻若没人,她会亲吻他。她用明亮的眼睛告诉他这个。

俩人停在门口的一个玻璃框前:

"绘画不是一个美学过程,而是一种魔法,一种获取权力的方式,它凌驾于我们的恐惧与欲望之上。"

他们都感受到那真切的恐惧和欲望。

下台阶的时候,她走不动了。他要抱她,果真就来抱。

出得门来，他说："我相信，艺术家这时候处在一种狂热的爱情当中。因为那句话可以这样说：爱情才是一种魔法，一种获取权力的方式，它凌驾于我们的恐惧和欲望之上。"他扭头与她的目光相对。

她不否认，但晓得他的耐心已经是上限，便让他去外面接电话，她又进去，对着墙壁拍了些照片。出来时，他说有个事需要去处理一下，问她是一块走，还是一会儿过来接她。

她要跟他走。

先把她送去一所房子里。给她指了洗澡间的位置，让她先休息一下。

那是一个朋友的房子，朋友陪小孩去加拿大读书了，房子由他照看。他可能又在撒谎。无所谓。他去找水的当儿，她推开每个房间的门看了下。除了客厅和一间卧室，别的房间的家具都拿床单蒙起来了。

"等我，一会儿就来。"指着椅子上一套折叠整齐的床单被套让她换上，他专门拿到太阳下面晒过的。她想起他们小时候盖的被子上，老是有太阳的味道。他们的母亲每天都会把被子抱出去晒。也许还有风的味道。

他转身往外走，又返回来帮她，一起套好了被套。她感觉他有点焦虑，要么是左右为难。

他离开后，她盯着刚才俩人铺好的床铺呆立了一阵。坐车的晕眩这时候又变得清晰了，胃里泛着微微的恶心，她喝了点水就躺下睡了。她想了些事，比如她这是在干什么的问题，没来得及想更多的事，就睡着了。

也不知几点了，她被一阵开门的声音吵醒了。他拎着几只保鲜盒进来了，叫她快起来吃饭。她不想吃，不想动。他给她端了杯水，她喝了，继续躺在被窝里。

他走到床边，抚弄她的头发，眼睛盯着那黑的发丝，手指上感受到它们自然柔顺的重力，他浑身一股洗手液的味道。她用眼神鼓励他。"怎么了？"

躲开她的眼睛，他说："我得实话告诉你，我不可能离婚。"

"哦，看来我别无选择，你把我大老远地骗来，就为了说这个。"

她听见自己的心跳声，仿佛它一直没有跳动那样。她不晓得自己究竟激动什么，她从来都不需要知道这些。他继续说：

"我感觉我忘不了你。"她不想去分辨真假。他继续说："当初我跟她在一起的时候，我曾经努力想把它变成，变成一种融洽点的关系，我以为那是可以培养的。"他站起来，骂了句脏话。

她微闭了下眼睛。不，他想多了。她不可能跟他要婚姻。她已受够了那种每天进行的相互毁灭。或许她想要，想要真正意义上的婚姻，想成为他的新娘，他的妻子。她坐起来说：

"准确意义上说，虽然我都算不上是结过婚的人，但我依然知道，那只会把两个正常人变成另外的人，也许是我自己不够幸运，才会有如此的偏见。"

他松了口气，表示认同。

"你竟然会担心这个。"

"经验告诉我，坦白从宽。你忘了你是怎么整我的了，你像个石头一样顽固。"

她先是生气，又承认这点："你是说，我故作高贵，自以为是吧。"

"你从小不就是那德行吗？往事历历在目。那，我们还要继续吗？"他正经起来真是可笑得很，就像在谈一笔生意。

"我差点忘了，你是个谈判专家。"她不明白自己话里有多少讽刺的味道，"多么漫长的试探考验啊。漫长的十九年之后，两个各怀鬼胎的男女终于谈妥了那点事。"

"又来了，就怕你刻薄起来的样子。"

"闭嘴。"又说，"我请你闭嘴。"

"最刻骨铭心的爱只会发生一次。"

也许，她该马上从那门里走出去。

他有瞬间的自卑，或者只是自卑的记忆。她则被自己蛮暴的热情弄得哭哭啼啼。

她想起这些年来，自己在忠贞婚姻生活中的那广阔无边的迷茫和无知，像站在漫漫大水边，一波又一波的无力感。她突然想起了李鸿祺，在那辆车子里，她大叫着一个陌生的名字，她还能记得起当时李鸿祺的愤怒，他把她反扭到座位上，带着一种不知所措的爱情的幻觉和绝望，他叫她贱人，又求她看着他的脸，他扭疼了她的胳膊，她忍着，直到涌流而出的眼泪令李鸿祺住手。她求他骂她，打她，好让她感受到痛楚。

"有时候，我弄不明白自己。"

"弄不明白什么？"

就在他眼里泛起一抹笑意的时候，她感觉自己还是欣赏麦伦身上从未改变过的某种纯朴的东西，先是探头探脑，继而，这种感觉激醒了她。

不再是踏实,而是一种痛楚。他开始喋喋不休,谈论自己的婚姻生活。他在他的城,却变得不自信,仿佛只有婚姻生活可述,而"慢下来"那个地方,真如一个梦境。在那里,他们什么也没有谈过,只是专心拥有过彼此。好奇怪啊,她一点也不想讲,甚至不想讲这些年来过的生活。曾经,她每天都在心里给那个人写信,但又不确定那是不是爱情,或许只是一种习惯,一种介于亲情与友情之间的只有他们彼此拥有过的东西。

"或许,只是因为你对我的影响力太深了,我总拿你当标准,尽管后来我都不晓得你变成了什么样,我有意把你想得非常粗俗、蠢笨,但不管用。我知道你不可能变成那样的,你只会成为林姨那样美好的人。正因为我们后来变得不熟悉了,反而更容易成为一种理想,潜意识里,我想象有一个理想的模型,但依然是你的轮廓,这就像是一种宿命,这辈子,我逃不开你。"

"你准备这一通谈话稿一定下了功夫吧,唐沃然。"她看着他的眼睛。他眯起眼睛笑笑,把她的脑袋按在胸口,好让那双眼睛藏起来。

"我不奢望一种理想的婚姻,我只希望每天能过得顺利一点。但是,你知道,这是最难办到的。没有谁对谁错,可能我的错多一些,我对那个家尽的责任太少了,我长年在外跑,我女儿一直把我当成陌生人,至今她跟我很生分。"

"我认同那种说法,我忘了是谁说的:'那是一项荒谬的、只能靠上天无限仁慈才得以存在的发明。两个几乎完全互不了解的人,没有任何血缘关系,性格不同,文化不同,甚至性别都不同,却突然间不得不承诺生活在一起,睡在同一张床上,分享彼此注定有所分歧的命运,这一切本身就是完全违背科学的.'"

"你跟我大讲婚姻哲学,你认为我没有经历过。如果你是为了阻止我跟你要这个,我已经答应不冲你要了;如果只是为了跟我诉苦,那我鄙视你。我们不要讲这个了,好不好。"

"好。跟我说说麦良吧,我想知道,他是怎样——"

她挣脱他的怀抱,翻身坐起来,穿好衣服去了卫生间。她想冲着镜子来一拳头。她回来时,他睡着了,或者假装睡着了。她在旁边躺下来,他们没有触碰彼此。

6

第二天下午,他开车送她回去,然后出了一趟远差,监督云南在建的一项基建工程。一直送到茂林路,黄昏正在降临,大地上的事物即将沉陷,小孩子在街上奔跑,后面跟着疲惫的家长。街面上的店铺关了很多家,却在地下建了个商业城,那些通往地下的入口和出口处冷冰冰的,不见一个人影,地上地下似乎是两个不相往来的世界。

她用他的眼睛看自己住的地方,四面高楼遮挡,她的房子被包围其中,正合她心理需要的位置。

"我是在最喧嚣处才觉心安的那种人。"虽然他已经瞥过一眼她的家了,她却莫名有点紧张,为了掩盖这个,她不停地说。

进了电梯,他问:"你一直一个人住吗?"

她没回答这个问题:"麦良上大学去后,房子里面太空了,我堆了些东西。你不要觉得奇怪。"他一眼眼看她,眼神慈祥,想不出来她往屋里堆了什么东西。

"进来吧。"开了门,她先进去了,开了灯。

他站在门厅处。一动不动站了很久。她说:"进来呀。"

"希希,他就让你住这样的地方?这都是些什么鬼东西。"

她哈了一声。"你找个地方坐吧。这都是我为自己买的衣服鞋子什么的,一不小心就买太多了,只能堆着。不是你想的那样,与他无关,我们有各自不同的生活。"

"他让你不快乐,还是他惯坏你了?"

"真的不关他的事,我就是有点控制不住。"

"如果是我,我非揍扁你不可。"如果是这样,那个丈夫倒是个宽容又慷慨之人。他随她走进洞里。

"天啊。"他暗暗叫道。他打量这个洞穴,洞穴里的那个女人,他去云南可能会是一个月,很难想象,等他回来,这个洞穴是否还会存在,洞穴里的人,他还找得着不。

"等着我,我会尽快回来。"他分不清,是一时有强烈的悲悯心,是对她这阵子的欲望,还是因为刻骨铭心之爱,叫他如此不能自已。"我可以给他们打电话,说我去不了。"

"不。你走吧。"

他把她拥在怀中,久久没有放开。

7

一早出门去跑步,发现湖边的合欢快要开花了。她成天跟办

公室的那帮年轻人谈笑风生,他们都觉得她像换了个人。她说:

"我原来有病,现在治好了,多亏治好了,要不,都不以为自己有病呢。"

"那这个大夫可厉害了,是个名医吧。"这时候,手机上忽然跳出来"名医"给她发来的信息:唯愿君心,似我心。

他是个恶魔。

众人都已晓得她跟唐沃然之间的关系,纷纷惊叹,像她这样的女人也有疯狂的时候,也有人说她脑子真有病,放着阔太太的生活不过,要把自己弄得像个恶人。

她不怕他们说,反正已被说了很多年了,不如,她自己来制造点真实的动静,让他们有得说。

8

唐沃然总会在一个意想不到的时候出现,事先他从不给她说。若是在半夜,她会爬起来为他煮碗面,坐在旁边看他吃完。他的吃相像孩子的,她做什么他都会咕噜噜吃下去,忍不住伸手过去,按在那张遍布胡楂的脸上。那张脸,几乎再寻不到一丝年轻时候英俊相貌的影子,一个人的变化之大真让人惊叹。过去,他们都是标准椭圆的脸型,如今,他那张脸变大变长。在与她没有交集的那些年中,他的视力退化得很快,他常戴隐形眼镜,时而脸颊上会出现两个厚镜片,那双眼睛因此再不能与她的赤裸相对。

有时候,她感觉一点也不了解他,每当他显露出那种在谈判的场合才用得着的精明和狡猾,她就处在一种比小时候更深更广阔无边的孤独和恐惧当中,这种对面不相识的无力感令她精神的隐疾又现。她惊恐地意识到:我怎么就成了第三者,必须停止。她感觉无比清醒,想马上告诉他,不能再继续下去了。

我们不能再见面了。
好啊,叫你为难了吧。你施舍我这么多,已经很满足了。感谢哇。

这个阴阳怪气的混蛋,他居然猜疑她,以为她跟别的人来往。一想到他真的会转身而去,她又感觉会活不下去。

商场又成了她的救赎之地,像野兽寻觅猎物般,她一遍遍流连于那些商品之间。

有一回,俩人在一个夜市小店里逛,他给她买了个上面有古老花纹的手镯,一个卷发青年说,它是祖传的。问,为什么要卖掉它。青年笑笑,说了番话:

"爱不在了,留着徒悲伤。把它当成一个物品贱卖掉,也算一种报复吧。"

她说:"不管你怎么对待它,我会很珍爱的。"

青年看她一眼,没说什么。她很想坐下来,跟他再说上些什么,可唐沃然拽走了她。

她想象那个在非常遥远的年代里拥有这个镯子的女子,仿佛要把她的生命传承下来,她把它戴在手腕上,睡觉也不取下来。她时常想起那个卷发青年的眼睛,想象那个背他而去的女人。

一天清早,她去单位加班。如今她喜欢打扮,从衣着到头发,或许她一直这么爱打扮,只是套一只壳子,为的是遮住自己,而如今,则是为了让自己生动。这天,她大概是在走进电梯时脱了手套,或者是在楼道里,后来她在脑子里无数遍回放那只镯子脱离她手腕的时间,她确定只能是在脱下手套时丢掉的。回到家里,她感觉手腕上空空的,然后狂奔出去,沿着来路一步步寻找。

再也没能找着,隐隐一种不祥的预感。那个青年之所以急于出手卖掉它,是因为它有一种魔力,它可能预示着某种凶兆。为自己这番猜测吓一跳,好在,它自己跑掉了。

离开了床铺,他会变得像另一个人,这是她近来对他的观察。他对她疯狂的迷恋近乎于一种孩子气的贪婪,似乎是一些幻觉。

"你有心事?"她问。

"我有啥,你不知道吗?"他满脸汗水,他太爱流汗了。她忽然想,是不是爱撒谎的人都爱流汗。

"你知道不,我一直分辨不清,什么时候你是在假装。"

"胡说什么,你就爱胡思乱想。"反问她:"爱是能假装出来的吗?"

她便不再言语。

一个阳光灿烂的午后,她回家去取早起落下的文件夹,她站在门厅处,房子里森森的黑暗,有种极度的满实感,它不是静止的,而是个有生命的巨大的动物,瞬间,她有种被大水浸淹的窒息感,她往后退,将房门打开。

不知在期待什么,她是有所期待的,又好像根本没有,她弄不清楚。

那个下午,她没有去上班,在阳光下疾走,烈日晒出她身体里的水分。不知道那个"慢下来"的工程怎样了,工作上的事,唐沃然从不跟她说。她也不晓得他究竟是在金牛还是在别的地方。不,她不想跟他过分亲近,保持一些距离,这样她心里的不安才会有所减轻,唯一要做的,是遏制想去探究他的心理。

她突然想换个住处。

唐沃然劝她另买一套。"买个大点的,得有个可供游戏的儿童房。"

"儿童房?"她可没有再生一个的打算。

"麦良的小孩啊。"他装作不经意地说,不看她的脸。

她低头站在那里,什么也没说。后来租到一套装修好的样品房,与茂林路之间隔着一个湖,离她上班的地方有三站路。商业街旁边的房子,处理起来并不费事,她还没打算好,就有人打电话要来看房子。

周末两天,她一个人钻在里面盘点,鞋靴数不胜数,她在里面没法移动了。无法计数的衣裙,令她自己也吃惊的是,居然还买了四百六十条领带,每一条,都是设想着一个意念里的人的相貌身材肤色买的,现在看来,那时候,她的想象太过绮丽,那些领带,没一条适合搭配现实里的衣着,都只能成为陈列品展出,舞台上倒很适用。

默默整理了七天,就像她盘点自己这些年的生活。

后来,房子她又不打算卖了。一切恢复原貌,那些收藏经她挪动之后，又多出来一些，她把这些多出来的全塞到麦良的房间里去。

那时候，麦良谈了个女朋友，他很少主动跟妈妈联系，偶尔，是他那个女朋友给林希打电话，说麦良的一些近况，并让林希自己保重身体。

麦良让她把没用的物品处理了，还说了一番话："适时抛弃已经变腐朽的东西，以免被拖在陈旧的过去，这个世界每天都在翻新。"与那个曾跟她一起诵读"太阳底下并无新事"的句子的少年完全是两个人了。为此她感到庆幸，她从来不希望麦良会如她的性格、步她的人生。

时而，她不得不回到这里来，从衣柜里拽出一件风衣或毛衫来。她没有存款，工资收入给麦良寄走一部分后，所余可怜。虽然麦良从不朝她要钱。

租来的房子位置离南山很近，当属于她的物品搬进去的时候，她不能相信自己，当初是怎么看中这房子的。第一次来看房是跟唐沃然一起来的，房主是个跟她差不多大的女人，林希各个房间察看的时候，女人跟唐沃然说个不休：

"给儿子准备的婚房，现在的孩子都没结婚这一说，我费了心血的，不舍得卖掉，一直在等待一位合适的人住进来，第一眼看见你们的时候，就觉得是了。"唐沃然说，那就这么定了。

她走过去纠正道："是我一个人住。"她预付了一年的房租。

房子后面是个菜市场，整日吵得她烦躁。楼上随时像有几十人同时在跳高爬低。她怀念她的旧房子。唐沃然只来留宿过两个晚上。

她追着他跑，如果他在一个地方待得太久，她会想方设法请假赶去他逗留的那个城市，在酒店的房间里，各自面对电脑处理一些急需处理的工作，他总会扰乱她的报表和数据。

他们像任何一对情侣那样，他很吃惊自己，迷恋她到这般程度，是他以前没料到的。到了这时，他完全弄不懂自己了，那些作假的心思、那些骗人的鬼话倒完全成了真。当从人流里看见了她，他有种要与她相守到老死的决心和勇气。在车站，他把她抱在怀里，她像一只温顺的小狗一样缩在他的怀抱里。心里想的是，随他的便吧。他跟她十指相扣，招摇过市。在田湾，朋友留下的那个院子里，如今种满了西红柿、辣椒和牡丹、芍药、百合，四角长着几丛兰草。她逼他减肥，自己做饭给他吃，学做一些营养搭配合理的饭菜。如今，她又爱上了做饭，像侍候一个中学生一般的精心。工作中途也在翻看食谱。

这是一段云上的爱情生活。

她频繁出远门，去一个个陌生的地方与他会合。有时候，他也刚抵达那里，就在候车大厅里等着她。里面坐着的那些人，都不怎么真实。她要等的人和等她的人更是那么不真实。等到或等不到，无所谓啦，等的这个过程，令她感觉到自我意识的觉醒，生命热烈的流动。

他们在热浪翻腾的街头走来走去，生命被一些非凡的热情调动起来，时间被拉长延展，本是一个扁平的气球，你不断对着它充气，会扩张成一个难以预料的空间。她原来的生命是一个平面，如今是立体多维的。想象夏周那个女人，有可能早就听说了她的丈夫与另一个女人出双入对的事实。她说不上自己是什么心理。在南京的那一次，她讲了自己的内疚和不安。

"如果你不想继续了，不用勉强，不用那么为难自己。"

当时俩人正在一个餐馆吃午饭，晚上他有应酬。他板着脸看着别处，说完这个，起身走了。

她坐了一会儿。回酒店收拾好行李箱，她不知所措。给他打电话，半天又说不出一句话来，他像是从未长大，还是小时候令她无措的性子。

"没什么，我明白你的心思。我要去工作了，明天的会议转到别处了，现在去机场，我得挂了。"

她设法不让自己变得愤怒。这次来，她计划好要去看看秦淮河、博物馆，想替陈焰去逛书店。

返回途中，想到他板着脸的样子，像极了年少时俩人赌气的情景。他们得珍惜现在拥有的一切。心里又被无限的爱意涨满，把自己感动得热泪涌流。

给他发很长的信息，可能是太快乐了，让她感到某种怕，与生俱来的那种怕。她主动来和好，他还有什么可说的呢？

"我不想花这么大的代价，得到的却是一颗勉为其难的心。"

他多坏的情绪都会被她翻译成爱的语言。周围的空气都闪闪发光，浮在云上，她感受到自己的内在仍以让人诧异的方式展开。

就这样，别的她考虑不到了，马上转去他即将到达的地方，一路写着和回应着那个由来已久的神话，由此将一种头昏脑热的意识和行为视为爱情。

我的心漂泊很久了，好不容易栖息在你这里。无论火焰还是冷雨，它都傻立。

天注定，你是那另半个我。你一直都主宰我心灵的航向。

那趟回来后，她在餐馆里刷支付宝，居然发现余额不足。她已经负担不起这些奔波来回的费用，也才清醒过来了。再回想焰火一般燃烧着的激情和冲动，她出声地说："天啊。"彼此说过的话，原来都经不起推敲。开始借口有事要忙，不再回应他的呼唤。况且交警队不再给她准假了，一大堆工作等着她，要再这样下去，这份她赖以为生的工作都难保，毕竟比到处找兼职要稳妥得多。

当她一个人的时候，想起很久都没有跟陈焰联络过了，也没有在纸上写点什么了。

五月份，她的生活貌似正常起来了，她感觉自己很健康。

唐沃然得了急性阑尾炎做了手术。但他说的是："好不容易有了休息时间，可惜你不在身边。一个人躺在医院里，好孤单哦。"

窗子开着，她听见各种声音。一天过去，她发现自己心不在焉，根本做不了任何事。她再次辞职了。真正放手的时候，她非常不舍。这份工作从来就没被唐沃然瞧在眼里过，也没有被麦伦瞧在眼里过，但她孜孜矻矻干了多年。

她心里想的是，得把一些事情解决了。

她又到了田湾，唐沃然果真孤零零地躺在病床上，她怀疑那个夏周的存在。

"别的人呢？"她问。

"我想一个人安静一下，他们都以为我出差了。你来了，我就已经好大半了。"他没问她的工作怎么办。

这天，一个电话那头的人非要来看他，林希装作唐沃然的亲戚站在窗边，那是个精瘦的中年人，跟唐沃然商谈了半小时工作上的事，林希进进出出几趟。

他抛开他那个世界时，他是她的，而在他那个世界里，她并无立足之地。

她于是走了出去，在街上乱晃直到黄昏，他打过三个电话也不接听。

需要签字的时候，她被问到与病人的关系，她跑去问唐沃然：

"我跟你什么关系？"

唐沃然说："你是我老婆啊。"

她站在那半天，然后说道："喔，一个时代已经结束了。"

A

因为疫情,人们发现很多工作根本没必要。苔蓝已出现过几例新冠病毒感染,人们有了警惕之心。可生活还得一如既往地继续。

这天下午,麦伦忽然来找她,他把车子停在菜市场的门外。她下楼的时候,他正探头朝外看着。在他的目光里,她意识到自己住的地方被一些破破烂烂的平房包围着,两排搭建的棚子下面陈列着火热的生活,棚子那一头,不知在搞什么,一大早就锣鼓喧天。这片地方很早就是城市的顽疾,那些住户既聪明又顽固,多年来坚持不拆迁,相反,还像病毒一样出现了更多更破烂的房子。视线远一点的地方,浊黄的河水从一座大桥下面汹涌流过。

"真有你的,怎么跑这种地方来了?"

"这里挺好的啊,上班方便。"

"好,这环境,够热闹。可以找个安静点的地方说说话不?"

有很久他们没有这么客气地说过话了。

绕过街心公园,寻到一个小小的咖啡馆,里面坐着三五人在闲聊。他们在角落的桌子旁坐下来。

替她点了咖啡，他自己喝清茶，看她一眼，笑得有点莫名其妙。

"过得怎么样？"抢在她前头又说，"看出来了，你过得挺好的。"看上去他倒是颓败沮丧的。她始终没看清过他那双眼睛，始终不敢去看那双眼睛。

"你呢？"她想，那不奇怪，他那个人就那样，即使泡在蜜里，他也会设法意识到点苦，莫名其妙他会自责上半天，但表面绝对是自高自大的。"你看上去很累。"

"我啊，不顺，没有你在身边，我万事不顺。"他向后靠去，深长地叹气。

"哦。感谢你总是那么善于替人搭台阶。不过，我对你没什么可愧疚的。"他们对彼此都不用歉疚什么。"那个，抱歉，我记不住名字，难道是你那个新女友让你不愉快？"她记得最清了，她叫袁丽，他的大学同学，他的初恋情人。

"别提了，我现在有种逃亡奴隶的感觉。"他瞥了她一眼，朝门外看去，"她不仅毁坏我的生活，还篡夺我的工作，她住在我的房子里，可我面朝哪个方向如今都得听她的。"

"哦，那倒是一个挺有本事的女人，也许是好事，你就得有个人来管束着。"

"希希，回到我身边来吧。"

"玩笑就开到此吧，找我究竟有什么事？"

"玄池村修路盖旅馆，你知道，这是政府搞基建的一项内容。舅舅要把小院子卖了。我打算去劝阻这件事情，不知道你想不想跟我一起去。"

"那也不是舅舅可以左右的事情吧。"

"部分是。我可以让那个院子隐藏起来，问题在于舅舅的态度。对了，你还想听夏山的故事吗？真是不敢相信，这些年，我们竟然找不到一点时间来讲这个。总以为，反正有的是时间，急什么。可是，你看，时间是最狡猾的。"

"你究竟是怎么了，怎么突然有工夫跟我坐在这婆婆妈妈？你知道我不会跟你去的。"她想起当年被这个人带离双子镇的情形，她这辈子都没能成为真正意义上的新娘。后来还与各路亲戚断绝了往来（主要原因是她自己），令她如今回到故乡无故人。她观察他的眼睛、脸颊，在很多个瞬间，她被他英俊的相貌吸引，那时候的他急于裂变，与过去彻底决裂，一个人，却正是那些他努力抛弃事物的合成。这么说来，她与他一样，心灵都经过痛苦的病态，也都努力活了下来。现在，她能体谅他的内心，至今仍然浸在困惑和忧虑当中。他有世俗认可的成功，但她从未去设想他的内心世界。而她呢，也许从来就没有活出过人生的意义，但她不在乎。过去，她为儿子而活，带着精神的隐疾，一直当着物质的奴隶。

她突然意识到，麦伦从没真正放弃过她。倒是她，配不上麦伦的身份，他应该有一个能成为左臂右膀的妻子，袁丽那样的女人正适合他。这样想的时候，她心里泛着点酸。

"我想说，我是相信爱情的，我相信一种来自心灵深处的东西，那种叫人不由自主的东西。"

"你不是得到了吗？"她叹口气，"我们一把年纪了，探讨这个有什么意思呢?除非你想成为婚恋专家。你现在得到了想要的,好好过你的婚姻生活不就完了。"不晓得他听不听得出她酸兮兮的挖苦之音。

有人大声地对着电话讲话,他扭身去看了眼。"怎么说呢,这就像是,你逃不掉某种命运。"

这时候,她的身心里一波一波涌上来的,她不知道那是什么。想起那些令她怦然心动过的时刻,她躲开他的眼睛。他很英俊,她曾经告诉过他这个吗?仅仅是这个吗?她有些惊讶,不想去窥测自己的内心。

"所以呢?"她的嗓音变柔和了。

"我们都有过糊涂的时候。我现在觉得,那些最初打动过你的东西,总归一直会在你的记忆里,我想说的是,我们之间是,有过很多误会,可是现在想想,对于我们长长的一生来讲,它们能算什么呢?我们都没有试图回首打捞往昔的自己,也没有向对方伸出援手、彼此拯救。从带你离开小镇的那天起,我就希望你只要做好我的后盾就好,我所有的努力,都是为了你。我需要你,是我错了,我不尊重你。你越往外,我就越想压制你。我从没有帮过你,我不知道这是一种什么样的心理。你还记得夏山吗,其实他一直都很后悔,他活在一种自责当中。"他皱着眼睛往门外看了眼,他那细长的眼睛从侧面看去有那么点妩媚,他抽烟的姿势有点酷。她低下头。他的皮肤在吃惊或生气时会变得苍白,她还能记起第一次与他肌肤相贴时的战栗。这是个多么诚恳的男人,他处在一种她不能也不想理解的无助当中。

"他想极力做到最好,他需要别人的肯定,但他最不想讨好的,却是身边最亲的人。除了他的父亲,他只讨好过他。可这正是他憎恨自己的地方。"

"我对父母兄弟还有我的姐姐们,至今都心怀仇恨。你看到了,多少年里,我没去打扰他们,他们也早就忘了我了。可是你知道吗,我不停地向上攀爬,只是因为,在我很小的时候就立下誓愿,我要让他们为我吃惊。我想说的不是这个,呃,我脑子里乱极了。"

"你做到了。也许你也已经从中得到了乐趣。"这些她都知道啊,她有点没耐心了,他的辉煌人生与她无关,而她站在他背面看到的和听到的全是他的阴暗面,问题是,她早没这个义务了,他应该去讲给袁丽听。

他拿出烟来点了一支,然后说:"如果你一早就抛出一个圈套,那你只能拿出无尽的圈套,为的只是笼络住前一个。人生就是这样。"

"你完全可以做选择。"

"我能吗?"

"不知道。"他看了眼她,她看了眼门外,"我知道你做到了,我是说选择。"

"我知道你和那家伙过得不错,祝福你。"麦伦忽然低下头,手指按着眉心,像要把那里的皱纹抻平。

"如果工作不顺,我帮不上你什么忙,一切都会过去的。请你多保重。"

"对不起。"不知道谁先说的。

"以往我是太过自我,可你也好不到哪去,你从没操心过我在工作中承受的压力,从没试图把我往回拉一把,你,你究竟以为你自己凭什么?要不是你……这一切能变成这样吗?"他擂了一拳桌子,那几个人全朝他们看过来。

她木然地坐着,脸上又是那种令他抓狂的逆来顺受、木讷的表情。

他忽然耸动着肩膀,一只手掌蒙住眼睛。

她伸过手去,按在他的肩膀上。如果你见过他面对众人那滔滔不绝的口才,一定不会相信此刻他也会有软弱和悲伤。她原本以为,那个有别于她的女人(有更多实际经验,比她有教养有学识,会与他探讨时事和工作,更重要的是会与他产生平等之爱,也许,还会通过肉体之爱使他获得精神的升华,使他不那么自责和消沉)会给他生命的元气。她从未有意听说他身边的那些女人,也就无从了解他真实的生活。唯独这个袁丽,她感觉到嫉妒,因为最初,他向她隐瞒了这个人的存在。他伸出另一只手握住她,那只手掌继续按在眼睛上。

惯性(或许是偏见)使得我们无法彼此拯救。她在心里说。

A_B

1

　　夏季到来。白天，她去茂林路，尽可能把房子收拾一下，处理一些赖以谋生的工作，闲暇时读书。找出那些买来却找不到时间阅读的书费了些工夫。她读书习惯两三本同时读，这一点也不影响她对每本书内容和作者思想的把握，反而加快了进度。这阵子，她读了夏加尔的《我的生活》，还有《精神分析引论》，轻巧的《他来自异世界》一直放在她的包里，而像《命运的内核》这类书她是在工作的间歇读完的。阅读就如喝水，林大夫令她从小就有的习惯始终没有丢弃。一些时候，她故意让自己口渴。到了晚上，回到租来的房子里。她感觉自己生活规律，内心清明。

　　唐沃然要盘踞在金牛，把"慢下来"小镇给拿下来。"跟我一起去吧。"他给她打电话。

　　她还能有别的选择吗？

　　你要离开他吗？

不会。

你心里爱他吗？

向来都是。

你要支持他吗？

也许是的。

在经过灵魂拷问之后，她毅然随他回到金牛。她带了一箱衣物。

开头的几天，他们绕着金牛山游荡，他以勘探师的眼睛睃着那些障碍物，她陪他直走到夜黑下来。她指给他看海源公司门外那片已不存在了的树林，他只是唔一声，她陷在自己的回忆里。山顶上建有高塔，太高了，他们从未上去过。假模假式的农家院像蘑菇一般隐在山间。而山的背面，高树林立，长草萋萋，清早那里会有露水，久凝不散。漫山遍野的杏树上缀满青杏，一种酸果子树上正结着珍珠大小的青果，看着让人流口水。金牛的夏天不如苔蓝的那么炎热，尤其是在山里，极目处，一道一道青山屏障，植被茂盛，多原始林带，清澈的山泉隐在深草之间。唐沃然踩着脚下的地面说：

"这里随处一挖都会出水，天赐的水是温热的。我想从这开一条道，把泉水直接通到那头的客房里，不用出门，就可以泡温泉。"他指着对面一片杨树林，拍拍手说："得请些专家来鉴定一下，虽然，我相信自己的判断。不过呢，专家，总归是专家。"

这时候，她的意识止不住开始湖水一样涌动。唐沃然意志坚定，胸有成竹。她想着麦伦的优柔和悲伤，他那双情意绵绵的眼睛，在他眼里，她这个一败涂地的女人是完美的，他爱和包容她浑身的缺点。而面前这个满世界寻探商机的男人向来当她是个傻子，向来都只会命令她。猜猜看，此刻，他心里的她，究竟是什么样呢？

"沃然。"她轻声呼唤他。

"走快点，跟上。"他没有回头看一眼。

他令她感觉到差距，她不问夏周，是因为她比不上她，她能看到他在老婆面前的谦卑和温顺，这尤令她受不了。他打了半天电话，与她拉开一段距离走着。她有意走得很慢。他好不容易发现她没有跟上来。

"累了吗，那我们回去。从这边走。"她乖乖地跟着他走，精疲力竭，满身尘土。她忆起跟麦伦骑着自行车去过的那些地方。

避开行人，快速回到车里，她对自己有种异样的愤怒。一路上，他继续打电话。

回到"慢下来"，隔着湖，远远看见几个窗口的灯亮着，这令他们感到一丝温暖。

"你得先修路，对吧？"她忍着，不想破坏什么，只是为自己。就算是一天，一个礼拜，她想尽可能圆满。

她一直想做一个决断，可每次都身不由己。

"我只负责让这个地方有一些把人心勾住的东西。"

"哦，我知道，你最有这个本事。"

"难道我没有吗？"他捉住了她。

他说："不要离开我。"

"我们得谈谈。"

"不，请不要在此刻说那些没用的。"

为什么？因为麦良？她把这个念头很快地从脑子里擦掉，她手里握着一块从他们生命之初就开始铸造的橡皮。

她想起小时候，她猛跑过黑漆漆的过道，然后转头，看见他立在门洞里，没有路灯，月光的淡影令他看上去很高大。那时候，他比这世上任何一个人都重要，不管在学校还是在小街上，都是他在保护她。

她跑向他，他接住了她，他们紧紧地嵌在一起。似乎，这已是未来。

她往房子里购置锅碗瓢盆，买这些的时候，她没想要跟他怎么样、要这样子多久之类的问题。他同样没想、没问，每天早出晚归，晚上继续在电脑和手机上处理田湾的事务。有时候，他会走到窗户那举着手机大叫大骂，一脚把椅子踹倒。然后，这整晚，都在愤怒当中。

唐叔叔可能已经听说了，也许还没有。唐沃然说，他们安全极了，这里的房子没人知晓，因为这个地方不在城市规划之列，当这些楼盘立起来的时候，投资人就因为亏本要不自杀了，要不就逃远了。没人会住在这种地方，零星几户要么是偶尔过来看看房子的，要么是些生意人来检查库房。就算他们去街上晃，也没几人认得她。

"去双子镇看看吧。"

"你看我哪有一点时间？现在有你，我什么人也不想见。"

她躺在他的臂弯里，想着此刻外面是一座荒岛，岛上，只有他们两个人。

陈焰说在写一部长东西，完成后才会与她联系。大概她又去苔蓝了。

她清醒得很,又很糊涂。此前的日子又延续上了,或许是,另一种开始。

她往房子里摆满鲜花。每晚睡觉,都要捉紧他的手。他买了只长得像他一样的布绒熊,他偶尔出差或应酬的晚上,她就抱着熊睡。

然后,就有了那么一天,一天清早。当然,一定会有那么一天,一天清早。

他在收拾行李箱,要去田湾开一个必须亲自去开的证明,然后,会和几个专家一起回来。

"明天下午我就回来了。你可以去城里看看,要不,我把如意喊过来陪你一晚上。"

她在一旁站着,对这种短暂的分离,她有种难以接受的恐惧。他的手机亮了几下,它就在她伸手可及的桌子上。他设了静音。他看了几眼,她也看了几眼,恐惧感加重,思绪开始混乱。

"你为什么不接电话?"

那个人可真有耐心,足拨了五分钟,她拿起来,递给他。

从他的表情她都能看得到拥有那个名字的女人的相貌、脾气。

她想起来了,他说他从不撒谎。

她先说:"我早就想过了,如今我大概不会再想爱或被爱之类的,就像别人说过的,我只是想拥有一种既是爱情又没有爱情通常会带来的麻烦和痛苦的东西。"

他不说话,她希望他说那是夏周,一个字都没说,带上门走了，离去得理直气壮。

如果她不逼着他接电话呢？

她时常回想，如果她不说出来，不逼着他接电话，不那么聪明地什么都能猜得到，真就如自己所说的那样，或者允许他撒个谎，怎样呢？

人生，无非是重复自己和别人已经经历的，就算换多少个人一同经历，也不过是重复同样的内容。

蓦然，她觉得自己褊狭了。她的眼睛从来没往别处看过，她又感觉到心里的那间房子，像是从来没有开启过，那一阵阵阴湿潮冷，那样迫人。

2

她把自己的物品搬到另一个房间。那几天没有做饭。她只是要为自己找个台阶退出，可她做不到马上离开。她去城里游荡，这天，远远地看了眼那个巷道，那棵几百岁的榆树令她眼睛湿润。她很想走进巷子，走进去闻那些木头的气味。心里憋着莫名的委屈。没人认得她，在海源工作的那几个月还来不及让她跟这个小城变得熟悉，那时候，她是一个乡下人，一个把自己关起来了的人。如今，她又是个异乡人。看见熟悉的街景和行人，她才意识到自己谁也不能见。这阵子，她都没意识到，最大的障碍，原来是那个她等待着的有家室还有别的女人的男人。匆匆买了些吃的，继续回到"慢下来"。

她用钥匙开门的时候，唐沃然正从里面拉开门。

"你吓死我了。"

"对不起。你一直不接我电话。"他从来没有过的低微和谦卑。

她径直走进另一个房间,将房门关上了。

他煮了面条,又来敲门。"出来吧,有事要对你讲。"

"麦伦出事了。"

开门的当口,她忽然很恼火,简直是怒冲冲地盯着他。

"你一直在盼着他出事是不是?!"

随后,她感觉自己是在憎恨唐沃然那不温不火不急不躁的神气。

"还是那个省委书记案件链条上的事。麦伦是不是有个司机叫李鸿祺?"他停顿了下,她没说话,"麦伦动用了一笔款项,据说跟这个司机有关系,好像是一个房地产商唆使一伙人把他给供出来了。"

是李鸿祺设的局?他没那么大能耐。难道是李延芳?想到麦伦的新部下,又想到宋朗。麦伦前阵子来找她,可能要对她说什么,可她没什么耐心。她在唐沃然面前走来走去。蓦然,所有人都那么不可靠,也许连唐沃然也是不可靠的。

"你认识李鸿祺?"

"不认识,从没听说过。"

她端起桌子上的面一点一点地吃起来。

"目前是以涉嫌违法乱纪接受纪委审查,这几天你没接到过什么人的电话吧?"

她摇摇头。如果她说在这些年当中,包括一直在打算卖掉的那套房子在内,她跟麦伦一直是AA制,不知道唐沃然能相信吗?

"我跟他一直AA制。"

"你说什么?哈哈哈哈。"他果真大笑起来,"不会吧,这是我听过的最好笑的事。你那个男人,他到底是怎么想的?照咱们老家人的话来说,真是羞先人。"他止不住又笑了一气。

"你闭嘴!"

"哦。"他意味深长地瞥了眼她,像盯着一个陌生人。她不想再跟他说什么,起身走到窗口去。

她拨了几遍,麦伦的手机一直在通话中,随后就关机了。不止一次,她早有预感会出事,可现在她完全蒙了,她要回去,马上就去收拾行李。她想象着一个可以救他的法子。

"你能帮帮他吗?"

"你先别急,目前就看他那个司机怎么说了,这不是帮不帮的事。"

"如果我去求他,有用吗,那个司机?"

"估计没什么用,如果麦伦真的动了那笔款项的话。"

她发觉自己正把衣物胡乱地往箱子里塞。他去厨房后,她给李鸿祺打电话,无人接听。给所有她能联系到的人打过去,得来的消息皆是,事已至此,只能耐心等待。

双手飞速地乱摁着那只手机。

"究竟发生了什么事,请告诉我。拜托,请想想办法。就算我求你。"又写:"我一直想跟你好好谈谈的。如果是我伤害你了,对不起。现在我不知道该去求哪个,如果有一点可能,请你告诉我好吗?"

也许她应该信任唐沃然,把一切都告诉他,让他去想办法。不知从何讲起,这根本是一件她自己都无法解释清楚的事情。换作麦伦,他会试着站在她的角度想问题,可唐沃然不会,她在唐沃然面前从来就没有自如过。

第二天早上,唐沃然站在门口说,又要去跟她的前公公谈判,问她要一起去吗。

"你就放不过海源吗,绕道走不行吗?"她的愤怒令他脸上慢慢绽开一丝奇怪的笑意。他意味深长地说:

"你还真是不懂,越是难啃的骨头,越能勾起我的兴趣,我还非得多啃上几口。"他拿鞋尖将门踢开一点,"我懂了,也许你自己还不懂。这可真让我嫉妒啊。"

"你可真够混蛋的。"这种时候,难道他不应该帮她做点什么吗?

"好吧,我知道了,在你眼里,我从来就是个混蛋。"

门合上了,寂静令她抓狂。

3

她眼泪汪汪地呼唤他,他那无助自责的习性早就影响到了她。

请告诉我,我能帮你做点什么。不要急,事情总会有缓和的余地。不管怎样,我信任你。这些年,我还不了解你吗?

意识到这些信息可能给麦伦带去不必要的麻烦,她不敢多说。

她没收到来自麦伦的任何信息。她做了一个梦。她急于把这个梦告诉麦伦:

> 你像是在一个地洞似的地方,你从那个圆形的洞里出来。那里开有鲜花,你温柔地唤着我的名字,将折下的鲜花向我伸来。我还睡着,你下死劲地揪我的眼皮。
>
> 又似在一个密闭的地方,有一个传染病患者,又似在练瑜伽,又似在拜佛,像是要驱散那可怕的瘟疫。
>
> 你温柔唤我的嗓音令我感到悲凄。

她突然有了她妈妈那种预知能力,她被自己的梦吓坏了。几乎是仓皇逃走,在车站,她给唐沃然打电话,告诉他这个梦以及梦的预示,她必须回苔蓝去,就因为这个梦。唐沃然不待她说完就挂了电话。

一紧张起来,她就想吃东西,想去商场,想写上点什么,在脑海里。这时她想到的是拜伦说过的话:男人视爱情为消遣,而女人则把它当作生命。

此前她在心里为一个人写信,那个人既像是虚构的又像真实存在过。现在,这个人索性面容模糊,令她辨认不清。

B

唐沃然出了趟远差,去麦良上学的那个城市。原计划他要哄骗林希一块去的,可林希逃走了。

现在,他也才懂了,她的心仍在那个人那里,这个她自己并不清楚。他没有挽留。

自始至终,麦良只是一个隐约又灼心的希望。她从未给过他谈论这个孩子的机会。

从酒店出来时天阴着,坐上出租车,他回忆着那张照片,小伙子温文尔雅的形象令他鼓足了勇气。可是,没想到,在这个阴沉的午后,他见识到了一个母亲对儿子深刻的影响。很久以前,他离开双子镇随他的母亲到金牛上学,在那以后见到(或只是意念里)的林希就是这副模样和神情。麦良倨傲,说话咄咄逼人。第一眼,似乎就对他没有好印象,一句话就把他拒于千里之外,一只手还在拍打一只篮球。

"谢谢您的好心,大老远特地来看我。如果您要为我妈妈捎回一点好消息,那请告诉她,我过得再好不过,这个她一直晓得的。"

他感觉自己心里一震，再一震，说不出话来。麦良大概还没听说麦伦出事的消息。想到父子情深的场景，一丝愤怒，轻轻滑过唐沃然心头。

在一个自信到狂妄的孩子面前，他失了言语，尽管往日巧舌如簧。他观察那小子，一只手掌机械地拍球，仰头一眼眼往楼上某个房门望着，如果是他来管教，他会让他受点苦头，会让他学会低头和谦卑。忽然，那只篮球跳远了点，他伸长手臂把它控制回来，篮球继续重复拍打地面。他好像不存在。

他想触碰那孩子的眉眼，脸颊，额头的棱角，他那头深褐色的微卷的头发。他只觉得心里虚成了一个洞，嫉妒，又很疼，一阵痛苦的柔情令他喉头发紧。

"麦良，我们可以在哪坐一会儿不，或许，可以一起吃晚饭。"他听见自己的嗓音里巴结讨好的意味。这是他素常与人拉近距离的开场白，吃饭，再找一种有趣的休闲方式，从一开始就让对方得利，让对方没法拒绝接下来的要求。他不知对多少天南地北的人说过这句话。

"我跟你又不熟，一起吃饭多尴尬，还是算了吧。"麦良笑着说。

他不会再有勇气来了，那孩子令他意识到，自己不过是一个乡巴佬，一个毫无智慧的骗子。他们站在那栋挂满了衣服的宿舍楼前，太阳忽然出来了，白白地晒着。麦良穿了件淡黄色T恤，白短裤，小腿肚子上的肌肉像两个球，目光一直朝上看着对面的宿舍楼，尽量不与这个无知的骗子相会。

他急于攀附点什么，好让自己还能站在这个孩子面前。"这个，你拿着吧，本想买个礼物，不知道你喜欢什么。"一个成年人给一个还在上学的孩子些零花钱，无可厚非。

"你这是什么意思？你想要干什么？如果要找我爸办事你直接去找他呀，你也可以找我妈，不过我妈那人可不怎么好说话哦，她最看不起你们这种人。"

不时有年轻的身影从旁边走过，一阵微风吹动他们的头发和朗笑声，他心怀慈悲地看着他们。没有预料中的那种感应，他感觉到了自己的愚蠢，逃一般地走掉。

她从未承认过，他是麦良的父亲，这倒不是他有多么自信，麦良的眉眼、肤色的确不得不让人浮想联翩。问题是，他们小时候还长得像双胞胎呢。

麦良的目光轻飘飘地越过他落在那栋宿舍楼上的记忆，令他的心脏一再遭受痛楚的拍击。

她一心维护的除了儿子，其实还有麦伦，他已经看到了。他也搞不清自己了，想争取父子相认的成分多一些，还是对她的爱情的成分重一些。

返回的路上，回忆起麦良的额头、鼻子、眼睛，在此时的印象里，他又与自己没有一点相似之处，那头发，那个脑袋，尤其那噘嘴瞪眼的神色，那自信，那个孩子的形象，渐渐又变得模糊了。

A

林希返回苔蓝的当天,因疫情防控,她差点就被隔离在半道上了。在车站,有人递给她一个未开封的多层医用口罩,据说是最新研发出来的,戴着像面纱一样轻薄,她只戴了个普通口罩。口罩和消毒用品早成了人们的生活必备品,除了化妆品,林希也会随身带着这些东西。进出的乘客一律排查双码、量体温、查验核酸证明等,人与人之间拉开很远的距离。她后面的人说,苔蓝已出现几十例确诊病例了,看来,防控形势将更加严峻。

金牛城目前还安全,车厢里空荡荡的,似乎眨眼间这世上的人已少了大半似的。

她又回到了她的洞穴之中,背靠着门站了很久,玄关处的东西前阵子她清理掉了,客厅那个过道也宽敞许多。这洞要是再小一点更好,有种逃难回来的庆幸与狼狈。她很饿,一紧张她就很饿,想打个电话,这番设想令她一阵难过,她最不想打给唐沃然。在厨房里翻捡半天,什么吃的也没有。电饭煲之类的还在出租房里。真不敢相信,这么长的时间里,她都干了些什么,像一个孩童进行了不可能的想象和试验后,如今一败涂地。

不想下楼,不想出门。想跟什么人取得联系。深深长长地呼气、吸气,眼泪还是流下来。她拨出一个号码,随后挂断了。她很想听到唐沃然的声音,可是,他为什么没有打来呢?不,她不是真的想要听到,习惯使然。

冲澡,换了身干净衣服,她来到儿子的房间,在门后面看到一箱椰奶,查看日期,已过期七个月了。她打开喝了一听,"随便吧,无所谓了。"翻看了下药箱,这个倒准备充足,不过大部分药品都过期了。

她回来的这天是6月13号。第二天,她去了超市,人太多,只买到几个面包和一把面条,还有一小袋苹果。

到了第三天,天气晴朗,可苔蓝的气氛似乎凝滞。

6月16日,凌晨四点钟,一阵敲门声把她惊醒,只听见楼上楼下一片声响,数个高音喇叭分头喊叫着,听不清具体在喊什么。她走到窗口去,把窗台上那些盒子扒拉开来,发现楼下已经排起了长队。她穿好衣服下楼去,从不知道这个小区里居然会有这么多人。茂林路后面的商业大街上扎着几顶帐篷,奥斯莱特大厦前面已排了很长的队伍。有孩子的叫声,老人的咳嗽声。林希随着人流慢慢往亮灯的帐篷前移动,注意与前面保持距离。排了一个多小时的队,等做完核酸检测天已亮了,队伍还排得很长。

这天,人们经过一番登记查验后才被放进超市,店员只来得及往货架上补货,脚下绊着各种包装袋纸箱子。折腾一个小时后,林希也不知道自己买到些什么,沉甸甸地拎回小区。

林希一时竟不想上楼去,麦伦也没有一点消息。她不想在这时候给妈妈和麦良打电话。在这种时候,她感觉什么都可以被原谅。

昏睡了一天。半夜三点被尽职尽责的工作人员喊醒,再次排队去做核酸。她不敢看新闻。但知道这一天里苔蓝又增加了多例确诊病例。

突然间,一切声息都静下来了,夜空里没有一颗星子,只看见低头移动的人影。

她在口罩里面深深地喘气,防止自己哭泣,她老是不合时宜地哭泣。她祈祷麦伦安全,祈祷她能为他做点什么。

麦良和她妈妈打电话过来,她轻描淡写地说还好。

这几天,林希特能睡,昏昏沉沉,宁愿永在梦中。她转头给后面的人说:

"这几天只会吃饭,能睡得很。"没人配合她说上点轻松好笑的,核酸做完马上缩回洞里去。

迅速开门走进去,她吃惊得大叫出声。屋里有人。

那人正站在客厅里脱一件防护服,林希手搭在门把手上,以为是有人上门消毒来了。她说了谢谢。那人没有摘下口罩,也没有说话。林希继续站在门边,看他将防护服装进一只塑料袋,当他转身正脸对着她的时候,她将背靠在门上哦了声。这些天悬着的一颗心踏实地回落。

"说真的,我以为再也见不到你了。"

"你是怎么进来的?"

麦伦指着防护服:"混进来的。"

"你核酸检测做了吗?"林希不由得躲得远一点,没想到自己会问出这样的问题来。

麦伦在口罩里面哼笑了声,将那个塑料袋拿进卫生间去。林希觉得,她的那句问话搞砸了什么。

谢天谢地。林希说。看来他没事。

谢天谢地。麦伦想的是,终于又见到她了。他很想抱抱她。

"洗个热水澡就没事了,病毒怕热。"他在里面说。

"袁丽呢?"她的声音里有了一丝恼怒,愤怒令她思路清晰,"为什么不回我的信息,你知道我有多担心吗?"

"真不敢相信,你会担心我。"他拉开门,脱光了上衣,依然戴着口罩。

"究竟出了什么事?"

"你不用怕。我这不是要逃跑,我只是过来看看你。事情总会查明的。他们指控我的那些简直是胡说八道。这些天我也在反省,我可能也犯了不少错。我好怀念这房子里的一切。"他将手臂支在门框上,脸贴上去。"让这些快点结束吧,够了,一切真是够了。"

从柜子里翻找到他的衣服,她不知道这房子里居然还有他的物品在,拿了干净袜子和内衣放到门口的椅子上。

厨房里的炉灶,已经很久没有冒过烟火气了。她很饿,某些时候,她总是很饿。

给卫生间消过毒,麦伦出来时继续戴着口罩,看见桌上的饭菜,站得远远地让她给他分一份。

"好久没有吃你做的饭菜了,我真的很怀念。我们最好不要离得太近,我还是赶紧到房间去吧,我不太确定自己是不是安全。"他每说一句话都像是从身体里的最深处感叹而出。

"我也不确定自己有没有感染，没事，坐过来吃吧，我不怕。"

"听我的，你给我分一份，我端卧室去吃。"一时，她疑心他是怕她带着病菌会传染给他。瞪他一眼，去拿了盘子，给他分了一份饭菜，让他端到卧室去吃。

窗洞里透进来一点阳光，还是白天，餐厅这头开着灯，她一个人沉默地吃着，想到咫尺天涯那个词。

"还要点什么吗？要喝一杯吗？"

"不了。这个烧白菜非常好吃，厨艺进步不小哇。你知道不，过去你做的菜可真叫难吃。"

"你不要太没良心。"

拿出手机翻翻，她不知要做什么好，卧室里也静悄悄的，而她心里无数个声音，乱纷纷搅来搅去。她泡了杯麦伦常喝的清茶，但没有端进去。她不知想什么了，啥一声，手机掉地下去了。

"你没事吧？"

她忽然大叫道："你就这样不声不响地闯进来，吃了我的饭菜，然后啥也不操心就睡自己的了。嫌不可口，那你自己去做呀！你做过吗？你操心过这房子里的事吗？你从来都不晓得，我是把这房子扛在肩上去工作的。你个自私的家伙，你以为你是谁！"

"对不起。"他出来了，戴着口罩去洗碗。

她靠在门框上，双臂抱在一起继续叫道："哟，袁丽把你调教得不错嘛,这碗都洗出亮光来了。"

麦伦有一次酒后给同事讲,说为了躲避洗碗,故意不洗彻底,这样一来,林希就不会再使唤他了。"乘机问候下你的良心,过去这些年,我要求过你分担这房子里的家务吗?"

麦伦嘿嘿笑道:"你确实没有。对不起,你说什么都成,我知道自己很混蛋,从来不晓得这房子里还有家务这一说,是因为你太能干了,从不要求我什么。"

林希突然仰头哈哈大笑,笑得咳喘。"我知道了,怪不得人家都说男人没一个好东西。"看不见他的脸,那目光比过去越发地温顺了,丧失了那些令她厌恶的东西。他们第一次相遇,他就有这样纯净又温暖的眼神。

"你变了,希希。"

"是我变了吗?你是不是想说,我现在的样子像个泼妇。"

"变得容易让人接近了,我一直怕你,你知道的,又爱又怕。"

"你这样的人都变得谦逊起来了,真是难得。"林希转身打开冰箱,"看好了,粮食就这么多,甜言蜜语在这种时候换不来吃的。从今天起,你负责洗碗扫地,如果我们还要一起在这洞里待一阵子的话。"

"我愿意跟你一直待到地老天荒,我说的是真的,你让我做什么都行。"他抓着一只湿淋淋的碗看着她的眼睛。

她的心融了,其实她从来都不抗拒他说情话,也许,从晓得他跟袁丽正式同居那时候起,她就有了另一种渴望,她吓一跳,怎么可能。又想到,他应该没少对别的女人这么柔情似水,忽然一脚把牛奶箱踢远了。

"我很想你。"

两个人在这句话里愣了好一会儿。

"你知道吗,我抱着侥幸回到这里来,我并不确定你会在这房子里,我听说,你早就跟着他离开了苔蓝。我只是知道自己非来不可。我先是看到窗口的一丝灯光,我上楼,你连门都不锁,我心里说着可别是进了小偷。随后,看到餐桌上你的茶杯,椅子上搭着你的丝巾,屋子里有你的气息,我又开始担心,这种时候,你怎么又回来了,你应该在一个安全的地方才是。你没有把我赶出去,我感觉我的心完全踏实下来了。我们用这么多年进行着多么乏味的欺骗和背叛,究竟是为了什么?"

"你别诬蔑我。"她不知自己凭什么理直气壮。是啊,她为什么还在这房子里,为什么又回来了。

"在我们共同的生活中,我没有给你带来什么,我也不应该要求你什么。可是,一旦想到你不在这房子里,我就感觉生无可依。那个下午,曾经感受过的那种天塌地陷、绝望、恐惧、虚荣混合而成的一种巨大的痛苦,我曾经以为它早就不可思议地消失了。可这阵子我发现,并没有。不过,那不再是痛苦。我很抱歉,这些年我应该试着去理解你。"

"我一直以为,曾经所做的一切都是为了报复你。但不是的,我只是茫然无措。我把你身边的女友全都撬走——"哦,怪不得,无论她怎样努力,最终她们都会远离,以致后来她不敢再梦想友谊。"后来,一发不可收。我一再地问自己,我真的有过爱吗。我得到的答案是,生命里最重要的,不是我这些年耗费心力追逐的那些没用的,而是那最初打动了我的内心和灵魂,至今还在燃烧的激情。"

"那得祝贺你呀,这方面来说,你可真是富有。"她又想起那个听闻中的袁丽。

"你什么都不明白,你连你自己都不了解。"

她感觉自己很明白,也许是她不够自信。不想听他剖析他们的过去,她感觉那听上去很虚假,也不知他们究竟是谁变得更虚伪了。

他变了,还是她变了,这些变化,发生得突然,又像是早在悄无声息地进行着。

麦伦回来后的第二天,苔蓝封城了。

2

人们缩在房子里,病毒似乎就弥漫在空中。喧闹的人间突然安静得令人恐怖。如果不是麦伦躲在房子里,她有可能就去当志愿者了,她会受不了地洞里的狭窄和压抑,不如索性投身危险当中。

早晨九点钟,林希下楼去排队做核酸检测,人们之间的距离拉得更远了,有些人不愿意下楼来,大喇叭来回绕着一遍遍催促。

"绿码的先下楼做核酸。"避免拥挤,造成更多的传染危险。

做完快速上楼去,站在麦伦的房门外敲门,她睡儿子的房间,麦伦睡那个被她的收藏品堵得严严实实的卧室,现在,如同过去的她一样，他正需要这样密闭的空间。自昨晚睡下后麦伦一直悄无声息。她使劲拍门。

"如果你已经给传染上了，也不用怕。"

"你最好在房里也把口罩戴上，"麦伦将门拉开，继续回到床上，"我感觉我还健康着，不过我不能下去做检测，你知道的，一下去检测我就暴露了。我相信自己没事。你别怕，真没什么事，我也不会给你带来什么麻烦的。"

"究竟出什么事了嘛？"

"希希，我能告诉你的是，这一次，我只是被人利用了。"

林希走到窗口去，看着突然放晴的蓝天："人，看似强大，原来这么不堪一击。"

"别慌，一切都会过去的。相信我。有我在，你就不会有任何危险。"

"哟哟。你起来吃点东西吧。听说超市都关门了。"

"希希，如果有人最终找到我，你只需照实说，你什么都不知道。明白吗？"

"搞得跟演电影似的，放心好了，我不会把你供出去的。咦，你不会真的犯什么事了吧？"关上门，自语道，"这十多年，我知道你这个人，可你不知道我哦。"

"你放心，只是一点小事，只要疫情过去，我马上会去处理好的。请相信我。"

如果有谁要来害她，她都没什么好奇心，何况是麦伦。一晃就到了下午三点钟，她也不知自己干了些什么。去麦良的房间，找到他用过的一个旧电脑拿给麦伦，也许这个可以帮他解解闷。

"你可以跟你的小女友们聊聊天,玩玩游戏,或许,你还可以写点什么,就像……"她想起他们互相通信的年代,又改口说,"也许你还有工作方面的事需要处理。"

"陪我说说话吧。去他的工作,你看看如今,很多工作其实不做都不会损失什么。"她要坐下来,他阻止道:"可不能这样说,你去那边的房间吧,我们在电脑上说。"

"我不怕被你传染,莫非你还怕我,一起死了倒好呢。"她说得真心实意。

"听我的,从现在起,你得时刻与我保持距离。我突然意识到,我根本就不应该到这来的。我真是昏了头了。"

她重重地切了声。他看上去没一点精神,她怀疑他真的病了,或许是脑子出了毛病。她回到麦良的房间,打开她自己的电脑,打开微信,唐沃然的一条信息先弹出来。

她想也没想,就删掉了。

3

希希,如果能做选择,在将来的日子里你最想做什么?

你是说解封以后吗?我想做一样会计以外的工作,也许我会去教书,别忘了,我有好几本学历证明哦,每一本都货真价实呢。或许,我只是想开个茶馆。我向往明亮的、开朗的生活。

真想不到，你是怎么把那个工作坚持下来的。我突然觉得，这些年我就像一个演员，卖力地将别人要求的角色演好，从什么时候起，我就不再是我自己了，让我想一想……对不起，这些年我只是在一旁看你的笑话。我们说点别的吧。还记得夏山吗？说来真是令人难以置信，从起初给你写信一直到现在，竟然没找到一个时机，跟你把夏山的故事说完整。我还清楚地记得当初写信的时候，以为将来有的是机会。很好笑，是不是？

你还记得夏山吧？八岁那年，他才来到城市，那之前，是他与父母长达五年的分离。来到城市，他要适应的不仅仅是外界，最折磨着他小心脏的是，他越来越搞不清楚，他究竟是不是属于那个家的一分子。突然间，他像进到陌生人的房子里，他越发沉默了。而这副木愣愣的神态又会随时激怒那个一家之长，他会突然揪住夏山的肩膀，把他一把提离沙发，让他站着醒醒神：小木头，你给谁摆脸子呢，没把你侍候舒服？就不会帮大人干点活啊。

夏山时常紧揪着自己身上的一角衣服，母亲将手按在他头上也会令他一下惊跳而起。无时无刻，他不想着玄池村，只有陷在对那个村子的回忆里，他才有片刻的放松。他偷偷给外公外婆写信，让他们来把他接走。他跟妈妈也生疏极了，她总是忙得很，他期望她能朝他望一眼，这也不能够，她的目光顾不上落在他身上，那种把头埋在她怀里的冲动和渴望慢慢地被他压制住了。虽然他感觉得到，妈妈也在尽力地对他好。可是，妈妈真像是被绕在许多个毛线团里，焦头烂额的时候居多，一到家里总是张牙舞爪的，妈妈的脾气比过去的坏，在房子里时她总在大喊大叫，虽然从不冲着夏山叫，但她会把一只手撑在额头上叹气。很多时候，夏山会莫名其妙地卷入哥哥姐姐之间的战争，最终的理由，是因为妈妈太宠着他了，他们会联合起来把夏山教训一顿。他和哥哥住一间屋子。晚上，一家之长带着一身酒气走进来，夏山不敢抬头看他一眼，两眼紧张地盯着书上的一行数字。一家之长总会走到哥哥跟前，说，儿子啊，你爹又喝多了。他从不在夏山跟前那样说。当他盯着作业本上的算式时，夏山已经吓得有尿意了。在学校里，他经常会忍不住脱掉鞋子，老师叫他去黑板上写题，他就光着脚走上去，引得教室里一阵骚乱。花了很长时间，他都改不掉那个习惯。自然，一家之长会将他训斥一顿，不让他跟哥哥用一只盆洗脚，也不让他上床睡觉。妈妈悄悄问他，鞋子不舒服吗？他不说话。

他怀念玄池的河水，他的脚趾感觉到玄池的河水在流淌，这令他放松，所以他就脱了鞋。夏山老是在纸上画一个少年，画玄池，外公教会他观察天空和树叶的变化。他全画下来了，他那稚拙的笔法，带着外公描画佛像的精细和某种他还不能够识别具体的尊重、热爱，或许，那就是一缕薄浅的虔诚和信仰。那是他唯一的乐趣。

成年后的夏山认为自己长相难看，性格怪僻，一有风吹草动，他就难忍一阵激荡的尿意。如果在八岁时可以自己做选择，他决不会选择返回城里。他会在玄池上学，他会一直画佛像，那才是他应该过的人生。他脑子里的念头皆是为了让一家之长为他点个头，一个孩子期待着从那个尊贵的嘴角绽开一抹笑意，简直用尽了心思，甚至长出了不必要的心眼。就这样，用了很多年，夏山在暗地里打造了另一个自我。他终于成了一个不是自己的人。这一点他既知，又完全不知。直到他遇到一个女孩，他想到，他本是想做她那样的人，可是已经太迟了。他成为不了自己，他只能作为另一个人在这世上存在，并且按照别人的意愿来进行各类表演。

她认真地看他讲，意念里跳出夏山，跳出玄池的一草一木，这时候，她急急打下一行字：

我知道，我了解那个。从你第一次在信里提到的时候我就感觉，我认识夏山，他的一举一动我都懂。我从来没有责怪你的意思，我也一直有自虐倾向。如此说来，时间可真是短暂啊，水一般流逝，翻翻我们方才说过的话，就像至今我们还在为对方写信，哦，写信，那是一段好时候呢，可身处其中时，又觉得是在煎熬，以为一定会有一个好时代到来，自己也会是一个不同的人。看看自己，活了些什么日子啊。

你的确一直在自贬，莫名其妙，你令旁人爱莫能助。究竟是什么改变了我们，是什么呢？

她在心里叫着，抱歉，对不起。她没有他这般诚实，对发生在自己身上的那些事她从没对他讲过。她能感觉到，他其实早就

猜着了，可他对她仍旧有情，这加深了她的悔恨：

每个人或多或少都在扮演别人，我不想扮演谁，我活着，只有这个是明确的。不，我不是要表达这个，对不起，麦伦。我知道自己是个极为自私的人，不管我做了怎样的自我惩罚，可是，与你对我无私又深厚的感情相比，我简直是个薄情寡义之人，也许，就像李司机早就看出的那样，就是个白痴吧。这时候想想，除了对自己侮辱和戏弄，我究竟懂些什么。人最难了解的是自己，却又那么确信自己所了解的是最正确的。我们的愤怒、怨恨、难过、贪婪、悭吝，要死要活追求过的那些东西，甚至是夏山拼命融入的大家庭以及后来那些圈子，到头来，不过是些什么啊，难道会比这清洁的空气更真实和可贵吗，根本就不配我们为之悲伤或欢笑，不配消耗我们的情绪。

不要啊，怎么突然这般悲观。希希，我想问你，在最初那阵子，你曾打算离开我，我说得对不对？

她怔了，打算过离开他吗？如今想来依然是混乱的。她老实回答："不知道。"

他发了个笑脸，又发了颗心。

再没有人比我更了解你，你又要嘲笑了是吧，那你笑吧,大声笑出来吧,你一笑,我心里也就开朗了。"薄情寡义的女人",经常是,每次从外地回来,我都会先回到这里来,然后发现自己又走错了。实话跟你讲,你把房子弄成那样,我很愤怒,想过要狠狠揍你一顿。

我感觉没什么可抱歉的,因为我花自己的钱。你说经常回来?

我骗过你吗?

还真没有,你没骗过我。除了那个,算了,说点别的吧,你有什么打算没?如果一切好起来的话。

我想去山上修补佛像啊,但得有你的陪伴。经常路过一些地方,就想着,将来养老要来这里,但如果是一个人,那不如早死算了,可如果有你,一切会不同。

你做不到的,人在围困当中时总会变得软弱慈悲,可只要解除了暂时的围困,你马上会回到老路上,哪怕已知那是个圈套,也还是会回去的。人在里头久了,摆脱不了,甘愿被圈被套。本质上,人是被潜意识里的一头愚蠢固执的驴子左右着的。

也许是的,可我是认真说的,我已经做了一些工作。舅舅愿意搬到城里来住,他那个院子会归我。我不打算修缮它,我将保持它的天然,你记不记得我曾经写给你的信,那座千佛山高达两百米,像一尊巨大的佛像一样从地面上直立而起,而它的身体里,又藏着诸多尊佛身。我时常梦见外公背着我,爬上那些悬空架立的空中栈道。我一直记得那个少年的脸,他被我画了又画,一直是他陪伴着我。我一定跟他约定过什么,我对自己很抱歉,什么也记不起来了,他经常在梦里想要提醒我,一到关键时候,梦就醒了。他的笑很温柔,我经受的一切他都懂,有时候梦里,他有一双你那样的似水双目。

麦伦,说正经的,你究竟是怎么了?你一定有事瞒着我。

我要在玄池那一带筑起一道城墙,把那条通往千佛山的路阻断,挡住那些走马观花的游客,只允许一些灵魂开窍的人去参拜,与神灵对话,没错,我首先要挡住那些兴高采烈的游客。

那好啊,那你就赚大钱了。

你没懂我的意思,你忘了吗,夏山是在玄池长大的,那是他真正意义上的故乡。我只是要把那片土地保护起来,还给那个地方一片安宁,让那些愚蠢的开发商止步。

可是，那座千佛山应该属于大众啊。

大众？这些年，他们只不过一直在搞破坏，我所要做的事，就是保护一些古老的事物。

想法不错。

林希觉得这不怎么切实际，没人会允许他那么干，麦伦不过是胡乱说说罢了，她也不当回事。

说说袁丽吧。

没什么好说的，她踩着我上去了，然后把我给甩了，就这样。我们一起生活不到半年。她是一个，她是一个很有主见的人，是一个女强人。去年，她从外省来到苔蓝工作。你不觉得，这两年我们的城市发生了巨大变化吗？她有很多构想，对这个城市有很多规划，她是个很有能力的人。

是袁丽追的麦伦，大二那年，应该是大三了，他每天躲在图书馆，这样就能避免跟袁丽说很多话。她总是对着他的脸在说，大讲特讲，她的抱负，她的理想，以及她的幻想，当然，还有对他狂热的爱情。他没有给林希讲过，怕她笑话。他并不讨厌袁丽，他一直不能自信大方地跟她来往。直到大四那年，袁丽邀请他一起去她的家乡发展,那是一个他从没有到过的南方城市。他很清楚,跟随袁丽将会有更广阔的未来,可袁丽的凌厉天性令他止步。他对任何事都没有把握,只想听之任之。分别后,袁丽时常给他打电话,他记着袁丽笑起来时发出细细的吃吃声,像只老鼠,在做一样决定时,这细细的声音立马会变得像钢针一样锋利。他从未料到,在失去联系二十年后俩人还会重逢,她依然雷厉风行,他依然战战兢兢,甘愿被她耳提面命。

抱歉。

林希发了个捂脸的表情,她没关注过这个,她只是一个兢兢业业的小会计,她只想听听她是怎样一个人,而不是要听她的政绩。

她打出这样一行字:

"逻辑和说教从不叫人信服,夜晚的潮湿更深地渗入我的灵魂。"

希希,我知道你是个不一样的人,她不怎么会生活,她跟你不一样。别误会,我的意思是说,她其实并不适合婚姻生活,这也是她数度离婚的真正原因吧。我们在一起的日子,怎么说呢,除了睡觉,她一直在工作或者在跟我谈论工作,不过你不得不佩服她的一些见解和设想,我没能力办到的事情,她一下就理出了眉目。她打算利用苔蓝厚重的历史文化积淀,以及有别于南方的气候和地理特点……不好意思，我又扯远了。我感觉我很多地方不及她，总之，我们在一起生活的半年时间并不叫人轻松，不瞒你说，我每天都在压力当中，从某种意义上说，我没有在生活，我只是一架机器。如果你给我了一片天空，那她就只给我限定了一间房子，不，只是一面墙壁，让我整天都面朝着它。

你爱她吗？

那你先回答我，你爱他吗？

她愣了。心里很空，像没有星子的夜空。
麦伦又打下一行字：

爱是什么？爱是无论经过多少时日，你心里就是没法忘掉她。也许她很平常，可是对你自己而言，她是那样特别，对你一直有致命的吸引力。

坚硬的东西在融化，彻底融化，她脑子里乱了。

喔，也许是的，是这样，无论经历过什么，他又会回到你的生命里。你究竟为什么会跑到这里来，你自己这会儿想清楚了吗？

当然，比任何时候都想得清楚。请给我倒点水，可以不?

林希倒了杯水,端过去,麦伦指着门口的一把椅子:"就放那,谢谢。"林希去客厅窗口张望了下,很奇怪的感觉,跟他只能纸上谈情说爱,一切感觉又都回来了,她爱这种感觉。一只鸟都看不见,一声孩子的笑声也听不见,小区里的狗似乎都消失了,落寞得很。林希大声地喊道:

"嗨,麦伦,常默,不管你是谁,请别再装神弄鬼了,出来吧,让我感觉到这世上至少还有个活人。"

麦伦喊说:"我有多想珍惜你,你不懂。相信我,我不想给你带来一丝危险。"

"珍惜个头,你就那么怕死,我不会传染你什么的。你们的命都很金贵,我的一点也不金贵,我不怕死。在过去我们还在一起过日子的时候,有很多次,我觉得已经活够了,如果不是麦良,我要这命干吗,可是,又活下来了。现在想想,这几十年,我从没思考过,就像在虚构着什么人的人生。"她时常像此刻一样立于洞中,无法感受到自己的内心。只有虚构出另一个人的存在,并勉力地相信他是真实的,她才有勇气继续。原来一切像是一只气泡,经不住一丝风的吹拂。

她从来没有考虑过,青春期之后,他们的人生就再也没有过交集了。后来各自成为的那个"社会人"的真正面目,他们还没有时机看到全部。她带着这多年虚构中的感觉去面对一个陌生人,并轻信那正是爱情的感觉,她不过是急于把过去延续上,越是这样,这些年越是空虚。

不久她又反驳自己，他明明还在她心里，她没办法令他消失，如果他此刻出现，她仍会义无反顾地抛下麦伦。她会吗？此前催生的爱意又像是假的，是她广阔无边的寂寞人生里挤出的一个梦。

"对不起，说哪了？好吧，跟我继续说说你的袁丽吧。"

"不过我崇拜她是真的。我对她，在大学时候就有点怕，瞧我说的，我对你们都很怕，我向来没自信。如今，她令我更加地胆怯了，你没见过她，她总是那么咄咄逼人，怎么说好呢，她对自己想要的总是那么明确自信，当然，也心狠手辣。"

"哦，是啊，就算她心狠手辣，你也会克制不住去想她，对不对？"她心里冒出那个人的影子，顿了顿又说："你们是天作之合嘛，我不懂你们的工业、政治、手段、实验、推销术，我买成堆的衣服，可我甚至都不懂时尚，我就一傻子，看到了吗？"她要哭了。

"放过自己吧，你在我眼里向来都是特别的，现在仍然是，你跟我周围的那些人都不一样。如果能重新来过，我一定要像你那样去生活。"

短暂的静默，她在哭，不知道为什么哭。

"你跟唐沃然怎么了？"

"大概是，他死了吧。"她捂上自己的嘴，"他活得好好的，正精力旺盛地准备把海源公司夷为平地呢。"

"一个人来这个世上，总得有所建树，哪怕设法保住些什么也好，老想着破坏，可不好。"

"闭嘴吧你，你不知道，我有多讨厌你们那种语气，有多讨厌你们那副腔调,你们以为,你们以为自己究竟懂什么,他不过是想建一个温泉度假村,又没碍着谁的利益,这对金牛的百姓来说,不也是一件好事吗?"她也不清楚自己真的是在为唐沃然抱不平,还是因为麦伦触到了她的痛处。

"他只想着赚钱,难道不是吗?"

"你呢,难道你从来不为自己吗?你现在这副狼狈样,又是为的什么?"

"我活该。"

"谁让你成了这样?袁丽,还是李鸿祺?那你也去整他们啊,就像你整我那样。"

他居然没有暴怒:"你还是这么爱生气,对不起,别生气啊。我不知道你在说什么,是你把我逼走的好不好,这一切真的太复杂了,你应该庆幸自己只是个温和的小会计,庆幸你从来没有打算来蹚我的浑水。算了,不说这些叫人烦心的事了。将来我只希望能跟你一起回玄池去。"

"哦,随你一起去筑梦中城墙吗?"

"我的梦想虽不怎么伟大,但比那狗屁澡堂子要有意义得多。"

"看来你的心眼子也不大嘛。"林希去倒了杯水回来,听见麦伦还在说:"我得离开这里,我不能把危险带给你。"

"好呀,你走呀,赶紧去找一个安全的地方保全自己去吧。"就算麦伦搞什么阴谋,她也懒得去深究。

麦伦悄声笑了一阵,上了点年纪,她反而变得像个小女孩,他很想出去拥抱她。

林希听那边陷入沉默,便也不再说什么,也不知他在想什么,突然会自言自语半天。

只是在等待,又不知在等什么。

这天晚上,陈焰打来电话,责怪林希这种时候偏偏要跑回苔蓝去。

"唐沃然也真是的,怎么不拦着你。"问她是不是跟唐沃然吵架了。林希想告诉陈焰,麦伦就在她的房子里,想了想,又没说。

把那些笔记本翻出来,看着还蛮有意思,后来又翻出那些信件,一个人读得热泪盈眶,后来哇哇大哭。

4

超市又开了,可以电话订购,但一整天都打不通。

每隔两天,每户允许一人出去采买,只允许出门一小时。尽量不出门,麦伦像是真的病了,一整天都睡着,林希一整天都对着电脑敲打。

"别敲了,你在干什么嘛?你知道我今天在想什么吗?"

"通常人们会认为,人的青春妙不可言,值得赞美。其实人的中年和老年阶段也是一样有趣美好的,也是人生的一个重要阶段,并且比年轻人的那个阶段更加幽深复杂,多了一层迷人色彩。上了年纪,意味着人生有更丰富的层次,不必遗憾什么。我一直保存着你写给我的信,也许你早都不记得了吧,与你最初的遇见,就像上天赐给我的神奇礼物。"

"一旦你被人抛弃,你才会爱上那个爱你之人,我知道,你被你的袁丽给踢醒了,但这不代表我跟你有一样的心思。"她不知要掩盖什么,走过去叫道:"别扯这些没用的了,明天我们吃什么?大白菜也快完了。"

他忽然发出一阵大笑声。

"哈哈哈,你自己难道不明白吗,如果你心里真的没我,干吗这种时候让自己陷入危险之境,在我落难的时候,你不是应该与什么人一起庆祝吗?你为何要进行那么长时间的自贬?能给你一个像样婚礼、会宠爱你的人,你不是找不到。"

麦伦走出来了,摘了口罩,抱住林希。

5

林希一直在抄录她那些笔记,她的手指找到写字的快感,她打算传给陈焰看。

"光有冲动和顽强是不够的,生活,还包括了妥协和忘却。

"你习惯了跟自己过不去,好好想想,是不是这样。你看似柔弱无知,在世俗人眼里,你甚至是无能、可怜的,可你内心是狂野的,是无法驯化或妥协的。现在我回想第一次看见你们母女站在一起的情景,我那时候就觉得愧惜,你跟你母亲不与我们同类,是我见过的很少很另类的那种人。你母亲的修养和气质给了你一种特别的土壤,然后,你自己凭着坚强意志成就了自己的品质。我们遇见的时候,你那么刻苦地在为自己储蓄能量,想来可笑,我原本以为你会成就一件大事,将来一定会是一个成功人士。我的想法真是太可笑。什么是成功，什么是大事？你有太多时机，或者你只需要跟我说出你的想法，我完全可以满足你，会帮你实现，甚至你根本不用做什么，都可以过上非常舒适自在的生活。可是，你选择去磨砺自己，似乎你是为了惩罚自己对我的背叛，但实际上，就算没有那件事，你依然会坚持做你自己，或许你是觉得，那样做是为了麦良，可事实上，你还是在做你自己罢了。

"人只有不停地在别人那里碰撞，受到打击，也才会有一些领悟吧。你有没有想过，你坚持的某种信念，真的可靠吗。事实是，你并不了解自己的内心，对吗？

"你还记得我执意要带你去看我家的房子的情景吗？那时候我没有自信，我想借着外在的东西吸引你。你还记得那棵榆树吗？它孤零零地站在那，我突然想到，你就像那棵树，从你的内在不断地催生出新的嫩叶，它们就像你这个人的思想，时有凋落，常生常新，它不需要依靠别的。而我成了另外的人，一个自己所憎恶的人。从这点上说，你比我幸运。"

她感觉内心里彻底平息了，就像感冒很长时间以后，那种症状蓦然消失了。随后，又腾起一阵清澈的细浪，一种只有他能催生的魔法在左右她的生命。现在，她晓得了，那是一种成长、成全，不那么轰轰烈烈，只是妥契地陪伴着你，不是服从，更不是毁灭。

她就像一个还没长大的孩子，他又何尝不是呢，他向来都是那般孤苦无依，向来都那般需要她的支撑。好在，在这个突然停顿的城市里，在大部分人都被分隔两地或是窝在一起吵架的时刻，他再次庆幸自己像得到召唤般回到了她身边，而她也没有把他赶出家门。

"我真是傻透了。"

后来的情形，她完全记不清了，她能正常说话，是在好多天以后了。

她感觉到窒息，有种错觉，麦伦在那太过窄小的洞穴里，因为窒息而死，她故意围困起来的洞穴，为的是，引诱他前来。他没有反抗的能力，他甘愿被她杀死。

她坐在明亮起来的窗口。有人把堵在那的东西搬走了，这房子里，终于透进来一束阳光。一位女警察告诉她麦伦被人枪杀的事实，就在她的洞穴里，一个人，大大方方推开房门走进去，用一把自制的猎枪，照着麦伦连开数枪。

那几天，两位女警察陪她住在这所房子里，每天都在试图诱导她想起一点什么，也防着她会做出意料不到的事来。

她们坐在客厅里，阳光暖融融地照晒到她身上，她心里泛起一阵虚幻怪异的情感。她不知道自己为什么还活着，她闭上眼睛，想象死神正要把她带走。

混乱的生活改变了记忆，记忆里出现幻想和虚构。

麦伦曾经带她去过一户人家，她觉得这是记忆。那阵子，李延芳带他们去过很多地方，可是她的心，总是被她虚构的东西占满，一直以来，没有这些现实记忆的位置，她心里，就像这房子里一样被一些没用的、她也不知道怎么堆积起来的东西堵得严严实实，如今，它自动清空了，只剩下与麦伦有关的一切。周末，他开车带她四处游荡,她总是闷闷不乐,从没有注意到他在设法让她开心。那个农家院的主人,后来跟麦伦成了朋友,在夏天,应该是在某个假期,由李鸿祺开车,他们带着麦良时常去那个农家院。那个女主人不怎么喜欢林希,因为她总是一言不发地坐在那里,像是瞧不起人的样子。男主人带他们爬到最高的山上,他们也去村子四处走动。

想起来了,她全记起来了。

另一个夏天,他们去男主人的亲戚家里,他们让林希选一只小狗。对了,她养过那只小狗,那是在麦伦单位的公寓里,一次吵架后,麦伦悄悄把它送人了,为此她还跟他哭闹过。现在,她记起那只小狗的模样了,半黑半黄,毛茸茸的,蠢呆呆地绊在她脚下,她惊叹过,这世上还有这样可爱的天使。那时候,她没有一点点多余的时间和精力,否则她会再养一只。

那一带的庄稼连年遭受野猪祸害,村里就有人暗中备有一支构造精良的猎枪,猎枪制造得非常有水准。那位朋友赠送给麦伦一支,纯粹为了收藏。

麦伦将它带回来了。没有,麦伦没有接受馈赠——她的记忆在这里变得模糊不明,有可能是李司机得到了一杆。对,也许猎枪就是他带来的,那是一位东北朋友赠他的。她抱住脑袋,发出动物似的号叫。

啊。她发出一声惨叫。那一枪击中了麦伦,头部,或许是胸部,总之他浑身是血,她不要知道。

或许,这都是她的臆想,并没人冲麦伦开枪。只是,麦伦真的已经死了。

"不，你不要再说了。你闭嘴。滚，滚出去。"

她像一只狗一样呜呜咽咽，女警察将歇斯底里的女人抱在怀里。

不经意，她会说几句女警察听不懂的话。

这一天，她把写给彼此的信翻出来给警察看。

"他是一个……"说到这，林希就不说了。

"那个人是怎么进来的？你认识他不？是哪一个呢？你好好想想。"他们带她去看过监控录像。

"门没锁，因为麦伦在屋里，我下楼去做核酸，排队等了很长时间，大概有一个小时。"

她跟自己说，我为什么不让他下楼排队，那样就不会发生那样的事了。

那是一个她还在做的梦，是个噩梦。人有时候做美梦，有时候做噩梦。有时候，你会有刹那的错觉：你最在乎的人，突然会遭遇到某种不测或危险。是不是，你也会常有这样的幻觉。

人常会有幻觉，是幻觉，是在这连日经受的恐慌和惊吓里有的癔症，是她的悔，是她对麦伦最痛彻心扉的思念。

可是，为什么会这样？

A

1

  苔蓝仍处在静止当中，常家人在高速路口被劝返，林希倒松了一口气，她没法想象一家人在这样的情形下聚在一起的场面。
  麦伦的骨灰暂时存在殡仪馆。
  玄池的家，如今也只是一所空宅子，外公外婆早已离世，舅舅搬到城里居住了。麦伦要在玄池建造城墙，舅舅非常支持，不过，要把麦伦葬在玄池这件事，舅舅却不能接受，虽然那些土地如今只是由荒草占据着，费了些周折，舅舅最终同意，在一块离家门最远的胡麻地里安葬了麦伦。
  那片地头，长满了艾草，山坡上，一棵老榆树洒下一片浓荫，站在树下，可以望见千佛山的轮廓，对面，还在把一条通往山上的公路加宽改造。据说，那条路已经修了五年了。
  到了八月份，天气稍稍转凉，在一个阴沉沉的下午，林希将麦伦的骨灰带去玄池安葬。婆婆病倒了，小玉在医院里陪护，只有大哥来了，还有麦伦生前的一些好友和同事，交警队的几个同事也来了，这令她意外和感激。张锦打了个电话，说跟陈焰在外地，事后她才晓得，陈焰流产了，那可能是作为女人的身体最后一次怀孕。参加完葬礼，麦良匆匆回学校参加考试了，林希一个人去了趟千佛山。

行走于深林茂草、云雾松竹之间，空气里散发着湿草、苔藓、松香以及腐烂的果实、落叶混合的气味，林间雨露打湿她的头发、鞋子和衣裳，直走到精疲力竭。晚上，她住在山腰的旅馆里，一间向阳的房间，晚饭是一些煮好的鸡蛋和豆子，还有一块饼，她吃完便早早睡下了。山里潮湿，她让空调开着，这点声响，多少让她获得一点安慰，在床上摊开自己，她想到人的梦想、欲望、虚荣、嫉妒以及私心，它们潜伏于人的心底，一如广袤的黑夜。命运过早令一个孩童敏感和孤独，然后，这种敏感和孤独将会伴随他今后的人生。

她试图让自己平静，心里如那劲风过后的山林。晚上做了一个梦，梦见一个面容模糊之人，躺在旁边温柔地等她醒来，她伸手触碰，心存期待。他说，差点走错路了，要去另一个地方，结果闯到这里来了。像是一个宿舍，他专门跑来看她，现在要离开了，回他的城去。她问她该怎么办，他不语，不让她看清他的面容。她送他到门口，她心里很清楚他是谁，只是不敢叫喊出声。他对她说了一番话，醒后，怎么都想不起来了，却还留存着对他温柔的爱意和不舍。

第二天一早，吃了点东西，她再次进山，只碰见一对情侣，心不在焉地走在上山的路上，要把这漫长的时光一寸寸消磨掉。

很快她就走到他们前头去了。飞禽走兽四处游动，留下白色的粪便。天阴着，深林间，雾气久凝不散，攀着云中栈道向上，仪态各异的佛像静默地注视着她。一直向上攀登，快要丧失希望时，在山崖右翼的崖阁间，果真寻到一尊小沙弥的造像，他立于宽袍大袖之间，慈眉善目，像是在侧耳倾听尘世烟云，绽开那温软、与世无争的笑容，又像在等待着什么人的到来。她闭上眼睛，站了很久，心里有什么在回落。

回去后，她在书房里翻腾，不记得麦伦把那些画放哪了。突然顿悟，当年，在玄池，一个满心忧虑、深陷在自责和恐惧当中的孩童，大致是在这尊佛像这里与自身达成一种默契与和解的。虽然当时他并不懂得这些，但他画下了一张又一张画像。

"你替他选择最终的归宿是对的。"在一个黄昏，婆婆打来电话，"我为他庆幸，你比我了解我的儿子。"

人最难的是与自己达成和解吧，然后，才可能坦然接受这个世界以及命运所赐。

林希这时候惊恐地想到，麦伦在许多个女人间奔波，却没有一个人给过他一个家的温暖，他自始至终不过是在渴盼着那点温暖，这是他给她的最大的惩罚，让她的后半生都在悔恨当中，因为他始终把她这里当成唯一的家。

她没有告诉妈妈麦伦去世的消息，民宿酒店的生意越来越惨淡，小邵不久前跟妈妈吵过一架后又出远门了，原因是妈妈私自将他的几十本笔记交给出版社了，陈焰正在帮着追回。

有人想要立万扬名，也有人只想在这世间藏匿起来。

天暗下来，她蹲在地板上，忍着要给妈妈打电话的渴望，像婴儿那样需要冲着母亲大哭一场。

2

很久以后，林希才知道了那个消息：袁丽因为严重失职而被撤职。

据说，这只是个由头。她想找到李鸿祺，跟他好好谈谈，他的电话早已停机，她没有打探他的行踪。

唐沃然成功收购了海源公司，在一个寂静的午后，随着一阵惊天动地的响声，海源公司，沦为一团巨大的尘埃，那片尘埃，在半空里悬了有些时日。

等再过一些日子后，人们将在陈焰的新书里看到：

那几天，一个女人每天都绕着那片垃圾乱喊乱叫，她究竟在说什么，人们争执不下，金牛城里，着实热闹了一阵。有人说，她在诅咒开发商；有人说，她在咒骂唐警官养了个败家子。

而此刻，陈焰正在电话里跟林希讲：

"黄小娟到现在还跑去闹，唐沃然给她整得要跪地求饶了。"陈焰叹口气，"对有些人来说，那几乎就是他们的命，是唯一有过的梦想啊。"

陈焰和张锦想接林希去金牛住一阵子，林希仍然住在茂林路的房子里，将麦伦的房产，以及他单位上的一些事务全托给陈焰和张锦去处理。她不想知道得太多。他们帮她清理房子，那些收藏，她彻底不打算要了。

"我看你摆摊去吧，这么多东西，够养活你一阵子呢。"

她给小玉寄过去一些包包和衣物。

小玉电话里说："你是不知道，那个家快撑不下去了，以前有的，陆续都填进公司里去了，老人家固执得要死，其实不就是点面子的事，结果怎样了呢？脑子也糊涂了，你从来没在这个家里生活过，也好。"

麦伦死在那张床铺上，她并不害怕，她感觉得到，至今，他还在这房子里，经常试图要跟她说话，要告诉她一些事情，他们之间，只缺一种连通的渠道。

她给陈焰说，想去找灵媒。"那种感觉太强烈了，你不知道，他一定还有事想要告诉我。"

"你得离开这里，这房子，我看你还是不要再住了的好。"

没人信她。她试图在梦里见到麦伦，可是，甚至不如在白天感觉亲近和真实，有那么几个晚上，她想到麦伦生前睡过的那张床上去睡，她做不到，可她也没想过要搬离这里。

坐在窗下的一张躺椅中，她让太阳直晒着，昏昏沉沉睡着了。

"林希。"

她确定自己听到了这声呼唤，连着好多次，她听到这个唤声，要么是在黄昏，她打开冰箱，忘了要取什么，愣在那里时。"林希。"

接下来的那段时间，林希果真将车子开到广场上，将那些衣服鞋子包包以及各种小饰品全都摊在后备厢里,将事先写好品牌及价格的纸牌立在旁边,人们马上围了上来。她让看中的人自己随意付款。第二天,带了更多东西过来,照样全卖了出去。她将后备厢关上,抬头的时候,她又听到一声呼唤。"林希。"她再次感觉到了他。

"我挺好的。"她大声地说,"你不用担心我。卖完这个,我就去找一份工作。"

随后的一个月,她每天都去摆摊,很快就像个真正的商贩了,又叫又喊的,直到城管过来将她驱逐,换一个地方继续叫卖。也会听见有人说:"看,那都是贪污来的。"这些人厌恶地躲开她,她却为此而欣慰,她与他,扯不开关系。

房子空了一部分后,旧病复发,她又迷恋上了购物和做会计。这两件事必须同时进行,当会计可以让她专心,有了钱才可以让她走进商场,物质会让她感觉到充满和充实,她一直要逛到商场关门。

这天清早,林希要去税务局办事,忍不住绕道商场晃了一圈,这时候,她接到婆婆打来的电话,这个电话,与往常的诙谐打趣不同。

3

深秋,金牛已是寒冬的气象,城里已提前供暖。叶锦添从政务大厅出来时抱着肩膀打哆嗦,她穿了件酒红色上装,银白的头发盘成发髻,背挺直着,在这个有点清冷的日子里,终于结束了与丈夫的婚姻，在这一天，她才又成了一个名叫叶锦添的女人，此前，她一直是"常夫人""叶县长"，以及一些曾经与工作职务相关的称谓，再后来，她是孙儿们的奶奶。

她慢悠悠地走到石桥上，太阳已升得很高了，从文件袋里摸索出手机给林希打电话，这个电话她打算了很久了，也不知为什么会在这一天里才终于有了决心。当她站在桥上的时候，就想起了那个与众不同的女人。老太太很多年都没有拎过文件袋了，想起年轻时候，文件袋里拎的东西其实全像她妈妈说的，不过是一堆毛线。而一个老太婆离婚这样的事，才算得上是一件大事。她站在那里大笑了两声，笑出满脸泪水，人们都很忙，没人注意到她。

她始终忘不了林希，麦伦第一次带着林希出现在家里的时候，她就对那个过于敏感的女子有一种亲近感。这些年来，她们在电话里像老朋友一般联络着。

"第一次看见你的时候，我感觉我很了解你。就跟了解我自己那样。

"我和小玉第一次去你家里，你惊慌不安，当时我理解的是，我儿子的所作所为，让你作为一个妻子感到为难，是啊，我也是怀着一颗难堪的心去你们家的。不过小玉其实心里踏实呢，你们躲得越远越好呢，那是个财迷，知道吧。

"后来，我也忘了是在什么时候，我感觉到我的某种命运在你身上的继续，也许，你早已经知道了。

"你比你的丈夫更加坚定地不与我们往来，也不与别的人往来，在某个瞬间，我有种顿悟，也才真正理解了你那时候的惊慌不安以及你对熟人甚至是这人世的躲避。我知道，我知道，那一定很难吧。

"我的儿子遭了厄运，作为母亲，我想知道的仅仅是，如果我给他完整的家，还有爱，如果我能让他一直体会到家的温暖，是不是这一切，就不会越变越糟糕呢？我这样设想，也只不过是为了让自己好过一些，我知道，这并不能挽回什么。也许，他在第一次做某件事情的时候，就已经意识到最终的结局，可他依然坚持要做，并且越往后越不觉得那有什么了，也许它不是什么人造成的。我的儿子所遭遇的，我相信，那是一种积累，一种不断的邀请，而他逐渐地，忘记了拒绝。慢慢地，当他不再意识到那会是危险的时候，危险才真正来临。所以到了厄运真正降临的时候，他不再有智慧和力量阻止它的发生。

"我这样说，也许你会觉得，我这个母亲可真是冷血，也许是的。我从没有给过我的儿子一些提醒或帮助，发生在他身上的变化，只是叫我吃惊。

"跟你母亲见过几次面后，我感觉我越发地了解你了，也许我跟你一样，我们本来就欠缺一些能力，谁知道呢？

"我很早就辞职了，我是有过一些打算的，可能我玩不了一些游戏。我以为自己了解一些事，当然，一件事情的发生有太多的因素，我也是从我儿子身上才真正领悟到了这点。也许，他更喜欢人们称他为'麦伦'吧。他本应成为一个谦逊温和之人，一个有主见的人。

"是什么在阻止我们尽量保持清醒，至今我都没法告诉你，也许是某种侥幸心理，也许是我们的自以为是，我们自以为对一切都能了解和掌控。人都是事后才会变得聪明，或显得有智慧的吧。一个人的一生当中，很多事情都是这样，你只能眼睁睁地看着它发生。

"事已至此，活下来的，才是赢家吧。"

当时林希在一家服装店里看衣服，她走出去，找到一个听不到音乐的地方才停下来接听电话，不管是麦伦还是常默，都已经不在了，婆婆语无伦次地讲这些，是什么意思呢？

"在一个大多数女孩子不能上学的年代里，我开明的父母让我一直上到了师范。我老是想起那一天，我送我的儿子去乡下，我把常默托给我的父母，让他生活在乡下，如果他一直在我身边，如果，他生活在他的……父亲身边……那他后来的性格又是怎样的。一个母亲总是以为自己会做最正确的事。"

"自常默懂事后，他就一天天在远离我，直到有一天，他更改了自己的姓氏和名字，从此与这个家、与我这个没用的母亲彻底拎清了关系。我能做的，就是看着他离开，不断地听说他摸爬滚跌的消息，他不想依靠谁，但他的确依赖你。我曾经想质问你，可是，没有经过现实生活淬炼的言语，我们每天信誓旦旦地说，究竟有什么意义呢？"

林希不打算说什么，婆婆有理由指责她。

"不，这不是我要说的。我想说的是另一件事，我这里有一封信，我已经把它拍下来传给你。我想了很久，觉得还是应该让你看到，对了，他们要把这房子拆了，眼看着几百年、几千年的东西，一夜就没了，他们恨不得把什么都拆了。如果你想来看看，就得尽快了，真是讽刺，它刚刚才完全属于我了，我却要亲眼看着它倒塌了。"

手机上有一张图片，林希放大了扫了眼，马上被吸引住了。

虚构的人：

我只能这样称呼你。已经逝去的一切，不是虚构的，又能是什么呢？

不，我没有责怪的意思。我只是想告诉你，我要走了，永远都不可能再出现了，你也不用再来想方设法地制造一些事端了。永别了。当我这样说的时候，事实上都不是说给你，而是说给我为自己虚构出的那个人，那个人，他令她成了那样的女人。就像一样乐器，你用心弹奏，她会发出惊天动地的乐声，像雨天的湿衣，挂在那里，总是湿漉漉的，自己会滴下水来，你和她的曾经，便是那样的。

为此，她应该心存感激，而你，即使笑起来都是一脸阴毒，你如你的名字，是一块石头。不，连这个我都不想说出来。

大多时候，只是我在自说自话。你还记得，我们谈论过的一部电影吗？我们很少谈论过什么，事实上，我至今都没能把你这个人的长相看仔细。当时，你说，那个穿了一身新衣的女人真傻，明知嫁的不是所爱之人，干吗还要在那里装作一副幸福的样子。

你懂什么？

对一些女人来说，仪式（假装）很重要。一如我虚构你一般重要。

婆婆又说："你可能想不到，写这封信的人会是唐沃然的母亲。你还记得那次在金牛，唐沃然请我们吃饭，信是那天他交给我的。他大概以为，信中那个'虚构的人'是我的丈夫，如今应该称作前夫，因为，就在刚才，我与那个被别人'虚构'的人办理了离婚手续，如果他就是那个人的话。你没听错，我刚才跟他离婚了。当然不是，不是因为这个，我敢保证，精明的常总可不是那个被'虚构的人'，他从来都没有听说过她，当然，我把这封信拿去给他看过了。"

"我想请你转告唐沃然，他误会他的母亲了，那个人不管是谁，但绝不可能是我的前夫。也许，有可能，真的是她自己虚构出来的一个人。他的用意何在？难道他不晓得，他母亲已经去世了？我想请你转告他，停止么自以为是，停止去猜测一个已经死去的人。"

林希在楼梯口的椅子上坐下来，侯老师严厉的神情，裤子上笔直的两道缝，眼睛里时而闪过的一抹亮光，她被唐沃然惹哭去告状的那些时候。

侯老师与常总？唐沃然，真有你的。

她很想把这张图片马上传给唐沃然，她想给唐叔叔打个电话，她要说什么呢？

婆婆的嗓音仿佛是整个商厦的背景音乐，令林希有一种猛烈的想哭的冲动。她想跟婆婆说很多话，要讲什么呢？

讲她对她儿子的错过和痛悔，还是讲她跟唐沃然这多年来的纠葛？然后让那个上了年纪料事如神的女人再告诉她点什么，关于这生活、这人生，谁能真正具体地说上点什么呢？

这个在今天重新拥有了自我的老太婆，对婚姻这件事，大概是了然于胸的吧，问题是，关于自己儿女的婚姻生活，作为一个母亲，又能知道些什么呢？

她也不明白，婆婆为什么要让她看那封信，要让她去转告，为什么她自己不给唐沃然打个电话，以长辈的口吻给他点必要的提醒呢？

接完电话，她回去洗了几件衣服，退掉了那边租的房，有了一笔收入，她好喜欢钱在手里的感觉啊。又去商场转了半个下午，她在那些玻璃柜台前来来回回走了几遍，又去服装店里，一件件摩挲那些架子上的衣服。

"姐，前天买的裙子合身不？"店员视她是最亲的人。

她已经冲三个同事借过钱了，新近她习惯了网购，这样可以少跟人说话，少听人说很多没用的废话。没花多少工夫，她就跟原来的主雇联系上了，还另找到几份兼职。算别人的账，为自己赚钱，再把它花掉，买很多没用的东西，再充实不过的人生。

"也许，我曾经也虚构出了某个人吧。"想着曾经惧怕又崇拜过的侯老师，她大声地说道，"真是聪明。"

有时候，她会出现幻听，她不确定脑子里的这些声音真的是跟婆婆通过电话的记忆，打过去询问。

"因为什么，是因为黄小娟吗？"

婆婆大声笑起："当然不是，我是为自己，为了麦伦。"

"我不明白你在说什么。"林希当然明白，很早就明白。

"麦伦的亲生父亲是谁，你早就想问我这个了，是不是？"婆婆问，就像林希是个聋子那样的大声。

"不知道，也许这个并不重要。"

又一阵沉默。

"我也不知道。也许他已经死了，也许还活着，对我来说，他只是我自己一时糊涂的幻影，跟你讲这个人的时候，虚幻得就像一团迷雾，就像我正要向你进行一番虚构。这样跟你讲的时候，我真的感觉自己不确定，我一直在想，人的一生，究竟能真正认清自己吗？或者说，究竟是在什么时候，人才能看得清自己？"

林希茫然地点头。

"麦良才给我打过电话，他想回金牛过寒假，你知道的吧。"

林希赶紧大声地说："我还不知道，他到现在都不跟我说话。"他认为他爸爸的死跟唐沃然有关系，他因此憎恨她。

"哦，毕竟还是个孩子，事已至此，你多保重吧。有空回来看看，我现在一个人住的。"

"你也多保重，让麦良回去了去看看，"林希顿住了，不知道自己打算要说什么的，"去看看爷爷吧。"

离开这个世界时，上天允许一些人带着些难以愈合的伤痕，也允许带着点无人知晓的秘密，这没什么错，真正的秘密，是难以记述和言说的。

A

　　日子分得不是很清楚,一直在下雨,脑子里、人心里分明都是湿淋淋的。天晴了。前天,还是昨天,响起了一声惊雷,秋天很少打雷的。她收到陈焰的信息,陈焰急于把新作品发给她看。陈焰试图鼓动她写小说,认为她有一种特殊的敏感,尤其,她说她的感情太丰沛了,也许写作会对她有帮助。那个张医生也那么说,让她把脑子里想的,尽量写下来。

　　她冲陈焰说,她对自己有清醒的认识,如果写出来,会是一堆废话,还是不去糟蹋文字的好。写跟写不一样,她宁可保存在感觉和记忆里。

　　"我现在能想起那天早上的事了,我先是听到一声呼唤,他在喊我的名字,然后,我感觉我看到了什么,也许只是一种感觉。我确定那不是幻觉,不是的。"陈焰没说什么。

　　"只有购物能让我的脑子停止疯狂的打斗,能让我不那么悔恨。"

　　"放过你自己吧,我觉得这更像是为了对另一个人进行报复。

你清楚你自己的内心吗?"

"你恰是在提醒我,我的精神极度不健全。"

"上次给你推荐的那个张医生,他说你一直没去找他。"

"看,你们都晓得我有病,只有我认为自己很健康。"

"好姐姐,我们都得试着信赖点什么,比如相信医生的一句鬼话。"陈焰叹口气,"先看我的新作啦,你总能指出我需要的,见面聊。"

她扫了一眼:

他最终明白,一位作家对生命已有的了解,便是他此刻最深的感受:

"我想,是年龄使我认识到情感和柔情,发生在心里的那种东西,终归是最重要的。"

她盯着看了好半天,突然想把一个小画师和一所老房子的故事传给陈焰看。她迫切地想要讲出来,想让人了解,陈焰一直在诱导她把一切说出来,她知道。

打开文档的时候,她有些不舍得,意识到那本是属于她私人的东西,突然就有了强烈的占有欲和保护欲。陈焰也从没有讲过她跟张锦之间的事。为什么呢?因此,她们虽然视对方如另一个自我,可是内心里发生的"那些情感和柔情",仍然是无法道与对方的,是什么阻止了这种倾诉或是托付?

结果她又打下两行字:

一个恶劣的自我从我身上剥离掉了。也许，我们深爱着的恰是那个满是缺陷的自我。

就算时间会使他消散无形，她还爱着那个从意念里虚构出来的形象，但这已经不重要了。

她的思维有些混乱，坐了片刻，又全删掉了。一个声音对她说：

"唯有你爱着我，我就永远不会消失。"

"若说我曾经爱过什么，应该说：我是，非凡地爱着那座建筑啊。"

顿悟般，她感觉才懂了他那天说给她的这番话。

那个在监控中出现的人至今都没有找到，李鸿祺也彻底消失了，她相信，时机到了，真相自然会浮出来。

想起麦伦说过，很多时候，流言会比真相提前到来，她想知道的，麦伦已经全告诉她了。

时而，她会听到麦伦的声音，感觉到他的存在，也时常梦见他在那座瑰丽古雅建筑的廊下等候着她，他不言不语，在她将目光投过去时，他变得面容模糊。门外的榆树越发粗壮，在梦里，它抖落一阵又一阵落叶。

另一个流言，她其实从很小的时候就听说了，林大夫曾经在苔蓝读书，她在实习的医院里曾捡到一个女婴。任何事，从荷姨嘴里说出来，都会叫人没法判断其真假。

她很想去看看荷姨，后悔从来都没有将麦伦带去给她瞧瞧。

这时候，又记起来了，不经意，荷姨就说她是个"讨来的"。因为唐沃然的暗示和提醒，她一直担心的是自己将来会有荷姨那样的脾气、那样一张利嘴，便有意躲着她。幸好，她是个足够沉默之人，过于好奇的事情，她都不会发问。

林希从未问过林大夫，如果是真的，那个女婴后来怎样了之类的话。

这些年里，总是机缘巧合，林大夫有各种借口，从没到苔蓝来过。

对她们母女来说，真相就是真相，然而，流言无处不在。

这阵子，她感觉到自己的身体发生着的变化，她很清楚最初有这种变化的时间，任由它存在，就跟她怀麦良时候的那种反应一样，又有点不一样，她不确定。她四十五岁了，像她这个年龄段女人是不是还会有怀孕的可能呢，不过她一个大学同学去年就生过一个健康的婴儿，精挑细选，她还送去了一份贺礼。说起当年那段短暂的时光，大家都觉得她老是凛然不可侵犯的样子。哦，如今想来，那是最美好的时候，命运安排她匆匆闪躲而过。

她没有去医院做详细诊断的打算，给林大夫在电话里说，她感觉自己怀孕了，如果是，她一定要把他生下来，无论付出怎样的代价。

小时候，她站在诊室里玩耍，有时，林大夫的桌前会立着个紧张难安的男子，像在等着一个判决。

林大夫会给他递过去一张单子，再三地嘱咐："带你的女人去大医院查查吧，一定要去查，她的子宫里长了一个病态的东西。"

没有人来为她隐晦曲折地传达这样一句忠告,那个病态的东西有可能会是不祥之症,也有可能,那就是怀孕的症状,她怀有当年那个丈夫一般的侥幸和幻想。

她的生命忽然就处在了一种死亡与希望的拉扯之中。

在这种拉扯当中,她因此而获得了一种奇怪的平静。